FOLIO POLICIER

Emily Koch

Il était une fois mon meurtre

Traduit de l'anglais
par Éric Moreau

Gallimard

Titre original :
IF I DIE BEFORE I WAKE

Emily Koch est une romancière et journaliste anglaise. *Il était une fois mon meurtre*, son premier roman, a été publié en 2018 et a été sélectionné pour le prix Ian Fleming Steel Dagger.

Pour Matt

Cher lecteur,

Merci d'avoir choisi *Il était une fois mon meurtre*, mon premier roman. Je tiens à profiter de ce message de remerciement pour adresser toute ma gratitude à quelqu'un que je me plais à surnommer M. Renault Laguna. Je suis certaine que sans lui je n'aurais jamais écrit ce livre.

Presque dix ans avant que ce roman soit publié, je devais passer l'examen final de mes études de journalisme. En rentrant chez moi quelques jours avant, la tête pleine de données et de chiffres, je suis sortie de la station de métro de Mile End, à Londres. J'ai voulu traverser la rue, mais je ne suis pas arrivée de l'autre côté. Alors que je franchissais les premières voies de circulation, le bonhomme vert s'est mis à clignoter. Quand je me suis engagée sur la troisième voie, j'ai été fauchée par une Renault Laguna, dont le conducteur avait ignoré le feu orange d'avertissement qui incitait les automobilistes à se montrer prudents.

J'ai eu les deux jambes fracturées et subi de graves lésions aux ligaments des deux genoux (les médecins se sont émerveillés de mes blessures quasi identiques), et ma tête a percuté le pare-brise. J'en ai bavé : j'ai bien cru que je ne pourrais plus jamais marcher. Plusieurs années ont passé, et je porte à présent un regard reconnaissant sur cette expérience, car les journées que j'ai passées à l'hôpital, assommée de morphine, m'ont aidée à écrire ce roman.

Je suis bien sûr incapable de savoir ce que vivent les personnes souffrant du *locked-in syndrome* (ou syndrome d'enfermement), comme c'est le cas de mon personnage Alex, mais je sais à quel point on se sent vulnérable lorsqu'on est incapable de quitter le lit et totalement dépendant des autres pour les soins du quotidien. Je connais l'état second dans lequel nous plongent les antalgiques, et je sais combien les visites des proches et des amis peuvent alors sembler surréalistes.

Mais ma rencontre fâcheuse avec cette Laguna m'a donné beaucoup plus que du grain à moudre. Elle m'a surtout galvanisée, poussée à m'asseoir à ma table pour me plonger dans la rédaction du roman que je rêvais d'écrire depuis toujours. Aurais-je quitté mon travail pour m'atteler à la tâche si un chauffard ne m'avait pas renversée ? Je serais sans doute encore en train de dresser des listes de sujets pour l'édition du lendemain, à me répéter : « Un jour, je l'écrirai, mon livre. » L'expression est certes galvaudée, mais la vie est vraiment trop courte.

En lisant ce livre, vous constaterez qu'Alex est confronté à ce problème, lui aussi. Il a le sentiment d'avoir perdu trop de temps, et alors même qu'il nous livre son récit, ses jours continuent à lui filer entre les doigts.

J'espère que vous aurez plaisir à suivre Alex dans

sa course contre la montre, et à tenter de percer le mystère de ce qui lui est arrivé. J'espère que ce livre vous tiendra en haleine, mais aussi qu'il vous incitera à serrer vos proches un peu plus fort dans vos bras chaque fois que vous le poserez. Et j'espère que vous découvrirez le rêve qui vous habite depuis toujours. (Après avoir fini cette histoire, bien sûr !)

Merci pour le temps que vous allez consacrer à me lire.

Emily Koch

Le Cerveau – est plus spacieux que le Ciel
Car – mettez-les côte à côte –
L'un sans peine contiendra l'autre –
Et Vous – de surcroît

EMILY DICKINSON[1]

On ne sait pas à quel point la nuit est obscure tant qu'on n'y est pas privé de la parole.

JULIA TAVALARO[2]

1. Traduction de Claire Malroux, extraite du recueil *Une âme en incandescence*, paru aux Éditions José Corti en 1998.

2. Extrait de *Look up for Yes*, non traduit en France ; Julia Tavalaro fut elle-même victime d'un *locked-in syndrome* après avoir subi deux AVC.

L'odeur du sommeil s'accroche encore à elle. Appuyé contre le lave-vaisselle, je la serre contre moi et promène le regard sur son dos, contemple les plis que son tee-shirt rayé noir et blanc forment sur la taille de son short en jean, admire le galbe de ses jambes pâles et de ses chevilles. Elle ne me rend pas mon étreinte. Je passe un doigt sous son menton et essaie de le lui relever afin de pouvoir l'embrasser. Il suffirait qu'elle me laisse faire pour qu'on puisse mettre un terme à cette histoire, j'en suis sûr. Elle hésite, me résiste, et je sens la chaleur de son souffle sur ma peau. Il me semble qu'elle est prête à céder ; elle en a plus qu'assez, elle aussi. Je ne me rappelle même pas comment ça a commencé. Et elle, s'en souvient-elle ?

Mais je me suis trompé. Elle plaque sa main menue contre mon ventre, et lorsqu'elle tourne la tête, ses cheveux blonds lui tombent dans les yeux.

— Arrête, me dit-elle.

Elle me repousse, se détourne vers la table et prend une cuillère. Par gestes rapides, elle termine de préparer ses sandwiches – elle étale du coleslaw sur le jambon, presse dessus une autre tranche de pain de mie et coupe le tout dans le sens de la diagonale. Elle évite mon regard, mais elle sait que je l'observe. Une moue grimaçante aux lèvres, elle donne au couteau une deuxième pression superflue.

— Allez, ne fais pas ta mauvaise tête.

Je me penche vers elle pour tenter de capter son regard. Ses joues sont empourprées.

— Viens avec nous. On empruntera des voies faciles, comme ça, tu pourras réessayer. La dernière fois, tu t'es bien…

— C'est ta passion, Alex. Je ne suis pas obligée d'aimer ça, moi, me répond-elle.

Elle emballe ses sandwiches, les comprime sous plusieurs épaisseurs de film alimentaire et les fourre dans son sac à dos, qui contient aussi une bouteille d'eau et la carte de randonnée Ordnance Survey des collines Quantock, à la couverture orange vif, que je l'ai vue prendre dans la bibliothèque hier soir.

— Ce serait sympa que tu sois avec nous, c'est tout, insisté-je en étirant mes bras et en faisant rouler mes épaules.

Je me sens fort, prêt pour une bonne séance d'escalade dans les gorges. J'ai hâte de ressentir dans mes muscles la brûlure due à l'exercice, le sentiment familier de mon corps qui fournit un immense effort.

— Tu n'es pas obligée de grimper, si ça ne te dit pas.

Elle referme son sac, puis va chercher ses chaussures de course à pied dans l'armoire et fait tomber les miennes par terre.

Je me retiens de lui demander si elle va se donner la peine de les ramasser.

— S'il te plaît. Je n'ai pas envie qu'on se quitte comme ça.

Ce soir, elle se sera peut-être adoucie. Une longue randonnée lui remettra les idées en place.

Je repense à la lettre. Il faut que je lui en parle, mais pas dans ces conditions. Je dois attendre le bon moment.

Elle s'est agenouillée pour mettre ses chaussures et y enfonce les talons en tapant des pieds avec tant de virulence qu'elle manque de perdre l'équilibre. Je vais patienter le temps que la tempête soit passée, essayer de la cueillir quand elle sera de meilleure humeur. Elle se relève, s'examine dans le miroir près de la porte d'entrée et s'applique du baume à lèvres sans sourire à son reflet.

À moins que j'aborde la question maintenant, alors que l'atmosphère est déjà tendue entre nous?

— Bea, je voulais te parler d'un…

Elle vient vers moi mais ne me regarde pas, saisit son sac à dos qui est posé à mes pieds, puis, lorsqu'elle jette un coup d'œil à l'horloge suspendue au mur au-dessus de l'évier, je fais comme elle. Non, ce n'est pas le moment. J'ai dit à Eleanor et Tom que je passerais les chercher avant huit heures et demie. De toute façon, je n'ai pas envie que ça me gâche la journée. J'ai besoin de me changer les idées. J'ai des sueurs froides quand je pense à la lettre, aux accusations. Dans ma tête défilent les questions qui, ces derniers temps, me distraient au travail, me rendent irascible avec Bea et me réveillent la nuit. Que me reproche-t-on?

Plus tard. Je m'en occuperai plus tard.

Son sac à dos à l'épaule, elle récupère sa clé de voiture dans la coupelle sous le miroir et ouvre la porte.

— Profites-en bien, lui dis-je, toujours plein de bonne volonté, même si ça me démange de lui décocher une

remarque narquoise ou de me poster entre la porte et elle jusqu'à ce qu'elle arrête de m'ignorer.

Pourquoi est-ce toujours moi qui dois faire le premier pas pour qu'on se réconcilie ? Ce n'est pas toujours moi qui suis en tort.

— J'ai l'impression qu'il va faire chaud, aujourd'hui. Tu es sûre que tu auras assez à boire ?

Elle marque un temps d'arrêt, pose la tête contre l'encadrement, sans se retourner. Puis elle sort et referme la porte.

Sans même un au revoir.

1

— Alors, tu proposes quoi comme accroche ?

C'est toujours ce que me demandait mon rédacteur en chef dès que je mettais les pieds au bureau. Il me posait la question sans même détourner sa tête chauve et brillante de son écran d'ordinateur. Ses doigts d'une délicatesse troublante filaient sur son clavier, sa lèvre inférieure poussée en avant remuait pendant qu'il articulait en silence ce qu'il était en train de taper. On attendait de moi que je débite ma réponse sur-le-champ. L'élément clé de l'article. Ce qu'on allait répéter à ses amis, au pub, pour saisir leur attention. L'info la plus importante à transmettre aux lecteurs, de sorte que, même s'ils n'allaient pas plus loin, ils sachent au moins l'essentiel.

Jeune journaliste, je balbutiais quelques explications, le regard rivé sur les carrés de moquette brune, en nage dans mon costume-cravate, espérant que quelqu'un intervienne et m'explique comment démarrer un article. Avant que Bill ait eu l'occasion de me brailler dessus, il m'était arrivé d'essayer de lui couper l'herbe sous le pied en rétorquant :

— De quoi voulez-vous que je parle ?

Ça avait fonctionné à quelques reprises, puis cela avait fini par l'agacer. Il détachait alors les yeux de son écran, éloignait son fauteuil à roulettes de son bureau d'une poussée des jambes, posait doucement les mains sur son ventre rond comme un ballon, et lâchait :

— Je ne sais pas, Alexander. Creuse-toi un peu la tête. Je ne vais quand même pas te tenir par la main, mon grand.

À l'époque, je croyais qu'il me serait impossible de mépriser quelqu'un plus que Bill, et que personne ne pourrait m'humilier autant que lui. Depuis, j'ai découvert à mes dépens que je me trompais sur ces deux points.

J'essayais de proposer une autre réponse, comme d'habitude très perturbé par l'aspect lisse et rose de son visage flasque. Puis il ajoutait sa réplique favorite, qu'il se régalait à crier dans la salle de rédaction même après que j'avais appris à rédiger l'article parfait :

— Tu ne veux pas que je te torche le cul, pendant que t'y es ?

Étant donné mon état actuel, le caractère ironique de cette question ne m'échappe pas. Je l'ai entendue en moyenne une fois par semaine pendant quatre ans, mais jamais je n'aurais imaginé avoir vraiment besoin qu'on m'essuie tous les jours avant même d'atteindre l'âge de trente ans.

J'avais pris l'habitude d'élaborer mes accroches en rentrant à pied après une conférence de presse, ou au volant de ma voiture, au retour d'une interview. Qu'est-ce qui attisait le plus mon intérêt ? Quelle était l'info la plus importante, la plus spectaculaire ? Comment pouvais-je y intégrer deux éléments, voire trois, sans dépasser la barre des vingt-cinq mots ? (« Fais court, il faut que ça reste sexy », grommelait Bill.) Ainsi, dès que je franchissais les portes du *Bristol Post*, je pouvais m'installer directement à mon bureau pour écrire, en sachant déjà quelle direction j'allais prendre.

Pourtant, j'ai du mal à rédiger une accroche pour ce que je veux raconter maintenant. La voix de Bill résonne dans ma tête – il me conseille de faire franchement dans le dramatique. De raconter comment je me suis retrouvé à l'hôpital, d'évoquer l'injustice, le chagrin amoureux, la tromperie, etc. Mais, en ce qui me concerne, tout ça, c'est assez banal. Le récit que je souhaite relater tient en une question : Que vais-je devenir ?

L'accroche qu'aurait voulue Bill est facile à trouver. Mais celle qui me plairait, à moi ? Là, c'est plus compliqué. Le problème, c'est qu'on ne peut pas écrire son accroche avant de connaître la fin de l'histoire. C'est pourquoi j'ai deux versions sous le coude :

> Miracle de la médecine : un habitant de Bristol se réveille après deux ans de coma et savoure d'émouvantes retrouvailles avec ses proches.

Ou :

> Mort du grimpeur originaire de Bristol plongé dans le coma depuis deux ans après une chute dans les gorges de l'Avon.

Tout le monde est persuadé que je suis enfermé dans les ténèbres.

On pense qu'à mon réveil il faudra me raconter

tout ce qui m'aura échappé pendant des mois. On a cru, bien sûr, que j'allais revenir à moi. Du moins au début. Mais au bout de un an environ – quand j'ai entendu les infirmières discuter de leurs projets du Nouvel An pour la seconde fois depuis mon arrivée à l'hôpital –, j'ai compris. L'état d'esprit de mes proches changeait. Lorsqu'ils me rendaient visite, je le décelais à leur voix. L'espoir et la détermination cédaient la place à la lassitude et au doute.

« Faites que ça s'arrête » – quelle que soit la fin – disputait une lutte serrée avec « Faites qu'il donne un signe de vie ». Cette course se serait-elle déroulée différemment s'ils avaient connu la vérité quand on avait sonné le départ ? Allez savoir. Quoi qu'il en soit, « Faites que ça s'arrête » menait d'une courte tête.

Qui pourrait le leur reprocher ? Je semble sans doute totalement dénué de force vitale. Je ne parle pas, je ne bouge pas. Je ne peux pas leur expliquer que j'entends tout.

Ma vie d'autrefois s'est arrêtée net peu après que j'ai fêté mes vingt-sept ans. À présent, les heures, les jours et les mois se confondent, se chevauchent de façon indistincte, aussi ai-je pour seule certitude que je suis dans cet état depuis deux Noëls – impossible de rater la chorale qui vient chanter dans toutes les chambres –, et j'en conclus que je suis prisonnier depuis un peu moins de deux ans. Parmi les mots qu'emploient les médecins et les infirmières, j'ai relevé « coma » et « état végétatif ». Ils ne savent pas que je suis éveillé ; aucun examen ne montre l'activité cérébrale que je voudrais tant qu'ils voient.

Cela dit, j'ignore ce qui ne tourne pas rond chez moi. Comment puis-je être paralysé mais sentir le contact des infirmières quand elles me touchent ? Comment puis-je avoir l'air d'un légume alors que je comprends tout ce qui se passe autour de moi ? Parfois, mes yeux s'ouvrent d'eux-mêmes. Les médecins répètent à ma famille : « Il n'est pas rare que cela se produise, inutile de se faire une fausse joie. » Mais comment expliquent-ils le fait que je voie, lors de ces moments très aléatoires, toujours jubilatoires ? Un patient plongé dans le coma ne voit rien, j'en suis sûr. Je reconnais que je ne vois pas de façon nette. Je perçois des formes, des nuances de gris. Des changements de luminosité. Je ne distingue pas les visages, aucun trait précis. Pas la moindre couleur. Cependant, ce n'est pas l'idée que je me faisais du coma.

Je me demande si je suis un cas unique au monde. Un phénomène médical dont ils ignorent l'existence.

Tout cela converge vers une seule issue : la décision de mes proches, qui doivent choisir s'ils souhaitent me débrancher. D'après ce que racontent les médecins, je ne bénéficie pas d'assistance respiratoire, donc techniquement parlant, il n'y a rien à débrancher, mais j'ai découvert qu'il existe d'autres moyens de laisser partir les gens comme moi. Je me bats pour vivre, pour qu'on me maintienne en vie. Je dois leur prouver qu'il reste quelque chose à sauver.

J'ai essayé de bouger : rien. Je ne parviens même pas à cligner des paupières. J'ai tenté de prononcer quelques mots : toujours rien. Les médecins ne remarquent aucune amélioration de mes fonctions physiques, mais il doit exister un autre moyen de leur montrer que mon esprit fonctionne. Si je réussis à garder mon cerveau le plus actif possible, à penser et à réfléchir sans cesse, si je parviens à entraîner mon intellect à rester en mouvement, peut-être que ça changera la donne. Mon cerveau relancera peut-être la machine. Ou bien ils détecteront un changement lors de ma prochaine IRM.

Alors ils m'attraperont par la main, ou par le col de ma chemise d'hôpital – peu m'importe – et me sortiront de ce trou. Ils me rendront mes vêtements, signeront mes documents de sortie, m'ouvriront les portes et me laisseront partir. Si ça se trouve, ils me parleront, me traiteront comme un être humain à part entière. Il existe forcément un moyen.

Voilà donc où j'en suis : en train de ressasser ma propre histoire, pour que mon esprit continue à s'activer. Quand je travaillais encore au journal, j'aurais été ravi qu'on me confie ce sujet. Ça ne manque pas de matière, il y a largement de quoi se mettre sous la dent – à la fois dans les ténèbres du temps que je passe à l'hôpital et dans l'obscurité qui entoure ce qui m'a valu de m'y retrouver.

Il m'aurait fallu reformuler certains détails avec soin pour que mon rédac'chef les valide. Il aurait fallu éviter quelques écueils d'ordre juridique, faire attention à ne pas nuire à l'enquête. Le *Post* en aurait fait sa une, peut-être même deux jours de suite si j'avais trouvé les bons angles. Mon travail aurait été repris par la presse nationale et m'aurait rapporté des prix. C'est le genre de scoop qui peut faire décoller une carrière.

J'éprouve la même sensation qu'avant d'appeler la sténo, à mes débuts, avant qu'on ne les licencie toutes. Avant que nous nous mettions à envoyer directement nos articles par e-mail au secrétariat de rédaction. De temps à autre, je suis tenté d'utiliser un peu les anciens codes – d'en rajouter une couche afin de soumettre mon cerveau à un effort plus soutenu. Je pourrais dire « Point » pour indiquer la fin de chaque phrase. « À la ligne » pour un nouveau paragraphe. Et « Terminé » pour la fin du papier. Point. Mais je ne suis pas certain que je tiendrai la distance. Point. Cette histoire n'est pas une simple brève de cinquante mots. Point. Ça finirait par être lassant. Point. À la ligne.

Mais je me plais parfois à me jouer ce scénario. Je me laisse aller à fantasmer que je ne suis pas aussi isolé, et que je ne parle pas tout seul. J'imagine que je travaille à l'ancienne. Je suis dans ma voiture, garé à côté d'une scène de crime : le plongeur d'un café du quartier de Fishponds a poignardé son patron, qui lui devait plusieurs semaines de salaire, sous les yeux de clients pétrifiés devant leur petit déjeuner à l'anglaise complet. J'ai interrogé le barbier d'en face, qui m'a expliqué, des larmes dans la voix, que la victime était un « type super, qui s'arrêtait toujours pour dire bonjour ». Le discours classique.

Les meurtres, comme je l'ai appris au cours de ma carrière de journaliste, frappent les citoyens les plus ordinaires. Pas seulement ceux qui, d'après nous, l'auraient mérité. On ne pense jamais que ça va nous arriver, jusqu'au jour où ça nous arrive…

— Passez-moi une sténo, dis-je.

La fille répond d'un ton enjoué, avec un accent de Bristol à couper au couteau :

— Bonjour ! Vous êtes où, là ?

Je lui fais la dictée et, son casque audio sur les oreilles, elle tape à toute vitesse sur son clavier avec ses faux ongles vernis. Elle m'interrompt de temps en temps pour vérifier une phrase, me signale une répétition ou m'indique qu'elle ne m'entend pas à cause du vent, mais dans l'ensemble elle se contente de dire : « Mmmmh. D'accord. Continuez », avant de raccrocher. Et là maintenant, c'est exactement ce que je désire – pas de questions, pas d'exigences. Je tiens à expliquer que toutes mes certitudes ont été ébranlées, qu'il est terrifiant de découvrir que quelqu'un est déterminé à vous faire du mal. Tout ce que je veux, c'est parler.

Non, c'est un mensonge. Ce n'est pas « tout » ce que je veux. Songer à tout ce que je souhaiterais accomplir m'est douloureux – physiquement douloureux.

Si j'avais su ce qui m'attendait, j'aurais profité à fond de la vie. J'aurais pratiqué les voies d'escalade les plus difficiles. J'aurais proposé de présenter une émission de télé où j'aurais exploré des déserts reculés et rencontré des tribus indigènes habitant des montagnes arides. J'aurais gravi l'Everest. J'aurais savouré les petits riens, les choses du quotidien. J'aurais admiré le ciel plus souvent.

Si je pouvais sortir d'ici, je dormirais toute une nuit dans mon lit, sous une couette qui ne sentirait pas l'amidon, dans la position de mon choix – pas relevé sur des oreillers comme me l'imposent les infirmières. Si un bruit me tirait du sommeil, je n'aurais pas une peur panique du noir, parce que je serais en mesure de me défendre. Le matin, je me tournerais vers Bea et je la regarderais dormir pendant quelques minutes avant de la réveiller. Elle s'installerait sur moi et couvrirait mes lèvres de ses baisers affamés. Les choses suivraient leur cours naturel, et plus tard je quitterais le lit sans prendre la peine de le faire.

Je mangerais un sandwich au bacon – de la viande croustillante et salée sur des tranches de pain blanc moelleux. Avec de la sauce brune. Dans la cafetière, du café bien chaud emplirait l'appartement d'une odeur de noix torréfiées et de sucre commençant à caraméliser. Il y aurait du jus de pomme glacé, Bea me préparerait un bol de pamplemousse rose vif si acide que j'en grimacerais. J'irais marcher – non, courir – sous la pluie. Je parlerais sans jamais m'arrêter.

Depuis que j'ai perdu l'usage de la parole, j'ai énormément à raconter.

2

À partir de mon arrivée à l'hôpital, je n'ai cessé de me battre. Mais je n'ai pas toujours combattu du même côté de la ligne de front. Pendant un long moment, avant que tout dégénère avec Bea et la police, je n'avais plus vraiment envie de vivre. Ce n'est pas que j'avais jeté l'éponge ; dans ma tête je continuais à lutter, mais j'attendais juste un autre dénouement.

Après des mois et des mois, je suppose, passés à me démener pour montrer aux médecins ma vivacité mentale, à tenter de bouger différentes parties de mon corps, à m'escrimer à parler – ou ne serait-ce que grogner –, j'avais arrêté. Quand ils procédaient à des tests, je ne prenais même pas la peine d'essayer de réagir. Je visais un nouvel objectif – la mort. J'espérais que s'ils me jugeaient léthargique assez longtemps, ils me laisseraient mourir. Après avoir écouté les conversations entre mon père et l'équipe médicale, je savais que c'était possible. Ils pouvaient cesser de m'alimenter, ou me laisser succomber à la prochaine infection.

J'avais de nombreuses raisons de croire que ce serait mieux comme ça, que je rendrais service à tout le monde. Bea, papa et Philippa seraient libres de vivre leur vie. Même si je me réveillais de ce cauchemar, qui me dit que je serais capable de marcher ? D'être autonome ? De me nourrir ? Je ne voulais pas être un fardeau pour eux.

À mes yeux, ce choix s'apparentait à ceux que les alpinistes doivent parfois faire en montagne, lorsqu'une ascension tourne très mal et qu'il est question de vie ou de mort. Ces situations se présentent rarement, mais les récits existent. Il faut garder son calme, prendre la meilleure décision pour soi-même et son équipier. Ce doit être affreux de sectionner la corde de son ami et de l'expédier vers une mort quasi certaine, mais si cela pouvait éviter qu'il y ait deux morts au lieu d'un seul, on n'avait pas le choix. En théorie, la même règle s'appliquait quand on devait couper sa propre corde, en sachant qu'on ne survivrait pas à la chute, afin de sauver son binôme. C'était là ma vision des choses : j'allais trancher ma corde. Étant donné les circonstances, c'était la meilleure décision que je puisse prendre.

Au fil des mois, le sentiment que je méritais de mourir s'était lentement imposé à moi. Ce qui m'arrivait ne s'était pas produit sans raison. Mon corps et ma culpabilité m'infligeaient cette punition. Dans mon esprit, il ne faisait aucun doute qu'il s'agissait d'un châtiment, et mon plus grand crime consistait à avoir tué ma mère.

C'était l'opinion de Philippa – ma sœur n'était pas du genre à mâcher ses mots. Puis-je avancer pour ma défense que j'avais « seulement dix-huit ans », à l'époque des faits, quand maman avait découvert qu'elle faisait une rechute de son cancer ? Alors que se profilait sa deuxième cure de radiothérapie, et que papa s'acharnait à lui fournir des raisons de garder espoir et de continuer à vivre, je lui tenais la main, la regardais dans les yeux et me laissais submerger par son abattement et sa douleur. Si je ne m'étais pas rangé à son avis, si je ne l'avais pas autorisée à abandonner peu à peu, nous savions tous qu'elle aurait enduré d'autres traitements harassants. Moi, elle m'aurait écouté.

Mais elle invoquait des arguments très convaincants ; elle était tellement sûre de ce qu'elle voulait.

Ancienne infirmière soins palliatifs, me rappelait-elle, en écrivant ses messages abrégés sur le bloc-notes qu'elle gardait toujours sur elle.

Elle parlait avec difficulté depuis que les chirurgiens lui avaient retiré une partie de la langue, et cela la faisait souffrir à cause de la sécheresse que lui valaient ses heures de radiations.

Vu mourir centaines de patients. Sais ce que je veux. Plus de traitement. Aide-moi expliquer à ton père.

Comment allais-je annoncer à papa qu'elle baissait les bras ? Il n'était déjà plus que l'ombre de lui-même. Ma voix me paraissait assourdissante, à l'époque, dans une maison où personne d'autre ne semblait parler. Il s'était renfermé et passait son temps à lire des romans policiers, à jouer de la guitare et à corriger des contrôles de géographie – la porte de son bureau, autrefois ouverte en permanence, restait close. Il détestait communiquer avec maman par le biais du calepin, aussi évitait-il autant qu'elle d'y être contraint, et tous les deux s'esquivaient poliment, se plongeant chacun dans son monde de silence pour fuir les conversations délicates. Comment pouvais-je apprendre à mon père que sa femme désirait mourir ? Philippa avait suivi son exemple et s'était recluse dans un mutisme amer, chargé de colère. Elle avait quatorze ans quand maman était tombée malade, et seize au moment de sa mort – il était difficile de savoir ce qui dans son comportement était dû à la maladie de maman, et ce que nous aurions quand même subi à cause de ses sautes d'humeur adolescentes. Quand elle ne s'enfermait pas dans sa chambre pour faire la tête, elle nous criait dessus. Elle n'épargnait même pas maman, qui semblait d'ailleurs être sa cible privilégiée. C'était éprouvant de les voir ensemble : Philippa refusait de la serrer dans ses bras, la regardait avec une haine non dissimulée et lui rendait délibérément la vie infernale en exigeant au dernier moment qu'elle lui repasse des vêtements, qu'elle lui prépare un plat à part, ou qu'on visionne un DVD différent de celui que nous avions choisi pour notre soirée télé en famille mensuelle. Maman se montrait d'une patience à toute épreuve, et chaque fois que je cherchais à déceler des larmes dans ses yeux, ceux-ci étaient toujours secs.

En ce qui me concernait, j'avais un seuil de tolérance beaucoup moins élevé. Un soir, pendant le dîner, maman avait fait glisser un petit mot sur la table pour demander à Philippa : *Comment va Jenny ?*

Sans raison apparente, Philippa avait levé les yeux au ciel et affiché un sourire narquois.

— Va te faire voir. Sérieux, va chier.

Furieux, je l'avais suivie jusqu'à sa chambre, à l'étage. Maman ne méritait pas ça. Ignorant les protestations de ma sœur, j'avais ouvert sa porte avec fracas.

— Tu trouves pas que t'abuses, Phil ?

— Fous-moi la paix.

En larmes, elle s'essuyait les joues avec la manche de son sweat à capuche.

— Pourquoi tu la traites comme ça ?

— Tu sais qui est Jenny, au moins ? m'avait-elle lancé en s'asseyant sur son lit, avant de se mettre à feuilleter un magazine. C'est ma copine du club de débat. Où je ne vais plus parce qu'à la place papa doit emmener maman chez l'acupuncteur tous les mardis soir. Elle ne percute pas ? À cause d'elle, ça fait des mois que je n'ai pas vu Jenny.

J'avais promené le regard dans sa chambre – sur ses posters de *Sexe intentions* et de *Collège attitude*, sur son vieil ours en peluche qu'elle avait éjecté de son lit d'un coup de pied, sur ses manuels de cours posés en vrac sur son bureau, cherchant de quoi m'aider à comprendre son égoïsme.

— Le plus important pour toi, c'est de participer à ton club de débat, ce n'est pas que maman aille mieux ?

— T'as du bol, toi. Tu te fiches que tout ait changé depuis qu'elle est malade. J'ai surpris papa en train de pleurer, l'autre jour. Tu l'avais déjà vu chialer, toi ? Il n'a même pas versé une larme quand Nana et Papi sont morts. À cause de maman, il est super malheureux.

Elle avait abattu brusquement la main sur son magazine, comme si cet argument ne pouvait que me convaincre.

— Ce n'est pas à cause d'elle qu'il est comme ça, avais-je rétorqué, m'installant sur sa chaise de bureau et lissant les pages cornées de son livre d'histoire. Ce n'est pas sa faute. C'est celle du cancer. C'est à la maladie qu'il faut en vouloir, pas à elle.

Elle avait arraché la couverture de son magazine, avant de la déchiqueter en petits morceaux, qu'elle avait jetés dans la corbeille.

— D'accord, mais le cancer, je ne peux pas le toucher, je te signale. Je ne peux pas lui crier dessus. Je ne le vois même pas.

Elle avait levé les yeux vers moi, déchiré une autre page en me regardant, l'avait roulée en boule et avait soutenu mon regard jusqu'à ce que je me détourne.

Le lendemain, alors que j'aidais maman à désherber le jardin (elle l'avait entretenu avec amour jusqu'aux dernières semaines de sa vie), elle avait sorti son bloc-notes de son tablier. *Crème solaire?* avait-elle noté, et je m'étais relevé pour aller lui en chercher dans la maison. Sous le soleil du mois d'août, il fallait qu'elle applique une protection d'indice élevé sur la cicatrice qui s'étendait le long de son cou, résultat de l'ablation de ses ganglions lymphatiques, qu'on lui avait également retirés. Tandis que je m'éloignais sur la pelouse, je l'avais entendue prononcer un mot haletant, confus, mais très reconnaissable :

— Alex.

Je m'étais retourné, et elle m'avait fait signe de revenir. Alors que je m'approchais d'elle, elle avait écrit dans son calepin : *Demande à Phil de me l'apporter. Fais une pause. Elle peut m'aider.*

J'avais grimacé.

— Je ne sais pas si elle viendra, maman.

— Demande.

J'avais soupiré. Je ne voulais pas qu'elle soit déçue. *Ça va aller*, avait-elle griffonné en levant la tête vers moi et en me souriant, toujours agenouillée sur son coussin de jardinage au pied du pommier. *C'est son caractère. Je comprends. Demande-lui quand même. On ne sait jamais.*

Quand je lui avais transmis le message, Philippa n'avait pas voulu quitter son bureau. Elle avait levé les yeux au ciel et répondu qu'elle avait trop de devoirs.

Elle se comportait de cette façon depuis que notre mère était malade. Comment réagirait-elle quand je lui révélerais que maman refusait de se soigner ? D'une certaine manière, je craignais qu'elle s'en réjouisse – je redoutais même qu'elle dise à maman qu'elle était contente d'être débarrassée d'elle.

Pendant plusieurs jours, je m'étais rongé les sangs en cherchant une façon de les mettre au courant. J'ai toujours été du genre à tout remettre au lendemain, surtout quand il s'agissait d'annoncer une mauvaise nouvelle. Si j'avais fonctionné autrement, j'aurais pu m'éviter beaucoup de souffrances, et à mon entourage aussi. Il y a d'ailleurs certaines choses dont j'aurais dû parler à Bea, des événements qui ont eu lieu lors des dernières semaines de ma vie. Depuis quelques mois, je paie le prix de ma lâcheté.

Au bout du compte, on m'avait épargné cette corvée. Pendant que maman se douchait, papa avait feuilleté un de ses blocs-notes. Il était tombé sur la page où elle avait écrit : *Plus de traitement. Aide-moi expliquer à ton père.* Alors que je regardais la télé, il avait fait irruption dans le salon et jeté le calepin sur mes cuisses.

— Quand est-ce que tu comptais m'en parler ? m'avait-il demandé, la respiration hachée, le visage empourpré et luisant de sueur.

Je n'avais rien répondu, et il avait ajouté :

— Ça ne se passera pas comme ça.

Après m'avoir brusquement repris le bloc-notes des mains, il était ressorti. La porte de son cabinet de travail avait claqué.

— Je ne la laisserai pas faire !

Cette fois, il avait crié et jamais je ne l'avais entendu donner autant de la voix. J'avais coupé le son de la télé et je m'étais rendu en silence dans le couloir, où j'avais collé l'oreille contre sa porte. Je n'avais décelé que des bruits de papier qu'on arrache à une spirale – le calepin de maman.

— Tu ne peux pas nous faire ce coup-là, Diane !

Puis la maison était redevenue silencieuse. Quand Philippa était apparue au bas de l'escalier, intriguée par ce tapage, je l'avais entraînée dans le salon et fait asseoir à côté de moi dans le canapé. En définitive, la nouvelle ne la réjouissait pas.

— Elle n'a pas le droit, avait-elle protesté en ouvrant des yeux ronds. Les médecins vont refuser.

J'avais passé le bras autour d'elle.

— Ils n'auront pas le choix. Et nous, nous devons respecter ses souhaits.

Elle s'était dégagée.

— On n'est pas obligés. Tu ne vas quand même pas accepter ça ?

J'avais hoché la tête sans la regarder.

— Non mais t'es pas bien ? Tu ne peux pas la laisser mourir. La radiothérapie va marcher, cette fois, et ça ira mieux, avait-elle protesté avec un débit de mitraillette.

Puis elle s'était levée.

— Papa saura la convaincre. Tu dois l'empêcher de faire ça. S'il te plaît.

J'étais resté incapable de soutenir son regard quand elle s'était mise à pleurer.

— Je veux que maman redevienne comme avant. Je veux que tout redevienne comme avant.

Au cours des mois que je passais à l'hôpital, ces souvenirs douloureux m'obsédaient. J'étais convaincu qu'on me punissait.

En choisissant de mourir, j'acceptais enfin mon destin : je devais payer pour toutes mes fautes.

3

Je me rappelle la dernière visite de Bea à l'hôpital, avant que tout change pour nous deux.

Les infirmières m'avaient positionné sur le flanc gauche, relevé par des oreillers pour soulager mon dos et éviter la formation d'escarres, qu'elles traquaient en permanence. Cela signifiait que j'étais tourné vers la fenêtre ; malgré mes yeux fermés, je devinais les légers rayons de soleil sur mes paupières. J'écoutais les sirènes des ambulances, dont la tonalité se modifiait tandis qu'elles s'éloignaient à toute vitesse.

La porte de ma chambre a gémi, et quelqu'un s'est approché derrière moi à pas feutrés. J'ai reconnu l'odeur de Bea, un mélange d'agrumes et de cigarette. Elle a fait le tour du lit pour se placer entre la fenêtre et moi, et j'ai senti la douceur de ses lèvres sur mon front – sa façon habituelle de me dire bonjour.

— Ce n'est que moi, a-t-elle annoncé d'un ton chantant, sa voix étouffant le brouhaha qui régnait dans le service.

Elle a touché mon visage.

— Oh. Attends, je vais arranger ça.

Des bruits de pas. Puis celui du papier qu'on

déchire au bout de mon lit. Des pas qui se dirigent de nouveau vers ma tête. Bea m'a tamponné le coin des lèvres avec un mouchoir, pour essuyer la salive qui en coulait et mouillait l'oreiller sous ma joue.

Arrête, ai-je pensé. C'était à une infirmière de s'en occuper, pas à Bea. Je ne voulais pas qu'elle me voie comme un patient grabataire. *Ne fais pas ça.*

— Et voilà. C'est mieux.

Elle est passée de l'autre côté de mon lit et s'est penchée pour déposer un baiser sur mon oreille droite, puis elle a collé sa joue contre la mienne et m'a demandé :

— Tu es en train de rêver, là ?

Elle a marqué une pause.

— Ce serait super.

J'ai senti la monture froide de ses lunettes sur ma peau, puis elle a relevé la tête, le matelas s'est affaissé sous son poids quand elle est montée sur le lit, et elle s'est blottie contre moi.

— Si ça se trouve, on pourrait se donner rencard pour quand je m'endormirai, tu vois ? Nos doubles dans le monde des rêves. On pourrait se retrouver.

Ses genoux repliés se sont calés derrière mes cuisses et je l'ai sentie souffler dans mon cou.

— Désolée, a-t-elle soupiré. C'est idiot, mais j'ai fait un rêve où tu m'es apparu, ce matin, et ce serait chouette de savoir que d'une certaine manière c'était vraiment toi.

Elle a posé une main dans mon dos.

— J'ai rêvé que j'étais au lit, sur le point de me lever. Puis un chat est entré par la fenêtre, et il s'est mis à me malaxer, comme ça.

Elle m'a gratté à travers le tissu peu épais de mon haut de pyjama, par caresses énergiques le long de ma colonne vertébrale. C'était la sensation la plus agréable que j'avais éprouvée depuis plusieurs jours.

— Purée, Al. Je suis sûre que tu as encore maigri. Tes côtes, ce n'est pas possible.

Elle a remonté les doigts en douceur vers mon cou.

— Bref, ensuite, le matou s'est mis à décrire des cercles sur mes omoplates. Un peu comme une sorte de chat masseur.

Elle a souri en silence, mais le léger mouvement de ses lèvres sur mon cou a fait se dresser les poils de mon dos. Elle a pris une inspiration, puis m'a entouré le ventre de son bras.

— Dehors, j'entendais quelqu'un qui déplaçait ses poubelles. Je crois que ça, c'était pour de vrai. Quelqu'un riait, aussi.

Elle m'a massé l'abdomen.

— Et j'étais de mauvais poil parce que… Ben, tu sais comment je suis quand on me réveille avant que mon réveil ait sonné.

Je le savais, oui. Un sourire est passé sur mon visage sans faire bouger le moindre muscle. Je me suis souvenu de Bea, l'air à moitié endormi, les yeux gonflés, la figure encore fripée par les plis de sa taie d'oreiller, qui se tournait vers moi en grognant si nos voisins claquaient leur porte avant sept heures du matin. S'il fallait que je me lève avant elle, je devais être le plus silencieux possible. Bizarrement, si c'était l'inverse, elle avait le droit de faire un barouf de tous les diables et d'allumer toutes les lumières.

— Et puis ce chat s'est mis à me pincer les doigts, a-t-elle repris. Là, je me suis demandé comment il pouvait faire ça. Il y a eu d'autres rires, mais dans notre chambre, cette fois. J'ai entendu une voix qui me disait : « T'es trop mignonne quand tu dors. Bea, mon adorable marmotte. »

Elle avait toujours fait mine de détester que je l'appelle comme ça.

— Je connais cette voix, j'ai pensé. Et là j'ai dit : « Tu es parti longtemps, tu sais. » Je t'ai souri, et je t'ai touché le visage.

Elle a levé la main jusqu'à ma joue.

— Ensuite j'ai dit : « Ça y est, tu es revenu. Tu es rentré à la maison. »

Bea.

— C'était très réaliste. Tu étais à côté de moi, tu me pinçais, tu me caressais le front. Tu embrassais ma cicatrice.

Je l'ai vue. Avec sa cicatrice parfaite, une petite indentation qui relevait discrètement sa lèvre vers son nez, seul vestige visible d'un léger bec-de-lièvre. À force d'y déposer des baisers pendant des années, elle avait fini par arrêter de la cacher derrière sa main.

— J'étais heureuse, m'a-t-elle susurré d'une voix que le rire avait quittée. Mais soudain, tu as disparu. Tu sais, comme dans les rêves, les contours s'effacent ? Je me suis tournée dans le lit et j'ai tendu la main vers toi, mais tu n'étais plus là.

Elle a pressé la paume contre mon ventre avec fermeté, palpant avec le pouce les côtes saillantes qui ont pris la place des muscles qu'elle caressait autrefois.

— Et là je me suis réveillée, et je me suis souvenue. C'était impossible que tu aies été là.

Elle a reniflé, et sa tête s'est éloignée de moi.

Mon corps avait beau être paralysé, je sentais quand même mon cœur qui se serrait de chagrin pour elle, comme à cet instant. J'avais envie de poser ma main percée d'aiguilles de perfusion sur la sienne, lui dire que ce serait bientôt fini.

C'était là mon espoir. Je voulais mettre un terme à cette situation, ôter le fardeau qui pesait sur ses épaules menues et la propulser vers des jours meilleurs. Mon projet avançait, pensais-je. Bientôt, ils allaient évoquer la possibilité de me laisser mourir.

Avant que je sois enfermé à l'hôpital, nous discutions souvent de nos trois futurs enfants. Deux garçons, une fille. Tous pratiqueraient l'escalade (sous ma supervision) et suivraient des cours de dessin (dispensés par Bea) dès leur plus jeune âge. Mon père leur apprendrait à jouer de la guitare, et nous donnerions à la fille le prénom de ma mère. Bea ne l'avait jamais rencontrée, mais c'était son idée. Je me rappelle exactement où nous nous trouvions quand elle me l'avait suggéré – nous étions en vacances en Algarve. La plage d'Odeceixe était une longue bande de sable doré, bordée d'un côté par une rivière et des lagons où les plus petits barbotaient, et de l'autre côté par l'océan, où les enfants plus grands s'amusaient dans les vagues. Bea était en train de me dessiner allongé sur le dos, redressé sur les coudes, tandis que j'essayais de comprendre comment les falaises de schiste noir qui dominaient l'embouchure s'étaient formées et avaient été sculptées – et, surtout, si on pouvait les escalader.

— Il y a une gamine, là-bas, qui n'arrête pas de jeter les jouets de son frère dans l'eau, avait signalé Bea en posant son crayon. C'est une vraie chipie.

Je m'étais tourné pour regarder.

— Où ça ?

— Ne bouge pas ! Je n'ai pas encore terminé.

J'avais secoué la tête en riant.

— Désolée, s'était-elle excusée en reprenant son crayon. Je ne te racontais pas ça pour que tu regardes. C'était juste pour discuter.

Après avoir replacé ma tête dans la position désirée, j'avais poursuivi mon examen des falaises.

— À ce propos, si un jour on a une fille…, avait-elle déclaré tandis que sa mine grattait la feuille.

Je lui avais lancé un regard en biais. Elle avait incliné la tête, contemplé son croquis en plissant les yeux pour évaluer l'avancée du portrait.

— On pourrait lui donner un prénom en souvenir de ta mère. Peut-être pas Diane… C'est un peu désuet, tu ne crois pas ? Mais qu'est-ce que tu penses de Didi ?

J'avais souri. La petite Didi. Nommer notre future fille en l'honneur de ma mère ne m'avait jamais traversé l'esprit mais, maintenant que Bea le suggérait, l'idée me plaisait. Ce serait parfait pour perpétuer sa mémoire.

— Qu'est-ce que tu en dis ?

— J'ai la permission de parler ? Parce que du coup il faudrait que je bouge la mâchoire… Ça pourrait gâcher ton chef-d'œuvre.

Elle avait jeté son crayon sur moi en s'esclaffant :

— Je t'autorise à parler.

— Dans ce cas, je trouve que c'est une super idée. Ça aurait beaucoup plu à maman.

Je lui avais rendu son crayon, en m'efforçant de ne pas trop remuer.

— Elle était comment ?

— Je t'ai déjà tout raconté, non ? J'ai l'impression que je te l'ai décrite sous tous les angles.

— Il te reste forcément des anecdotes.

Bea avait posé son carnet de croquis et rapproché sa serviette de la mienne. Elle s'était assise à côté de moi, avant de tirer son caftan vert sur ses genoux. Au moment de choisir notre destination, quelques mois plus tôt, elle avait insisté pour que nous allions dans un pays chaud, où la mer serait bleu azur et le sable doré, où je serais obligé de me promener torse nu et d'offrir à la vue de tous mes épaules de grimpeur, avait-elle ajouté avec un sourire espiègle. Elle avait ensuite ramassé une poignée de sable, qu'elle avait laissée s'écouler entre ses doigts.

— Raconte-moi des détails à son sujet. Je me demande si nos enfants prendront certains de ses traits de caractère, même s'ils ne la rencontreront jamais.

— Des détails ? avais-je répété en penchant la tête en arrière et en fermant les yeux sous l'éclat du soleil éblouissant. Par exemple, elle ne savait pas dire non.

— C'était une bonne chose, ça ?

— La plupart du temps, oui. Mais parfois certains en profitaient.

— Comme Philippa ?

J'avais hoché la tête. Pour quelqu'un qui ne nous avait pas fréquentés du vivant de ma mère, Bea comprenait très bien notre fonctionnement familial.

— Ma mère adorait les roses. Pour son anniversaire, elle en voulait systématiquement une nouvelle, qu'elle plantait ensuite dans le jardin. Elle ne réclamait jamais rien d'autre. Une fois, je lui en ai offert une d'une espèce qui s'appelle Gertrude Jekyll.

Elle avait ri.

— Les autres prénoms de Didi sont tout trouvés, alors.

Je revoyais très clairement maman, accroupie dans le jardin, l'ourlet de sa jupe à motifs traînant dans la terre boueuse. Sentant ma poitrine se comprimer, j'avais vite poursuivi :

— Son péché mignon, c'était le stilton, avec du chutney d'oignons caramélisés. Sur des crackers à la ciboulette. Sans beurre.

Bea avait posé la main sur mon épaule, et la tension qui enserrait mon cœur s'était évaporée.

— J'aurais beaucoup aimé la rencontrer.

— C'est le fromage qui te fait dire ça ?

Elle avait ri.

— Oui, c'est ça.

Nous avions des tas d'échanges de ce genre.

À présent, je ne pouvais plus devenir le père de ses enfants. Bea m'avait stupéfié par sa détermination à rester à mes côtés. J'avais craint que ses visites finissent par s'espacer avec le temps. Que l'attrait d'une vie normale et de vraies conversations l'éloignent de moi. Pourtant, elle continuait à venir. Aurais-je été aussi fidèle ? À ce stade, elle pensait forcément qu'il serait préférable que je meure. Que ce serait mieux pour moi, mais surtout pour elle, qui pourrait ainsi tourner la page.

Bea a posé sa tête près de la mienne.

— C'est horrible ce que tu me manques, parfois. Comme hier soir. J'étais persuadée que quelqu'un m'espionnait depuis le jardin. J'étais paniquée. Toi, tu m'aurais rassurée, tu vois ?

Elle a marqué une pause et soupiré :

— Je reste peut-être trop souvent seule.

Ses lèvres m'ont effleuré le cou.

— Réveille-toi, réveille-toi, réveille-toi, a-t-elle

chuchoté, avant d'ajouter : Endors-toi, endors-toi, endors-toi.

Elle ne savait pas ce qu'elle voulait. Ma petite Bea. Elle cédait sous le poids d'un amour trop douloureux.

Quand elle repartait, je percevais toujours une trace de sa présence, comme si elle était encore blottie contre moi. Dans mon imagination, nous n'étions pas dans un lit d'hôpital, mais chez nous. Je faisais juste semblant de dormir, comme tant de fois auparavant, la mettant au défi de me réveiller. Allongée derrière moi, elle m'embrassait les épaules. Elle passait une jambe autour des miennes, me faisait rouler en arrière pour que je sente son corps nu contre le mien.

— Allez, Alex. Réveille-toi, murmurait-elle en décrivant un cercle du bout des ongles jusqu'à mon ventre, avant de faire claquer l'élastique de mon boxer. Réveille-toi, maintenant !

Alors que ce fantasme se poursuivait, mon corps a réagi pour de bon. C'est là une des bizarreries de mon état – je suis encore capable de la lever. Pas forcément quand j'en ai envie. Ça ne se produit pas chaque fois que Bea est là ou qu'une infirmière me manipule. Je ne bande pas systématiquement dès que j'imagine Bea nue, comme c'était le cas au début. La première fois qu'elle avait remarqué un mouvement inattendu sous les draps, son souffle s'était coupé, avant de s'emballer. Elle avait touché ma jambe, remonté la main plus haut, puis, après une hésitation, baissé la couverture. Elle était restée silencieuse un certain temps avant d'appeler le docteur Sharma.

— Regardez, avait-elle dit. Qu'est-ce que ça signifie ?

— Sans doute pas grand-chose. Juste qu'Alex est

encore en mesure d'avoir des érections – c'est normal que des parties de son corps continuent à fonctionner comme avant.

— Mais là c'est quand même très particulier. Et s'il réagissait au son de ma voix ?

— Je comprends que ça vous trouble. Je suis désolé, mais je ne suis pas convaincu que ce soit l'explication. Je ne crois pas que ce soit le signe qu'il est réceptif à des stimuli extérieurs.

J'avais brièvement imaginé que je le plaquais contre le mur et que je lui demandais à quoi il jouait. Je mourais d'envie que Bea me touche. Pourquoi ne la laissait-il pas essayer ? Qu'est-ce qu'on risquait ?

— Écoutez, Bea – je peux vous appeler Bea ? À mon avis, ce qui se produit là, c'est un peu comme pour ses yeux. À certains moments ils sont entrouverts, à d'autres ils sont fermés, d'accord ?

— Oui, mais ça… Ce qui se passe maintenant… C'est différent, non ?

— C'est moins fréquent, peut-être, mais le mécanisme reste le même. Son corps aura parfois des manifestations automatiques – les yeux qui s'ouvrent, des larmes qui coulent – sans qu'Alex les contrôle et sans que ce soit une réaction à votre présence. Il ne s'agira que de réflexes.

— Comment pouvez-vous en être sûr ?

— Nous avons effectué de nombreux tests. Nous l'avons observé. Dans les rares cas où nous découvrons qu'un patient comme Alex est conscient, c'est parce que nous détectons une activité cérébrale au scanner, ou parce qu'il cligne des yeux en réaction à ce qu'on lui dit. Ce n'est pas du tout le cas d'Alex.

— J'ai cru que ça pourrait être un signe, s'était-elle lamentée d'une voix douce.

— Je sais, je suis désolé. Ça s'applique aussi à d'autres manifestations : si vous remarquez que son rythme cardiaque change ou qu'il a la chair de poule quand vous le touchez. Ça peut donner l'impression qu'il est réveillé, mais il n'en est rien. Si vous voyez que ses yeux suivent vos mouvements, ou qu'il cligne des paupières, là c'est différent. Si ça se produit, prévenez-moi.

— Donc selon vous il ne sait même pas que je suis là ?

— Je dis que pour l'instant, nous ne pensons pas qu'il soit conscient. Mais c'est très bien de lui rendre visite. Essayez de ne pas avoir de trop grands espoirs, c'est tout.

Il y avait eu un silence gêné.

— Pendant que vous êtes là, avait ajouté Bea au bout d'un moment, j'ai une autre question à vous poser.

— Allez-y, je vous en prie.

— S'il revient à lui, qu'est-ce qui lui restera comme souvenirs ?

— Bea, avait répondu le docteur Sharma sur un ton de mise en garde. Vous savez que d'après nos conclusions il ne reviendra pas à lui, n'est-ce pas ? Ce diagnostic est clair pour vous ?

— Oui, mais juste en théorie. Si ça se produisait ?

— Vous avez peur qu'il ne se souvienne pas de vous ?

— Non, je…

Elle s'était interrompue, avait soupiré.

— Je pense plutôt à sa mémoire immédiate. Au

jour de sa chute, aux semaines qui l'ont précédée. Ce genre de choses. Il paraît qu'en cas de traumatisme cérébral les malades ne se rappellent pas…

— Vous devez avoir très envie de savoir comment c'est arrivé. C'était un grimpeur chevronné, c'est bien ça ?

— Oui, très.

— C'est possible, mais ce n'est pas sûr. Ça me gêne un peu de…

— Hypothétiquement, l'avait coupé Bea, d'un ton impatient.

Elle paraissait sur le point de s'emporter, agacée par les réponses évasives du médecin.

— Quelqu'un qui a subi des blessures aussi graves ne se rappellera sans doute pas le jour de l'accident. Pour ce qui a précédé, c'est difficile à dire. Ça dépendra de nombreux éléments.

— Très bien, je comprends. C'est possible qu'il s'en souvienne, ou pas.

Ce jour-là, j'avais supposé qu'elle posait ces questions parce qu'elle espérait que je me souviendrais de *tout*. Mais à présent, avec le recul, je me demande si elle n'espérait pas que j'aie tout oublié.

4

Au cours des mois qui avaient suivi mon admission à l'hôpital, j'avais acquis la certitude que Bea était convaincue que je ne l'entendais pas. À sa façon de me parler, j'avais cependant déduit qu'elle aimait se figurer le contraire. Cette hypothèse lui plaisait, mais ça restait de l'ordre de l'imaginaire. À ses yeux, ce n'était pas la réalité.

Parfois, elle me posait une question et patientait une seconde, en donnant l'impression d'attendre une réponse de ma part. Mais la plupart du temps elle me racontait ses journées comme si j'étais un journal intime qu'elle devait remplir d'un compte rendu de ses réflexions et activités quotidiennes, parsemé de quelques confessions par-ci par-là. Ses monologues ressemblaient à des passages de livre de bord, ou à des lettres adressées à un ami de longue date. Mais… à la réflexion, pas tout à fait. Sa façon de débiter les mots comme s'ils n'auraient jamais la moindre importance me perturbait. Je ne réussissais pas complètement à mettre le doigt sur ce qui me troublait. Mon esprit ne faisait pas le lien, mais Bea s'en était chargée pour moi. Cela s'était produit peu de temps après qu'elle m'avait relaté le rêve où j'étais apparu dans son lit – à sa visite suivante.

Elle arpentait la chambre. Sa voix circulait d'un côté à l'autre de la pièce et accompagnait le bruit de ses pas.

— Bon, qu'est-ce que j'ai fait aujourd'hui… ? avait-elle commencé.

Je ne parvenais pas à me concentrer sur ce qu'elle disait. Les infirmières m'avaient tourné sur le dos et j'avais un bras tordu. Toutes excellaient dans cette forme de torture, qui consistait à laisser leur victime dans une position très pénible.

— … ensuite, je suis allée courir…

À vrai dire, ce qu'elle me racontait ne m'intéressait pas beaucoup. Tout ce que je voulais, c'était qu'elle s'occupe de mon confort.

Mon bras gauche, Bea. Tu peux le remettre droit ?

Des fourmillements envahissaient mon bras. Bea s'était immobilisée près de mon lit, puis avait caressé ma main gagnée par les picotements.

— … mes nouvelles chaussures de course sont chouettes, mais elles ne me procurent pas le soutien auquel je suis habituée, et je parie que je suis encore trop en pronation…

Sans cesser de me malaxer les doigts, elle s'était penchée pour m'embrasser sur le front. La douleur dans mon bras s'était atténuée, et j'avais adjuré mentalement Bea de changer de sujet. J'avais envie de l'écouter – ça valait toujours mieux que le silence abrutissant que j'endurais à longueur de temps –, mais parfois la banalité de ce qu'elle me racontait me tapait sur le système.

— Pour être franche…, avait-elle poursuivi, avant

de s'interrompre un instant. Je suis allée courir pour une raison particulière. J'avais besoin de m'éclaircir les idées.

J'avais senti le léger chatouillement de ses ongles sur mon pouce.

— On m'a parlé d'un groupe…

Elle s'était éloignée du lit, ses semelles produisant un petit bruit sourd sur le sol.

— C'est un groupe d'aide et de soutien aux personnes endeuillées. Je suis allée à une rencontre.

Elle avait tout débité d'une traite.

— C'est Rosie qui a eu l'idée. Moi je trouvais ça idiot.

Je n'avais pas compris. Qui était mort ?

— Elle a proposé qu'on assiste aux mêmes réunions que Tom quand son père est décédé – d'après lui, ce n'est pas réservé à ceux qui ont perdu un proche. Un bouleversement dans la vie, ça suffit.

Donc, personne n'était mort. Conclusion… Est-ce qu'elle parlait de moi ? C'était ça, le bouleversement dans sa vie ? Elle avait raison, ça paraissait idiot. Il existait sans doute des groupes de soutien mieux adaptés à sa situation.

J'avais perçu un bruit de papier froissé.

— Purée, Al, avait-elle ânonné en mâchonnant quelque chose. Je m'en mords les doigts.

Une odeur de menthe m'avait fouetté le visage.

Ses pas s'étaient encore rapprochés et je l'avais entendue se gratter la tête. Quand elle était stressée, elle passait les mains dans ses cheveux courts sans plus s'arrêter. Je visualisais très bien la scène. J'avais toujours adoré la façon dont sa frange tombait devant ses yeux vert kaki et sur son front parsemé de taches de rousseur.

— Ça a commencé quand j'ai appelé le responsable pour avoir des renseignements. Il m'a demandé pourquoi je voulais y assister, et je ne sais pas ce qui m'a pris, mais j'ai raconté…

Elle avait émis un drôle de petit bruit, comme si elle venait de se rappeler un détail embarrassant.

— J'ai raconté que mon copain s'était tué dans un accident d'escalade, il y a presque deux ans…

J'avais eu envie d'éclater de rire. D'un rire qui vous fait recracher votre thé.

— À partir de là, je ne pouvais plus revenir en arrière. Quand j'ai assisté à la séance, tout le monde s'est montré très gentil avec moi. Je me suis sentie trop mal.

J'avais écouté ses pieds tandis qu'elle reprenait ses allers-retours.

— Moi j'ai pleuré. C'était horrible. La femme qui animait la séance a chargé chacun de nous de se remémorer un souvenir… « Rappelle-toi une époque où Alex essayait de te réconforter quand tu étais triste, elle m'a demandé. Qu'est-ce qu'il te disait dans ces moments-là ? »

Comment m'y serais-je pris ? Je l'aurais serrée dans mes bras, ou j'aurais tenté de la faire rire. Je n'avais jamais le sentiment de trouver les bons mots, mais en général, si je me couvrais assez de ridicule, je réussissais à lui arracher un sourire.

— « Ça ira mieux demain. » C'est ce que tu me répétais toujours. Alors c'est ce que je leur ai expliqué, et eux ils m'ont souri, ils m'ont donné des tapes dans le dos, j'ai chialé, c'était affreux.

Elle avait soupiré.

— Ils croyaient tous que je parlais de mon petit copain décédé.

Bea ne m'aurait jamais confié cette expérience si elle avait pensé que je pouvais l'entendre. Elle n'aimait pas reconnaître ses erreurs, et elle détestait me fournir des motifs de la charrier.

Si j'avais pu rire, je ne m'en serais pas privé. Dans ma situation, on se marre comme on peut. Soudain, j'avais eu un déclic. J'avais imaginé Bea en train de discuter de ma mort avec d'autres hommes et femmes en deuil, et sa façon de me parler ne m'évoquait qu'une chose : une femme en deuil qui se rend sur la tombe d'un proche.

5

La revoilà, cette combinaison d'odeurs peu banale. Celle d'un solvant, qui me rappelle la peinture laquée, mêlée à une autre, plus aromatique – un après-rasage. Les visites de ce médecin-là commençaient systématiquement de la même façon, avec cette odeur. La plupart du temps, c'était le seul indice qui me permettait d'identifier ce visiteur, peu loquace. Un spécialiste dans un domaine que je n'ai pas réussi à déterminer, qui passait moins souvent que les autres, tous les deux ou trois mois environ. Depuis le temps qu'il s'occupe de moi, je n'ai jamais découvert son nom – personne ne s'est adressé à lui assez près de moi pour que je l'entende. Je le surnomme donc docteur Taiseux.

En général, il m'examine et marmonne quelques mots. Quand il se montre un peu plus loquace, comme ça a été le cas ce jour-là, peu après la venue de Bea, j'en suis toujours abasourdi.

Pendant plusieurs minutes, je l'ai écouté déambuler dans la chambre, consulter le suivi de mes constantes, déplacer mon vase sur la table. Il soupirait beaucoup, comme si chaque geste exigeait de lui un immense effort.

Il s'est approché pour se livrer à ses vérifications habituelles ; son parfum s'est fait plus présent. Il a posé la main quelques instants sur mon front, avant de la laisser glisser sur ma joue gauche, qu'il a repoussée, sans doute pour contrôler la souplesse de mon cou ou regarder mon oreille. Puis il a saisi ma mâchoire et tiré mon visage vers lui.

Je savais ce qui suivait : les bras. Il plaquait mon coude droit sur le lit et soulevait mon poignet pour vérifier l'amplitude du mouvement. Il réitérait l'opération du côté gauche. Il procédait avec lenteur, en silence, sans paraître aussi pressé que les autres.

Le fait que quelqu'un prenne son temps avec moi aurait dû me sembler rassurant. Me donner à penser qu'il se montrait professionnel, qu'il ne laissait rien au hasard. Malgré sa méticulosité, il poussait tant de soupirs et de grommellements qu'il n'avait pas l'air enchanté de s'occuper de moi. Qui plus est, sa façon de me toucher me déroutait – ses mains s'attardaient sur moi et glissaient d'une partie de mon corps à une autre, mouvements qui offraient un contraste frappant avec les gestes superficiels auxquels m'avaient habitué la plupart des autres personnels soignants.

J'ai songé à ces observations cependant qu'il testait les articulations de mes jambes et la flexibilité de mes doigts, un par un.

Tout roule ?

Il a pris mon pouls en me tenant le poignet environ une minute, avant d'inspecter la canule de trachéotomie qui dépassait de ma gorge, en la tordant à droite et à gauche.

Je connaissais le programme par cœur. En général, il se fendait de quelques commentaires à la fin de son examen clinique. Il parlait doucement, comme s'il s'adressait davantage à lui-même qu'à moi.

— Bien, monsieur Jackson, c'est parfait.

Après un temps d'arrêt, il a ajouté :

— Aucune amélioration.

C'était son style, ça. Il paraissait encourageant, mais il ne décelait jamais aucun signe de progrès.

À cette étape de la visite, il examinait mes feuilles de surveillance une fois de plus et repartait en silence.

Mais pas aujourd'hui.

— Vous êtes déterminé à vous accrocher, hein ? a-t-il lâché, presque dans sa barbe, avant de pousser un énième soupir. Combien de pneumonies vous nous avez faites ?

Il est allé au pied de mon lit, et, encore une fois, a repris bruyamment la planchette à pince de ma feuille de suivi.

— Un paquet… Et pourtant, vous êtes encore des nôtres.

Voilà un commentaire que je n'aurais pas aimé entendre de la bouche d'un médecin si j'avais atteint un âge avancé, mais je me trouvais dans un tel état d'esprit que je partageais son avis. Comment se faisait-il que je sois toujours en vie ?

— Notre système de santé est un vrai bordel, et votre cas en est symptomatique

Sa façon de parler m'a stupéfié ; aucun de mes médecins n'avait jamais juré en ma présence. Même s'ils ignoraient que je les écoutais, ils se comportaient en général avec professionnalisme.

— Des tas de gens survivent à des blessures comme les vôtres, de nos jours, parce que la médecine est de plus en plus performante.

Il a reposé mes feuilles, puis il est allé près de la fenêtre sur ma gauche.

— À quoi ça sert ? Il aurait peut-être mieux valu que vous mouriez.

Si vous n'êtes pas content d'être là, je ne vous retiens pas.

Je suppose qu'il s'est retourné brusquement. J'ai soudain senti qu'il tirait sur le tube qui s'enfonce dans mon estomac, par lequel on m'administre fluides nutritifs et médicaments.

Ça ne s'inscrivait pas dans son programme habituel.

Je l'ai entendu triturer je ne sais quoi à côté de moi ; j'ai eu l'impression que c'était la canule en plastique.

Qu'est-ce que vous faites ?

Qu'est-ce qu'il fabriquait ? Est-ce qu'il m'injectait un traitement ? En tout cas, il ne me nourrissait pas, ça n'aurait pas été digne de sa fonction. Est-ce qu'il m'empoisonnait ? Est-ce qu'il débarrassait le monde du fardeau que je représentais ?

Il a relâché l'embout, puis une vive chaleur m'est montée au visage et mon cœur s'est mis à battre la chamade.

Qu'est-ce que vous m'avez donné ? De la morphine ?

Est-ce que j'allais pouvoir tirer ma révérence grâce à lui ? Me considérait-il comme une trop grosse charge pour eux ?

Ses pas se sont éloignés du lit, mais son odeur s'est attardée après que la porte s'est ouverte et refermée dans un cliquetis, puis qu'il m'a laissé seul, à m'interroger sur ce qu'il venait d'injecter dans mon organisme. Si injection il y avait eu.

Cet homme pouvait-il être mon allié ?

Non, jamais il ne ferait une chose pareille. Mon imagination s'emballait. Je n'éprouvais aucune sensation nouvelle, alors que les médicaments agissaient en général très vite quand on me les administrait directement dans l'estomac. J'avais affaire à un praticien. Il n'allait pas m'euthanasier, même si ma présence dans ce service lui semblait aberrante, et même s'il estimait que c'était mieux pour moi.

Les médecins étaient là pour prendre soin de moi, pas pour m'expédier dans l'au-delà. Jamais je n'avais imaginé qu'un jour cette conclusion serait pour moi une source de déception.

6

El Capitan, Wharepapa, les Météores, les Calanques – des mecques de l'escalade que je n'ai pas encore découvertes. Moi qui suis momifié dans mon lit, je ne comprends pas comment j'ai pu me répéter : « Ce sera pour l'année prochaine. L'année prochaine. Toujours l'année prochaine. Un jour, j'irai. » Pourquoi ai-je fait ça ?

Au moins, j'ai gravi les Rocheuses canadiennes – de bien des manières, c'est là que tout a commencé il y a dix ans de cela. C'est dans les Rocheuses qu'est née mon obsession pour ce sport – bien plus que lorsque j'avais grimpé dans les gorges de l'Avon et sur les murs en salle. C'est aussi dans les Rocheuses que j'ai rencontré Bea, quand j'étais moniteur dans un centre de vacances installé près de l'entrée du parc national de Banff. Au cours de ces quelques mois, nous avions vécu entourés de forêts de pins et de stupéfiants lacs turquoise alimentés par des glaciers, dominés par d'immenses sommets aux cimes enneigées : le pic Ha Ling, le canyon Grotto, le mont Lawrence Grassi, les Three Sisters. Chaque fois que je levais les yeux vers ces montagnes, au réveil, j'avais envie de prendre mes cordes, de m'enduire les mains de magnésie et de grimper. Et je l'ai fait, d'ailleurs – sur mes jours de congé –, mais j'ai surtout passé le plus clair de mon temps à randonner avec des groupes d'ados, à assister les instructeurs d'escalade quand ils initiaient les gamins sur les spots les plus faciles, et à organiser des activités au camp.

J'ignore comment Bea avait décroché ce job. Elle était loin d'être aussi sportive que les autres animateurs, et elle n'avait jamais caché qu'elle n'avait pas du tout envie d'être là, mais que sa mère l'avait obligée à postuler. « Je lui ai expliqué qu'elle n'aurait pas beaucoup d'occasions de ce genre dans sa vie, m'avait raconté Megan, plus tard. Je voulais que ma fille profite de tout ce que moi je n'ai jamais eu. »

Il nous avait fallu deux ans de plus pour nous mettre ensemble, quoique si j'en avais eu les tripes, je me serais lancé beaucoup plus tôt. Comme d'habitude, j'avais remis à plus tard. Cet été-là, nous n'avions pas dépassé le stade de l'amitié, mais nous avions quand même été inséparables. Bea et Rosie – une autre monitrice –, que leur indignation face à l'interdiction de consommer de l'alcool au sein de la colo avait rapprochées, m'avaient choisi comme allié. Elles se plaisaient à me chouchouter et se prenaient pour mes sœurs aînées alors qu'elles n'avaient que quelques mois de plus que moi. Tous les matins, Bea s'assurait que je m'enduise d'écran total en quantité suffisante pour protéger ma peau de roux des coups de soleil, et à deux ou trois occasions elle avait appliqué du jus de citron dans mes cheveux pour les décolorer. On ne me demandait pas trop mon avis. Déterminée à améliorer mon sens de la mode, Rosie m'avait obligé à me débarrasser de mes tee-shirts « de gros naze », comme elle les appelait. Elles m'avaient cornaqué, sans succès, pour que je sorte avec une autre fille de la colo, s'ingéniant à me souffler des répliques de drague et à provoquer des situations afin que je me retrouve seul avec elle. La fille ne me plaisait pas spécialement, mais j'avais joué le jeu car elles semblaient s'amuser comme des folles.

Une fois que Rosie était allée se coucher, Bea et moi veillions parfois tard, et elle m'offrait une oreille compatissante tandis que je cherchais du sens à ce qui s'était produit peu avant notre arrivée au Canada. L'hiver précédent, on avait accordé à ma mère son souhait de se laisser mourir. C'était elle qui m'avait suggéré de prendre une année sabbatique avant d'entrer à l'université. *Quand ce sera fini, tu auras besoin de te ressourcer*, avait-elle griffonné dans un de ses calepins – encore un de ses laïus sur le thème « quand je ne serai plus là », que je m'efforçais d'esquiver. Bea m'écoutait pendant des heures, et les rares mots qu'elle m'adressait me remontaient toujours le moral. J'avais commencé à m'épancher en lui livrant un maigre filet de souvenirs et de platitudes – « Ce n'est pas juste que quelqu'un qui n'a jamais fumé ait un cancer de la bouche », « Mon père prétend qu'il va bien, mais je crois qu'il ne va pas fort » et « À ton avis, c'est comment quand on meurt ? » Mais en septembre ce ruissellement s'était transformé en véritable dégât des eaux après qu'un des enfants s'était noyé dans la piscine du centre peu avant la fin du séjour.

Les dernières soirées au camp, tout le monde était abattu. Nous étions restés assis tous les trois derrière le dortoir des moniteurs, adossés au mur ; je tenais Bea et Rosie par les épaules, et toutes les deux posaient leur tête sur ma poitrine. Nous buvions les bières que nous avions rapportées en douce, et nous nous partagions deux paires d'écouteurs pour écouter nos chansons préférées de l'été. Il faut vivre chaque jour comme si c'était le dernier, philosophai-je, et les deux filles hochaient la tête contre moi en essuyant leurs larmes. Je n'avais même pas suivi ce conseil. Avant mon accident, j'ai perdu bien trop de temps – des journées passées avec la gueule de bois devant la télé, des semaines à traîner ma déprime dans l'appartement au lieu de me ressaisir et de profiter de mon année sabbatique pour m'organiser un voyage, sans parler des années à signer des articles sans intérêt alors que j'aurais pu tenter de concrétiser mon ambition de réaliser des documentaires.

Des années plus tard, notre trio a été de nouveau réuni quand je suis revenu à Bristol après avoir décroché mon diplôme à l'University College de Londres. À cette époque, Bea et moi étions ensemble. Pendant mes années à Londres, elle avait suivi des études de graphisme. Rosie avait fini par nous rejoindre après avoir voyagé dans toute l'Europe, où elle avait enseigné l'anglais aux habitants. (« Si je rentre en Angleterre, autant que je vive près de vous. ») Nos liens s'étaient encore resserrés lorsqu'elle s'était installée avec Tom, un de mes copains d'escalade. Depuis le début de mon incarcération hospitalière, j'accueillais toujours leurs visites avec grand plaisir – c'était un duo très distrayant. Avant mon accident, Bea me confiait qu'elle se demandait comment les autres couples fonctionnaient en privé. Étions-nous différents ? Est-ce que nous nous disputions plus ? Est-ce que nous avions des rapports sexuels aussi fréquents que tout le monde ? Moi, j'ai justement la chance qu'elle aurait adoré avoir – être une petite souris qui peut épier la relation d'un autre couple – dès que Tom et Rosie entrent dans la chambre.

Peu après que Bea m'avait parlé des séances de soutien aux personnes endeuillées, ils sont venus me voir. Ce jour-là, mes yeux sont restés entrouverts quelques heures – une fente très fine. Je ne pouvais ni les ouvrir plus grand ni les fermer. Je devinais des nuances de gris, de noir, de blanc. Des masses informes, claires et obscures. Mais j'étais incapable de me concentrer sur quoi que ce soit. Quand Tom et Rosie sont arrivés, ils m'ont interrompu pendant que je dressais la liste de toutes les ascensions que je ne pratiquerais jamais, si mes projets de mourir se concrétisaient. El Capitan, Wharepapa, les Météores, les Calanques – une liste de lieux auxquels je devais faire mes adieux à distance. J'ai décelé du mouvement du côté droit de la chambre lorsqu'ils ont poussé la porte ; j'ai vu le voile foncé des longs cheveux noirs de Rosie, la silhouette haute et élancée de Tom, mais je ne distinguais pas leurs visages.

— … tu m'as promis que tu allais t'en charger, disait Rosie.

— Et c'est vrai, a répondu Tom. Quand j'en aurai envie.

De quoi parlaient-ils, cette fois ? Des courses de la semaine, peut-être. Ou de la peinture de la chambre d'amis.

— Tu m'as juré que tu allais me donner un coup de main. Depuis que Janice est partie, j'ai pris des tas d'heures supplémentaires. Je ne sais pas comment je vais m'en sortir, avec tous les cours que j'ai à préparer.

La forme grise de Tom s'est approchée à la gauche de mon lit ; j'ai entendu claquer ses tongs sur le carrelage.

— Regarde-le, a-t-il dit en s'asseyant lourdement sur le siège.

Quand il a posé la main sur la mienne, j'ai senti l'odeur sucrée et citronnée de la crème réparatrice qu'utilisent les grimpeurs. Il n'avait jamais été très bavard, mais je ne m'en étais vraiment rendu compte qu'au cours de l'année qui venait de s'écouler. Il réussissait à exprimer ses idées en trois fois moins de mots qu'il n'en fallait à Rosie.

— Comment tu le trouves ? Il a meilleure mine, non ?

— Je ne vois pas de changement. Il est exactement pareil. Alors arrête.

La voix de Rosie me parvenait d'un peu plus loin, et je percevais des variations de luminosité au pied de mon lit, où elle se tenait.

— Arrête quoi ?

— Il a toujours le même aspect, je ne sais pas pourquoi tu me demandes ça à chaque fois qu'on vient. Ça m'horripile. Arrête de t'infliger ça.

— De quoi tu parles ?

— De toi. Arrête de croire qu'il va s'en sortir.

— Qu'est-ce que tu racontes ?

— Ça n'arrivera pas. Il ne nous entend pas. Tu te rappelles ce que les médecins ont dit. Il ne sait pas qu'on est là.

— C'est possible.

Tom ne paraissait pas convaincu. J'ai entendu le bruit de deux objets qui s'entrechoquent.

— Mais est-ce qu'il a l'air d'être à l'aise ?

Non. Je crève de chaud. Qu'est-ce que je ne donnerais pas pour une bière.

— Tiens…, a fait Tom.

Encore quelque chose qui bouge. Des coups secs.

— Qu'est-ce que tu fais ? (Nouveaux entrechoquements.) Tom ?

D'autres percussions. Un coup sourd.

— Tom, je sais que tu m'entends. Je suis à un mètre de toi. Tom ?

— Un accoudoir du siège a un peu de jeu. Fais-moi penser à apporter de la colle à bois, la prochaine fois.

C'était du Tom tout craché. Toujours à réparer quelque chose. À bidouiller tout ce qui lui passait sous la main – et bien meilleur bricoleur que moi. « C'est un truc d'ingénieur, ça, me soutenait-il, lorsque je me décidais à l'appeler pour qu'il vienne m'aider à poser des étagères ou à décoincer une fenêtre. Moi, je suis pas capable de construire de belles phrases comme toi, et toi tu ne sais même pas dans quel sens on tient un marteau. » Bea s'était résignée à l'idée que je n'étais pas fichu de planter un clou. Souvent, quand je rentrais à la maison, je ne m'étonnais plus de trouver Tom en train de réparer un robinet ou le lave-vaisselle. Bea le contactait sans même se fatiguer à me prévenir du problème.

Rosie a soupiré.

— Ce n'est pas à toi de réparer le mobilier. On va juste avertir l'infirmière, ou quelqu'un d'autre. Arrête de tripatouiller ça.

Il n'a rien répondu, mais je sais qu'il ignorait

délibérément l'avis de Rosie. À leur prochaine visite, il allait apporter de la colle. Elle ne pouvait pas l'empêcher d'aller au bout d'un projet, si infime soit-il.

Rosie est passée à droite de mon lit. Son corps menu s'est avachi dans un siège, en face de Tom. La senteur de noix de coco de son parfum m'a assailli, curieusement mêlée à l'odeur des feutres pour tableau blanc ; Rosie sentait toujours ainsi après une journée d'enseignement. Je me suis armé de courage pour la conversation ping-pong qui suivait chaque fois qu'ils s'installaient de cette façon, chacun d'un côté de mon lit.

— Ça va ? a demandé Tom.

— Pas trop, a-t-elle grommelé.

— Encore à cause de Bea ?

— C'était horrible.

— Quoi ?

— Tom !

— Mais quoi ?

— Je t'en ai parlé, hier soir.
Tu m'as pas écoutée ?

— Ne m'engueule pas comme si
j'étais un de tes élèves. J'étais claqué.

Alberto m'a fait essayer des longueurs
super ardues.

Quelles voies vous avez prises?
Tu en as essayé de nouvelles?

Rosie n'a rien répondu. J'ai tenté de voir ce qu'elle faisait, mais j'étais sur le dos, légèrement redressé, face au mur au bout de mon lit. Elle restait à la périphérie de ma vision.

— Elle s'est trop énervée contre moi,
mais comment je pourrais prétendre être
son amie sans lui dire qu'elle doit tourner la page?

Est-ce que j'avais bien entendu?

— Tu sais ce que j'en pense.

À ma connaissance, personne n'avait osé mettre les pieds dans le plat de cette façon avec Bea. Mes sentiments étant ce qu'ils étaient en ce qui concernait le restant de ma vie, j'étais content que Rosie ait eu les tripes d'aborder la question.

— Il ne se réveillera pas.
Allez, quoi, tu sais bien ce que
les médecins ont expliqué. Ça n'arrivera
pas, maintenant qu'il a passé le stade
des douze mois.

— C'est encore possible.

Tom a retiré sa main et fait craquer ses doigts. Je ne me serais jamais douté que Tom m'était aussi loyal. Je me sentais presque coupable de refuser sa fidélité, mais j'aurais préféré qu'il lâche prise.

— Moi je veux bien, mais ça se
produira quand ? Et pendant ce temps-là
elle fait quoi, Bea ? Elle attend ?
Qu'est-ce qu'elle devient ? Elle tire
un trait sur les enfants, alors ?

— Les enfants ?

— Des mômes, une famille, tout ça.
Tout est en suspens, pour elle. Sur pause.

Tom a cessé de triturer ses articulations.

— Tu veux des enfants, *toi* ? Maintenant ?

— Non. Pas pour l'instant.

— Simple vérification.

— Mais bientôt.

— C'est-à-dire ?

— D'ici à deux ans ?

— Simple vérification, a répété
Tom dans un souffle.

Ce serait peut-être le moment d'avoir un peu de couilles, mon gars.
Considère-toi chanceux de pouvoir être père.

Ils sont restés silencieux quelques minutes et, du coin de l'œil, je distinguais Tom en train de s'agiter. Dans la chambre, c'était un vrai four. On manquait d'air. Sous ma peau en sueur, entre mon dos et le matelas, mon pyjama était trempé. Ils n'avaient pas trop chaud, eux?

Au bout d'un moment, Rosie a repris la parole :

— Ça ne s'est pas arrangé quand je lui ai parlé de la fille qu'il s'est tapée… à Londres, tu sais?

Quoi? Pourquoi remettre cette histoire sur le tapis?

— Quelle idée de lui reparler de *ça* !

— Je voulais juste lui expliquer qu'Alex n'était pas aussi à cheval qu'elle sur la fidélité… Je sais pas. Je me suis dit que ça pourrait m'aider à la convaincre. Je n'ai pas assez réfléchi.

Je déteste qu'on rappelle mes erreurs à Bea.

La première année de notre relation – moi qui terminais mon cursus à Londres, et elle à Bristol – me paraissait très lointaine, mais je revoyais son regard quand je lui avais raconté ce que j'avais fait.

J'avais été idiot de tout mettre en péril.

Nous nous en étions relevés, elle m'avait pardonné. C'était du passé.

Pourquoi tu lui as reparlé de ça?

— Ça, je te le confirme, a acquiescé Tom.

— Ne m'enfonce pas… je sais. Je n'en reviens pas que j'aie pu croire que ça l'aiderait.

— Tu t'en irais, toi, si c'était moi dans ce lit?

— Elle va avoir trente ans l'année prochaine, et elle s'interdit de vivre en attendant un miracle qui ne se produira pas. Elle en a conscience, je t'assure.

— Et ton échange avec le père d'Alex? Comment elle l'a pris?

— Mmmmh… Elle n'a pas trop aimé que j'en discute avec Graham.

Tom a toussé.

— Je me doutais que ça ne lui plairait pas. De toute façon, elle est déjà super à cran, depuis quelque temps, même avant qu'elle l'apprenne. Mais c'est *lui* qui m'a appelée. Je ne pouvais pas refuser.

— Il aurait peut-être mieux fait
de lui en parler directement.

— C'est clair. Il m'a aussi demandé de ne
rien dire à la sœur d'Alex… Selon lui,
elle ne serait pas d'accord.

— Elle n'a pas tort.

— C'est bon, j'ai compris.

J'aurais bien aimé en savoir davantage, mais Rosie n'a rien révélé de plus. Ils sont restés encore un peu. Lorsqu'ils ont changé de sujet, j'ai arrêté de suivre ce qu'ils racontaient – au lieu de ça, j'ai songé à la longue tirade de Bea sur l'impossibilité de me quitter. Je la connaissais. Plus elle me soutenait qu'elle en était incapable, plus elle l'envisageait, même si elle s'en voulait à mort.

Pourrais-je lui reprocher de rencontrer quelqu'un et de poursuivre sa vie sans moi ? Non. C'était dans l'ordre des choses. Rosie avait fait le bon choix. J'espérais que Bea se rangerait à son avis.

C'était facile de jouer les grands princes tant qu'il n'y avait pas d'autre homme dans le tableau.

7

— … montré aucun signe de conscience en plus de dix-huit mois les patients plongés dans un état d'éveil non répondant se trouvent entre la vie et la mort ils sont quelque part entre l'éveil et le néant alors est-ce qu'il est dans le coma non nous appelons ça l'état végétatif chronique le coma c'est légèrement différent le patient ne serait pas en état d'éveil ni conscient mais lui il est en éveil non répondant alors il peut nous entendre non nous ne le pensons pas comme je vous l'ai expliqué aucun signe de conscience depuis l'accident nous avons procédé à des examens mais il n'a pas du tout conscience de son environnement il ne réagit pas…

J'ai émergé un peu dans le brouillard, la bouche sèche et les jambes endolories. Des voix résonnaient autour de moi, dont une qui m'était familière – celle d'un médecin – et deux autres que je n'ai pas reconnues. Trois hommes, donc, qui discutaient à quelques mètres de moi. Leurs tons assez similaires se confondaient, et je distinguais à peine quand l'un d'eux se taisait et qu'un autre prenait la parole. J'avais les yeux assez ouverts pour apercevoir des formes en mouvement dans l'embrasure de la porte à ma droite.

J'ai essayé de forcer sur les muscles de mon cou tant j'aurais voulu lever la tête et regarder dans leur direction.

— … ce qui va se passer par la suite il y a possibilité d'arrêter son traitement ou l'alimentation ça mettrait un terme à son maintien en vie il faudrait l'autorisation d'un juge ça change tout oui ça modifierait les éventuels chefs d'accusation je suis désolé inspecteur je ne suis pas certain de comprendre nous avons de nouveaux éléments nous souhaitions d'abord voir comment évolue l'état de M. Jackson et ensuite je vous propose d'aller dans mon bureau…

Ma porte s'est refermée et le volume du brouhaha qui résonnait dans le service a baissé.

Qu'est-ce qui se passe ?

Mon front s'est mis à me démanger, à me picoter. C'est la sueur qui perlait.

Qui êtes-vous ?

Des policiers ? De quels « nouveaux éléments » parlaient-ils ? J'ai attendu, mais ils ne sont pas revenus.

C'étaient forcément des policiers. *Chefs d'accusation. Éléments. Inspecteur*. Ça ne s'entendait pas qu'aux termes qu'ils employaient, mais aussi à leur façon de s'exprimer.

Se penchaient-ils de nouveau sur mon accident ? La compagnie d'assurances avait peut-être exigé une enquête plus approfondie. Quelque chose ne tournait pas rond. Je ne voyais pas pourquoi la police aurait pu s'intéresser encore à moi. Si ça se trouve, quelqu'un d'autre avait été blessé et on intentait un procès à un des fabricants du matériel que j'utilisais.

Non, c'était impossible. Je le connaissais très bien. J'étais sûr de sa fiabilité. Je faisais plus confiance à mon équipement qu'à ces policiers, aucun doute là-dessus. Je continuais à transpirer, agité par de vieux soupçons. J'avais toujours respecté les agents de police que je côtoyais dans le cadre du travail. Je ne supportais pas les lecteurs qui appelaient au journal pour se plaindre des « poulets » et, au tribunal, j'avais tendance à accorder systématiquement du crédit à la version de la police plutôt qu'à celle des criminels supposés. Ça avait changé alors que je préparais un de mes derniers gros articles, qui devait être le clou d'une campagne visant à faire libérer un homme condamné pour un meurtre dont nous le croyions innocent. J'avais non seulement découvert que la police avait recouru sans vergogne à la contrainte pour lui arracher des aveux – c'était un jeune homme vulnérable qui souffrait de troubles d'apprentissage –, mais ils avaient aussi tenté de m'empêcher d'annoncer que ses proches comptaient faire appel. « Ce n'est pas dans l'intérêt général, m'avait-on soutenu au service des relations presse. En diffusant l'idée que le coupable est peut-être encore en liberté, vous ne ferez qu'effrayer les gens inutilement. »

Je leur avais rétorqué qu'ils feraient mieux d'arrêter le vrai tueur plutôt que d'essayer de me bâillonner. Qui était le véritable assassin de Holly King ? Qui l'avait battue à mort à coups de pelle et abandonnée dans un cimetière ? Autant dire qu'ils n'avaient pas vu d'un bon œil que je leur apprenne leur métier – mais s'ils voulaient essayer de m'apprendre le mien, j'allais leur en remontrer.

Dix ans. Ce pauvre bougre avait passé une décennie

entière en prison ; on l'avait privé de sa liberté d'un bout à l'autre de sa vingtaine. Moi, jusqu'à présent, je n'avais perdu que… Combien ? Plus ou moins dix-huit mois ? Avant même que la police se présente dans ma chambre ce jour-là, j'avais beaucoup médité sur le parallèle que je voyais entre nos existences entre quatre murs. J'étais en pleine enquête sur cette affaire quand je me suis retrouvé ici. Et lui, était-il encore coincé dans une cellule, ou avait-on réussi à obtenir sa libération ? Les lettres que sa mère m'avait montrées débordaient des peurs de son fils, de son sentiment d'étouffement ; on percevait une profonde noirceur dans ses mots empreints du manque de lumière du jour qu'il déplorait. Quelques semaines après les avoir lues, je finissais dans une version aussi personnelle qu'unique de sa prison : mon propre corps.

Tout le restant de la journée, des démangeaisons m'avaient incommodé plus que d'habitude, sur les bras et à l'intérieur des jambes, et ma peau était moite. J'avais l'impression d'être recouvert de mouches, qu'elles promenaient leurs pattes sales partout sur moi. Et elles se baladaient dans mon crâne, aussi. Elles tournaient en rond dans mon esprit, m'accablaient de questions.

La dernière visite de Bea datait déjà de plusieurs jours, me semblait-il. Elle n'avait évoqué aucun échange avec la police – ni elle ni personne, d'ailleurs. Mes proches me cachaient-ils quelque chose, ou étaient-ils eux-mêmes dans l'ignorance ?

Pourquoi ne me confiait-on jamais rien ?

Quand j'avais encore des choses à perdre et la capacité de les perdre, cela me mettait hors de moi. Un jour, j'avais passé des heures à chercher un petit galet de grès rouge foncé que j'avais trouvé à Rhossili quand j'étais gamin, pendant une promenade sur la plage avec maman. Elle l'avait fait rouler dans sa main et m'avait conseillé de le garder, parce que ça lui rappelait Uluru. « C'est un endroit incroyable, Alexander, c'est magique. » Je ne savais rien au sujet d'Uluru, mais lorsque nous étions rentrés à la maison, j'avais cherché dans mon encyclopédie, et par la suite j'avais laissé le caillou dans ma trousse avec mes stylos, mon équerre et mon Tipp-Ex. Devenu adulte, je le conservais dans un de mes chaussons d'escalade, au fond de mon dressing, comme porte-bonheur.

Un jour, je l'avais perdu. Je l'avais sorti de mon chausson mais ne l'avais pas posé à son emplacement habituel. Il m'avait fallu quelques jours pour m'apercevoir que j'ignorais où il était passé. J'avais alors mis l'appartement sens dessus dessous – quand Bea était rentrée, elle avait cru à un cambriolage. Je ne supportais pas de perdre le contrôle, je crois. Quand avais-je vu le galet, la dernière fois ? Où avait-il pu passer ? Pendant des heures, cela m'avait obnubilé. Ces pensées tourbillonnaient dans ma tête telles de petites mouches obstinées.

Voilà qu'elles remettaient ça. Elles tournaient, tournaient, tournaient. Non pas parce que j'avais perdu quelque chose, mais à cause de ces hommes et des mots qu'ils avaient prononcés – des mots dont le sens était hors de ma portée, dont j'étais incapable de saisir les implications.

En y repensant, je me rends compte que c'est à ce moment que les choses ont changé. Je n'étais plus le seul à avoir des ennuis.

8

Service Federer. J'ai déjà perdu deux sets, et je suis mené trois jeux à zéro dans le troisième.

Le silence se fait dans les tribunes.

Il lâche la balle sur le gazon vert vif à ses pieds, la fait rebondir deux fois. Il me dévisage. Il pense qu'il me tient.

Vas-y, Roger, envoie.

Il lance la balle en l'air du bras gauche, et le droit se replie derrière lui en position armée. L'équilibre est parfait, ses deux bras sont alignés. Il fléchit les genoux, tout son poids repose sur ses orteils. Il regarde la balle redescendre, puis il saute, frappe en rabattant la raquette jusqu'à sa taille. Il retombe sur la ligne de fond, mais je ne vois pas ses pieds – je fixe le missile jaune fluorescent en sautillant sur place.

C'est le moment. Je l'ai poussé à croire qu'il allait remporter le match. Mais il ne peut pas gagner. Le prochain champion de Wimbledon, c'est moi.

Je lui décoche le coup droit le plus puissant qu'on ait jamais vu. Le public se déchaîne. Federer parvient tout juste à me le renvoyer, en se jetant en travers du court pour m'offrir un revers qui arrive directement dans ma raquette.

Je prends le point avec un amorti hors de sa portée.

Zéro-quinze.

Je redresse ma casquette, m'éponge le front, adresse un signe de la main à mes fans en liesse.

Les avantages du tennis imaginaire : on gagne toujours, on bat les meilleurs, on est capable de retourner des coups impossibles, on sait exactement où va la balle, et on accomplit régulièrement des exploits inattendus. Le seul inconvénient : on ne joue pas vraiment au tennis. Je ne fais pas de petits bonds : mes pieds sont immobiles. Ils sont froids. Je n'expédie pas de revers surpuissants vers la ligne de fond de court : mes bras sont des poids morts le long de mon corps. Ils ne bougent que lorsque la kiné fait travailler mes articulations, ou quand les infirmières me changent de côté.

C'est un de mes médecins qui m'a donné l'idée de me livrer à ces activités sportives imaginaires. Au tout début, quand j'émergeais à peine de ce qui était sans doute un coma profond, et que je décrochais encore par intermittence, on m'avait emmené dans une autre pièce, sur une civière dont les roulettes grinçaient. Mes yeux s'étaient légèrement ouverts pendant qu'on me déplaçait et j'avais vu des formes blanches et lumineuses passer en vitesse au plafond, les têtes des médecins et des infirmières étaient apparues dans mon champ de vision tels des ballons de baudruche noirs et gris qui auraient dérivé au-dessus de moi.

Ils m'avaient annoncé que j'allais passer une IRM cérébrale. De temps en temps, on me livrait des informations comme celle-là, mais pas toujours. Pas la première fois qu'ils s'en sont pris à moi avec une sonde d'aspiration, par exemple. J'en ai conclu que c'était pour purger les mucosités qui encombrent mes poumons et vider ma bouche de la salive que je ne peux pas avaler. Mais ce jour-là j'avais vraiment cru qu'ils voulaient me tuer.

Avant l'IRM, le docteur Sharma m'avait donné quelques instructions, sa tête à l'aspect de ballon flou flottant au-dessus de mon visage. Le parfum du savon sur sa peau masquait presque l'odeur de désinfectant qui imprégnait la salle. « Nous allons vous installer dans la machine IRM. Ça va nous permettre de jeter un coup d'œil à votre cerveau. » Il semblait jeune. Du même âge que moi. Et sympathique – je l'aimais bien. « Nous allons tenter une IRM fonctionnelle, pour voir où va le sang dans votre cerveau quand nous vous demanderons d'accomplir certains exercices. » Des postillons m'avaient éclaboussé le visage. « Alan, si vous m'entendez, voici ce que je veux que vous fassiez. »

Vous m'avez appelé Alan, là?

— Je vais vous parler grâce aux écouteurs dont on va vous équiper. La machine va être très bruyante, mais nous allons vous mettre de la musique pour l'atténuer. Je vais ensuite vous demander de faire deux choses. D'abord, vous imaginerez que vous jouez au tennis. Pensez très fort que vous lâchez un gros coup droit. Prenez-vous pour Tim Henman.

— Henman ? Vous n'avez pas mieux ?

Cette voix de femme provenait d'une autre personne penchée au-dessus de moi, qui me fourrait des écouteurs dans les oreilles. Son haleine sentait le café.

— Vous pourriez lui donner une chance de gagner, quand même.

— Merci, Caroline. Mais la victoire, ce n'est pas notre objectif principal, pour l'instant.

J'avais alors découvert qu'on pouvait entendre quelqu'un lever les yeux au ciel.

Elle avait ri. L'odeur de café ne m'avait pas répugné – au contraire, elle m'avait procuré une sensation d'intimité. La femme s'était approchée et la salle m'avait soudain semblé très douillette.

— Nous allons observer votre cerveau sur l'imagerie, avait dit le docteur Sharma. Nous allons chercher des signes que vous réagissez. Si c'est le cas, nous pourrions alors essayer de recourir à cette méthode pour communiquer avec vous. C'est à la pointe de la technologie, Alan. Vos proches nous ont autorisés à tenter le coup dans le cadre de nos tests de recherche.

Enfin. Ils allaient m'aider à parler.

— Après le tennis, je vais vous demander d'imaginer que vous circulez chez vous. Tâchez de vraiment visualiser les pièces et les meubles. Ça fera travailler une autre région de votre cerveau. Contentez-vous de faire ce que je vous dis, et nous allons voir ce que ça donne.

J'avais soudain senti une pression autour de mon visage, et le docteur Sharma avait expliqué :

— Je place juste votre tête dans un immobilisateur. Il ne faut pas que vous gigotiez, là-dedans.

Ça ne risque pas.

J'avais senti le lit bouger sous mon dos. Je me représentais ce qui se passait – j'avais déjà vu des photos de patients qu'on insérait en marche arrière dans la partie centrale d'une grosse machine en forme d'anneau.

Ensuite la musique avait jailli des écouteurs. Les Rolling Stones, *You Can't Always Get What You Want*. J'ai éprouvé une vive exaltation. À cette époque, j'étais encore plein d'espoir, et ils m'avaient offert une occasion de leur montrer que j'étais conscient. De communiquer avec eux !

J'avais imaginé que j'expédiais des balles sur le court. Que je levais ma raquette très haut. Mais alors que je me prêtais à cet exercice, une sensation familière m'avait envahi. Une torpeur, une forte envie de dormir.

Non. Reste éveillé.

J'avais décoché un coup droit et cherché ma balle partout sur le terrain d'un regard affolé, sans la trouver. Sur le gazon, les lignes blanches bien nettes s'effaçaient.

Non !

Pourquoi cela arrivait-il juste à ce moment-là ?

On m'avait arraché ma raquette. C'est le dernier détail dont je me souvienne, juste avant que je sombre dans l'inconscience. J'avais senti le grip mousseux de la poignée glisser au bout de mes doigts tandis que je tombais à la renverse.

Je m'étais réveillé dans ma chambre, les yeux fermés. À ma gauche, je devinais la lumière du jour qui filtrait par une fenêtre et, à ma droite, j'entendais des bavardages et des bruits de mouvement dans le service. Les odeurs étaient les mêmes que partout dans l'hôpital, évidemment – seules s'y ajoutaient celles des fleurs qu'on m'apportait (des roses, cette fois ?) et celle du Chanel nº 5 de ma sœur, que Bea et moi lui offrions toujours à son anniversaire et à chaque

Noël, faute de trouver une idée plus personnelle pour cette femme à qui nous ne parlions presque jamais.

Alors que j'émergeais, j'avais perçu des voix autour de moi, engagées dans une conversation.

— … n'a montré aucune réaction. Je suis navré, monsieur Jackson. Madame Jackson.

Le docteur Sharma s'entretenait avec mon père et Philippa. Il employait un ton pragmatique, mais compatissant.

Je me suis endormi – vous auriez pu vous en apercevoir !

— Si votre fils avait été conscient, nous aurions pu espérer déceler une activation d'une certaine région de son cerveau, l'aire motrice supplémentaire, lorsque nous lui avons demandé de jouer au tennis.

Il fallait qu'ils me donnent une seconde chance. Ils ne pouvaient pas s'arrêter là !

— Et quand nous lui avons dit de se déplacer chez lui, nous aurions pu détecter de l'activité dans le cortex parahippocampe…

— Le quoi ?

Comme d'habitude, Philippa paraissait impatiente. Elle s'exprimait d'un ton sec, amer, rude : elle s'adressait aux médecins avec la même animosité que celle dont elle m'avait toujours gratifié.

— Le… Cela se trouve en plein cœur du cerveau. En gros, la zone qu'il aurait utilisée s'il jouait pour de bon au tennis se serait colorée à l'IRM. Et à l'écran la partie mobilisée pour la navigation dans l'espace se serait illuminée quand nous lui avons demandé d'imaginer qu'il se promenait chez lui. Mais ça ne s'est pas produit. Ça pourrait tout à fait être dû, du moins en partie, à la fiabilité du test, qui est encore en phase de mise au point.

J'avais raté ma chance. Je m'étais mis à hurler. *Je suis réveillé ! Sortez-moi de là !*

Ma langue me paraissait lourde dans la bouche et me narguait. Elle avait un goût amer d'antiseptique.

— Donc, nous ne pouvons pas communiquer avec lui par ce biais ? Vous nous aviez dit que ce serait une possibilité.

Philippa semblait au bord des larmes.

— Non, je suis désolé. S'il avait réagi à ce test, et rien n'était moins sûr, nous aurions pu tenter de lui poser des questions auxquelles il aurait dû répondre par oui ou non, en imaginant le tennis pour le oui et son appartement pour le non. Mais ça n'a pas fonctionné.

— Ne vous en faites pas, merci d'avoir essayé, avait dit papa, d'une voix grave et tranquille.

Toujours aussi courtois. J'avais le sentiment d'être redevenu un petit garçon. J'aurais voulu qu'il me serre dans ses bras, mais au lieu de ça il avait réconforté Philippa.

— Ça va aller, ma grande. Viens par ici.

Tac, tac, tac – ses talons avaient claqué bruyamment lorsqu'elle s'était approchée de lui. Elle avait reniflé contre l'épaule de papa alors qu'il la prenait dans ses bras. C'est moi qui avais besoin de ça.

— Rien n'est joué, avait-il déclaré.

— Exact, monsieur Jackson. Nul ne sait ce que traverse un patient plongé dans un état végétatif. La situation pourrait très bien changer pour Alan.

— Alex.

— Pardon ?

— Il s'appelle Alex. Vous avez dit Alan.

— C'est vrai ? Je suis vraiment confus, nous avons des dizaines de patients, mais ce n'est pas une raison…

— Ne vous en faites pas. Ça peut arriver à tout le monde.

Les médecins devaient adorer mon père. J'avais entendu des proches d'autres patients crier sur les membres de l'équipe médicale, et une fois un frère au caractère sanguin avait plaqué le docteur Sharma contre le mur en le saisissant à la gorge. Mais pas ce brave papa. Mon père. Aurais-je l'occasion de lui reparler un jour ? Lui avais-je dit que je l'aimais ? À quel point je l'estimais ? Non. Je m'étais dégonflé à plusieurs reprises parce que ça aurait été trop gnangnan. Les émotions, ce n'était pas dans nos habitudes, à papa et à moi, avant que je me retrouve là. Quand j'avais appris qu'il avait gagné le prix du professeur de l'année, à son lycée, décerné par les élèves, je ne lui avais pas fait part de tout le respect que j'avais pour lui. Après qu'il avait prononcé l'éloge funèbre à l'enterrement de maman, contre l'avis de tous ceux qui lui avaient prédit qu'il ne tiendrait pas le coup, je ne lui avais pas dit que j'étais fier de lui. Je ne lui avais jamais dit que si un jour je lui arrivais à la cheville, je m'estimerais déjà heureux.

Philippa m'avait interrompu au beau milieu de ma liste de regrets.

— Est-ce qu'on peut retenter les tests ? La semaine prochaine ?

Je m'étonnais toujours de la détermination avec laquelle ma sœur exigeait des médecins qu'ils fassent le maximum pour m'aider.

— Il ne faut pas relâcher nos efforts. *Vous* ne devez pas relâcher vos efforts.

— J'ai déjà tout expliqué à votre père, avait indiqué le docteur Sharma d'un ton hésitant.

— Quoi donc ? Qu'avez-vous expliqué à mon père, au juste ? Papa ?

— C'est une question de financement.

— Vous plaisantez, j'espère.

— Je suis désolé. Il s'agit d'un test tout nouveau, avait répondu le docteur Sharma, qui semblait terrorisé par ma sœur. Votre père nous a autorisés à procéder à ces examens dans le cadre de nos recherches, mais nous ne pouvons rien faire de plus pour l'instant – un essai seulement.

Il avait marqué une pause.

— Nous aurons peut-être droit à une autre tentative dans quelques mois, mais pour cela il faudra que nous obtenions les fonds nécessaires pour continuer nos expérimentations.

J'avais loupé le coche. Ils risquaient de ne jamais plus effectuer ces tests.

Merde, merde, merde !

Une vive fatigue s'était emparée de moi. Des effluves enivrants de Chanel n° 5 m'avaient anesthésié.

J'avais replongé dans le sommeil.

Voilà à quoi ressemblait mon quotidien, au tout début, bien avant que je décide de ne plus m'accrocher à la vie. Je n'ai pas toujours été aussi présent qu'en ce moment. J'ai perdu beaucoup de souvenirs de ma vie d'avant l'accident, et j'ai des blancs comparables en ce qui concerne les débuts de mon hospitalisation, quand j'alternais sans cesse entre éveil et inconscience

– comme le jour du premier test de tennis. J'ignore quand j'ai refait surface pour la première fois. Au début, je faisais des rêves très réalistes, des voix me parvenaient, puis je me rendormais. Cette époque est très floue. Mon esprit ne se réactivait pas d'un claquement de doigts. Chaque fois que je revenais à moi, je me sentais dans le brouillard, comme si j'émergeais d'une anesthésie générale. Je ne savais plus où j'étais, ni pourquoi.

En plus des séquelles profondes de mes blessures à la tête, j'ai appris que j'ai également souffert de nombreuses pneumonies ; à certaines périodes, je délirais à longueur de journée et me réveillais sans avoir aucune notion du temps qui s'était écoulé. Ces infections me torpillent encore régulièrement, et c'est à cause d'elles qu'on m'hospitalise depuis si longtemps. D'après les médecins, on ne peut pas me transférer dans une maison de repos ou chez un proche tant que mes problèmes pulmonaires demeureront aussi fréquents.

Mais, au cours des premiers mois, mon incapacité à bouger m'avait miné beaucoup plus que les grands blancs dans mes souvenirs et le passage du temps.

Qu'est-ce qui m'arrive ? pensais-je en permanence. Je me répétais cette question comme une psalmodie, délirant en partie à cause des antalgiques dont on devait me gaver. *Qu'est-ce qui m'arrive qu'est-ce qui m'arrive qu'est-ce qui m'arrive qu'est-ce qui m'arrive qu'est-ce qui m'arrive ?*

J'entendais Bea, papa, Philippa. Tom et Rosie. Des médecins et des infirmières. J'essayais de toutes mes forces de lever le bras, de tourner la tête, de leur montrer que j'étais là avec eux, mais rien ne semblait fonctionner. Je tentais de faire du bruit, d'ouvrir la bouche, de grogner. Ça ne marchait pas non plus.

Ma plus grande surprise a été de découvrir les limites de ma paralysie. Cela s'est produit lors d'une des premières visites de Philippa. Elle s'était assise près de moi et avait enfoncé ses longs ongles dans mon bras. Sa main avait répandu un froid glacial sur ma peau.

— Sérieux, Alex ? avait-elle craché. Tu es vraiment débile de ne pas avoir mis de casque. C'est ta faute si tu es dans ce pétrin, pourquoi tu n'as pas…

J'avais laissé sa voix disparaître et concentré mon attention sur mon bras. Je sentais ses ongles, non ? Même si je ne pouvais pas bouger, je percevais quand même tout ce qui entrait en contact avec ma peau. Je sentais l'infirmière quand elle touchait mon épaule, je sentais les draps, à la fois sur moi et au-dessous. J'éprouvais aussi la douleur : la piqûre des injections, des crampes dans les jambes et les bras, les maux de tête.

Pendant de longues années, mon esprit et mon corps avaient travaillé de concert. Je tenais tout pour acquis, depuis les gestes les plus simples comme ouvrir une boîte de haricots cuisinés et me promener jusqu'à la capacité à résoudre des problèmes d'escalade complexes. J'avais beau pouvoir enchaîner les tractions, jamais je n'aurais été en mesure d'accomplir la moindre ascension sans mon esprit. La grimpe, c'est un casse-tête chinois. Il faut prévoir deux, trois ou quatre mouvements à l'avance. Si on pose le pied sur cette saillie et qu'on glisse les doigts dans cet interstice, est-ce qu'on pourra s'agripper à cette écharde avec l'autre main ? Mais après l'accident j'étais devenu mon propre geôlier. Mon esprit, lui, vagabondait – bête sauvage hurlante et enragée, enfermée dans la cage qu'était mon corps.

La seule chose dont j'étais *vraiment* capable, apparemment, c'était de pleurer. De véritables larmes ruisselaient sur mes joues quand j'étais triste ou que je souffrais beaucoup. Mais chaque fois, ils s'évertuaient tous – les infirmières, mes proches, Bea – à les essuyer, persuadés que je pleurais par réflexe mécanique. Personne ne remarquait jamais qu'il existait un lien entre mes larmes et ce qui se disait ou se passait autour de moi.

— C'est fou, non ? s'était étonnée une infirmière auprès d'une autre, au cours des premiers mois.

Elle venait de raconter son week-end, pendant lequel elle avait enchaîné les repas entre amis – le genre de week-end que j'étais sûr de ne plus jamais connaître. Je m'étais soudain senti accablé d'avoir perdu tout ce qui comptait pour moi.

— Il est complètement déconnecté, mais ça ne l'empêche pas de pleurer comme un bébé. C'est quand même dingue, ce que le corps humain peut accomplir de façon indépendante.

Pourquoi tout le monde avait-il décrété que j'étais bon pour la casse ? C'était incompréhensible. Cela dit, j'ignorais de quoi je souffrais. Mes symptômes ne correspondaient à aucune maladie dont j'aurais eu connaissance. Je me souviens du jour où j'avais appris mon statut officiel. Une infirmière briefait une nouvelle collègue.

— ... on l'a débranché du respirateur depuis un petit moment, mais on lui a laissé sa trachéotomie. Ça fait trois mois qu'il est en état végétatif, alors pour la surveillance c'est comme d'habitude, on guette les escarres, l'accumulation de mucosités…

Moi, en état végétatif ?

Ma bouche s'était asséchée et mon cœur avait accéléré. Elle devait se tromper, puisque je les entendais. En état végétatif ? Comme le coma ? Qu'est-ce qui m'était arrivé ?

Les infirmières avaient continué à parler, mais un bourdonnement aigu avait saturé mes oreilles, qui me semblaient de plus en plus chaudes.

Qu'est-ce qui m'arrive ?

Je me suis vite rendu compte, en surprenant les conversations des médecins, qu'il était fort probable que je ne recouvre jamais mes facultés. Ne pas être capable de marcher, de courir, de grimper, de faire l'amour : c'était là une vie que je ne pourrais ni supporter ni accepter. Avant de me retrouver là, je ne tenais pas en place. Ce qui me donnait une raison de plus de laisser tomber.

Ne pouvais-je rien espérer de mieux que de communiquer un jour avec eux ? Je ne pensais pas que je pourrais m'en contenter. Si j'avais perdu mon corps, j'allais perdre l'esprit. Pour moi, c'était fini.

Après le premier test du tennis, j'avais attendu avec impatience qu'on m'offre une seconde chance. Un second tour de piste. Mais ça s'était produit trop tard et je n'avais alors plus envie de jouer. Après que Bea avait commencé les séances de soutien aux personnes endeuillées, le docteur Sharma avait annoncé à mon père qu'on avait reconduit leur financement. Acceptait-il qu'on me soumette à de nouveaux tests ? Papa avait donné son accord et les médecins m'avaient de nouveau installé dans l'appareil à IRM, collé des écouteurs dans les oreilles pour que la radio atténue le vacarme de la machine. De nouvelles chansons, que je n'avais jamais entendues, m'avaient empli la tête. Quand ils m'avaient demandé de me donner à fond, je les avais ignorés. Je m'étais imaginé dans une pièce toute blanche et j'avais fait le vide. Mon cœur s'était fendu lorsque le médecin avait annoncé les résultats à mon père – toujours aucun signe de vie. Cette fois, il avait pleuré. J'avais essayé de faire comme si je ne l'entendais pas, mais je n'avais pas pu me couper du bruit de ses sanglots.

Ça n'avait pas été une décision facile – cela signifiait tirer un trait sur l'espoir de reparler à Bea un jour, ou de faire de l'escalade à nouveau –, mais dès lors que je l'avais prise, je m'étais refusé à me morfondre. Chaque fois que je faiblissais et que je tentais de m'adresser à mon père quand il entrait dans la chambre, même si je brûlais d'envie qu'il me prenne dans ses bras, je répétais ma litanie. *C'est le choix de la raison. C'est le choix de la force. Sois un homme, Alex*. Je me disais que je ne faisais pas une croix sur la vie. Pouvait-on continuer à parler de vie, dans mon état ? Je pouvais respirer par moi-même. Mon cœur battait. Mon cerveau fonctionnait. Mais je n'avais pas l'impression d'être vivant. Il me manquait, entre autres, un élément primordial, vital : qu'on s'aperçoive que j'existais.

Je m'étais aligné sans difficulté sur la vision que les autres avaient de moi. Tous semblaient tellement convaincus de l'inactivité de mon cerveau que j'avais commencé à y croire moi-même.

Ce que je n'avais pas encore compris, lorsque j'avais refusé de participer à la deuxième fournée de tests de tennis, c'était que mon corps ne comptait pas me laisser abandonner aussi facilement. Et au cours des semaines qui avaient suivi la venue des policiers – pendant qu'ils s'attelaient à récolter des preuves dans une enquête qui allait se révéler bien plus complexe que prévu –, j'allais moi aussi être confronté à toute une série de révélations. J'étais sur le point de découvrir que nous possédons tous l'instinct de nous défendre en cas de danger. Même si l'on n'a que peu de moyens de combattre, on donne tout ce que l'on a.

9

Je n'ai pas cessé d'attendre que papa ou Phil expliquent pourquoi les enquêteurs s'étaient entretenus avec mon équipe médicale, mais ni l'un ni l'autre n'a abordé le sujet. Ils ont continué à interagir avec moi selon leur train-train habituel, quoique bien particulier. Les visites des uns et des autres étaient toutes différentes. Dans les premiers temps, Phil avait pour habitude de me parler, même si la plupart du temps elle frôlait l'agressivité. « T'as pas intérêt à nous lâcher » et « Il va falloir songer à guérir, maintenant ». Ou encore : « Tu ne vas pas me laisser m'occuper de papa toute seule. C'est pas la peine d'y penser. » Mais le message sous-jacent, c'était qu'elle voulait que je reprenne connaissance. Lorsqu'elle s'adressait à mes médecins, elle insistait pour qu'ils recourent à tous les nouveaux traitements possibles, leur signalait des détails qui auraient pu leur échapper. Elle semblait attachée à moi, en fin de compte. Elle avait beau m'en vouloir, elle tenait à pouvoir me le dire en face quand je me réveillerais.

Elle avait fini par se lasser et cesser de me harceler. À mesure que le temps passait, elle espaçait ses visites et ne m'ordonnait plus d'aller mieux. Je ne voyais qu'une seule explication à ce changement : son espoir que sa confrontation tant attendue se concrétise un jour s'amenuisait. Elle essayait peut-être de se sevrer de ces visites, en prévision du jour où il n'y aurait plus personne à venir voir.

Je la reconnaissais toujours sur-le-champ – aucune autre femme en talons ne me rendait visite seule. Je détectais de temps à autre les pas secs et élégants d'une femme médecin, mais celle-ci se présentait chaque fois avec un confrère et marchait beaucoup plus bruyamment que Philippa. Aucune autre visiteuse ne portait de talons aiguilles – imaginer Bea avec autre chose que des baskets aux pieds me semblait hilarant. Autrefois, je la taquinais en lui disant que c'était son côté femme fatale qui m'avait plu chez elle, ce à quoi elle réagissait en me lançant un coussin ou un livre avec une force et une précision incroyables. Deux femmes ne pouvaient être plus différentes l'une de l'autre que Bea et Philippa.

Philippa entrait à grands pas avec une détermination discrète et stricte, accompagnée d'une bouffée étouffante de Chanel. Ma sœur cadette était l'archétype de la rousse tempétueuse – un trait de caractère qui se transmettait de génération en génération chez les femmes de la famille du côté de mon père. J'avais quant à moi hérité de la même couleur de cheveux, mais par chance j'avais échappé à leurs gènes explosifs et débordant de hargne. Quelle que soit la raison de l'espacement de ses visites, une chose me semblait évidente : elle était furibonde. Elle avait peut-être enragé que je me sois mis dans cette situation, mais il me semble qu'elle était encore plus agacée que je ne m'en extirpe pas. Philippa ne savait pas affronter les émotions compliquées autrement que par la colère. Une fois de plus, elle s'en prenait à la personne même qu'elle avait peur de perdre. Pourtant elle s'en serait toujours défendue.

Ces derniers temps, elle ne s'arrêtait jamais au pied de mon lit mais venait tout de suite à ma gauche, où se trouvait une table pourvue d'un vase. Elle apportait systématiquement des fleurs, mais aucun bouquet ne dégageait un parfum d'amour ; il en émanait une trace de devoir et de culpabilité. Lorsqu'elle remplaçait celui de la semaine précédente, je percevais le crépitement du sac-poubelle et un coup sourd quand elle les fourrait au fond de la corbeille située dans l'encoignure. Jamais je ne l'avais entendue s'asseoir. Elle arrivait sans doute directement du cabinet et préférait éviter de froisser ses vêtements de créateurs. Elle restait immobile plusieurs minutes d'affilée. M'observait-elle ? À quoi pensait-elle ? J'essayais de comprendre ce qui pouvait se passer dans sa vie, mais elle ne me racontait jamais rien, et papa ne me tenait pas au courant. Bea avait eu des relations encore plus difficiles avec elle que moi, et l'accident ne les avait pas rapprochées. Philippa avait-elle un compagnon qui l'attendait chez elle ? Où travaillait-elle, en ce moment ? Était-elle toujours dans le droit familial ? Je l'imaginais en train de surveiller l'horloge, de calculer à quel moment elle aurait accompli son devoir et pourrait oublier pendant une semaine environ à quel point je la faisais enrager.

Nous étions très proches, autrefois. Un de mes derniers souvenirs de l'époque où nous nous entendions bien remonte au jour où j'avais annoncé à Philippa que maman était malade. J'étais allé la chercher au collège et elle avait aussitôt compris qu'il y avait un problème – d'habitude, elle rentrait seule. Elle m'avait repéré sur le trottoir d'en face dès qu'elle avait franchi la grille de l'établissement, puis elle m'avait dévisagé d'un air curieux. Elle avait salué ses copines distraitement, sans me quitter des yeux.

— Qu'est-ce que tu fais là ? avait-elle articulé en silence.

Je m'étais contenté de sourire et de me mettre en route.

— Qu'est-ce qui se passe ? avait demandé Philippa en trottant derrière moi.

J'avais la bouche sèche. Pourquoi avais-je proposé de me charger de ça ? « Elle le prendra moins mal, si ça vient de toi », avait déclaré papa. En cet instant, il devait être à la maison avec maman, en train d'attendre nerveusement que nous rentrions – même s'il m'avait remis un billet de vingt livres pour emmener Philippa manger un morceau si elle avait besoin de temps pour se remettre les idées en place.

— Panique pas, hein.

Mauvais début. Pourquoi avais-je dit ça ? Elle m'avait contourné et s'était plantée devant moi, le bras tendu vers ma poitrine.

— Arrête-toi. Vas-y, je veux savoir.

— Allons nous asseoir sur un banc, par là-bas.

J'avais désigné le parc que nous longions.

— Tu me fais peur, avait-elle protesté en me suivant.

Lorsque nous nous étions installés, elle avait cherché mon regard. Moi, je l'avais détourné.

— Maman a des problèmes de santé, avais-je

poursuivi en fixant mes doigts, que je remuais sur mes genoux tandis que je lui répétais l'explication que papa m'avait donnée après avoir demandé au lycée qu'on me renvoie chez moi.

Quand j'avais eu terminé, elle n'avait rien dit, aussi lui avais-je lancé un coup d'œil en biais. Elle avait tourné la tête, et elle s'agrippait des deux mains au bord du banc.

— Ça va sans doute s'arranger, avais-je dit. Elle va sûrement guérir.

Elle avait tiré sa manche sur son poing pour s'éponger les joues.

— Je savais que quelque chose n'allait pas, avait-elle commenté.

J'avais serré son bras, mais ça m'avait semblé insuffisant.

— Ce n'était qu'une question de temps, j'imagine, avait-elle ajouté, avant de tousser, d'essuyer de nouveau son visage et de pivoter vers moi. Au collège, presque tout le monde connaît quelqu'un qui a le cancer. Il fallait bien que ça arrive un jour dans notre famille.

J'avais souri malgré moi. J'aurais dû me douter qu'elle me sortirait une réflexion de ce genre, car Philippa ne réagissait jamais tout à fait comme on s'y attendait et elle avait toujours été mûre pour son âge. Elle avait donné l'impression de bien prendre la nouvelle – je n'aurais peut-être pas à l'emmener manger un morceau avant de rentrer, tout compte fait. Je l'avais entourée de mon bras.

— Ne la laisse pas mourir, avait-elle murmuré. Promets-moi qu'elle ne va pas mourir. Pas maman.

— Ne t'inquiète pas.

C'était là une promesse que je n'avais pas pu tenir.

Nos relations s'étaient dégradées après la rechute de maman, quand Philippa avait commencé à faire son cirque. Ensuite, la mort de maman – et le rôle que j'y avais joué – avait achevé de briser les liens qui nous rapprochaient.

J'avais essayé d'y remédier. Chaque fois que j'avais tenté de lui parler, elle m'avait envoyé promener. Pendant mon séjour au Canada, puis mes études à Londres, elle n'avait pas répondu à mes e-mails. Lorsque j'avais téléphoné à la maison, elle avait fait dire à papa qu'elle était trop occupée pour me parler, et quand j'étais rentré pour les vacances, elle m'avait évité. Je m'étais donc efforcé de la laisser tranquille, mais ça n'avait rien changé. Au cours de ma deuxième année de fac, alors que de son côté elle était en première année à Newcastle, je lui avais écrit une longue lettre dans laquelle je justifiais mon choix, m'excusais de lui avoir causé tant de tristesse et affirmais que maman n'aurait pas voulu que nous continuions à nous prendre le bec à cause de sa décision. Elle n'en avait même pas accusé réception.

En définitive, j'avais cherché à faire comme si tout allait bien. En ce qui la concernait, ça avait paru fonctionner. Quand nous étions tous les deux à la maison, je n'évoquais jamais maman – nous nous contentions de conversations plates sur des sujets neutres. Papa semblait se réjouir que nous nous reparlions enfin, mais nos liens étaient superficiels. Finalement, elle était revenue à Bristol à son tour, tenant à être près de lui, et nous nous retrouvions de temps en temps à l'heure du déjeuner dans un café à mi-chemin de nos bureaux respectifs. Je répétais à Bea que selon moi elle n'acceptait ces tête-à-tête que pour faire plaisir à papa. Je lui connaissais une faiblesse, et c'était lui.

Ces déjeuners restaient cordiaux, mais à grand-peine – de toute évidence, Philippa me détestait toujours. Elle ne manquait jamais une occasion de déverser son animosité en critiquant mes passions (« Tu ne continues pas l'escalade, quand même ? Tu n'es pas un peu trop vieux, maintenant ? »), en débinant Bea (« Je ne t'imaginais pas avec une fille comme ça, c'est tout »), en me reprochant de ne pas aider assez papa (« La dernière fois que tu as proposé de tondre la pelouse, c'était quand ? ») et – son défouloir préféré – en me signalant des erreurs dans mes comptes rendus d'audience. À tous nos rendez-vous, elle apportait un exemplaire du *Post* dans lequel elle avait copieusement barbouillé mon dernier article au stylo rouge. Je m'efforçais de ravaler mon agacement, car le but de ces déjeuners était de sauvegarder un semblant d'entente entre nous, pas d'aggraver la situation. Ce n'était pas une mince affaire, car bien qu'elle n'eût jamais mis les pieds à la cour d'assises, elle croyait tout savoir mieux que moi. En prenant des gants, je laissais entendre que les procédures se déroulaient différemment au tribunal d'instance, où elle passait ses journées à traiter des litiges concernant les gardes d'enfants, des divorces et des contrats de mariage.

Combien de temps aurions-nous réussi à tenir ces conversations polies ? J'étais convaincu que l'un de nous aurait craqué un jour ou l'autre. Nos relations seraient-elles un jour redevenues comme avant le cancer de maman ?

Étendu dans mon lit d'hôpital tandis que Philippa,

debout près de moi, m'observait en silence, je me demandais souvent si elle se posait la même question.

Venait ensuite papa – un tout autre genre de visiteur. Au fil des mois, sa démarche claudicante avait empiré ; lorsqu'il se déplaçait, les pièces de monnaie dans sa poche s'entrechoquaient selon un rythme irrégulier. Avait-il un problème à la jambe ou à la hanche ? Je sentais mon matelas s'enfoncer quand il s'appuyait dessus pour s'installer dans le siège. Parfois, il me faisait la causette, mais j'aurais presque préféré qu'il s'abstienne. Il me parlait de ses nouveaux élèves, me résumait les gros titres de l'actualité, me donnait les résultats du championnat de foot. Il paraissait n'avoir de contact qu'avec Philippa. Derrière ces énumérations banales et empreintes de solitude, la douleur imprégnait sa voix et trahissait le fond de sa pensée.

Lors de la plupart de ses visites, il sortait un livre pour m'en lire un chapitre. Certains extraits de bonnes histoires ont réussi à m'emporter et à m'arracher à moi-même, mais de toute évidence il ne pensait pas que je l'entendais. Il ne commençait jamais par le début et ne m'emmenait jamais jusqu'à la fin. Et il ne m'indiquait jamais le titre du livre. Je savais ce qui se passait au milieu d'un thriller d'espionnage dont l'intrigue se déroulait à Amsterdam, la fin de ce qui semblait être un roman de guerre au sujet d'une famille qui cachait un soldat allemand, et seulement le premier chapitre d'un livre qu'il m'avait présenté comme étant « celui dont tout le monde parle ».

À de très rares occasions, il apportait sa guitare pour en jouer ; j'adorais ça quand j'étais enfant. « D'après eux, ça pourrait t'aider, annonçait-il en guise d'introduction. Un peu de Beatles, ça te branche ? » C'était invariablement les Beatles, dont il connaissait presque tous les tubes. Sans faute, il interprétait ma chanson préférée, *Let It Be* ; je lui avais un jour confié qu'elle avait pris un sens particulier après la mort de maman. J'avais lu un jour que Paul McCartney y évoquait sa mère, et que ce n'était pas une référence biblique. Elle avait succombé à un cancer alors qu'il était adolescent, et il avait composé ce morceau après l'avoir vue dans un rêve où elle lui disait : « Tout va s'arranger. Ne t'en fais pas. » J'aurais voulu faire un rêve semblable.

D'autres me rendaient visite. Rosie et Tom venaient régulièrement, et toujours ensemble, en général au beau milieu d'une dispute. Il y avait aussi tatie Lisa – enfants, Philippa et moi la surnommions Lisa la Pipelette. Elle apportait des muffins qui dégageaient une bonne odeur de noisette pour les infirmières et les médecins, et je l'entendais qui riait avec eux dans le couloir. « Je vous nourris pour que vous preniez des forces, avec la tonne de travail qui vous attend. Allez-y, gardez-en un deuxième pour plus tard… » Après quoi elle fermait la porte et restait assise à côté de moi dans un silence absolu. Elle trouvait les mots pour toutes les situations sauf celle-ci, apparemment. Il y avait quelques autres voix familières – des membres du club d'escalade, d'anciens collègues de bureau –, mais au fil du temps elles étaient devenues de plus en plus rares. La plupart des visiteurs ne revenaient pas une seconde fois. J'avais cessé de compter le nombre d'amis qui étaient venus au début, qui m'avaient jeté un regard avant de s'exclamer « Oh putain ! » et de s'attarder le moins longtemps possible, mal à l'aise, afin de pouvoir justifier leur départ. « On t'a apporté ça, on a pensé que ça te remonterait le moral… », annonçaient-ils en déposant un cadeau tout à fait inutile sur ma table de chevet. Il me fallait attendre qu'une infirmière entre et émette un commentaire, par exemple « Qui a laissé ces CD ici ? » ou « Je ne suis pas sûre que vous ayez besoin de ce programme télé, pas vrai, Alex ? » pour que je découvre ce qu'on m'avait offert.

Eleanor, mon équipière d'escalade, venait de temps à autre et me livrait des secrets que d'ordinaire elle aurait gardés pour elle. Elle me racontait ses conquêtes d'un soir, m'avait avoué avoir voté UKIP (puis l'avoir regretté), et même confié qu'elle souhaitait parfois la mort de son père, car c'était à ses yeux la seule façon pour elle de surmonter leurs relations conflictuelles. Très tôt dans mon enfermement, elle m'avait aussi révélé pourquoi elle avait cessé de grimper pendant quelques mois au cours de l'année qui avait précédé mon accident. À l'époque, elle avait prétendu souffrir d'une tendinite au coude. Avec le recul, je constatais qu'elle s'était démenée pour m'en convaincre. Quand je passais chez elle prendre de ses nouvelles, elle sortait un pack de glace ou faisait des étirements. Mais je l'avais très peu vue – chaque fois que je l'appelais, elle était en compagnie d'autres amis, et quand je lui proposais de venir dîner chez nous ou d'aller au pub avec Tom et moi, elle ne trouvait jamais un créneau de libre. Je ne m'en étais pas formalisé, mais tout s'était éclairé lors d'une de ses visites, à la lumière d'un autre aveu de sa part.

Elle était assise dans le siège à côté de mon lit depuis plusieurs minutes, sans rien dire. Je l'avais identifiée grâce à ses petits bruits, ses reniflements et ses soupirs. À plusieurs reprises, elle avait semblé sur le point de me parler, avant de se raviser. Quand elle avait fini par se lancer, tout était sorti d'un trait.

— Je ne sais pas pourquoi je ressens le besoin de te raconter ça, mais j'avais vraiment craqué pour toi, l'année dernière. Je crois que j'étais amoureuse de toi.

Elle plaisantait. C'était forcément une blague. Amoureuse de moi ?

— J'ai toujours pensé que je t'en ferais part un jour, tu vois, et qu'on pourrait en rire tous les deux. J'imagine que c'est pour ça que j'ai envie de te le raconter, de me soulager de ce poids. Je n'en ai jamais parlé à personne d'autre.

Elle s'était levée, puis éloignée de quelques pas.

Je ne m'étais aperçu de rien. Elle n'avait jamais laissé paraître aucun signe de son attirance pour moi.

— C'est pour ça que j'ai arrêté l'escalade.

Elle avait reniflé.

— Je n'ai jamais eu de tendinite. Je ne supportais plus d'être près de toi tous les week-ends, c'est tout. Ça me rendait dingue. Je pensais que je me porterais mieux si tu n'étais pas dans ma vie. Si je ne pouvais pas être avec toi comme j'en avais envie, alors…

C'est délirant, Eleanor. Qu'est-ce qui t'a pris ?

— Il m'a fallu ces quelques mois pour me remettre les idées en place. Quand j'ai repris, j'ai cru que j'avais franchi un cap en ce qui te concernait, et la grimpe me manquait énormément… J'ai pensé que ça se passerait bien.

Je n'ai jamais flirté avec toi, non ? Je ne t'ai pas laissé entendre qu'il pourrait y avoir quelque chose entre nous.

— Je n'aurais pas essayé de vous pousser à rompre,

Bea et toi. Si tu avais été célibataire, j'aurais peut-être tenté ma chance, mais là je ne pouvais rien te dire.

Elle était revenue près de mon lit et avait posé une main sur mon bras.

Ça m'avait semblé étrange, qu'elle me touche après ces aveux. Ça ne m'avait pas plu. Je ne partageais pas ses sentiments, et sans que je m'explique pourquoi, ça me donnait l'impression de ne pas être réglo avec Bea. C'était le genre de détail que j'aurais pu lui raconter si elle m'en avait parlé « avant ». Je me serais senti coupable de le lui cacher, même si ça aurait compliqué mes relations avec Eleanor.

— J'aurais vraiment aimé qu'on puisse en rire ensemble, que tu me traites d'imbécile et qu'on tourne la page, avait-elle repris, sans retirer ses doigts. Ce jour-là… Je n'arrête pas de penser au bruit que tu as fait, quand tu as heurté le rocher. Ça ne s'arrange pas. J'en rêve, j'entends le choc chaque fois que quelqu'un fait tomber un truc par terre ou claque une portière.

Ce sujet allait devenir un thème récurrent de ses visites – elle en parlait presque systématiquement.

— Comment est-ce que tu as pu te louper à ce point ?

Le naturel avec lequel elle évoquait l'accident me poussait à songer que j'avais chuté à cause d'une terrible erreur dont je ne me souvenais pas. Et d'une certaine façon, c'était le cas.

10

Papa et Philippa n'évoqueraient peut-être jamais ces « nouveaux éléments » que la police détenait au sujet de mon accident. Mais je pouvais compter sur Bea pour m'en parler.

Si les visites d'Eleanor figuraient parmi les plus pénibles depuis ses révélations, celles de Bea avaient toujours été les plus agréables. Elle venait en moyenne trois fois par semaine, et c'était un déchirement pour moi chaque fois qu'elle repartait. J'aurais voulu qu'elle blottisse son petit corps dans mon lit et s'endorme avec moi. Elle parlait sans arrêt – jamais je ne l'avais connue aussi bavarde. Avant, quand je rentrais du travail, elle était souvent assise à son bureau, en train de plancher sur une illustration pour un magazine ou sur un logo pour un nouveau restaurant. Elle levait vers moi ses yeux verts, derrière ses lunettes, en guise de salut, mais je savais qu'il ne fallait pas prononcer un mot avant qu'elle ait terminé. Et même quand nous discutions de nos journées respectives, c'était toujours moi qui alimentais le plus la conversation. Depuis que j'étais à l'hôpital, elle ne laissait aucun détail de côté. Elle m'entraînait avec elle dans ses pensées, m'expliquait ce qu'elle ressentait, ce qu'elle voyait, rejouait des conversations entières. Chaque fois épuisé par ce déferlement d'informations, mais séduit par cette nouvelle version d'elle-même, j'étais à nouveau tombé amoureux de Bea.

La première fois était survenue peu après notre rencontre au Canada. Sa beauté ne m'avait pas échappé, mais elle m'avait véritablement frappé le jour où nous avions emmené des gamins en randonnée jusqu'aux lacs Grassi. Après l'ascension d'un coteau couvert de forêt, nous avions atteint un point de vue qui surplombait deux étendues d'eau d'un bleu éclatant, de taille modeste mais spectaculaires. Nous nous étions installés au-dessus du lac supérieur, avions déballé un pique-nique pour le groupe et, tout en observant d'un regard jaloux d'autres randonneurs préparer leur matériel pour s'attaquer à des voies d'escalade raides sur les falaises qui se dressaient alentour, je m'étais promis de revenir lors de mon prochain jour de congé. Bea était venue s'asseoir à côté de moi.

— C'est toi qui fais de l'escalade, c'est ça ? m'avait-elle demandé en mâchant son sandwich au jambon. On ne nous a pas présentés dans les règles, je crois.

— Oui, c'est moi. Et toi, tu es la fille espagnole.

Elle avait levé les yeux au ciel.

— Quoi ? Tu ne t'appelles pas Beatriz ? Beatriz R... J'avais buté sur son nom de famille.

— Romero, avait-elle dit, avant d'avaler sa bouchée. J'ai un nom espagnol. Ce n'est pas pour ça que je suis espagnole.

— Mais ton prénom, c'est espagnol aussi, hein ?

— Mon père est devenu tout sentimental quand je suis venue au monde, tu vois ? Il m'a donné le prénom de son arrière-grand-mère. Par contre, il ne sait même pas le prononcer comme il faut… Il sait commander une bière en espagnol et demander l'addition, mais ça ne va pas plus loin. Il dit « Bitrisse », exactement comme toi, avait-elle commenté en haussant un sourcil.

— Ça ne se prononce pas comme ça ?

Elle avait fait non de la tête.

— C'est comment, alors ?

— Bé-Ah-Triss.

Elle avait ri en voyant mon air concentré, mes lèvres qui répétaient sa prononciation en silence.

— Enfin, ce n'est pas grave. Tu n'as qu'à m'appeler Bea en prononçant « Bee », comme une abeille. Ça devrait être dans tes cordes.

— D'accord. Donc tu es la fille au nom espagnol mais qui n'est pas vraiment espagnole, et qui fume derrière le dortoir des monos quand elle croit que tout le monde dort.

Elle avait ouvert des yeux ronds derrière ses lunettes à monture noire.

— Tu confonds avec quelqu'un d'autre.

— Possible, m'étais-je esclaffé.

— Bref, avait-elle tranché en balayant ce sujet d'un revers de la main. Tu veux aller voir les pictogrammes ? Je monte avec les grands pour les observer.

Elle avait pointé le pouce derrière elle.

— Des pictogrammes ? avais-je dit.

— Ce sont des peintures rupestres. De l'art pariétal.

— Je sais ce que c'est, mais comment… Comment tu sais qu'il y en a ?

— J'ai vu ça dans des livres. C'est le genre de trucs que j'adore.

— D'accord, ça marche.

— Tu viens, alors ?

Elle s'était levée avant de s'éloigner. Je l'avais suivie. De tous les animateurs du centre, j'aurais pensé que c'était avec elle que j'avais le moins en commun. Mais je tenais de mon père : j'étais un fana de géologie, obsédé par les roches et tout ce qui s'y rapportait.

Je m'étais mêlé au groupe qui devait aller admirer les pictogrammes. Au bout du lac, un escalier nous avait conduits à un sentier qui s'enfonçait dans le canyon. Très vite, nous avions atteint un énorme rocher, et nous nous étions rassemblés face aux peintures. J'étais passé devant deux adolescentes à l'air blasé pour rejoindre Bea.

J'avais posé la main près de la figure peinte qui semblait tenir un cerceau ou un tambour.

— Waouh !

— C'est impressionnant, hein ?

Elle s'était tournée vers moi et m'avait souri. À côté de nous, des gamins prenaient la pose et reproduisaient la posture du personnage représenté sur la paroi. Elle avait ri et s'était détournée vers le rocher.

— Ça date de plusieurs siècles. On a établi qu'il s'agit d'ocre rouge. Ça aurait été peint par le peuple hopi, ce qui signifie qu'il s'agit sans doute d'un sorcier.

Elle désigna la figure munie d'un tambour.

Elle s'approcha pour l'examiner, releva ses lunettes sur le front avant de les remettre.

— On pense que ça a été réalisé avec les doigts parce que, tu vois ici…

J'avais très envie d'admirer les pictogrammes, mais j'étais incapable de la quitter des yeux.

Peu après que j'ai entendu les questions de l'inspecteur, la nature des visites de Bea avait changé. Bien que ce fût presque imperceptible, je l'avais remarqué clairement car rien d'autre ne parasitait mon attention. C'était peut-être dû à sa manière de s'interrompre plus souvent, de commencer une phrase sans la finir. J'avais alors eu l'impression qu'elle ne me racontait jamais que la moitié de l'histoire. Était-ce lié à la venue de la police? Je l'écoutais chaque fois qu'elle me rendait visite, guettant un indice ou un lapsus.

Le lendemain de sa deuxième réunion de soutien, elle était entrée, m'avait donné un baiser sur le front comme à son habitude – ses lèvres sentaient la menthe – et confié qu'elle avait appréhendé d'y retourner.

— J'ai essayé de la boucler, cette fois-ci, avait-elle expliqué en me caressant la main.

Les infirmières m'avaient tourné du côté droit, et tandis que Bea remuait dans le siège devant moi, j'avais tendu l'oreille, implorant mes yeux de s'ouvrir pour que je puisse l'entrapercevoir.

— Ça s'est bien passé, mais après…

Elle avait soupiré.

— J'ai décidé de ne plus m'y rendre. J'en ai parlé à celle qui anime les rencontres.

Elle était restée silencieuse un petit moment. J'avais entendu un frottement, le bruit d'un bouchon qu'on dévisse, puis une odeur chimique m'était parvenue.

— Je ne sais plus si je te l'ai déjà décrite. Elle a à peu près mon âge et elle a toujours l'air en pétard.

Elle a une attitude très déroutante, une drôle de façon de te regarder, de te dévisager…

Qu'est-ce que tu as sorti?

— … c'est en grande partie à cause d'elle que je ne voulais pas y retourner. Pour une conseillère de deuil, c'est fou ce qu'elle est antipathique…

C'est quoi, cette odeur?

— Daniella – c'est comme ça qu'elle s'appelle – l'a très mal pris. « Vous ne pouvez pas espérer obtenir des résultats après deux séances », elle m'a dit…

Les effluves s'étaient faits plus forts, et j'avais vu une image fugace de Philippa adolescente, ses cheveux roux coupés au carré, assise à la table de la cuisine, en train d'admirer ses ongles.

— … je me suis confondue en excuses, tout en expliquant que je ne pouvais pas…

Est-ce que Bea se mettait du vernis ? Elle n'en avait jamais porté, avant.

— Et là, un type s'est approché, un des autres. Il m'a offert une tasse de thé, et elle, elle est partie.

Cette odeur me donnait mal au cœur, et à cause d'elle je prenais soudain conscience que ma joue me brûlait à l'endroit où elle était comprimée contre l'oreiller, que les bords de mon cuir chevelu me démangeaient.

— … l'impression que j'attendais qu'on vienne à mon secours. Mais après je me suis retrouvée coincée avec lui.

Ce détail avait capté mon attention. Un chevalier servant. De toute évidence, elle lui avait tapé dans l'œil. Pourquoi Bea ne voyait-elle jamais clair dans ces actes de gentillesse apparente ? C'était moi qui lui révélais le pot aux roses chaque fois qu'elle rentrait à la maison et m'annonçait qu'elle avait rencontré un « homme charmant » avec qui elle avait « bien discuté ». Elle ne repérait jamais les techniques de drague. J'avais toujours trouvé ça touchant, mais à l'époque je ne m'étais jamais senti menacé.

— On s'est mis à bavarder et il m'a expliqué que sa femme était morte il y a six ans, qu'il avait déjà participé à des groupes de soutien, mais que là c'était sa première séance avec nous.

Dis-moi que tu as compris qu'il essayait de te brancher.

— Après la mort de sa femme, il a rencontré quelqu'un, et ils projetaient de fonder une famille mais elle l'a quitté.

Le tire-larmes parfait.

— C'était un peu plombant. J'ai cherché un moyen de lui fausser compagnie, mais il parlait sans discontinuer.

Quel blaireau. Certains types devaient considérer ce genre de groupe comme un terrain de chasse débordant de femmes vulnérables en quête de réconfort. Si ça se trouve, sa femme n'était même pas morte. Peut-être qu'il n'avait jamais été marié. Au moins, Bea n'avait pas l'air de trop s'intéresser à lui.

— Il m'a demandé où on s'était connus, toi et moi. Il a visité les Rocheuses, lui aussi. Il a pas mal bourlingué, en Europe, en Asie…

Un homme du monde. Comme c'est chic.

— Il n'est pas beaucoup plus âgé que nous – je lui donnerais une petite quarantaine. Il est grand, plutôt costaud.

Lorsqu'elle s'était encore interrompue, j'avais décelé un changement dans l'atmosphère. Tous les bruits s'étaient étouffés. L'odeur avait été reléguée à l'arrière-plan.

Pourquoi te soucies-tu de son apparence ?

Je l'avais imaginée en train de rougir en face de cet homme, d'admirer ses bras musclés.

— Je suppose qu'il faut être balèze, dans sa branche – il est maçon, je crois. Mais attends, ce n'est pas fini. Il a une queue-de-cheval. Pas un long truc qui pendouille dans son dos, il a plutôt un look un peu hipster, tu vois ? Il a une barbe, aussi. Tu t'éclaterais à te foutre de lui.

Je n'avais pas envie de rire. Ce n'était pas le genre d'homme que j'aurais voulu qu'elle se trouve.

Elle avait posé les doigts sur ma joue. Sa peau m'avait semblé fraîche et douce, et je m'étais laissé aller à savourer ce moment. Je sentais toujours l'odeur chimique qui se dégageait d'elle – j'avais vu juste, c'était bien du vernis à ongles –, ainsi que sa crème pour les mains préférée, à la lavande. Mais juste après, j'avais détecté autre chose.

Est-ce du caramel ? De la vanille ? De l'eau de toilette ?

Elle ne se parfumait jamais. Auparavant, elle répétait sans cesse qu'elle n'en avait pas besoin – son shampoing aux agrumes et son « Eau de Bea » suffisaient.

— Quand j'ai indiqué à Cameron que je ne comptais pas revenir, il m'a dit que c'était parfois plus efficace de rencontrer les gens en tête à tête.

Elle avait retiré sa main.

— Il m'a certifié que c'est utile d'une autre façon.

Tu m'étonnes.

— Il m'a demandé si je voulais bien le retrouver

pour un café. J'ai essayé de répondre que j'étais débordée et tout, mais on a fini par échanger nos numéros. Ça aurait été trop gênant de refuser.

Bien joué. Connard.

— Hors de question que j'y retourne. Pourvu qu'il ne m'appelle pas, putain.

Mon cœur martelait mes côtes.

Tu meurs d'envie qu'il appelle.

L'attention qu'il lui avait portée l'avait flattée. Elle en avait fait des tonnes au moment de dire que le type était plombant, qu'elle ne souhaitait pas le retrouver pour un rendez-vous. Il lui plaisait. Elle ne s'en était peut-être pas encore rendu compte, mais à mes yeux c'était limpide. Il lui plaisait.

Des images parasites avaient envahi ma tête. Bea dans les bras d'un autre. Ce type qui l'embrasse. La serre contre lui. Et davantage.

Par le passé, je n'avais jamais eu de raison d'être jaloux. Évidemment, il avait pu arriver qu'un mec l'aborde dans un bar, ou je m'apercevais qu'elle rigolait bien avec quelqu'un à une soirée. Mais il était clair, dans son attitude, que personne d'autre que moi ne l'intéressait, et ce sans la moindre ambiguïté, aussi n'avais-je pas besoin de m'inquiéter. Lorsqu'elle m'avait parlé de ce Cameron, j'avais enfin compris ce que je lui avais fait subir lors de notre première année ensemble, quand je m'étais retrouvé dans le lit de Josie, à Londres. Pour une fois, j'avais assumé mes actes : à mon réveil ce matin-là, après que Josie m'eut assuré que nous n'étions pas allés jusqu'au bout, et après que j'eus dessoûlé un peu, j'avais séché la fac et foncé pied au plancher jusqu'à Bristol pour tout avouer à Bea.

Ça ne s'était pas bien passé. Je m'étais mis à plat ventre, j'avais promis de ne jamais recommencer, j'avais pleuré et supplié qu'elle me pardonne. Après m'avoir mis à la porte, elle avait ignoré mes textos et mes appels pendant deux jours, et quand elle avait enfin décroché, elle m'avait indiqué clairement que si elle m'accordait une seconde chance, c'était parce que j'avais été honnête. Nous n'avions jamais reparlé de Josie et la vie avait repris son cours normal. Mais quelques semaines plus tard, Bea m'avait rappelé.

— Je n'arrête pas de t'imaginer avec elle, c'est plus fort que moi. C'est ça, le pire – la façon dont tu as dû la regarder. Les choses auxquelles tu as dû penser.

Bea avait toujours été d'une fidélité sans faille. Elle ne m'avait jamais mis dans une situation pareille. Ce que je ne savais pas à l'époque, c'était que tout en étant coincé dans un lit d'hôpital, j'étais sur le point de lui en faire baver une nouvelle fois, de lui infliger une épreuve bien plus pénible.

Cette rencontre avec Cameron faisait-elle partie de ma punition ? Mon tour était-il venu de me torturer l'esprit en l'imaginant avec quelqu'un d'autre ?

Depuis que Rosie lui avait conseillé de tourner la page, je m'étais rempli la tête de souhaits nobles. Quel était l'adage, déjà ? Aimer, c'est aussi savoir laisser partir. Tel était mon sentiment. Je pensais que c'était un signe de grand courage de ma part. Que je m'offrais en martyr.

Mais en l'entendant parler de ce type, je me suis rendu compte de mon erreur. Même si je désirais mourir, je voulais partir en étant encore l'homme qu'elle aimait. Ça peut sembler égoïste, je sais. Mais elle aurait toute la vie devant elle pour se trouver un nouveau mec, plus tard, quand je n'aurais pas à être au courant.

Aimer, c'est aussi savoir laisser partir ? Conneries. On ne laisse pas partir les gens qu'on aime. On se bat pour les garder. À eux de choisir s'ils veulent de nous ou pas.

11

Je dresse un tableau bien sombre de mon existence ici, mais ce n'est pas complètement justifié. Qu'importe le nombre de mauvaises nouvelles que je reçois dans la journée, ou combien je souffre de l'inconfort, je constate que la vie offre toujours de menus plaisirs qui vous aident à tenir le coup tous les jours. C'est un constat que je retiendrai de mon séjour à l'hôpital, si jamais j'en sors. À tout moment, aux abords de votre pauvre corps ou de votre malheureux esprit, un petit rien peut vous remonter le moral. Il faut simplement savoir où regarder.

Je ne suis pas en état de traquer ces petits réconforts quand j'en ai besoin, mais si je pouvais quitter ma chambre, je sais qui je chercherais : Pauline. Par moments, j'ai l'impression que mon infirmière préférée est ma seule amie ici. J'apprécie les visites de Tom, Bea et papa, bien sûr, mais à cause des heures que Pauline passe auprès de moi, de sa façon de s'adresser à moi et des anecdotes qu'elle me confie, j'ai le sentiment d'avoir un lien privilégié avec elle.

Il suffit qu'elle entre dans ma chambre pour que je me sente mieux. Tout d'abord, elle a une odeur maternelle, rassurante, un peu comme la pâte d'amandes ; j'adore quand elle se penche sur moi et je me laisse aller à imaginer que je savoure une tranche de gâteau de Battenberg. Lorsque Bea m'avait parlé du type qui la draguait, c'est Pauline qui m'avait remonté le moral.

— On a un sacré numéro, au bout du couloir, avait-elle déclaré un matin en me brossant les cheveux avec douceur.

Personne d'autre ne se donnait ce mal. C'était très agréable ; j'y voyais presque l'équivalent d'un massage.

— Je ne sais pas pourquoi je trouve ça aussi drôle, avait-elle poursuivi en riant.

En général, elle n'était pas portée sur les commérages, mais cette histoire l'avait visiblement trop amusée pour qu'elle n'en fasse pas profiter quelqu'un.

— Un des vieux patients… Enfin, je dis vieux, mais il doit avoir à peu près mon âge. C'est un jeune ado de soixante ans, je vous jure. Il demande toutes les infirmières en mariage.

Elle avait lissé mes sourcils avec ses doigts avant de pouffer de nouveau, discrètement.

— Un vrai don Juan. Dans ce service, on n'en a pas beaucoup qui ont autant la pêche que lui. Ne le prenez pas mal, mon grand.

Je ne me vexe pas.

— Et puis quel blagueur ! Sa façon de s'enrouler tout entier dans son drap, c'est tordant. Il s'en enveloppe de la tête aux pieds, comme une momie !

Elle pleurait presque de rire, à présent.

— Il faut qu'on le déballe pour pouvoir l'examiner,

et il fait toujours une grimace quand on baisse le drap sous son menton.

Je n'étais pas sûr que ce soit aussi hilarant qu'elle le pensait, mais il fallait peut-être voir la scène pour en savourer l'effet comique. Quoi qu'il en soit, j'ai laissé la bonne humeur de Pauline s'insinuer en moi et accepté qu'une lueur brille dans mon obscurité.

Tels étaient les petits riens dont je me contentais – ne pas trouver quelque chose de drôle, mais être en présence de quelqu'un que ça amusait beaucoup. C'est un lieu commun, mais le rire est bel et bien contagieux.

— Voilà, c'est mieux, non? Il faut que vous soyez sur votre trente et un quand vous serez prêt à nous demander en mariage à votre tour.

Je suis toujours beau gosse, pas vrai, Pauline?

— Voyons voir le reste, avait-elle dit en laissant glisser sa main sur la barbe de trois jours qui couvrait ma joue, avant de s'arrêter près de ma bouche.

— On a de la poussière qui s'accumule par ici, mon grand? On se garde un en-cas pour plus tard?

Elle m'avait essuyé les lèvres du bout du doigt, et je m'étais autorisé à imaginer qu'elle me sentait essayer de les remuer, pour la remercier.

Pendant longtemps, je n'ai pas su ce qui m'avait valu de me retrouver dans ce service, en compagnie d'une troupe de patients sans cesse changeante, et confié aux soins du professeur Lomax, mon spécialiste, du docteur Sharma et d'une équipe de médecins moins gradés comme le docteur Taiseux. D'après les commentaires des uns et des autres, j'ai découvert que j'avais eu un accident d'escalade, mais à part ça je nageais dans l'inconnu. Ma mémoire avait été effacée. Quelle voie avions-nous gravie ce jour-là ? La Crum ? La Gronk ? Comment avais-je pu faire une chute assez grave pour finir dans cet état ? Je savais à présent qu'à cause d'un certain événement, la police examinait de nouveau le dossier, un an et demi après. Une histoire d'assurance, à tous les coups.

Eleanor m'avait finalement fourni quelques infos. Elle était passée peu après la deuxième réunion de soutien de Bea, et reniflait sans cesse, incommodée par le rhume des foins. Encore une fois, j'avais joué mon rôle de prêtre derrière la grille métallique du confessionnal. « Pardonne-moi, Alex, car j'ai pêché. Ça fait cinq semaines que je ne suis pas venue me décharger de mes problèmes sur toi. »

Elle m'avait parlé de Jimmy, son ex. Je me demandais si c'était à cause des sentiments qu'elle éprouvait pour moi que ça n'avait pas fonctionné entre eux.

Allongé sur le côté droit, je l'avais écoutée qui s'épanchait d'une voix nasillarde :

— Je sais que je devrais l'oublier…, m'avait-elle confié en déambulant d'un pas traînant. N'empêche que c'est dur, quand on ne rencontre personne d'autre…

J'avais laissé mon attention vagabonder. Cette facette d'elle m'avait-elle échappé, ou avait-elle changé depuis mon hospitalisation ? Nous avions grimpé ensemble pendant environ cinq ans, depuis que mon partenaire précédent avait déménagé. Je la connaissais déjà un peu parce que j'avais grimpé en salle pendant l'hiver avec elle et un groupe d'amis. Elle était toute petite et pas spécialement musclée, mais elle possédait une technique si exceptionnelle qu'elle était capable de me suivre sur presque toutes les voies. Au moment de chercher un nouvel équipier, j'avais fait des essais avec plusieurs personnes, et c'était avec elle que j'avais préféré escalader parce qu'elle était excellente grimpeuse, fiable et d'un calme à toute épreuve. Tom, malgré ses qualités, se mettait dans des états de nerf incroyables quand une voie lui donnait du fil à retordre. Eleanor, elle, persévérait sans broncher. Alberto – qui allait devenir le binôme de Tom – me pourrissait quand j'étais en retard (ce qui arrivait souvent). Eleanor n'avait jamais semblé s'en soucier. Une autre fille avec qui j'avais tenté de grimper avait passé tout le trajet jusqu'au sud du pays de Galles à jacasser, avant de remettre ça sur la route du retour. Sa compagnie était agréable à petites doses ou diluée dans un groupe, mais en tête à tête elle était insupportable. Quand Eleanor était montée dans ma voiture la première fois, elle avait inséré un CD dans l'autoradio et n'avait ouvert la bouche que pour évoquer une nouvelle voie qu'elle avait envie d'essayer. Depuis, elle n'avait jamais modifié son comportement : elle était toujours restée constante, calme, elle ne faisait jamais d'histoires. Qu'est-ce qui avait changé, alors ? Peut-être qu'elle avait gardé pour elle toutes ses pensées au fil des ans, et que maintenant, enfin, elle avait découvert un moyen de tout évacuer.

— Parfois, je me dis que j'aurais mieux fait de…

J'aurais dû me montrer plus compréhensif, mais je n'en avais pas trouvé la force. Elle était là devant moi, en parfaite santé. Elle pouvait encore avoir une relation amoureuse, serrer quelqu'un dans ses bras, l'embrasser… Certes, elle ne pouvait plus avoir Jimmy, mais je ne parvenais pas à la plaindre pour autant.

Elle était toujours en mesure de marcher, de parler. Je la revoyais, avec ses membres fluets, ses longs cheveux blonds noués dans le dos, en train de se déplacer avec légèreté sur la paroi rocheuse. Toujours capable de bouger, toujours capable de grimper. Tous les mots d'apitoiement qu'elle prononçait amplifiaient ma colère, la douleur lancinante dans mes pieds et mes mains. Je n'avais jamais remarqué qu'elle parlait autant du nez – et pas seulement à cause de son allergie. Elle avait une voix trop geignarde, qui m'agaçait au plus haut point.

— En plus, je sais qu'il n'a personne, lui non plus…

Autrefois, j'estimais avoir des raisons de me plaindre. Je ne me rendais pas compte de la chance que j'avais. « Tu crois que ton verre est à moitié vide ? avais-je envie de hurler à mon ancien moi, ainsi qu'à Eleanor. T'as qu'à le remplir, alors, putain ! Il est à moitié vide parce que tu en as déjà bu une bonne partie ! » Je ne trouvais aucune réserve de compassion dans laquelle puiser.

Je l'avais sentie me toucher l'épaule. J'aurais vraiment préféré qu'elle évite le contact.

— … faut que je revienne sur ce qui t'est arrivé, que je me souvienne de ce que j'ai vu exactement…

Elle avait serré fort le tissu qui couvrait ma clavicule.

Quoi ? De quoi tu me parles, là ?

— … être prête à refaire ma déposition…

Ta déposition ?

Elle avait retiré sa main. J'avais entendu un grincement derrière moi lorsqu'elle s'était assise, puis le bruit de la peau qui lisse du papier.

Elle s'était mise à lire :

— « Un journaliste de Bristol entre la vie et la mort à l'hôpital après un accident d'escalade dans les gorges de l'Avon. »

Une accroche. Un article à mon sujet ? Avait-on imprimé ça dans le journal ?

— « Alexander Jackson, vingt-sept ans, a fait une chute de presque vingt mètres alors qu'il pratiquait l'escalade avec des amis, samedi matin, sur l'à-pic qui surplombe la Portway, en bordure de l'Avon. »

Vingt ? Comment avais-je fait pour tomber de vingt mètres ?

— « Une équipe d'élite des sapeurs-pompiers de l'Avon et le groupe d'intervention en milieu périlleux des ambulances du Grand Ouest ont été hélitreuillés sur place. Les sauveteurs ont fait descendre M. Jackson en toute sécurité jusqu'à la Portway, avant de le conduire à l'hôpital. Le pont suspendu de Clifton a été fermé à la circulation environ trois heures pendant l'opération. »

Des images avaient défilé dans ma tête. Ayant déjà vu les équipes de secours à l'œuvre, je les imaginais sans mal en train de m'évacuer avec précaution, sous les regards des curieux amassés au sommet de la falaise et en contrebas.

— « On ne connaît pas la cause de la chute. M. Jackson est journaliste au *Bristol Post*, où il travaille depuis quatre ans. »

Eleanor avait agité la coupure de journal près de mon oreille et j'avais senti la petite brise produite par ce mouvement.

— « Un porte-parole des ambulanciers a déclaré : "On nous a appelés vers midi pour une intervention sur la Portway, où un homme d'une vingtaine d'années avait fait une chute d'escalade. On l'a emmené au Southmead Hospital." Selon les médecins, son pronostic vital est engagé. »

Je m'étais demandé à qui on avait confié cet article, comment mes collègues avaient réagi. Quand avaient-ils appris la nouvelle ?

Elle avait reniflé, puis repris :

— « Ses proches ont été informés. »

Papa. Qui avait prévenu papa ? Pourquoi ne m'en étais-je jamais inquiété avant ? Est-ce que quelqu'un lui avait téléphoné ? Pauvre papa. Il avait dû être catastrophé.

— « Un responsable de l'Association d'escalade de Bristol s'est exprimé hier soir au nom de la famille de M. Jackson. Il a indiqué que M. Jackson se trouvait dans un état grave, souffrant de cinq côtes cassées, d'une fracture au bras gauche et de blessures à la tête. »

J'avais été outré. Qui avait pondu cette daube ? Il aurait fallu placer les blessures à la tête en début de liste. Le plus grave d'abord. Est-ce qu'ils avaient confié l'article sur moi à un stagiaire ?

— « Le porte-parole a ensuite ajouté : "Alex est dans le coma. Ses amis et les membres de sa famille sont à ses côtés et veulent croire à son rétablissement." La police s'est également rendue sur les lieux de l'accident. »

Pourquoi n'ai-je encore jamais rien entendu de tout ça ?

— Le remue-ménage que tu as causé, avait-elle repris en délaissant l'article, revenant à des éléments que je connaissais déjà. J'ai beau repasser sans cesse la scène dans ma tête, je ne comprends pas ce qui t'est arrivé. Tom affirme que je n'aurais rien pu faire différemment, même si j'avais été en tête à ta place.

C'est moi qui grimpais en tête ?

Enfin du nouveau. J'avais bien supposé que c'était le cas, parce que j'étais premier de cordée dans la plupart de nos ascensions. Mais c'était toutefois une nouvelle pièce du puzzle, qui m'aidait à mieux imaginer le déroulement de cette journée.

— Ça a été une période affreuse, se plaignit Eleanor en soupirant. J'étais au fond du trou. Et c'est là que Jimmy m'a annoncé qu'il me quittait…

Et vas-y que je continue à geindre…

Après ce dernier éclat de colère, j'avais été pris de crampes dans le mollet gauche, puis le droit. C'est déjà désagréable quand on peut les étirer ou déambuler clopin-clopant, mais moi qui étais allongé là, impuissant, contraint à les laisser dégénérer, la douleur m'avait foudroyé.

J'avais dû perdre connaissance. Quand j'étais revenu à moi, une infirmière me déplaçait sans ménagement dans le lit.

— Allez, gros baudet de rouquemoute, avait-elle ronchonné en me tirant sur le bras si fort que j'étais retombé violemment sur le dos.

C'était la seule à m'affubler de ce sobriquet, et son haleine chargée d'une odeur de cocktail de crevettes était un indice qui ne trompait pas. C'était Connie, celle que j'aimais le moins dans l'équipe médicale. Le timbre de sa voix et les sujets qu'elle abordait me laissaient penser qu'elle avait la trentaine ou la quarantaine. Contrairement à certaines infirmières plus jeunes, elle ne me relatait pas ses sorties en boîte et ne se plaignait pas des difficultés que lui valait le fait de vivre encore chez ses parents. Mais elle n'évoquait pas le nombre d'années qu'il lui restait à tirer avant la retraite, comme certaines des plus âgées. Dans l'ensemble, elle grommelait, se répandait en commérages et me parlait des émissions qu'elle avait regardées à la télé. Elle dégageait toujours l'odeur de son dernier en-cas, et elle avait – comment formuler ça ? – une conception des soins très particulière. Rien ne lui aurait été plus facile que de mettre fin à mes souffrances en me plaquant un oreiller sur le visage. Je me demandais souvent pourquoi elle n'en faisait rien.

Elle avait de nouveau tiré vivement sur mon bras. Mon corps tout entier s'était crispé sous l'effet de la douleur – mes hanches étaient encore tordues vers la droite et j'avais l'impression que ma tête n'était plus soutenue par mon cou.

À part la respiration bruyante de Connie, je n'entendais que le crépitement de la pluie sur la vitre. J'avais essayé de détecter un signe de la présence d'Eleanor. Elle était sans doute déjà partie.

— Je me demande bien pourquoi ils te maintiennent en vie.

Connie était allée au pied du lit, m'avait attrapé les jambes et les avait alignées d'un coup sec.

— Putain de merde.

La porte avait claqué.

Tâchant de me détacher de l'inconfort que m'avaient valu ses manipulations, je m'étais rejoué la visite d'Eleanor. Elle allait faire une nouvelle déposition, si j'avais bien compris. En assemblant les pièces de l'enquête, maintenant, je me rends compte qu'à ce stade les policiers naviguaient encore à vue. J'avais supposé qu'ils voulaient réunir le plus d'éléments possible au sujet de l'escalade, mais désormais je m'aperçois que ce n'était pas au cœur de leurs préoccupations. Ce qu'ils cherchaient à obtenir d'Eleanor, c'étaient tous les autres petits détails qui pouvaient lui échapper.

Il y avait aussi l'article qu'Eleanor avait découpé. Quelqu'un me l'avait-il lu, à l'époque ? S'était-on donné cette peine ?

Je ne me rappelais pas les passages où l'on décrivait mon état ou inventoriait mes blessures. Avais-je su que j'avais des côtes et un bras cassés, d'ailleurs ? Sans doute pas – j'ignorais combien de temps j'avais été hospitalisé avant de reprendre conscience et d'être capable d'entendre ce qui se passait autour de moi, et j'avais eu l'impression que des semaines s'étaient écoulées avant que je découvre ce qui m'était arrivé. Plus tard, il m'était apparu clairement que je ne le comprenais pas tout à fait, même à ce stade. L'article du journal ne pouvait pas m'informer sur la partie la plus importante de l'histoire.

— Quel temps de chien ! s'était exclamée Bea lorsqu'elle m'avait rendu visite, peu après Eleanor.

Elle s'interrompait sans cesse pour mastiquer bruyamment son chewing-gum – une habitude horripilante, mais elle prétendait que ça l'aidait à ne pas fumer trop de roulées.

— Ça me fiche la trouille (mâche, mâche, mâche), on dirait un mauvais présage.

J'avais entendu un bruit de fermeture à glissière et senti une petite pluie de gouttelettes froides sur mon bras gauche. J'avais imaginé Bea en train de sortir maladroitement les bras des manches de son imperméable. Les gouttes m'avaient paru agréables – rafraîchissantes.

— Regarde-moi ce ciel… Il fait presque nuit en plein jour. Ça fait surnaturel.

Son ton avait changé lorsqu'elle s'était détournée, peut-être pour contempler le ciel qu'elle me décrivait. C'était trop dur à supporter. La soif me tenaillait : ma langue se ratatinait dans ma bouche, ma gorge était sèche comme le désert. Avant que Bea arrive, j'avais fantasmé sur une Corona bien fraîche avec un quartier de citron vert coincé dans le goulot. J'avais senti les bulles sur ma langue, l'amertume du fruit. Mais maintenant qu'elle me parlait de pluie, je m'étais vu en train de sortir de la chambre – de m'enfuir comme un voleur. Je fonçais dans les couloirs de l'hôpital et débouchais sur le trottoir. Je levais la tête vers le ciel violet noirâtre et j'ouvrais la bouche en grand, la laissais se remplir d'eau avant d'avaler une grande gorgée. Ma chemise d'hôpital imbibée me collait à la peau, mais je ne m'en inquiétais pas. L'eau dégoulinait sur mon menton, mes joues, mon cou. Je contemplais le sol, où des flaques se formaient dans l'herbe bien verte un peu plus loin ; je m'en approchais pour y tremper les pieds.

Bea s'était penchée sur moi, m'avait soufflé une odeur de menthe sur le visage, avait remis en place les oreillers sous ma tête avant de me donner un baiser sur le front. J'avais encore décelé une trace de vanille sur elle. Un parfum qui évoquait un gâteau sortant du four, ou une des bougies hors de prix qu'elle faisait brûler dans notre chambre.

Pour qui tu t'es parfumée ?

J'ai perçu la douce pression de sa chair contre la mienne quand elle s'est assise à côté de moi.

Est-ce qu'il t'a appelée ?

— Ce que j'aimerais pouvoir rester ici, avait-elle dit, sans cesser de ruminer nerveusement. Si ça se trouve, je me sentirais plus en sécurité.

Un puissant coup de tonnerre avait étouffé ce qu'elle avait dit ensuite, et la pluie s'était remise à tambouriner contre la vitre. Je n'avais capté que quelques mots.

— … pas tranquille… ne sais pas qui…

Elle avait déplacé son poids contre moi, posé une main sur ma cuisse et pressé ma jambe. Elle avait dû s'approcher, car lorsqu'elle avait repris, je l'entendais mieux.

— Quand je sors de l'appartement, je jette sans arrêt des coups d'œil derrière moi. Le soir, je vérifie que la porte est bien fermée à clé. Deux fois, même. Je sursaute chaque fois que mon téléphone sonne.

Que craignait-elle ? Un certain malaise s'était emparé de moi.

— Je suis sûre que je me fais des idées, pas vrai ? Je ne vois pas qui pourrait me suivre. C'est moi qui suis parano, je pense.

Elle avait poussé un petit bruit, mi-rire mi-soupir.

— Je sais ce que tu m'aurais répondu.

Elle me connaissait mieux que moi, dans ce cas. Je n'avais pas la moindre idée de ce que je lui aurais dit, parce que j'ignorais ce qui s'était passé.

— N'empêche, je suis sûre qu'une femme a marché quelques mètres derrière moi, de l'autre côté de la route, pendant je ne sais pas combien de temps. Et hier, un type dans une voiture me surveillait.

Encore un rire bref.

— Il y a forcément une autre explication. Je suis sûre que je m'imagine des trucs. C'est ça, pas vrai ?

Ça me semblait être une possibilité, en effet. Que lui aurais-je dit, d'après elle, si j'avais pu ? Pour commencer, elle oubliait que dans la vraie vie – la vie d'avant mon accident – elle ne m'aurait sans doute rien confié de tout cela, de peur que je me moque d'elle, même si je ne l'aurais charriée que pour la rassurer et lui remonter le moral. Mais admettons qu'elle ait laissé échapper des bribes de ses inquiétudes. J'aurais dit : « Sors-toi ça de la tête – pourquoi serais-tu suivie ? Ça ne rime à rien. »

Ensuite, j'aurais pris fermement son visage dans mes mains, embrassé la cicatrice sur sa lèvre supérieure. « Tu te crois exceptionnelle, pas vrai, ma petite abeille ? »

Elle aurait fait mine d'être consternée par ce sobriquet, froncé le nez, et quand j'aurais eu déposé un baiser sur l'arête, j'aurais senti la peau se plisser sous mes lèvres.

« Tu te prends pour quelqu'un d'important ? »

J'aurais alors fait courir ma bouche jusqu'à son front et j'aurais posé les lèvres sur ses paupières pour qu'elle les ferme.

« Assez pour que les services secrets de Sa Majesté envoient leurs meilleurs espions à tes trousses ? »

Pour finir, je l'aurais serrée contre moi, je l'aurais attirée tout près pour que mon menton repose sur sa tête et que je sente le parfum d'orange de ses cheveux.

« Ne t'inquiète pas, aurais-je conclu. Pourquoi veux-tu qu'on te surveille ? »

12

Je ne vois pas mon corps, mais j'ai conscience qu'il n'est plus que l'ombre de lui-même. Mon ventre n'est qu'un creux, comme si mon nombril s'était affaissé jusqu'à toucher ma colonne vertébrale. Depuis des mois, pas un gramme de nourriture ou de boisson n'a franchi mes lèvres. Petits déjeuners, déjeuners, dîners, kebabs de fin de soirée, repas de Noël, gâteaux d'anniversaire, pancakes citron-sucre : tout a été remplacé par ce tube qui s'enfonce directement dans mon estomac. Cela ne me procure aucune satisfaction. L'infirmière de service me redresse à quarante-cinq degrés afin de me préparer pour une alimentation nocturne de quatorze heures. Elle appuie sur quelques boutons d'une machine installée près de ma tête. Un bourdonnement s'enclenche – c'est ma berceuse pour la nuit, à moins que le tube s'entortille et que l'appareil se mette à biper jusqu'à ce que l'infirmière s'en aperçoive.

Avant de ne plus être capable de manger, je ne me rendais pas compte du plaisir que j'y prenais. Cette saleté de Connie la Connasse s'amuse à regarder des émissions de cuisine sur ma télé, puis elle s'en va en la laissant allumée, et je subis ensuite un véritable calvaire, contraint d'écouter les présentateurs commenter et goûter des plats les uns après les autres. Mes glandes salivaires tournent en surrégime, persuadées qu'elles vont voir arriver une part de fondant au chocolat ou une cuillerée de pot-au-feu. Elles peuvent toujours rêver. Ici, on m'injecte des liquides nutritifs dans le ventre pour me maintenir en vie, mais ça s'arrête là. J'ai conscience de ma faiblesse, de mes membres squelettiques, et je ne peux qu'imaginer mon visage émacié – pommettes saillantes et yeux caves.

Je me remémore une conversation que j'avais eue un jour avec Rosie, une maniaque des régimes. « Tu t'es déjà demandé où partait ton poids quand tu le perdais ? » l'avais-je interrogée. Je ne me rappelle pas les choses importantes, comme le jour de mon accident ou le dernier baiser que j'ai échangé avec Bea, mais je me souviens d'avoir lu un article sur la perte de poids dans un magazine, puis d'avoir enquiquiné Rosie à ce sujet. Tout le gras qu'on brûle se volatilise, à proprement parler. On l'expulse par le souffle. Une petite quantité est évacuée par la transpiration et l'urine, mais on en recrache la plus grande partie sous forme de dioxyde de carbone.

Ces images sont encore imprimées dans ma tête. Quand un relent de ma sueur âcre me parvient les jours où une zone de mon corps échappe à l'eau savonneuse des infirmières, c'est plus fort que moi : j'imagine mon organisme qui se débarrasse de ma graisse. Quand mon cathéter se détache et que je reste étendu là, dans mon lit, trempé et dans l'incapacité d'appeler à l'aide, je songe au poids que j'ai perdu. Et lorsque l'air ressort bruyamment de mes poumons, je me vois en train de perdre quelques grammes de plus, condamné à recevoir toujours plus de calories liquides et insipides. Avant, Philippa me répétait : « Tu as beaucoup de chance d'être encore en vie. » Ces temps-ci, elle est plus sensée.

Quand j'étais plus jeune, je ne m'étais jamais targué d'avoir une imagination débordante. Je ne m'étais pas lancé dans le journalisme par amour de la narration. J'avais vu une petite annonce pour un job dans le journal étudiant d'UCL, et sans trop savoir pourquoi, j'avais sauté le pas. Je m'étais donc retrouvé dans l'équipe du journal de ma fac, avant de m'engager dans un master de journalisme, puis de décrocher mon premier vrai boulot au *Post*, chez moi à Bristol.

Mais à l'époque je ne me considérais pas comme quelqu'un de créatif. Dans mon travail, j'aimais rencontrer les gens, recueillir leur témoignage, creuser pour dénicher les informations que les officiels voulaient enterrer. La rédaction de mes articles consistait juste à taper des mots très vite – et même cette étape équivalait à mes yeux à un frein qui me retardait dans la recherche de mon prochain papier. Je ne perdais pas de temps à élaborer un texte bien tourné, et par conséquent, quand je le lisais dans le numéro du lendemain, ma prose avait souvent été copieusement retouchée par mon rédac' chef. On ne m'avait jamais qualifié de conteur hors pair ni encensé pour l'élégance de ma plume. Par ailleurs, je n'avais jamais été tenté d'écrire de la fiction – même la composition d'un article d'opinion me semblait nécessiter trop d'inventivité, et je ne m'y sentais pas du tout dans mon élément. Je préférais de loin les faits purs et durs. La rêvasserie, très peu pour moi. Je n'avais jamais vu l'intérêt d'envisager ma vie autrement que ce qu'elle était. Mais maintenant j'en perçois toute l'utilité.

Résultat, pendant qu'un liquide un peu trop froid s'écoule dans mon estomac, j'imagine que je dîne au restaurant et déguste une bonne pièce de bœuf avec une bouteille de merlot à la robe foncée. Du jus suinte de la viande cuite à point. En accompagnement, on m'a servi des frites dorées passées dans trois bains d'huile (je n'avais jamais compris ce que ça signifiait et ne le saurais sans doute jamais, mais ça sonne bien). Un fagot de haricots bien verts. Des légumes, bon sang ! Si on m'avait dit que ça me manquerait à ce point… Le serveur est sympathique, il m'apporte des portions supplémentaires de tout ce que je lui demande.

À d'autres occasions, je me prends du chinois imaginaire à emporter avec Bea – effiloché de bœuf croustillant d'un rouge surnaturel, canard laqué aux petits oignons sur crêpe mandarin, riz cantonais et porc sauce aigre-douce. L'odeur puissante de l'ail et du gingembre imprègne tellement l'appartement que, lorsque nous allons nous coucher, je la sens encore sur l'oreiller tandis que je m'étends à côté de Bea, l'embrasse dans le cou et lui caresse les hanches. Il y a aussi des chips de crevettes, qui me font penser aux épaulettes que maman glissait dans ses vestes quand j'étais petit. De la sauce au piment doux. Je lèche le sel et le gras et me délecte de ces excès – pas besoin de surveiller ce que je mange dans le restaurant de mon esprit.

N'étant de toute évidence pas au courant que la police avait demandé à Eleanor de faire une nouvelle déposition, Bea passait une grande partie de son temps auprès de moi à s'inquiéter des conseils de Rosie, qui lui avait recommandé de tourner la page. Lors d'une visite, elle s'est assise à côté de mon lit et s'est mise à taper nerveusement du pied.

— Je ne peux pas te faire ça.

Tac, tac.

— Même si…

Tac, tac. Par mes paupières entrouvertes, j'ai vu la forme de sa tête se courber. Elle m'a embrassé les doigts.

— J'avais des tas de projets pour nous deux.

Tac, tac, tac. J'étais tourné face à elle et je percevais les légères secousses de ses jambes agitées. Elle s'est penchée vers son sac posé par terre, et lorsqu'elle s'est redressée, j'ai vu un autre mouvement – ses mains qui remuaient sur ses cuisses ? Un bruissement de papier m'est parvenu. Une odeur riche et humide a flotté jusqu'à moi. Elle était en train de rouler une cigarette.

— Il y a plein d'endroits que j'aurais voulu découvrir avec toi.

J'ai tenté d'ignorer le fait qu'elle s'exprimait au passé. Elle s'est tue ; je n'ai plus entendu que le bruit de la feuille entre ses doigts et les *tac-tac-tac* de son pied. Où aurait-elle voulu aller avec moi ? J'étais curieux de le savoir. Au moment de mon accident, nous n'avions pas de voyage prévu – pas que je m'en souvienne. Le seul qui ait été noté dans mon agenda – inscrit au crayon pour le pont de Pâques –, c'était un séjour en France avec mon père.

C'est lui qui en avait eu l'idée – il tenait à m'emmener visiter le gouffre de Padirac, dans la vallée de la

Dordogne. On croyait autrefois que cette cavité était une création de Satan, mais en réalité, m'avait-il expliqué, ce puits n'était dû qu'à la formation d'une grotte gigantesque dont le plafond s'était effondré. Enfant, j'étais émerveillé par les descriptions qu'il me livrait des stalactites ressemblant à un croisement singulier entre des choux-fleurs et des feux d'artifice, suspendues dans tout le réseau de galeries souterraines.

Une semaine avant mon accident, j'avais profité du week-end pour aller chez lui. Nous avions prévu de nous prendre des plats à emporter et de fignoler les derniers détails du voyage. Même si nous avions encore sept mois devant nous, papa ne voulait rien laisser au hasard.

À mon arrivée, il était penché sur son bureau devant son ordinateur, à naviguer entre des tas de fenêtres ouvertes sur son écran pour trouver le site désiré.

— Je me disais qu'on aurait pu camper à Carennac – c'est ce village, là… Attends, il est où déjà…

Il avait continué à cliquer à tout-va, en faisant glisser sa souris à grands gestes vigoureux, largement en dehors du tapis.

— Ah, le voilà ! Tiens, regarde, Carennac.

Il restait debout, vraisemblablement trop excité par ses recherches pour se poser.

— Il y a écrit là que « Carennac est classé parmi les plus beaux villages de France, avec cent quarante-huit autres ».

— Où est-ce que tu lis ça ?

— Sur Wikipédia. C'est une mine d'or, ce site. « Les mois d'été y sont en général chauds et secs, et la température moyenne y avoisine les 30 °C. »

— Mais on y va en avril, non ?

Je m'étais assis au bord du bureau et j'avais feuilleté les copies d'élèves entassées à côté de son ordinateur.

— Ensuite, j'ai pensé qu'on pourrait aller à Collonges-la-Rouge. Tu en as déjà entendu parler ?

— Ça ne me dit rien.

Je n'avais pas pu m'empêcher de sourire. Je ne l'avais pas vu aussi joyeux depuis très longtemps.

— C'est un village bâti entièrement en grès rouge, m'avait-il expliqué, en se tournant vers moi. Tu te rends compte ? Ta mère adorait le grès rouge. J'aurais dû l'y emmener, mais je viens de découvrir l'existence de cet endroit.

Je m'étais redressé et l'avais pris par l'épaule.

— On en discute en mangeant ?

— Oui, désolé, s'était-il excusé en essuyant ses lunettes avec le bas de son pull. Je pars en roue libre, comme dirait ta sœur.

— Ne t'inquiète pas, c'est juste que les plats vont ref…

— J'ai tellement hâte de partir en vadrouille avec toi. Une vraie virée entre mecs, pas vrai ?

Je m'en étais voulu d'éclater de rire, mais je le trouvais trop drôle, et touchant. Je n'avais pas pu m'en empêcher. Quand on employait cette expression de « virée entre mecs », ce n'était pas à ce genre de vacances qu'on pensait. Je…

J'ai senti quelque chose sur mon visage.

Mon esprit s'était égaré dans un tout autre univers. Cette visite du gouffre de Padirac n'avait jamais eu lieu. Je doutais fort que papa y soit allé seul.

Tac, tac, tac. Le bureau de papa s'est effacé, et j'étais de retour dans mon lit d'hôpital. Bea remuait toujours les jambes sur place et elle sortait un mouchoir pour essuyer une larme qui avait roulé sur ma joue.

Je ne me rappelais pas ce qu'elle m'avait dit avant que je parte à la dérive. J'ai essayé de remonter le fil. Des voyages. Des projets. C'était ça : elle me parlait de Rosie, qui voulait qu'elle se trouve un nouveau mec.

— Est-ce que tu vas revenir parmi nous ?

Je sentais son regard sur moi, ses yeux qui cherchaient une réponse. Pour une raison qui m'échappait, le martèlement de son pied aggravait une démangeaison à mon bras qui m'agaçait depuis le réveil.

— Et si je rencontrais vraiment quelqu'un ?

Comme ce blaireau du groupe de soutien ?

— Ça m'étonnerait que tout le monde partage le point de vue de Rosie, tu vois ? Les gens diraient que je te trompe. Ton père m'a étonnée, là-dessus. Je suis persuadée que ça ne plairait pas à mes parents.

Elle a marqué une pause, avant de poursuivre :

— Je me demande où ils en sont, d'ailleurs. Ils devraient être déjà arrivés, à l'heure qu'il est.

Rick et Megan ne me rendaient pas souvent visite – le trajet depuis Brighton était long et, même avant mon accident, ils comptaient en général sur Bea pour aller les voir. « Elle a moins de risques d'avoir un accident, avec sa vue de jeune fille », se justifiait Rick, mais Bea et moi soupçonnions que la véritable raison de leurs réticences, c'était qu'ils n'aimaient pas laisser leurs chats à leurs voisins.

— Ils me diraient que je dois m'accrocher. Eux, ils sont restés ensemble contre vents et marées.

Elle a serré mon épaule.

— Mais…

Tu penses à ce type.

— Je me sens seule.

Elle est montée sur le lit, derrière moi, et a posé la tête contre mon dos. J'ai senti la pression de ses lunettes sur ma chair lorsqu'elle m'a embrassé par-dessus mon pyjama.

— Et puis il se passe plein de trucs bizarres. J'ai encore reçu un coup de téléphone anonyme, hier soir – j'entendais quelqu'un respirer à l'autre bout du fil. Si tu étais là, je me sentirais plus en sécurité.

C'est quoi, cette histoire d'appels anonymes ?

Elle s'est blottie contre moi.

— Je me serais mariée avec toi, tu le sais ? Je suis sûre que tu le savais.

Quitte-moi. Pars.

Un vif agacement s'est emparé de moi. J'aurais voulu la repousser.

Je ne peux pas te protéger. Trouve-toi un homme qui en sera capable.

— Si nous nous étions mariés, nous aurions prononcé un serment : « Pour le meilleur et pour le pire, dans la santé et dans la maladie. » « Jusqu'à ce que la mort nous sépare. »

Mais nous ne l'avons pas fait.

— Hier soir, je suis allée sur Google pour chercher « à quel moment tourner la page quand son compagnon est dans le coma ».

Elle m'a serré plus fort et la démangeaison dans mon bras s'est encore intensifiée.

Elle ne risquait pas d'obtenir une réponse pertinente sur Internet, mais c'était du Bea tout craché – elle interrogeait le Web pour tout, depuis « comment dire à sa meilleure copine qu'on n'aime pas sa frange sans la vexer ? » jusqu'à « est-ce qu'on aura de nouveau de la bonne musique un jour ? » (après avoir écouté le décompte du Top 40 à la radio, un dimanche après-midi dans ma chambre d'hôpital).

— Il y a des forums entiers consacrés à ça, m'a-t-elle expliqué. Des gens comme Rosie affirment que c'est normal, qu'on ne devrait pas nous juger si on trouve quelqu'un d'autre. Et puis il y a des tas d'internautes très remontés qui citent l'échange de consentement du mariage.

Toi, tu n'es pas concernée.

— Je voudrais avoir quelqu'un à… bref.

Elle s'est redressée et a pris un ton faussement enjoué.

— En tout cas, tu n'imagines pas tout ce qu'ils racontent.

Elle s'est levée et a fait le tour du lit, est passée devant mon visage, puis elle a disparu de mon champ de vision le temps de se baisser pour farfouiller dans son sac. Elle s'est assise dans le siège à côté de moi, et de nouveau j'ai vu ses mains remuer devant elle. Il y a eu un bruit de déchirement étouffé, puis l'air s'est chargé d'une odeur d'orange qu'on épluche. Douce-amère. Elle a repris en parlant la bouche pleine :

— Une femme a dit que si elle était dans le coma, elle ne voudrait pas que son compagnon gâche sa vie à l'attendre. Et un homme a expliqué que, dans certaines sociétés, quelqu'un qui est dans le coma est considéré comme mort.

Elle s'était interrompue pour déglutir, et j'ai vu son bras se lever vers son visage.

— Quelqu'un d'autre a dit que si on aime vraiment

son mari, pourquoi on le quitterait ? Et une autre a dit… Ça m'a fait rire, ça.

Son ton, amusé pour une fois, m'a plu.

— Elle a dit : « Dans certains mariages sans amour, c'est comme si le mari était dans un coma permanent. Et que font les femmes dans ces cas-là ? Elles prennent un amant. » Je ne devrais pas rire, je sais.

Pourtant, elle l'a fait – un son pur, magnifique.

Elle est restée silencieuse le temps de finir son orange, puis elle est allée de l'autre côté de la chambre. Elle a pris du gel hydroalcoolique dans le distributeur, et lorsqu'elle est revenue dans le siège, elle s'est remise à fouiller dans son sac. Au bout d'un moment, quand elle s'est redressée, un cliquetis rapide a retenti, caractéristique d'une pression sur le bout d'un stylo. Elle serrait dans ses mains un objet blanc de grande taille qui ressortait sur la masse foncée de ses vêtements – un carnet ?

— Elle pense que je devrais consigner tout ce qui se passe dans un journal, a-t-elle annoncé.

Bea avait horreur que je ne lui donne que des informations partielles. J'avais la mauvaise habitude de tenir pour acquis qu'elle savait de quoi je lui parlais. Elle me donnait un coup de poing dans le bras et s'exclamait : « Je ne suis pas médium ! » À présent, c'était devenu une manie chez elle, même si je reconnais qu'elle avait une assez bonne excuse. Mais qui lui avait suggéré de tenir un journal, et pourquoi ? Était-ce une intervenante des forums qu'elle avait consultés ? Je ne supportais pas de ne pas pouvoir lui poser de questions.

— Voilà, j'ai noté la date. Et j'ai dressé la liste de tous les autres jours.

Elle a fait cliqueter son stylo quelques fois de plus.

— C'est ce qu'on recommande sur les sites de conseils contre les harceleurs.

C'en est à ce point ? Tu crois qu'on te harcèle ?

— Elle m'a dit que ce serait peut-être bien que je reporte aussi les heures des coups de téléphone, et combien de temps ils durent avant que ça raccroche.

Elle a marqué une pause.

— Tom pense que c'est une bonne idée, alors…

Est-ce Rosie qui lui donne ces conseils ? Parfait. Elle va veiller sur elle.

Bea a appuyé son carnet sur le bord du lit et j'ai entendu le bruit du stylo qui grattait sur le papier.

— Si j'indique les dates ici… et que je remplis cette page…

Elle continuait à écrire et j'ai observé le mouvement flou du coin de l'œil.

— Est-ce que je dois ajouter d'autres détails ? L'effet que ça a sur moi ? Manque… de sommeil…, a-t-elle dit lentement tout en griffonnant. Plus d'appétit… Perte de poids…

Elle a soupiré, posé la tête sur le carnet, glissé la main dans la mienne et replié les doigts sur les miens.

Je trouvais agréable de me reposer là, avec elle, tandis qu'elle marmonnait.

— … la façon qu'il a de respirer au bout du fil…

En réaction à mon sentiment de contentement et de réconfort, mes paupières ont décidé que c'était le moment de la sieste et m'ont coupé de la luminosité de la chambre.

— … me rappelle quelque chose…

13

Nous avons dû nous assoupir ainsi quelques minutes, puis une voix nous a réveillés en sursaut.

— Bea ?

Sa tête s'est relevée d'un coup sec et elle a retiré sa main de la mienne.

— Hein ?

Elle semblait dans le brouillard, désorientée.

— Pardon, chérie, je ne savais pas que tu dormais.

J'ai reconnu la voix de Megan.

— Viens là, ma puce. Viens faire un câlin à ta mère.

— Salut, maman.

Le siège a grincé quand Bea s'est levée avant de traverser la chambre.

— Où est papa ?

— Il arrive. Il s'occupait du ticket pour le parking.

J'ai entendu des bruits étouffés – elles s'embrassaient et se disaient bonjour.

— Tu as maigri, a commenté Megan d'un ton inquiet. Et il faudrait que tu te refasses des mèches.

— C'est bon, maman.

— Quoi ? Qui te le fera remarquer, si ce n'est pas moi ?

Rick est entré avec fracas, en claquant la porte contre le mur.

— Où elle est, ma fillette ? Viens un peu par ici.

Il a émis un grognement affectueux, et Bea a répondu par des propos indistincts, assourdis par l'accolade de son père.

Une odeur florale m'est arrivée et j'ai supposé que Megan s'était approchée de moi.

— Comment va-t-il ? a-t-elle demandé.

Elle ne m'a pas touché, pourtant sa voix m'a paru très proche.

— Toujours pareil, pas de changement. Vous voulez sortir manger un morceau, ou rester un peu ici, ou alors…

— On va rester ici. Je vais me dégourdir les jambes. Ça fait un sacré bout de route, mine de rien.

Rick parlait toujours très fort – il n'était pas équipé d'un bouton de volume. Même sans le voir, je devinais qu'il déambulait dans la chambre, débordant d'énergie ; il allait tout observer, inspecter les meubles à la loupe, passer la main sur les murs. C'était un artiste professionnel – spécialisé dans les peintures à l'huile – et son exubérance sur les toiles transparaissait dans son comportement flamboyant. Il fallait qu'il en fasse des tonnes, c'était plus fort que lui.

— Et Graham ? Comment va-t-il, ce brave type ? Comme je le dis toujours – pas vrai, Megs ? –, je n'imagine pas ce qu'on doit ressentir quand on a un enfant dans cet état, et je n'arrive pas à me mettre à sa place.

Il y a eu un léger cliquetis et la luminosité de la pièce a changé – puis un deuxième déclic a suivi et la chambre est redevenue claire.

— Papa, l'a réprimandé Bea. Arrête un peu avec les interrupteurs, s'il te plaît. Détends-toi, d'accord ?

J'ai entendu l'air s'échapper des coussins du siège à ma droite et les genoux de Megan craquer lorsqu'elle s'est assise. Quand il y avait autant de monde, je peinais à suivre tous ces bruits et ces mouvements. Cela provoquait une surcharge d'afflux sensoriels et je ne savais pas sur quoi me concentrer.

— Ton père t'a demandé des nouvelles de Graham, ma puce. Comment va-t-il ? a insisté Megan.

— Bien, a répondu Bea d'un ton hésitant. Comme d'hab.

— Attends, qu'est-ce qui se passe ? Tu sais bien que tu ne peux rien cacher à ton père. Qu'est-ce qui ne va pas ?

— Non, il n'y a pas de problème. J'ai…

— Je ne te crois pas.

J'ai détecté un effluve de cigarette froide, l'odeur qui accompagnait toujours Rick et ses vêtements imprégnés de tabac ; il s'était rapproché de moi. Il a posé le plat de sa main rugueuse sur ma joue.

— Qu'est-ce qu'elle nous mijote, ta chérie, Alex ?

— Papa, arrête. Ne te moque pas de lui.

Rick a retiré sa main.

— Je ne me moque pas de lui. Allez, dis-moi ce qui te tracasse.

Bea a soupiré.

— C'est juste que Graham et moi avons un petit désaccord. Il estime que je devrais sortir plus. Peut-être même essayer de rencontrer quelqu'un.

— Ah.

Rick a clappé de la langue.

— Quoi ? a fait Bea. Pourquoi tu regardes maman comme ça ?

— C'est drôle que Graham te donne ces conseils, ma grande, c'est tout, a déclaré Megan.

— Ça ne répond pas à ma question. Alors, papa ?

Leur présence jouait déjà sur les nerfs de Bea. Ça n'augurait rien de bon pour le reste de leur séjour.

— Le truc, c'est que nous pensons que tu devrais sortir un peu plus, nous aussi. Pas forcément pour rencontrer quelqu'un, a expliqué Rick en se juchant au bord de mon lit.

Quand le matelas s'est enfoncé du côté droit, j'ai eu l'impression que j'allais culbuter en arrière.

— Ce serait juste histoire de te changer les idées, et puis tu verras bien sur quoi ça débouche. Si par hasard tu rencontres quelqu'un, c'est comme ça.

— Ton père a raison, a renchéri Megan. En toute franchise, ça nous inquiète que tu passes ta vie ici.

Bea se tenait près de la fenêtre, devant moi. J'ai entendu ses doigts tambouriner sur le cadre en bois. *Tr-rac, tr-rac, tr-rac.*

— Je ne passe pas ma vie ici.

— Chaque fois qu'on t'appelle, soit tu es ici, soit en chemin, a rétorqué Rick. Ou alors tu viens de quitter l'hôpital.

Il s'est levé et l'a rejointe.

— La dernière fois que tu es sortie avec tes amis, c'était quand ?

— Je vois Rosie.

Bea semblait sur la défensive. *Tr-rac, tr-rac, tr-rac.*

— Et à part Rosie ? a insisté Rick en s'asseyant de l'autre côté du lit, me donnant cette fois l'impression que j'allais basculer en avant vers lui. Avant, tu étais copine avec… Comment elle s'appelle, déjà ? Je ne me souviens même pas de son prénom, tellement ça remonte à loin. Polly, c'est ça ? Poppy ?

Bea est partie d'un rire triste.

— Ça, c'est juste que tu perds la boule.

— Bien tenté, Beatriz, a-t-il rétorqué. Bon, bref, et ton travail, alors ? Ça marche ?

— Oui, ça roule.

— C'est vrai ? Comment ça se fait que tu aies encore eu besoin qu'on t'aide à payer le loyer, le mois dernier ?

Tr-rac, tr-rac, tr-rac.

— J'ai eu un peu de mal à me mettre en route, c'est tout.

Ça, je l'ignorais.

— Ton projet de BD, ça avance ?

— C'était une idée débile, a répondu Bea.

Tr-rac, tr-rac, tr-rac.

— Pas du tout, ma grande.

Rick était exaspéré. Il avait raison. Depuis toujours, Bea rêvait de se consacrer à un roman graphique. Un jour, elle m'avait raconté qu'autrefois, petite, elle restait des heures assise en tailleur, par terre dans l'atelier de Rick, à dessiner des bandes dessinées sur des feuilles qu'elle avait volées dans les carnets de croquis de son père.

— Tu devais chercher un collaborateur. Qu'est-ce qui s'est passé ? Tu ne peux pas mettre tes rêves en stan…

— Lâche-moi, d'accord ? l'a rabroué sèchement Bea, en frappant l'encadrement de la fenêtre du plat de la main pour bien se faire comprendre. Tu ne pouvais même pas attendre cinq minutes avant de me rentrer dans le lard en me déroulant la liste de tout ce que je foire ?

— Oh, ma puce. Tu ne rates rien, voyons.

— J'aurais dû me douter que vous alliez me balancer tous ces trucs. Je m'étais bêtement imaginé que vous seriez peut-être de mon côté. Je n'ai pas envie de « sortir plus ». Je me sens très bien comme ça, merci.

Elle leur avait craché ces mots à la figure.

— *Évidemment* qu'on est de ton côté, bon sang ! s'est écrié Rick en se levant et en abattant le poing sur le matelas. Mais notre priorité, c'est toi. Pas Alex. Il faut que tu prennes mieux soin de toi et que tu arrêtes de mettre ta vie entre parenthèses pour lui. Tu sais que j'ai raison.

— Non, papa ! Tout ce que je sais, c'est que tu ne l'as jamais apprécié, a-t-elle répliqué en élevant la voix.

On en apprenait tous les jours.

— Quand tu m'as demandé si c'était du sérieux avec lui, ce que tu voulais dire, en fait, c'est que d'après toi ça n'aurait pas dû l'être.

Elle criait presque, à présent.

— Bien sûr que je l'aimais bien, a tonné Rick en retour. Plus que ça, même. Nous étions très attachés à lui. Mais je n'ai pas toujours pensé qu'il te méritait.

Bea a eu un rire amer.

— Ça t'arrange bien, cet accident. Tu crois que ça me donne une chance de trouver quelqu'un de mieux.

— Tu es injuste avec nous, a protesté Megan depuis son siège, à ma droite.

Bea a ri de nouveau.

— C'est intéressant que tu aies choisi ce mot-là, maman. Tu ne démens pas, hein ?

Ils ne m'apprécient pas ? Pourquoi tu ne m'en as jamais parlé ?

— J'estimais qu'il n'aurait pas dû te laisser seule aussi souvent, en effet, a concédé Rick, d'une voix qui avait repris un volume normal.

Il continuait à parler fort, mais il ne criait plus.

— Tu te voyais vraiment rester toute ta vie avec lui ? Il te négligeait. Combien de fois je t'ai appelée un samedi après-midi, et lui s'était barré pour escalader je ne sais quel…

— Tu sais quoi ? Je ne veux plus rien entendre.

Bea semblait au bord des larmes.

— Et l'autre truc dont tu nous parlais, à propos de…

— Pardon. Je crois que c'est l'heure de la pause cigarette.

La porte a claqué.

De quel autre truc leur parlait-elle ?

Un courant d'air en provenance du couloir m'a caressé le visage.

— Ça s'est passé à merveille, a commenté Megan en reniflant. Bien joué.

— Ne commence pas, a répondu Rick en se rasseyant au bord du lit. C'est ma fille adorée.

Tous les deux sont restés silencieux un certain temps.

— Tu ferais mieux de la rejoindre, chéri.

Megan s'exprimait plus doucement, elle aussi.

Rick s'est levé et m'a tapoté la main à plusieurs reprises.

— Sans rancune, mon grand, a-t-il dit, puis je l'ai écouté sortir.

Comment ça, sans rancune ?

J'ai attendu que Megan s'adresse à moi, mais quand il m'est apparu évident qu'elle n'allait rien dire, je me suis employé à analyser cette nouvelle donne. Depuis toujours, je pensais avoir trouvé ma place – et être bien considéré – au sein de la famille Romero. Je croyais que Rick m'appréciait. À l'occasion de leurs visites, il m'était arrivé quelquefois de lui payer des pintes au pub. Le cidre Exhibition qu'on sert au Cori Tap lui avait bien plu, au point qu'à la fin de la soirée j'avais presque dû le porter jusqu'à son *bed & breakfast*. Je m'étais farci une partie de golf avec lui à Ashton Court, je l'avais emmené voir un match à domicile des Rovers, j'étais allé à toutes ses expos, et j'avais même écrit un article pour le journal sur un événement auquel il participait à Bristol.

Qu'est-ce que j'y pouvais ? J'avais peu de chances de pouvoir défendre mon cas un jour. Je n'aurais sans doute jamais la possibilité de le faire revenir sur son jugement.

Je devais réévaluer tous les souvenirs qui me restaient des moments passés avec eux ; en y repensant, j'ai en effet détecté les signes de mécontentement, les commentaires à double tranchant, revu la façon dont Bea posait la main sur le bras de Rick – pour l'empêcher de me dire mes quatre vérités, me rendais-je compte à présent, pas seulement pour qu'il arrête de monopoliser la conversation, comme je le croyais alors.

Rick m'avait probablement déjà catalogué dès

notre première rencontre, quand nous étions allés à Brighton pour le week-end.

Nous avions laissé « les filles » papoter dans la maison, et nous étions passés par le jardin pour aller à son atelier. Tandis que je lui parlais de mon travail, un peu nerveux – cette semaine-là, je venais de couvrir mon premier gros procès pour le journal –, Rick avait arraché une épaisse feuille A2 dans un énorme carnet de croquis et l'avait fixée à son chevalet avec des pinces à dessin.

— C'est super intéressant d'observer les jurés, avais-je dit en promenant le regard sur le local désordonné et les esquisses audacieuses de marines et de phares, les piles de catalogues d'œuvres d'art, la radio couverte de peinture et de bouts de ruban adhésif de masquage. C'est passionnant d'examiner leurs visages, d'essayer de deviner de quel côté ils vont pencher.

Rick avait hoché la tête, mais il n'avait pas eu l'air impressionné.

— Tu touches un peu à la peinture ? m'avait-il demandé en lissant le papier.

Il avait pris des tubes entassés en vrac par terre et les avait pressés au-dessus d'une palette.

— La peinture ? (Quelle était la bonne réponse ?) J'en ai fait un peu pendant ma scolarité.

— Ce qu'on enseigne à l'école, c'est différent de l'art véritable, avait-il déclaré en me tendant la palette.

Il s'était essuyé les mains sur le devant de sa chemise en jean froissée.

— Il te faut un pinceau, avait-il ajouté.

— Mais en fait, je…

— Celui-ci fera l'affaire.

Il avait sorti un pinceau à long manche d'un pot, me l'avait lancé, puis s'était éloigné en traînant un escabeau derrière lui.

— Ça ne sert à rien, je vais gâcher votre papier, avais-je paniqué, une fois seul devant le chevalet.

Rick avait pris la pose à côté de l'escabeau, une main sur la hanche.

— Tu vas te rendre compte que je suis très facile à peindre.

Comment m'étais-je fourré dans cette galère ? J'étais incapable de tracer un cercle correctement. Soudain, la tête m'avait tourné – ça devait être à cause des vapeurs.

— La façon dont un homme peint en dit long sur lui, je trouve, avait déclaré Rick en me fixant dans les yeux.

Eh merde. Il avait bien l'intention de me forcer à peindre.

— Beatriz est notre fille unique, tu sais, avait-il repris, sautant du coq à l'âne.

J'avais hoché la tête. Au lieu de réfléchir à une réponse, j'avais peint une forme d'œuf pour sa tête au milieu de la feuille. Il ne m'avait donné que de la peinture jaune et bleue, ce qui me compliquait d'emblée la tâche pour exécuter un portrait réaliste.

— Elle a du talent, a-t-il poursuivi. Il faudrait vraiment qu'elle se concentre sur des projets plus créatifs. Pas sur ses piges d'illustrations pour la presse.

Avec le jaune, j'avais peint la forme triangulaire du cadre de l'escabeau à côté de la tête ovale flottante de Rick.

— Est-ce que tu crois qu'elle devrait se lancer, se

consacrer à son idée de bande dessinée ? s'était-il enquis d'un ton détaché.

J'avais tracé les échelons en parlant, lentement :

— À mon avis, elle devrait s'y mettre, oui. Mais elle est super douée pour les commandes des journaux.

L'escabeau comptait à présent une vingtaine de marches – au moins trois fois trop.

— Rien ne l'empêche de faire les deux, avais-je conclu.

Je m'étais risqué à lui jeter un coup d'œil : il avait le regard toujours rivé sur moi. Il avait encore changé de sujet.

— Vous pourriez vous en sortir avec ton seul salaire ?

Bordel de merde. En un mot : non. Avant que j'aie pu lui répondre, Rick avait commencé à ajouter quelque chose, puis s'était ravisé :

— Hmm.

C'est là que j'avais compris : il était en train de me jauger, d'évaluer si j'étais digne de vivre le reste de mon existence avec Bea. Nous étions ensemble depuis seulement un an, mais j'avais droit à une discussion sérieuse d'homme à homme. J'étais resté planté là comme un idiot en tenant mon pinceau dégoulinant.

Au même instant, Megan et Bea étaient entrées, en se moquant de la tentative de Rick de m'asticoter pour que je réalise son portrait, et m'avaient arraché à ce qui avait vite dégénéré en une conversation très gênante. Sur le moment, ça m'avait paru bizarre. Mais quand j'en avais parlé à Tom, plus tard dans la semaine, je n'avais pas pu m'empêcher de me marrer en lui racontant mon embarras. Le reste du week-end s'était bien passé, Rick s'était montré tout à fait agréable et n'avait plus mis la carrière de Bea sur le tapis, ni évoqué le fait qu'elle était leur fille unique, la prunelle de leurs yeux. Il s'était juste un peu amusé à me prendre au dépourvu – le privilège du père, etc. C'était bien cela, non ?

Désormais, je voyais cet épisode d'un autre œil. Je me rappelais sa posture à côté de l'escabeau, sa main sur sa hanche, ses épaules tournées droit vers moi. Sa tentative de me donner l'air ridicule devant le chevalet.

Je n'avais jamais trouvé grâce à ses yeux. Pas même à l'époque.

14

Par le passé, je n'avais essuyé la véritable colère de Bea qu'à deux occasions. Comme tout le monde, il nous arrivait de jouer à qui criait le plus fort, et nous avions eu notre lot de chamailleries. Mais ces deux fois-là, quand sa fureur avait atteint son apogée, ç'avait été différent. Le contrôle qu'elle exerçait sur son ressentiment me terrifiait. La première fois remontait au jour où je lui avais avoué mon aventure d'une nuit avec Josie. La seconde avait eu lieu le jour de l'anniversaire de la mort de ma mère, il y a trois ans de cela environ.

J'avais décidé à la dernière minute de prendre ma journée. Bea avait plusieurs rendez-vous professionnels prévus et devait aller boire un verre avec Tom en soirée pour le conseiller sur un visuel dont il avait besoin pour son travail. Est-ce que je voulais qu'elle décommande tout afin que je ne sois pas tout seul ? Non, lui avais-je répondu – j'avais l'intention d'aller me promener, de déposer des lys roses sur la tombe de maman. Ses préférés.

Mais après son départ j'avais soudain eu une meilleure idée. Il y avait un amas de rochers auxquels je ne m'étais jamais frotté, à Oxwich Bay, dans la péninsule de Gower, où nous allions camper quand j'étais enfant. Je me souvenais d'avoir vu une cavalière chevaucher au bord de l'eau sur cette plage lors d'une balade avec ma mère. J'y avais construit des châteaux de sable avec Philippa et enseveli papa jusqu'au col de son tee-shirt « La géologie c'est *roc'* n'roll », que nous lui avions offert pour son anniversaire. J'avais donc vérifié les horaires des marées : la mer serait basse vers treize heures. Cela me laissait quelques heures pour escalader les gros rochers au pied des falaises. J'avais pris ma voiture et m'étais mis en route pour une journée de varappe, dans un endroit que maman adorait.

Le temps magnifique m'avait stupéfié : une brise hivernale iodée soufflait du large, le soleil brillait et le ciel était d'un bleu azur. En arrivant à la plage, j'avais voulu consulter mon téléphone dans mon sac à dos, mais je ne l'y avais pas trouvé. J'avais dû le laisser chez nous. *Aucune importance*, avais-je pensé. J'allais veiller à être rentré avant Bea.

Mon plan ne s'était pas déroulé comme prévu. Sur le trajet du retour, j'étais tombé en panne. J'avais attendu une éternité sur la bande d'arrêt d'urgence de la M4, près de Cardiff, qu'on vienne me dépanner – l'après-midi était très chargé, m'avait expliqué l'opérateur, après que j'avais marché huit cents mètres pour rejoindre la borne d'appel d'urgence la plus proche. À dix-neuf heures, j'avais enfin réussi à contacter Bea en empruntant le portable du dépanneur. Lorsqu'elle avait décroché et entendu ma voix, elle avait fondu en larmes.

— Mais où t'étais passé ? Je t'ai appelé au moins

vingt fois, m'avait-elle reproché d'une voix tremblante. J'ai vu que tu avais emporté ton matériel. Je commençais à penser qu'il t'était arrivé un truc grave.

Deux heures plus tard, quand j'étais enfin rentré, elle m'avait adressé un bref regard, avant de sortir du salon, d'aller dans notre chambre et de fermer la porte en douceur. Sans la claquer. Je l'avais laissée seule quelques instants, ne sachant pas quelle stratégie employer. Puis j'étais entré après avoir frappé discrètement. Elle était assise en tailleur par terre près du radiateur, en train de lire, l'air satisfait. J'avais été abasourdi. Elle était splendide. J'avais eu envie de la relever, de la serrer dans mes bras, de l'embrasser. Mais une petite voix m'avait soufflé que je serais mal reçu. Elle avait posé son livre, ôté ses lunettes et levé la tête vers moi.

— Tu n'étais pas obligée de changer tes projets, avais-je dit.

— Bizarrement, je n'étais pas partante pour ressortir après avoir passé deux heures à me ronger les sangs.

— Je suis vraiment désolé. Je n'ai pas fait exprès de ne pas prendre mon téléphone. Je pensais être rentré à ton retour.

— Tu n'aurais pas pu me laisser un mot ?

— J'aurais dû, oui. Excuse-moi.

— J'ai appelé Eleanor, tout le monde. Personne ne savait où tu étais.

Je me suis mordillé la lèvre. Elle dramatisait, mais ce n'était pas le moment de le lui faire remarquer.

— Je déteste que tu ailles escalader tout seul, tu le sais, avait-elle poursuivi, une violente colère bouillonnant sous le calme qu'elle affichait.

— J'ai juste grimpé un bloc, aujourd'hui, je n'ai pas

besoin de me faire accompagner, pour ça. Je ne comptais pas aller très haut. Quelques mètres au maximum. Ce n'était pas dangereux. J'avais pris mon *crash pad.*

— Tu avais un casque ?

— Je n'en ai pas besoin.

— Tu sais quel est ton problème ? C'est que tu te crois indestructible. Tu es convaincu que rien ne peut te blesser. C'est d'un égoïsme sans nom.

— À l'avenir, je vérifierai toujours si j'ai bien mon téléphone. Ce sera ce que je mettrai dans mon sac en premier.

— Ton dîner est à la poubelle, si tu as faim.

Elle avait rechaussé ses lunettes, repris son livre et refusé de m'adresser la parole pendant deux jours.

J'ai subi sa colère froide et maîtrisée une troisième fois, ici même, dans cette chambre, quelques jours après la visite de ses parents. Elle n'était pas venue depuis un moment, sans doute parce qu'elle était occupée à les recevoir. J'aurais dû prévoir que ça allait arriver, mais la lettre m'était sortie de la tête.

J'ai eu à peine le temps de remarquer la présence de Bea avant qu'elle me gifle. Fort.

Ça a été douloureux – mais, comme pour chaque contact physique avec elle, j'en redemandais, afin de me sentir vivant. J'ai humé l'odeur de la crème pour les mains à la lavande qui s'était transférée de sa peau à la mienne.

— Ça, m'a-t-elle murmuré à l'oreille, c'est pour m'avoir encore trompée.

Comment ça « encore » ?

À ma gauche, les pieds d'une chaise ont raclé le sol. J'ignorais ce qui m'attendait. Le sang me martelait les tympans, si vigoureusement que j'ai eu peur de ne pas entendre les explications de Bea. Le parfum de lavande s'est propagé de mon nez à ma gorge, et j'ai eu envie de vomir.

— Comment tu as pu me faire ça ? a-t-elle sifflé d'un ton furieux.

J'ai perçu le cliquetis d'un trousseau de clés, de stylos, des pièces qui s'entrechoquaient dans son porte-monnaie – elle fouillait dans son sac.

— C'est quand même une chance, pas vrai ? Une sacrée chance que je ne reste pas plantée là comme un pot de fleurs, jour et nuit, depuis un an et demi, à attendre que mon petit copain aimant et fidèle se réveille. Parce que sinon ça ferait de la peine, hein ?

Elle a ri.

Je ne comprends pas.

La chaise a de nouveau frotté par terre, et j'ai senti que Bea s'écartait.

— Un bébé, par-dessus le marché ? C'est pas croyable.

Un bébé.

— Et moi qui refuse ne serait-ce que de penser à quelqu'un d'autre.

Elle a donné une claque contre le mur.

Un bébé.

Ses accusations ont fait remonter un souvenir encore flou à la surface.

— Je voudrais avoir des explications, et je ne les obtiendrai jamais.

J'ai entendu un bruit de papier qu'on déplie.

La lettre.

Tu as trouvé la lettre.

— Voyons un peu ce qu'elle raconte, tiens.

Tandis qu'elle lisait, les mots tapés à la machine ont défilé devant mes yeux comme lorsque j'avais ouvert l'enveloppe, des mois plus tôt.

Cher Alex,
Tu vas payer pour m'avoir brisé le cœur deux fois.
Nous méritions mieux que toi.

Je n'avais pas pensé à ces mots depuis une éternité. M'étais-je même souvenu de cette lettre depuis que j'étais à l'hôpital ?

— Et la photo qui l'accompagne, a craché Bea. Un bébé. Je…

Les preuves ont l'air accablantes, je le reconnais.

Les apparences étaient trompeuses, mais comment aurait-elle pu le savoir ? Je me sentais au bord du délire tant j'avais envie de me libérer et de la serrer dans mes bras.

— Voici mes questions. Un : qui t'a envoyé ça ? Deux : Depuis combien de temps tu la fréquentais ? Trois : Est-ce que c'est une collègue de travail ? Est-ce que je la connais ? Quatre : Le bébé. Quel âge il a ? Je n'arrive pas à déterminer de quand date la photo.

Elle a poussé un profond soupir saccadé.

— Je parie que c'est l'autre fille, là… Josie, c'est ça ? Tu m'as juré que tu n'avais pas couché avec elle. Tu as menti ?

Elle a marqué une pause, s'est de nouveau penchée vers moi, avant de reprendre en me murmurant lentement mais de façon délibérée à l'oreille – ses lèvres étaient si proches que je sentais l'humidité de son souffle, ses lunettes qui butaient contre ma tête :

— Comment-tu-as-pu-me-faire-ça ?

J'avais reçu la lettre et la photo peu avant mon accident. On avait adressé le pli chez nous. Quelqu'un prétendait que j'étais papa, et bien sûr, ça m'avait fait un choc. Cette idée m'avait obsédé. Est-ce que j'avais vraiment un enfant ? Que devais-je faire de cette information ? Et qui était la mère ? Depuis que j'étais avec Bea, je n'avais eu presque aucun regard pour les autres femmes. Est-ce que ça pouvait être Josie, comme le soupçonnait Bea ? Je ne me rappelais pas ma nuit avec elle, mais elle m'avait affirmé que nous n'avions pas couché ensemble, et elle n'avait eu aucune raison de mentir. Ou bien était-ce une des petites amies ou des conquêtes d'un soir que j'avais eues au cours de mes deux premières années d'études, à Londres, avant que je sois en couple avec Bea ? Ça ne rimait à rien. Pourquoi avoir attendu si longtemps pour me contacter, et d'une façon aussi étrange ? Allongé dans mon lit, avec Bea assise à côté de moi en silence, j'ai essayé de rassembler mes souvenirs des jeunes femmes que j'avais connues.

Le problème, c'était que je ne me souvenais pas de toutes. Pendant cette période, j'étais sorti avec une dizaine de filles, peut-être quinze. L'auteure de la lettre aurait pu être n'importe laquelle d'entre elles. Même si j'avais toujours été prudent, quelques-unes m'avaient toutefois dispensé de mettre un préservatif. Je ne me rappelais pas lesquelles. Quel idiot ! Il y avait de jolies filles au club d'escalade de la fac, et d'autres qui participaient aux soirées universitaires. Mais de mon côté je ne cherchais qu'un moment d'éclate, pourquoi pas deux ou trois rencards par-ci par-là.

Quand j'avais reçu la lettre, le prénom qui m'était revenu sans cesse en tête était celui de Clare, une serveuse du Union à la frange foncée et aux grands yeux. C'était elle que j'avais le plus vue. Elle était collante et elle avait piqué une crise lorsque j'avais cessé de la rappeler. Elle s'était pointée chez moi. Un jour, en rentrant de cours, j'avais trouvé mon coloc John en train de la réconforter dans le canapé ; elle pleurait en se plaignant de m'avoir cru différent des connards qu'elle avait fréquentés. Elle avait découvert que j'avais envoyé des textos à une autre serveuse du pub – preuve supplémentaire que je n'étais pas un modèle de galanterie, à l'époque. Avec le recul, je pense que j'étais amoureux de Bea depuis le début et que je compensais le fait de ne pas être avec elle en emballant toutes les filles qui consentaient à me parler plus de dix minutes. C'était ma façon de me dire qu'elle ne comptait pas pour moi, tant pis si je n'étais pas avec elle, je pouvais avoir qui je voulais. Je tâchais de me convaincre que nous étions juste copains. En plus, elle n'aimait pas l'escalade. Ça n'aurait jamais pu marcher entre nous. À présent, je regrette d'avoir été aussi lâche et buté. Si j'avais été avec Bea dès cette époque, je ne serais jamais sorti avec toutes ces filles, et la lettre n'aurait pas existé.

Après l'avoir reçue, j'avais envisagé de contacter d'anciens amis de fac pour voir si l'un d'eux connaissait une de mes ex, une des minettes avec qui nous traînions aux murs d'escalade, et si elles avaient des enfants.

J'avais eu l'intention d'en parler à Tom – mais l'avais-je seulement mis au courant ? Je ne m'en souvenais pas. Avait-il vendu la mèche ? J'ai essayé de me remémorer sa réaction. Je crois me rappeler une grimace désapprobatrice, mais je confonds peut-être avec la fois où je lui avais confié mes imprudences passées avec Josie – il appréciait beaucoup Bea. Je n'avais peut-être jamais trouvé le bon moment pour lui montrer la lettre. Les semaines qui ont précédé ma chute étaient encore floues.

Je me souvenais très bien que je m'étais mis en tête de retrouver la trace de Clare, si John pouvait m'aider à récolter plus de détails sur elle. Et je comptais me renseigner sur ce qu'était devenue Josie.

— Depuis que papa et maman sont repartis, je reste cloîtrée à l'appartement. Je m'efforce de ne pas sortir plus que le strict nécessaire. Alors j'ai décidé de faire du rangement dans tes affaires, de trier tes papiers.

Je voyais très bien la pile de documents dont elle parlait. J'y avais dissimulé la lettre.

— Le cachet de l'enveloppe est daté du 1er août. Tu as eu des semaines pour m'en toucher un mot. Si tu t'étais expliqué sur le moment, peut-être que…

Je n'avais pas voulu l'inquiéter, pas avant de savoir de quoi il retournait. Avais-je vraiment mis une fille enceinte ? Comment allais-je annoncer la nouvelle à Bea ? Accepterait-elle de croire que ça s'était forcément produit avant que nous soyons ensemble ? Après mon histoire avec Josie, elle s'était montrée très claire : une seconde chance, pas une de plus. Si c'était Clare, peut-être que Bea aurait pu me pardonner – mais si c'était Josie… Si j'avais eu quelques jours de plus avant mon accident, j'aurais peut-être réussi à rassembler mon courage.

Depuis qu'elle m'avait giflé, Bea ne m'avait pas touché. Sa voix s'était endurcie et enfouie dans une froideur distante. C'était la catastrophe.

— Tu t'es peut-être remis avec cette fille, quand tu as reçu la lettre. Est-ce qu'elle te rend visite, elle aussi ?

Non, tu n'y es pas du tout.

— Je te dis pas comment papa serait fumasse si je lui racontais ça.

Eh bien, ne lui en parle pas.

— Je ne sais pas comment j'aurais réagi si tu m'avais tout avoué quand tu en avais l'occasion. Est-ce que je serais restée ? Ça m'étonnerait. Alors je fais quoi, moi, maintenant ?

Je l'ai entendue prendre son sac.

— Hein, je fais quoi, moi, putain ? s'est-elle emportée, avant de laisser sa question en suspens.

La porte s'est fermée. Sans claquer.

En toute franchise, j'ignorais si Bea allait revenir un jour.

Elle ne m'a pas rendu visite le lendemain, mais papa oui.

— C'est quoi, cette histoire ? a-t-il lancé, après être entré en boitant et en s'installant maladroitement dans le siège à côté de moi. Bea est passée, hier soir, et elle nous a interrompus pendant qu'on était en train de dîner, Philippa et moi. C'est quoi, cette lettre ?

Bea, papa, Philippa… À ce rythme, tout le monde allait s'imaginer que j'étais un coureur de jupons doublé d'un menteur. Ça me minait de ne pas pouvoir m'expliquer.

— Je lui ai répondu que c'était forcément une erreur. Tu ne peux pas avoir un enfant quelque part. Je l'aurais su, quand même. C'est sans doute un canular d'un ami à toi.

Je n'en sais rien.

— Bea nous a demandé si nous étions au courant de quelque chose, et s'il me restait encore de la paperasse à toi au grenier. J'ai essayé de la calmer, mais elle nous a prévenus qu'elle voulait contacter tous tes anciens copains.

Il a reniflé, puis s'est mouché.

— Je m'inquiète pour elle. Elle a l'air souffrante. Fatiguée. Elle était très nerveuse – pas du tout dans son état normal. Au moment de partir, elle a souhaité que je la raccompagne à sa voiture.

J'ai senti du liquide couler au bout de mon nez, dégouliner jusqu'à mes lèvres.

— Philippa a dit que…

La porte s'est ouverte dans un petit cliquetis métallique.

— Je vous apporte un thé, Graham ? a proposé Pauline.

— Non, non. C'est gentil. Pas tout de suite. Merci.

— Comme vous voulez, a-t-elle dit avant de repartir.

— Je ne veux pas te tracasser, a repris papa d'une voix douce.

Il m'a essuyé le nez avec son mouchoir. Pendant quelques instants, son odeur m'a submergé – j'ai reconnu son savon, le puissant parfum alcoolisé de son après-rasage. Une senteur de cuir.

Il s'est raclé la gorge.

— Nous avons abordé d'autres sujets, aussi. Nous avons discuté du fait que tu ne serais pas d'accord pour… que ça se passe comme ça.

Encore un reniflement. Un bruit de pièces qui remuent dans sa poche, puis le frottement de son pouce contre son index lorsqu'il en projette une en l'air d'une pichenette, le claquement de sa paume quand il la plaque sur le dos de sa main.

— Tu ne voudrais pas qu'on te maintienne en vie de cette façon.

Pichenette, claquement. Pichenette, claquement.

Mon corps tout entier s'est crispé. *Qu'est-ce que tu es en train de me dire ?*

— Diane aurait su ce qu'il fallait faire, a-t-il poursuivi. Je ne peux pas vraiment avoir la même conversation avec ta sœur. Ce serait agréable, parfois, d'avoir quelqu'un avec qui en discuter.

Encore quelques pichenettes et claquements. Puis de nouveau les pièces qui s'entrechoquent, sans doute lorsqu'il remet l'autre dans sa poche.

— Bea continue de penser qu'il est trop tôt. Elle a dit qu'elle n'y consentira pas avant d'avoir découvert la vérité au sujet de cette lettre.

Laisse-moi partir, Bea.

— Je lui ai répondu que ce n'était pas une raison suffisante pour s'acharner à te garder en vie.

Vous allez sauter le pas ? Merci. Mille mercis, papa.

Une joie profonde a déferlé en moi.

— C'est le seul point sur lequel Bea et ta sœur sont d'accord, je crois. Philippa refuse d'en discuter avec moi, elle prétend que je refuse de me battre pour toi.

Après avoir entendu comment elle avait demandé aux médecins de faire leur maximum pour que je reprenne connaissance, je n'aurais pas dû m'étonner que Philippa veuille qu'on me maintienne en vie. Pourtant, étant donné nos liens distendus, j'avais pensé que, des deux, ce serait Philippa la plus raisonnable, qu'elle aurait tenté de persuader mon père que le moment était venu de me laisser m'en aller.

Je l'imaginais en train de prendre son ton sévère d'avocate pour le convaincre, voire de s'appuyer sur d'autres cas pour montrer qu'il existait des précédents et que c'était la meilleure chose à faire. Je ne parvenais pas à envisager le scénario inverse, dans lequel c'était papa qui cherchait à la persuader.

— Bien entendu, je ne veux rien enclencher dans la précipitation. Je veux d'abord que les filles se soient rangées à mon avis.

Il s'est encore éclairci la voix, avant de poser une main sur mon épaule. De la presser. Puis il a collé son visage contre le mien ; sa barbe rugueuse a frotté contre ma peau, les branches en plastique de ses lunettes m'ont paru grasses lorsqu'elles ont glissé sur ma joue.

— Pourvu que je ne me trompe pas, fiston, m'a-t-il soufflé à l'oreille.

C'était un type bien, mon père. Je savais qu'il irait jusqu'au bout pour moi.

Je n'avais pas indiqué à mes proches comment j'aurais souhaité que cela se passe si je finissais à l'état de légume. Il me restait à espérer que mon père me connaissait assez bien, et je tenais là la preuve que je pouvais compter sur lui. Il avait fallu le temps, mais, au bout du compte, la mort allait venir me libérer.

Après le départ de mon père, je me suis épuisé à essayer de me faire à cette idée : j'allais peut-être quitter ce monde en laissant Bea penser que j'avais été infidèle une seconde fois. Elle avait sans doute cru Tom lorsqu'il lui avait soutenu que c'était faux, non ? Au bout d'un moment, je n'ai pas réussi à lutter contre le vrombissement apaisant des engins de construction qui me parvenait du chantier sur lequel donnait ma fenêtre, et j'ai sombré dans un sommeil agité. Pas de marteaux-piqueurs, ce jour-là, juste le bruit du ballet des camions, des gravats qu'on ramasse à la pelleteuse avant de les déposer ailleurs. De temps en temps, un cri inintelligible entre ouvriers. Je les imaginais, plusieurs étages en contrebas, équipés de leur casque et de leurs chaussures de sécurité. Ils s'insinuaient dans mes songes quand ils hurlaient pour communiquer entre eux : je rêvais qu'ils me parlaient et je leur demandais de répéter leurs mots étouffés. *Quoi ? Qu'est-ce que vous avez dit ?* Sauf qu'il ne s'agissait pas d'ouvriers. C'était mes camarades d'escalade. L'un d'eux était mon assureur, posté au pied de la paroi, quinze mètres plus bas, tandis que je montais – plus haut, toujours plus haut. Ils me criaient : « Hhgbsh, mon gars. Tfshjd kishbro hein, Deano ? » *Pardon, quoi ? Je n'ai pas bien compris.* Je gravissais ma voie préférée. La Crum. Je rêvais de cette ascension, impressionnante mais éminemment gratifiante, presque chaque jour et chaque nuit depuis mon entrée à l'hôpital. Je pouvais, à proprement parler, la pratiquer dans mon sommeil. J'en connaissais chaque prise, tous les passages délicats. Je savais exactement où trouver des positions de repos afin de chasser l'acide lactique de mes bras gonflés.

Dans mon environnement onirique, le bourdonnement des engins se muait en vacarme de la circulation – celle de la route encombrée en contrebas et un peu plus loin dans mon dos. J'observais les voitures qui filaient à toute allure, doublaient, se rabattaient. Puis BOUM ! Une grosse pierre s'est écrasée bruyamment. Je ne l'avais pas vue dégringoler au-dessus de moi, mais quand j'ai regardé en bas, j'ai constaté qu'elle était passée tout près d'un copain et gisait brisée en deux dans l'herbe. Dès que je l'ai vue, en pensant que j'avais eu de la chance de ne pas être percuté, le décor a commencé à s'effacer. Les voix sont redevenues celles des ouvriers ; les bruits de circulation ont retrouvé leurs vraies sources – les engins et les camions. Alors que je refaisais surface, le fracas de la pierre au moment de heurter le sol me tenaillait. J'ai cru reconnaître ce son, qui ne ressemblait pas à celui d'une pierre qui se casse en deux, mais plutôt à…

Plutôt à…

La porte a claqué.

Est-ce qu'il y avait quelqu'un dans la chambre ?

Je n'ai décelé aucun signe d'une présence. J'ai tendu l'oreille. Rien.

Pas un bruit. Mais j'ai détecté une odeur.

Épicée. Fumée. Anisée. Très faible, mais tout de même perceptible. Puis autre chose, plus puissant, qui me brûle les narines – de la peinture, peut-être même quelque chose comme du white spirit.

Docteur Taiseux.

Qu'est-ce que tu veux ? Tu vas encore m'expliquer que tu as perdu toute foi en la médecine moderne ? Tu vas essayer de me mettre dans tous mes états en faisant semblant de me droguer ?

Rien. Il devait être occupé à consulter mon tableau.

C'est bon, vas-y. Je t'attends de pied ferme. Tu peux te lâcher.

Toujours pas un bruit.

Pas de test clinique, cette fois ?

Rien. La porte a claqué de nouveau, et je me suis retrouvé seul.

15

Je me suis arraché les cheveux à essayer de déduire de qui pouvait provenir la lettre. C'était déjà pénible quand je l'avais reçue – mais au moins à l'époque je pouvais agir sur le problème, ou me changer les idées. À présent, je n'ai aucune échappatoire ni aucun moyen de résoudre cette énigme à part m'appuyer sur le contenu de ma mémoire.

Je repensais à Clare. Qu'avait-elle raconté d'autre à John quand elle était venue à l'appartement ? Il m'avait expliqué qu'il n'avait pas compris grand-chose tant elle pleurait. À mon arrivée, elle m'avait juste jeté des injures à la figure, pour la plupart méritées. Avait-elle dit quoi que ce soit qui aurait pu laisser entendre qu'elle était enceinte ? C'était peut-être pour cette raison qu'elle était si contrariée.

Ça ne collait pas. Elle ne se serait pas privée de me mettre au courant. Elle aurait lâché le morceau. Mais rien ne me permettait d'en être sûr – je la connaissais à peine. Je ne me rappelais même pas son nom de famille.

Éclaircir ce mystère ne m'aurait pas beaucoup avancé, cependant. Je ne pouvais prévenir personne. Qui plus est, si tout se déroulait comme je le souhaitais, j'allais mourir bientôt. J'ai essayé de me convaincre de ne plus ruminer la question. De me dire que ça ne servait à rien.

Mais parfois, même la torture que je m'infligeais en tentant de tout tirer au clair valait mieux que la triste réalité de ma chambre d'hôpital. Quelques jours après que Bea avait découvert la lettre, j'ai senti mon lit s'affaisser. J'avais ma petite idée concernant la cause de ce changement, qui m'a été confirmée lorsqu'une alarme a retenti.

Bip. Bip. Bip.

Oh non. Ça ne va pas recommencer.

Mon matelas était en train de se dégonfler.

Je savais que je n'y pouvais rien, je devais seulement attendre que quelqu'un entende le signal sonore. Je me suis donc rabattu sur un autre élément mystérieux de la lettre – le bébé de la photo. Ressemblait-il à quelqu'un de ma connaissance ? Je ne me rappelais pas la tête qu'avait ce nourrisson, ce qui me compliquait la tâche. Il était minuscule, et apparemment encore à la maternité, dans un berceau transparent. À part ça, je ne me souvenais pas en détail des traits de son visage. Ni de la couleur de ses cheveux. Ils se ressemblent tous, à cet âge, de toute façon, non ? En tout cas, mes efforts de mémoire m'ont distrait du danger imminent qui me guettait : le sommier de mon lit. Mon matelas gonflable haute technologie ne paraissait pas très différent d'un modèle classique, mais grâce à lui j'étais protégé des escarres qui inquiétaient tant certaines infirmières. Un jour, Pauline avait donné des instructions à une collègue qui venait d'intégrer le service : « Tu vois cet embout, là ? » Elle avait trituré quelque chose bruyamment. « Si ça se débouche, tout le lit va se dégonfler. Dès que la pompe sort, la sonnerie s'enclenche. » Lorsqu'elle avait tiré sur l'objet en question, un bruit électronique avait retenti. *Bip. Bip. Bip.* Elle l'avait manipulé de nouveau, et le signal avait cessé. « Fais bien attention à cette alarme. Si nous n'intervenons pas à temps, notre Alex se retrouvera à même le métal. C'est pareil que d'être allongé sur du béton. Et là il aura une escarre en moins de deux.

— Oh merde, avait lâché la nouvelle.

— Comme tu dis. Il faut éviter ça. »

Je n'avais jamais souffert d'escarres, mais j'en avais assez entendu parler pour savoir qu'elles pouvaient faire de mon existence déjà peu réjouissante un véritable enfer. Je n'avais pas envie de finir sur le sommier dur et froid, comme le jour où l'agent d'entretien avait délogé la pompe. C'était franchement inconfortable, même si Pauline y avait remédié en quelques minutes. La photo allait devoir me distraire de ce scénario.

Bip. Bip. Bip.

J'ai confronté le cliché de ce bébé au souvenir que j'avais de Clare, en essayant de me remémorer s'il avait ses cheveux bruns et ses yeux marron. Ressemblait-il aux photos de moi bébé que papa gardait chez lui, ou… La porte s'est ouverte, et une trace de vanille m'est arrivée aux narines.

Bea ?

Sa dernière visite remontait à plusieurs jours.

Tu es revenue. Merci. Je suis désolé. Cette lettre, ce n'est pas ce que tu crois.

Pas de baiser sur le front, mais pas de gifle non plus. J'ai attendu qu'elle s'assoie sur le siège à côté de moi, en vain.

Dis quelque chose.

Bip. Bip. Bip.

Elle ne donnait pas l'impression d'avoir remarqué l'alarme. Si c'était le cas, elle n'en a rien dit. Je sentais le lit qui continuait à s'affaisser lentement.

Tu n'entends pas, Bea ?

— Ne va pas croire que tu vas t'en tirer comme ça.

Elle paraissait fatiguée, au bout du rouleau.

Les pieds du fauteuil ont raclé le sol plusieurs secondes lorsqu'elle l'a éloigné de moi, vers le bout du lit.

Ce n'est pas la peine de te mettre aussi loin. Je t'en prie.

Elle a de nouveau soupiré et s'est avachie dans le siège rembourré.

— Ma présence ne signifie pas forcément que je t'ai pardonné.

Bip. Bip. Bip.

Il m'a semblé reconnaître le bruissement régulier de son papier à cigarette.

Il faut que tu appelles une infirmière.

Son téléphone a vibré, elle l'a sorti de son sac, a marqué une pause, puis l'a rangé.

Qui c'était ?

Bip. Bip. Bip.

Faites que ça s'arrête.

Comment pouvait-elle ne pas entendre l'alarme ? Elle ne savait peut-être pas de quoi il s'agissait.

Une autre explication possible m'est apparue, mais je ne voulais pas y croire. Elle n'irait quand même pas jusque-là, non ? Même si elle était furieuse contre moi.

Pitié, ne me dis pas que tu l'ignores délibérément.

Son portable a de nouveau vibré, de façon plus insistante. *Bzzzzz. Bzzzzz. Bzzzzz.*

Elle s'est penchée sur son sac, et les vibrations ont cessé.

— Salut. Non, c'est bon. Je peux parler.

Qui était-ce ? Elle ne prenait jamais d'appels dans ma chambre, d'habitude.

— Je suis à la maison. Je suis en train de… Je travaille.

Pourquoi mentait-elle ?

— J'y suis allée. Ça n'a servi à rien. Je me suis farci le même policier que la dernière fois. Halliwell.

Halliwell ?

— Non, il a été plutôt aimable, c'est juste que…

Tu es allée voir la police ?

— Il m'a reconnue, bizarrement. Ça fait déjà tellement longtemps.

Halliwell. C'est lui qui avait conduit l'enquête sur le meurtre de Holly King. J'étais étonné qu'il accepte de se pencher sur mon dossier – ça n'avait pas vraiment collé entre nous, quand j'avais mis ses méthodes en cause.

Bip. Bip. Bip. Elle allait forcément remarquer que je m'enfonçais.

— Il m'a emmenée dans une salle d'entretien et je lui ai montré mon journal.

C'est Rosie qui t'appelle ? Tes parents ? Ou ton type ?

— Non… Il m'a conseillé de ne pas m'inquiéter. Comme si je me faisais des films.

Elle a haussé la voix. Plus elle parlait, plus on la sentait en colère, au bord des larmes.

Ça ressemble bien au blaireau dont je me souviens.

Bip. Bip. Bip.

— Il a eu l'air mal à l'aise, comme s'il était gêné

pour moi, a-t-elle repris, d'un ton soudain hésitant. Il ne m'a pas crue. Il m'a juste encouragée à continuer de tout noter.

Elle a marqué une pause, respiré à fond. Reniflé.

— Oui, d'accord. J'essaie.

Une autre inspiration.

— Il m'a dit de revenir s'il se produisait autre chose ou si j'avais une idée plus précise de qui il pouvait s'agir.

Des bruits de pas. Elle avait dû se lever. Elle a poursuivi sa communication en déambulant dans la pièce.

— Avant que je parte, il m'a prévenue qu'il aurait besoin de me reparler très bientôt, de me convoquer pour qu'on discute, parce qu'ils ont… Comment il a formulé ça, déjà ?

Elle s'est immobilisée et elle s'est exprimée plus lentement, comme si elle fouillait sa mémoire :

— Parce qu'ils ont quelques interrogations concernant l'accident d'Alex.

Des interrogations ?

— Non, il n'a pas donné plus de détails.

Quel genre d'interrogations ?

— À mon avis, ils examinent de nouveau son équipement. Je ne vois que ça. Je pensais qu'ils avaient déjà écarté cette piste.

Une bouffée de chaleur m'est montée au visage tandis que je me creusais les méninges, en essayant de comprendre ce que ça signifiait. D'abord la venue de la police, ici à l'hôpital, il y a plusieurs jours. Puis Eleanor qui se préparait à refaire sa déposition. Et à présent cette nouvelle. J'ai ensuite senti le froid s'infiltrer dans mon dos, sous forme de barres en travers de ma colonne vertébrale, de mes fesses, de mes jambes. J'avais atteint le sommier.

Bip. Bip. Bip.

Bea, il me faut une infirmière. Tout de suite!

— D'accord. Je sais, j'essaie.

Elle avait encore pris une grande inspiration.

— Un truc positif. C'est pas facile… Je n'ai rien qui me vient à l'idée.

Une série d'images a défilé dans mon esprit cependant que j'imaginais des escarres qui attendaient de se former à la surface de ma peau. D'après ce que racontaient les infirmières, les dégâts pouvaient se produire à une vitesse surprenante – il suffisait d'une heure, avaient-elles dit. Je me représentais une plaie rouge qui se creusait, me rongeait la chair. Jusqu'à présent, j'avais réussi à y échapper. Je ne voulais pas subir ces douleurs supplémentaires.

— Il n'y a que le boulot. C'est la seule chose positive dans ma vie, tu vois?

Elle a reniflé.

— Sérieux? Tu vas trouver ça rasoir.

Bip. Bip. Bip.

— OK. J'ai reçu une grosse commande pour le *Wall Street Journal*. Je n'en reviens pas qu'ils fassent appel à moi. Ils veulent des illustrations à l'aquarelle de cinq sortes de hamburgers.

Peu à peu, sa voix s'est calmée. Elle a repris une respiration normale.

— Ils m'ont envoyé l'article, et il y a matière à s'amuser. Ils énumèrent tous les genres de salades qu'on peut mettre dedans – alors il y a toute une palette de rouges, des verts, de violets… La laitue, les tomates et le chou rouge dans le coleslaw. C'est super coloré. Ensuite il y a les fromages, le bacon, le porc effiloché…

Elle a continué, et je l'ai écoutée pour échapper à mon inconfort. Ses descriptions m'ont donné faim et ont introduit de la vie dans mon monde tout gris. J'adorais quand elle évoquait ce qu'elle voyait. Les couleurs et les motifs qu'elle utilisait pour une œuvre. L'aspect d'une rue qu'elle empruntait. Le coucher de soleil qu'elle avait vu en rentrant d'une visite à l'hôpital. Elle avait un don pour savoir de quoi j'avais besoin. Je m'accrochais à ses descriptions et je les étoffais.

Je l'imaginais installée à son bureau, chez nous. Elle avait une lampe recourbée au-dessus de son plan de travail, une petite assiette barbouillée de peinture d'un côté, un pot de confiture rempli d'eau, des croquis partout, un ordinateur portable où s'affichaient les images ou les mots dont elle s'inspirait.

Couleur sur couleur. Je me visualisais en train de faire glisser mes doigts sur le relief de son épais papier à aquarelle. Je me la suis représentée, le visage maculé de légères traînées de peinture. Mais son visage, quand je l'ai vu, n'était pas tout à fait net. Je ne me rappelais pas tous ses traits en détail. À la mort de maman, le même phénomène s'était produit. Au bout de deux ans, je ne parvenais plus à me souvenir de son visage. Le problème avait été facile à régler – j'avais regardé une photo d'elle. Désormais, ça ne m'était plus possible, ni pour maman ni pour Bea.

Je réussissais toutefois à me figurer l'expression de Bea. Elle était triste. Tendue. Effrayée. Mon univers imaginaire s'est dissipé et je suis revenu à l'instant présent.

Bea ? J'aurais tant voulu être là pour m'occuper de toi. Pour te protéger.

— … ça marche. Demain ?

Elle était toujours au téléphone.

— Allez, salut.

Bip. Bip. Bip. La machine n'abandonnait pas.

J'ai enfin entendu Bea s'approcher du bout du lit et secouer le boîtier qui contrôlait le matelas.

— Ce n'est pas normal, ça.

Elle avait dû remarquer l'état du matelas, donc.

— Oh là là, ça ne va pas du tout. Ne bouge pas, je vais chercher une infirmière.

Au moins, elle se préoccupait assez de moi pour ne pas souhaiter que je souffre. Tout n'était peut-être pas fichu entre nous.

Un grincement de la porte qui s'ouvre, puis un cliquetis lorsqu'elle se referme.

Je suis resté seul avec mes pensées un petit moment. Quelles interrogations la police pouvait-elle avoir ? Ça n'avait peut-être aucune importance. Pour ma part, j'étais coincé là, toujours incapable de parler à ceux que j'aimais. Incapable de bouger. De me laver, d'aller aux toilettes. Rien ne pourrait changer cette situation.

Mais cette nouvelle m'avait ébranlé. J'ai attendu que l'infirmière vienne regonfler mon lit, en écoutant les sirènes des ambulances qui, sur la route, retentissaient telles des alarmes incendie.

Quelqu'un est entré – ses semelles en caoutchouc ont couiné sur le lino.

— Oh, génial. Comment c'est arrivé ?

Connie la Connasse avait l'air d'humeur aussi radieuse que d'habitude.

— Je n'en sais rien, a répondu Bea. Je suis désolée, je n'y ai pas touché.

— Ne vous en faites pas, ma petite.

Connie avait pris sa voix spéciale « famille et amis », la version sans jurons et moins ordurière que celle à laquelle j'avais droit.

— On va arranger ça, a-t-elle ajouté.

Après avoir râlé, elle a manipulé l'embout. Le signal sonore s'est arrêté, un bourdonnement doux s'est enclenché et le matelas a commencé à se regonfler.

— Et voilà.

— En fait, je voudrais profiter de vous avoir sous la main pour vous poser quelques questions. J'aurais aimé savoir qui lui rend visite.

Bea employait un ton vif et directif.

— Vous aussi ? Ça en fait du monde qui veut savoir qui vient, tout d'un coup.

— Comment ça ?

— Des policiers se sont présentés, l'autre jour, pour demander la même chose. Je ne pourrais pas vous dire pourquoi. Ce n'est pas faute d'avoir essayé de le découvrir.

En quoi l'identité de mes visiteurs est-elle pertinente pour leur enquête ?

— Je me demande bien quelles étaient leurs raisons, a dit Bea.

— Si je le savais, je vous mettrais au courant sans tarder.

Je n'en doutais pas. Connie ne manquerait pour rien au monde une occasion de répandre des infos croustillantes.

— Par contre, je ne pense pas que je pourrais vous dresser la liste complète de tous ceux qui…

— Non, bien sûr. Je veux juste une idée approximative. Tout ce que vous pourrez me dire, ça me sera utile.

— Je vais faire de mon mieux, ma belle. Évidemment.

J'ai eu envie de vomir. Cette femme me dégoûtait. Personne ne voyait-il donc clair dans son jeu ?

— Est-ce que d'autres femmes lui rendent visite ? l'a questionnée Bea.

— Voyons voir. Des vi-si-tes…

Connie avait fait traîner ce dernier mot, en exagérant l'effort qu'elle fournissait pour réfléchir.

— Il y a sa sœur, et la tante. Celle qui apporte toujours des gâteaux. Parfois une amie l'accompagne.

— Quelqu'un d'autre ? a insisté Bea d'un ton impatient.

Elle s'est mise à se triturer le bout des ongles. *Tic. Tic. Tic.*

— Il y a la bonne copine, qui vient toujours avec son amoureux… Rosie, c'est ça ? Et la blonde toute menue.

— Eleanor. Pas d'autre femme ?

— Non, je ne crois pas.

— Et des enfants, c'est arrivé ?

Tic. Tic.

— Des enfants ? Non, je n'ai jamais vu de gamins. Pourquoi ?

En flairant les commérages, Connie s'était ragaillardie.

— Vous ne voyez personne d'autre que vous n'auriez pas mentionné ? C'est important.

— Seulement des hommes : son père, et le beau mec, donc…

— Tom, oui, je sais. Ce sont les femmes qui m'intéressent, a insisté Bea avant de soupirer. Tant pis, ce n'est pas grave. Merci.

Tic. Tic. Tic.

— Avec plaisir.

Quelques pas grinçants, et la porte s'est ouverte.

— Attendez… Une dernière question, l'a interrompue Bea. Pourquoi la police est venue fouiner ici, à votre avis ? Vous n'auriez pas une hypothèse, même si c'est juste une intuition ?

— Pour la même raison que vous, si ça se trouve. Vous ne m'avez pas expliqué pourquoi vous me posiez ces questions.

Bea n'a pas mordu à l'hameçon.

— Possible.

Elle semblait dubitative, et je devinais ce qu'elle pensait. La police n'avait pas connaissance de la lettre. Quelles que soient leurs motivations, ils ne cherchaient pas à découvrir si je me tapais une autre nana.

Connie a dû conclure qu'elle ne tirerait rien de plus de Bea. La porte s'est fermée.

J'ai entendu Bea se renfoncer dans le siège, à son nouvel emplacement au fond de la chambre.

— Tu as bien assuré tes arrières, a-t-elle déclaré.

Tic. Tic. Tic.

— J'ai questionné tout le monde – ton père, Tom. J'ai envoyé des e-mails à ceux qui m'ont contactée après l'accident. Personne ne sait rien.

Moi non plus.

— J'ai épluché tous tes papiers. Tout ce que j'ai pu trouver. Rien.

Parce que je n'ai rien à cacher. Il faut que tu me croies.

Elle n'est pas restée longtemps et j'étais distrait, trop occupé à tenter de comprendre pourquoi la police se renseignait sur mes visiteurs.

Quand allais-je découvrir ce qu'ils cherchaient ?

Passer en revue les événements qui ont eu lieu plus tôt ce printemps se révèle très enrichissant. C'est intéressant, de me les remémorer, de revenir sur leur déroulement. Il m'est difficile de me rappeler les conversations au mot près. Je suppose que je me prête à cet exercice en partie pour rester vif, pour empêcher l'ennui de me rendre fou. J'essaie d'être précis, dans la mesure du possible. J'ai du mal à me souvenir de ce qui est arrivé tel ou tel jour, et combien de temps s'est écoulé entre certains événements. Mais je fais de mon mieux. Le problème, c'est que quand tout ça a commencé, j'étais mal en point. Je souffrais d'une énième pneumonie, mon ennemie jurée. Mon adversaire sur le ring. Nous nous tournons autour, nous nous jaugeons, puis nous nous approchons et décochons quelques coups de poing avant que l'arbitre nous sépare. Les probabilités de victoire sont toujours en faveur de la maladie – je suis l'outsider chaque fois.

Le dernier combat en date a été rude, le pire dont je me souvienne depuis les premiers mois qui ont suivi mon accident. À l'époque, on me transbahutait sans cesse entre le service neurologique et les soins intensifs, que je reconnaissais grâce à leurs environnements sonores différents – beaucoup plus d'appareils, plus de signaux électroniques, plus de chuchotis. Davantage d'extrêmes onctions. « Ainsi, vous ayant libéré de tous péchés, qu'il vous sauve et vous relève. » La mort semblait inévitable chaque fois que je subissais ces fièvres harassantes, cette sensation terrifiante provoquée par le liquide gargouillant qui emplissait mes poumons, et ces douleurs dans tout le corps. Chaque fois, pourtant, je m'en sortais. Les antibiotiques me tiraient d'affaire. J'ignorais combien de rounds j'avais combattus avec cette saleté. Trop pour les compter. Mais le dernier a été un des plus violents. Quand tous ces événements étranges ont commencé – les coups de téléphone anonymes que recevait Bea, sa certitude qu'on la suivait dans la rue, la police qui se présente dans ma chambre –, je ne m'étais pas encore remis. Je dormais beaucoup, et lorsque je me réveillais, j'étais dans le brouillard. Je sais *de quoi* je me souviens, mais la chronologie me pose problème.

Mes efforts de mémoire sont pas mal interrompus, aussi. Par les ablutions quotidiennes, déjà, comme ils les appellent. Sauf que d'après moi ce n'est pas le terme approprié. Pour des raisons évidentes, je ne peux pas vérifier dans le dictionnaire, mais je pense que ça signifie « se laver soi-même ». Ce sont les infirmières qui font ma toilette. Pendant longtemps, quand j'étais au fond du trou, j'aurais préféré qu'elles ne s'occupent pas de moi. J'aurais mariné dans ma puanteur. Ce que je voulais, en fait, c'était une vraie douche. Avec du gel vert foncé dans les mains, dans les cheveux. Parfois, le docteur Taiseux sentait le parfum de mon gel douche de prédilection, et j'en étais malade de jalousie. J'imaginais l'eau chaude et fumante en train de ruisseler sur mon visage et mon corps. Je restais sous le jet jusqu'à ce que mon cou me brûle et que le détecteur de fumée du couloir se déclenche à cause de la vapeur qui s'échappait de la salle de bains, et Bea devait quitter son bureau pour agiter une serviette de toilette vers le plafond afin d'arrêter le vacarme. Je sortais de la cabine, je dégoulinais sur le tapis de bain, je me séchais et reniflais les senteurs d'huiles d'eucalyptus et de pin qui s'attardaient sur ma peau.

Une toilette de lit, ce n'est pas tout à fait le même plaisir.

Mais le pire, c'est l'aspiration – à intervalles de quelques heures, jour et nuit.

De temps en temps, je remarque qu'une infirmière fait le tour du lit pour aller près du mur à droite derrière moi, et j'ai quelques secondes pour deviner ce qu'elle va faire.

Non. Pas déjà, c'est trop tôt.

Elle allume la sonde. On dirait un mixeur qui remue de la bouillie, un aspirateur, la roulette d'un dentiste, tout cela réuni en une seule machine infernale.

Pitié. Arrêtez un peu avec ça. Fichez-moi la paix.

Pour commencer, elle me la fourre dans la bouche, puis elle l'enfonce par ma canule de trachéotomie jusque dans l'œsophage et la secoue dans tous les sens. J'ai l'impression que ma gorge est un siphon d'évier et que cette sonde de malheur est un cintre en fer qu'on utilise pour en extraire cheveux et saletés.

Fait chier. Enlevez-moi ça.

Pour vous faire une idée, imaginez qu'on vous verse du Grand Marnier flambé directement dans les poumons.

Arrêtez, je n'en peux plus.

Imaginez qu'on vous glisse des lames de rasoir dans la gorge comme si c'étaient de simples gouttes de miel.

J'endure ça très souvent. Ça m'a donné tout le temps de réfléchir aux meilleures façons de décrire l'effet que ça fait.

16

J'ai longtemps pensé que rien ne pouvait être pire que de perdre la vue. Les malvoyants qui traversaient la rue avec un chien guide me mettaient mal à l'aise et m'inspiraient des sentiments contradictoires – de la pitié pour leur monde obscur ou déformé, et le soulagement que la lumière baigne le mien. Autrefois, je me demandais : À quoi pourrait ressembler ma vie si je devenais aveugle ?

Mais plus jeune, quand j'étais garçon, la cécité éveillait ma curiosité. Un matin de Noël, alors que j'avais sept ou huit ans, j'avais trouvé un « usage inventif », ainsi que l'avait formulé maman, à une cravate, cadeau peu enthousiasmant reçu de ma tante Lisa, en la nouant autour de ma tête pour me bander les yeux et ouvrir mes autres paquets sans regarder. Je tentais de deviner ce qui se cachait sous le papier d'emballage, que je déchirais, puis je palpais les formes et la matière, soupesais l'objet, identifiant une voiture radiocommandée, un Discman et la nouvelle encyclopédie des dinosaures que j'avais commandée. J'avais traversé le salon bras tendus devant moi comme un somnambule jusqu'à papa, maman et Philippa, pour leur donner les traditionnels baisers de joyeux Noël de la famille Jackson. Philippa avait gloussé quand j'avais trébuché sur un de ses cadeaux, puis m'avait supplié de la laisser essayer le bandeau. Dans ma chambre à l'étage, je m'étais dirigé en me guidant avec la main contre le mur, mes doigts accrochant le bord des posters de mes footballeurs préférés du FC Liverpool – John Barnes, Ian Rush, Robbie Fowler – accrochés avec de la pâte adhésive. Mais au bout d'une heure mon propre jeu m'avait un peu effrayé. Pris de panique, j'avais arraché la cravate, rouvert les yeux et regardé alentour.

Parce que j'en avais la possibilité.

Je savais désormais à quoi ressemblait la cécité – même si la mienne n'était qu'intermittente. J'éprouvais le même sentiment de claustrophobie oppressante, comme lorsque je m'étais bandé les yeux avec la cravate. Une grande partie de ma vie se déroulait dans l'obscurité totale, derrière les volets opaques de mes paupières, mais à de rares occasions il arrivait que je me réveille et que ces volets restent entrouverts quelque temps.

Une profonde euphorie m'envahissait alors, et je m'efforçais d'ignorer la sensation de brûlure sur mes yeux secs – seulement soulagée quand une infirmière m'administrait des gouttes –, impatient que Bea entre dans la chambre afin que je puisse revoir sa silhouette. Si ses visites coïncidaient avec ces instants, je devinais vaguement sa forme. Je voyais son corps, le mouvement de ses membres de couleur claire, je percevais lorsqu'elle inclinait, tournait ou baissait son visage flou. Mais je ne distinguais pas la ligne parfaite de son nez, ses iris verts tachetés de paillettes brunes, ni la petite cicatrice au-dessus de sa lèvre. J'aimais le léger blond platine de ses cheveux courts, dont le *V* qu'ils formaient sur sa nuque appelait les baisers. Non. J'avais beau chérir ces moments peu fréquents, ils restaient cruellement parcellaires. Mes yeux ne captaient que des images déformées – et tout en nuances de gris. Des formes brouillées et des tons de noir et blanc s'animaient devant moi.

À ma gauche : je détectais la blancheur vive de la fenêtre, à la clarté fragmentée ;

droit devant moi
l'obscurité terne des murs,
loin de la forme grise et bosselée de mon corps
sous les draps ;

une discrète variation de lumière à ma droite,
où, après avoir
entendu d'innombrables personnes entrer et sortir,
je sais qu'il y a une porte.

Malgré le caractère imparfait de ma vision, j'espérais que Bea allait se rendre compte que j'avais un semblant de vue. Si elle avait soulevé mes paupières lors de ses visites, j'aurais pu admirer plus souvent une version différente d'elle. Cela étant, seuls les médecins et les infirmières ouvraient mes yeux – des gens dont le visage m'intéressait très peu.

Ils le faisaient quand ils voulaient me soumettre à des tests, vérifier que rien n'avait changé. Peu après que Bea a découvert la lettre, mon médecin spécialiste, le professeur Lomax, est venu dans ma chambre avec des étudiants comme on emmène des enfants au zoo.

Fichez-les-moi dehors.

— Pour commencer, on tamise l'éclairage, a expliqué le professeur qui se tenait à ma gauche.

La luminosité au-dessus de moi a baissé, comme si un nuage passait entre mes yeux et le soleil.

— Nous prenons garde à ce que le patient ne soit pas ébloui.

Je sais ce que vous allez me faire. Sortez de là.

— Dans le cadre de nos examens, nous allons à présent tester la réaction des yeux à certains stimuli. Infirmière, paupière, s'il vous plaît.

J'ai senti la pression chaude d'un doigt qui relevait ma paupière droite et la maintenait près de mon sourcil. J'ai reconnu l'odeur de pâte d'amandes de Pauline. De l'air frais a tourmenté mon œil, et la lumière m'a gêné malgré les précautions de Lomax. L'envie de me frotter les yeux a diffusé des fourmillements dans mes mains.

J'ai distingué le cercle à pourtour noir sur le mur en face de moi, qui d'après mes conclusions devait être une horloge, ainsi qu'une rangée de corps à veste blanche alignés dessous. La fenêtre laissait pénétrer la lumière du jour, mais je savais qu'il était vain d'essayer de tourner les yeux pour regarder dehors – ils refuseraient de bouger. Quel genre de journée était-ce? On maintenait l'hôpital dans une chaleur étouffante à longueur d'année, mais j'étais certain de déceler la présence de l'été. Quand papa était venu, la veille, la peau de sa main à l'odeur cuivrée avait été moite et très chaude sur ma joue. Aux dernières visites de Tom, j'avais entendu des claquements de tongs. Alors le soleil brillait peut-être, dehors – dans les rues, les habitants seraient vêtus de shorts et de tee-shirts aux couleurs vives, lunettes de soleil sur le nez. Les arbres déborderaient de feuilles vertes.

— Ensuite, nous utilisons une lampe stylo pour examiner la pupille, a repris le professeur Lomax.

J'ai distingué une profusion de cheveux blancs, des formes noires broussailleuses qui sont sans doute ses sourcils. J'ai perçu dans son haleine une trace sucrée de son petit verre de la veille au soir. Whisky ? Cognac ?

Fiche-moi la paix.

— Regardons un peu.

Il m'a collé une lampe électrique en plein devant l'œil. Contraint de fixer le cercle argenté, je ne pouvais pas cligner les paupières pour chasser cette gêne. Mes cils me sont apparus, illuminés, telles deux rangées de minuscules étoiles blanches. J'aurais presque pu les trouver jolis si je n'avais pas été aussi distrait par la démangeaison intense qui assaillait mon œil asséché.

Vous ne vous dites pas que ça fait un mal de chien ?

— La pupille se contracte. Maintenant, la gauche.

Il a éteint la lampe. Au pied de mon lit, un des corps a toussé.

Pauline a fermé mon œil gauche, et dès qu'elle a eu ouvert l'autre, le professeur Lomax y a braqué sa lampe.

— Là encore, ça se contracte bien. Quelqu'un peut me dire ce qu'on peut s'attendre à constater chez un patient en état de coma dépassé ?

La sonorité différente de sa voix m'a indiqué qu'il s'était tourné pour s'adresser à ses étudiants. Dans mon œil gauche, toujours ouvert, la lueur résiduelle voilait la chambre.

— Aucune réaction ? a suggéré une fille.

— Exact ! s'est-il exclamé d'une voix de stentor. Mais comment pourrions-nous savoir qu'il n'y a aucune réaction ? Que verrions-nous ?

Je ne suis pas un jouet qu'on manipule dans tous les sens et qu'on utilise comme sujet d'expérience.

— Les pupilles ne changeraient pas de taille, a balbutié la fille. Elles ne… Elles ne réagiraient pas à la lumière.

— Voilà, a-t-il confirmé, avant de marquer une pause. Les deux yeux, s'il vous plaît.

Pauline a obéi et m'a relevé la paupière droite afin que les deux soient ouvertes.

— Maintenant, nous allons vérifier le réflexe oculocéphalique. Quelqu'un peut me donner son autre nom ?

Le professeur Lomax s'est penché en avant. Les étudiants sont restés muets.

— Qu'est-ce qu'on vous apprend à la fac ? On vous donne trop de QCM, si vous voulez mon avis.

— Est-ce que c'est…

— Oui ? a-t-il aboyé.

— Est-ce que c'est le phénomène des yeux de poupée ?

Proposition d'un étudiant, qui semblait plus nerveux que la fille.

— Dans le mille. Les yeux de poupée. Pour ça, on fait pivoter la tête du patient d'un côté et de l'autre.

Il a placé une main sous mon menton et tourné mon visage vers la fenêtre, l'a ramené en position médiane, puis l'a dirigé de l'autre côté.

— Les yeux restent fixés sur le point situé face à eux lorsque la tête est centrée. Si le patient était dans un état de coma dépassé, ses yeux ne décriraient pas de mouvement latéral – c'est ce que nous appelons l'absence de réflexe oculo-céphalogyre. Nous allons terminer, pour aujourd'hui, par le test du réflexe oculo-vestibulaire, obtenu par irrigation calorique.

Celui-là, je le connaissais.

Fous le camp.

— Eau froide, s'il vous plaît.

J'ai entendu le claquement d'un objet dur qu'on lui avait déposé dans la main. Il a grogné.

— On irrigue l'oreille du patient avec de l'eau froide, comme ceci.

Un liquide froid s'est écoulé dans mon oreille gauche, et au même instant ma vue de la chambre s'est déplacée vers la droite – toujours plus de formes en gris, noir et blanc.

— Vous voyez comme ses yeux dévient de l'oreille gauche, où j'ai mis l'eau ? Ça nous indique que le tronc cérébral est intact.

— Est-on absolument certain qu'il n'est pas conscient ?

Cette intervention venait d'une autre voix masculine parmi les étudiants.

— Est-ce que je vous ai autorisés à poser des questions ? l'a rabroué le professeur Lomax.

L'étudiant ne s'est pas démonté.

— C'est juste que j'ai lu un article sur un cas où le patient ne réagissait pas à ces tests oculo-céphaliques, mais plus tard les médecins ont découvert qu'il…

— Ça suffit, merci, l'a coupé le professeur.

Qu'est-ce qu'ils ont découvert ?

— Mais il pourrait être conscient, non ? Seulement

incapable de bouger et de parler. C'est un état très rare qui s'appelle le lo…

— Taisez-vous donc ! s'est emporté le professeur Lomax en me postillonnant sur le visage. Je sais comment ça s'appelle, figurez-vous, mais je vous remercie pour vos lumières, jeune homme.

Pourquoi ne le laissait-il pas terminer sa phrase ? Quel était le nom de cet état ? Le « lo » quelque chose. Était-ce ce dont je souffrais ?

— Excusez-moi, je ne voulais pas être grossier…, a balbutié l'étudiant.

Le professeur a bougonné à l'adresse de Pauline :

— C'est bien pour ça que j'ai horreur d'avoir des étudiants collés aux basques. Merci pour votre aide.

Pauline, bénie soit-elle, a épongé mon oreille avec un mouchoir, mais elle n'a pas fermé mes yeux asséchés.

— Et voilà, mon grand.

Merci.

J'ai écouté les étudiants sortir à la file, sans qu'aucun n'ose parler tandis que le professeur Lomax les conduisait à leur prochaine destination.

Je voulais savoir qui était l'expéditrice de ma lettre et quelle piste la police explorait, mais ça ne pourrait pas changer ma décision. Des rencontres telles que celle-là ne faisaient que me conforter dans ma détermination à abandonner cette existence sans issue. Les médecins ne croyaient plus à mon rétablissement. Et même si je me remettais assez pour quitter le lit, est-ce que je retrouverais la vue ? Avais-je envie d'une vie sans couleurs ? D'une vie où je ne verrais pas assez bien pour pouvoir grimper ?

Non. Je prenais la bonne direction.

— … m'inquiète pour elle.

Rosie et Tom sont arrivés plus tard dans la journée, comme toujours au beau milieu d'une conversation.

— Elle a pas franchement l'air dans son assiette. Cette histoire de type qui la suit, ça la bouffe. Je t'ai dit qu'elle pense que quelqu'un s'est introduit chez elle ?

— Non.

Tom est venu du côté droit de mon lit ; j'ai entendu ses tongs claquer. J'étais à présent allongé sur le flanc, tourné vers la porte. J'ai vu son corps passer devant mes yeux entrouverts.

— Parce que ça *sentait* bizarre, a poursuivi Rosie. Elle ne dort plus, elle ne mange plus.

— Ça craint.

Tom a remis mes oreillers en place tout en soulevant ma tête en douceur, et j'ai décelé sur ses doigts l'odeur sucrée de sa sempiternelle crème réparatrice.

J'ai vu la forme menue de Rosie tomber lourdement dans le siège à côté de lui et perçu une trace de son parfum à la coco. Ça m'a fait penser aux vacances – à des cocktails sur la plage.

— Il a l'air plus chétif, a commenté Tom.

Il a appuyé sur mon bras à l'endroit où aurait dû se trouver mon biceps.

— Ils devraient lui installer une barre de tractions et y harnacher ses mains. Le soulever et le faire redescendre.

— Qu'est-ce que tu racontes ?

— Je pourrais la fabriquer. Il nous reste un morceau de tuyau, à la maison. Il suffirait que je…

Il a secoué des accessoires de la chambre, donné de petites tapes sur les murs.

— Tom ? De quoi tu me parles ?

— C'est pour activer sa mémoire musculaire. Ça ne serait pas plus idiot que tout ce qu'ils ont essayé pour l'instant.

— Ils ne vont pas s'amuser à lui faire faire des tractions.

Tom a serré fort mon avant-bras.

— Notre objectif, c'était tractions à un bras avec le petit doigt. Avant, quoi.

Il a relevé mon auriculaire et l'a replié.

— Tom.

Il s'est raclé la gorge, a laissé sa main sur la mienne.

— Tu as du nouveau au sujet de la lettre ? a-t-il demandé avec un enthousiasme forcé.

— Tom, arrête.

J'ai juste distingué une partie du corps de Rosie qui se penchait vers lui.

— Donne-moi des nouvelles de Bea, a-t-il insisté.

Rosie a soupiré.

— Elle dit qu'elle ne peut pas abandonner Alex, pas avant d'avoir tiré au clair la signification de la lettre. C'est logique. Enfin, je crois.

— Mais tu n'es pas de son avis ?

— Je ne crois pas que je pourrais continuer à venir ici, à sa place. Il n'y a pas trente-six interprétations possibles. Il s'est tapé une autre fille.

C'est faux.

Les doigts de Tom se sont resserrés autour des miens.

— On n'en est pas sûrs.

Il m'a lâché, et j'ai senti le bord du matelas

s'affaisser sous son poids quand il s'est assis sur mon lit. Mon corps s'est incliné vers l'avant.

— Ça me met en rage de m'imaginer dans la situation de Bea, de me demander comment je réagirais si tu m'avais fait ça. Ça me rend furieuse. Contre toi.

— Moi ? Mais je n'ai rien fait !

— Tu en es sûr ?

Il s'est levé et s'est éloigné de moi, hors de mon champ de vision. Le courant d'air provoqué par ses mouvements m'a irrité les yeux.

— Elle revient peut-être par habitude, a suggéré Rosie.

— Ou parce qu'elle se sent coupable ?

— Qu'est-ce que ça veut dire, ça ?

Elle était de nouveau très remontée.

— Juste que…

— Elle ne lui a rien fait, elle. C'est lui qui est allé voir ailleurs.

— On n'en sait rien. Arrête de répéter ça. Si ça se trouve, elle se sent coupable d'être bien portante alors que lui est dans cet état.

— Comment tu peux insinuer ça alors qu'elle n'a rien à se reprocher ? C'est toujours pareil, avec les mecs.

Elle a repoussé son siège, et sa forme grise s'est déplacée devant moi.

— Où tu vas ?

— Je ne peux pas rester dans cette chambre avec toi. Il me faut un café.

— Rose, attends.

— Comment tu peux dire ça, hein ? Comment tu peux dire qu'elle devrait se sentir coupable ?

Des pas précipités ont retenti et la porte a claqué.

Dans le silence qui a suivi, j'aurais juré entendre Tom répondre :

— Parce que c'est ce que je ressens, moi.

17

Après des mois d'ennui, mon esprit a soudain eu des tas d'éléments à ressasser. Je revenais sans cesse aux mêmes questions.

Que cherchaient les policiers ? Pourquoi interrogeaient-ils de nouveau Eleanor ? J'étais alors loin de me douter qu'ils allaient avoir d'autres conversations « d'exploration des faits ». Il y avait des lames de parquet à soulever pour fouiller le plancher. Des gens à intimider.

Est-ce que quelqu'un suivait Bea ? Je ne parvenais pas à me départir du sentiment qu'elle me cachait quelque chose.

Qu'en était-il des projets de me laisser mourir ? Papa avait-il réussi à convaincre Philippa ? Avait-il reparlé à Bea ?

Et ce jour-là, une nouvelle question avait fait son chemin : *Et si je n'en avais pas envie ?*

Mais je me suis rabroué. *Il le faut. Il le faut. Il le faut.*

Je me suis efforcé de me remémorer les raisons de mon choix. Mon ancien moi journaliste a convoqué mon nouveau moi alité pour une interview.

De temps à autre, j'avais une de ces conversations avec moi-même, et elles me rappelaient toujours ce que j'avais nommé ma « série d'interviews radio ». Quand j'étais petit, j'adorais poser des questions ; je suppose donc que je ne suis pas devenu journaliste que pour faire plaisir à ma mère. L'envie venait peut-être de moi depuis le début. J'utilisais des entretiens sur cassette que je réalisais avec les membres de la famille et les voisins pour créer une émission de radio, dont Philippa et moi étions les seuls auditeurs. Je l'avais intitulée « La Super émission radio de Phil et Al » – je devais avoir autour de neuf ans, à l'époque, et Philippa ne pouvait donc en avoir que sept. Pour être précis, ma première « émission », qui comportait une interview de mon meilleur ami Paul l'Américain au sujet de sa collection de cartes de base-ball, s'appelait tout simplement « La super émission radio d'Alex Jackson », mais Philippa m'avait tanné pour y participer et j'avais fini par céder. Si elle n'avait pas obtenu gain de cause, j'aurais passé un très long été à supporter ses larmes et ses crises de colère.

Mon interview de papa était celle que j'avais préféré redécouvrir, quand, de nombreuses années plus tard, je les avais retrouvées au grenier. J'avais hésité à téléphoner à Philippa pour lui dire de venir les écouter avec moi. Elle aurait sans doute fait l'effort, mais je l'avais imaginée en train de se répandre en commentaires méprisants et de gâcher mes souvenirs, aussi m'étais-je abstenu. Nous avions fait de papa le sujet de notre interview de la semaine, et je lui avais demandé comment il avait appris à jouer de la guitare (« c'est mon frère qui m'a montré »), pourquoi il aimait tant les minéraux (« ils recèlent tant de secrets ») et comment il avait rencontré maman. Cette anecdote avait toujours été une de nos favorites, et en bruit de fond on entendait Philippa glousser de plaisir.

— Je jouais dans un groupe, lors d'un petit festival dans le Somerset, avait expliqué papa.

— Tu jouais de quel instrument ?

Mes talents d'intervieweur laissaient à désirer – je ne maîtrisais pas l'art de donner le temps au sujet d'aller au bout de sa réponse avant de l'interrompre. J'étais convaincu que pour bien faire il fallait poser le plus de questions possible.

— Tu le sais déjà, avait rétorqué papa.

— Ouais, mais allez, papa. C'est pour les autres auditeurs. Quel instrument, alors ?

— La guitare.

— Et maman, qu'est-ce qu'elle faisait ?

Philippa avait de nouveau poussé un petit cri aigu, et je lui ordonnai de se taire.

— Ta mère était un peu hippie sur les bords, à l'époque, et elle assistait au festival avec des copines. Elle devait confectionner des colliers de pâquerettes ou quelque chose comme ça.

Dans la pièce voisine, maman protestait :

— Je t'ai entendu, Graham !

L'interrogatoire pénible se poursuivait le temps que je presse papa comme un citron pour obtenir les moindres détails. Au bout d'un moment, il perdait patience et se retirait.

Moi qui ne pouvais pas m'empêcher de garder un souvenir attendri de cet été-là, je trouvais rassurant de me replonger dans cette activité qui avait occupé mon enfance. Cet exercice m'aidait aussi à voir plus clair dans ma réflexion.

Bien, Alex, disait mon moi journaliste à mon moi hospitalisé. *Décris-moi les émotions que tu as ressenties au cours du cheminement qui t'a conduit à décider de mourir.*

L'élément principal (répondait mon moi hospitalisé), c'est que je passe un temps fou à me rappeler les sensations que j'éprouvais en *faisant des choses. Faire*, voilà ce qui me manque. Tout le monde emploie ce mot à tout bout de champ – c'est le verbe le plus commun. Faire ci, faire ça. Mais je ne m'étais jamais rendu compte de la satisfaction que *faire* peut apporter. Surtout les activités physiques. J'étais sans cesse en train de courir, de grimper, de jouer au foot. La brûlure de l'effort dans les muscles me manque. Mon corps était robuste, et désormais je ne suis plus qu'un amas de membres atrophiés.

Et quand as-tu pris ta décision ? me suis-je interrogé.

C'était à Noël, l'année dernière. Mon premier Noël avait été flou, car je n'étais pas encore tout à fait réveillé. Le jour où je me suis décidé, c'était lors de mon deuxième Noël à l'hôpital. La direction avait fait appel à des petits chanteurs, qui intervenaient auprès de chaque lit du service. Moi j'avais eu droit à *Douce Nuit*.

Bea ne m'avait pas rendu visite, parce qu'elle était à Brighton chez Megan et Rick. Mais j'avais reçu celle de papa et Philippa. Ça avait été un calvaire. Papa avait semblé au bord des larmes du début à la fin, et Philippa avait voulu repartir à peine arrivée. « Je t'avais dit que tu n'aurais pas dû venir, déclarait-elle. Ça va te rendre triste, c'est tout. » Ce n'était pas le souvenir que je gardais des Noëls de mon enfance. Ce jour-là, pas d'embrassades de joyeux Noël de la famille Jackson. Pas de cadeau, pas de gaieté.

J'avais pris conscience qu'en restant en vie je gâchais la leur. C'est à ce moment-là que j'ai arrêté de me battre.

Ce n'est pas une mince décision. Tu es sûr de toi?

Mon accident était dû au destin. Un châtiment, pour toutes les erreurs que j'avais commises. J'aurais dû me démener pour que maman se soigne. Jamais je n'avais douté du bien-fondé de mon choix quand je m'étais rangé à son avis – elle savait se montrer si convaincante. Elle était tellement sûre de ce qu'elle voulait. Le doute ne m'avait jamais effleuré, même pendant l'enterrement, même quand Philippa avait cessé de m'adresser la parole, pas une seule fois par la suite, malgré le passage des années. Lorsque j'étais revenu à moi, en revanche, mon point de vue sur la question avait changé. Et si un traitement avait pu la sauver?

Cloué dans mon lit, où j'appelle de mes vœux une seconde chance, j'éprouve soudain le sentiment terrible d'avoir mal interprété la situation. Et si maman avait souhaité que je la persuade de s'accrocher? En m'écrivant son mot, espérait-elle en fait que je la dissuade de renoncer?

J'aurais dû la forcer à suivre le traitement. J'aurais dû faire l'effort de me réconcilier avec Philippa, j'aurais dû faire plus attention aux gamins, j'aurais dû être plus prudent dans mes choix de partenaires sexuelles, j'aurais dû passer plus de temps avec mon père, je n'aurais jamais dû aller chez Josie en rentrant de soirée, je n'aurais pas dû me montrer aussi arrogant au travail. J'aurais dû être plus présent pour Bea. Quand j'allais grimper, j'aurais dû laisser mon ego au vestiaire et porter un casque. Quel con, mais quel con ! Trop insouciant. Trop casse-cou.

Tout le monde a des regrets.

Je ne peux pas m'exprimer pour les autres. Tout ce que je sais, c'est que c'était un coup du sort. Et que je dois payer pour mes fautes.

Quand on a bouclé une interview, on pense forcément à des questions qu'on a oublié de poser. Si ça se produit quelques heures après, on peut toujours rappeler l'intéressé et lui demander s'il a encore quelques minutes à nous accorder. Mais parfois de nouveaux éléments se font jour des semaines après la publication de l'article, et on se mord les doigts de ne pas avoir eu la clairvoyance de poser *la* question qui aurait pu tout changer.

Celle que je me serais posée si j'avais su ce que je sais maintenant, c'est : *Et si ce n'était pas le destin qui avait provoqué ta chute ?*

18

Je me souviens bien de cette journée.

Ma mémoire est une porte constituée de quatre miroirs déformants, chaque panneau montrant un déroulement différent de ces vingt-quatre heures, mais l'un d'eux a été brisé d'un coup de pied et révèle très distinctement ce qui se trouve derrière. Ce jour particulier – celui qui a suivi la visite de Tom et Rosie – demeure très net dans mon esprit.

À mon réveil, j'avais les pieds froids, d'une froideur qui m'aurait valu d'être jeté du lit par Bea. « Ne me touche pas ! » aurait-elle hurlé, en se roulant en boule à l'autre bout du matelas. J'aurais voulu qu'une infirmière vienne me les masser, qu'elle fasse circuler le sang. Je me suis réveillé avec les pieds froids, au son de la télévision qui avait dû rester allumée depuis la veille au soir. Une sitcom américaine – des rires enregistrés. On riait de moi ? Je me suis réveillé avec les pieds froids, la télévision allumée, dans une odeur de fleurs fanées. Le dernier bouquet en date de Philippa s'est vite flétri. Quelle espèce était-ce, cette fois ? Des œillets ? Des marguerites ? Des jonquilles ? Je ne le savais jamais. L'identification des fleurs n'avait jamais fait partie de mes talents, même quand j'étais en mesure de les voir. Je m'étais réveillé avec les pieds froids, au son de la télévision, une odeur de décomposition flottant dans l'air, et avec un nœud d'appréhension au ventre.

Ma nervosité mise à part, c'était une matinée comme les autres. Un gros orage se déchaînait dehors, étouffait le bruit des allées et venues des ambulances. La pluie martelait la fenêtre, par vagues de crépitements soufflées par le vent, comme si quelqu'un ne cessait d'augmenter et de baisser le volume à quelques secondes d'intervalle. Cette intermittence a été interrompue seulement quelques minutes par une grêle si assourdissante que j'ai envisagé la possibilité que nous soyons en fait sous le feu d'une mitrailleuse.

Quand Connie et Pauline sont entrées, le mauvais temps a monopolisé leurs échanges.

— Alex, je vais vous rouler sur le côté pour qu'on puisse vous faire un brin de toilette, a annoncé Pauline dans mon oreille d'une voix forte tandis qu'elle me mettait dos à la fenêtre. Je n'ai jamais vu de grêlons aussi gros, Connie. Je t'assure. On aurait dit des balles de golf. Des balles de tennis, même.

L'une d'elles a remonté mon haut de pyjama et m'a lavé le dos avec un gant tiède.

— Dans le *Daily Mail*, ils appellent ça l'apocalypse zombie, d'après ce qu'a dit Dan, à la cuisine, a indiqué Connie.

— Arrête ton char !

Le gant est passé de l'autre côté, sur ma poitrine, puis on m'a frotté le ventre, les aisselles, le cou.

— Si, si, l'apocalypse zombie, a insisté Connie. C'est ce qu'ils ont dit. Je sais pas trop ce que les zombies viennent faire là-dedans, mais je ne suis pas pressée de prendre la voiture, ce soir.

Au même instant, un énorme coup de tonnerre a ébranlé le bâtiment comme une explosion dans les étages inférieurs. Je les ai senties sursauter toutes les deux.

— Putain de merde, a juré Connie.

À cause d'une autre averse de grêle, j'ai manqué les bruits de pas. Ayant alors les yeux fermés, j'ai remarqué que j'avais de la visite seulement quand une main mouillée s'est posée sur la mienne. J'ai senti le bout d'une manche trempée sur mes doigts. Lorsqu'on l'a retirée, le drap était encore humide – une parcelle froide s'étendait vers ma hanche gauche.

— Je suis vraiment désolée.

C'était Bea, qui semblait contrariée.

Désolée de quoi ?

Elle a ouvert son imperméable et l'a ôté bruyamment, en faisant tomber des gouttes sur ma peau. J'ai eu l'impression de détecter de très loin l'odeur de son shampoing à l'orange.

— Qui a pu te faire ça ?

Elle s'est assise au bord du lit et a pris mon menton dans sa main fraîche.

Tu me touches de nouveau.

— Depuis tout ce temps, a-t-elle dit. On était persuadés que c'était un accident.

Ses doigts ont glissé sur mon visage, jusqu'à ma poitrine. Mon cœur battait contre elle avec insistance et avidité.

— Pour quelle raison a-t-on pu vouloir te tuer ?

De quoi tu parles ?

— Pourquoi les flics ne me donnent pas d'infos ?

Moins vite…

— Pourquoi est-ce qu'ils m'annoncent que c'était intentionnel, s'ils ne peuvent pas m'expliquer comment ça s'est produit ?

Elle a émis un petit bruit désapprobateur, avant de prendre une grosse voix pour imiter un homme :

— « De nouveaux éléments sont apparus dans l'enquête, mademoiselle Romero. »

Est-ce que je comprenais bien ce qu'elle était en train de me dire ?

— On a dû saboter ton matériel.

Dans ma tête, j'ai vu les murs de la chambre se refermer sur moi.

Réveille-toi, Alex. C'est un mauvais rêve, juste un cauchemar. Réveille-toi.

Elle a pianoté du bout des doigts sur ma clavicule. Bea me semblait trop réelle pour qu'il s'agisse d'un rêve.

— Qu'est-ce que tu as fait de si grave à cette femme pour qu'elle veuille te tuer ?

Ce n'est pas à moi que ça arrive, c'est impossible.

— Je ne peux pas croire que tu aies pu faire autant de tort à quelqu'un. Tu es un type bien. Même moi je le pense, malgré cette lettre.

Elle a poussé un profond soupir.

— Tu es infidèle, peut-être, mais tu ne mérites pas de mourir pour ça. Depuis que je te connais, tu passes ta vie à essayer d'aider les autres. Putain, c'est pas croyable : tu as eu un môme avec une poufiasse, et moi je continue à te défendre.

Mon esprit s'est scindé en deux. D'un côté, j'ai rejeté cette éventualité en bloc. Une tentative de meurtre, ça arrivait aux autres, pas aux gens comme moi. Personne ne souhaitait ma mort. Mais je savais aussi que la police n'aurait pas rouvert un dossier vieux de plus de dix-huit mois sur un coup de tête. Pas la police judiciaire de l'Avon et du Somerset à qui j'avais eu affaire en tant que journaliste. Que savaient-ils que nous ignorions ?

— Elle a sans doute trafiqué ta corde ou ton baudrier.

Si mon matériel avait été douteux, je m'en serais aperçu. Il existait forcément une autre explication.

J'ai frissonné.

Eleanor ?

Quand même pas.

Elle seule se trouvait assez près de moi pour me faire tomber.

Mais non.

Qu'est-ce que tu vas t'imaginer ? C'est impossible qu'elle s'en soit prise à toi. Elle t'a dit qu'elle t'aimait, rappelle-toi.

Mais si c'était un acte de jalousie ? Et si elle était folle de rage parce qu'elle ne pouvait pas m'avoir ?

Non, Alex. C'est d'Eleanor qu'on parle. Jamais elle n'aurait fait ça.

Je transpirais. Mon pyjama collait à l'intérieur de mes bras et de la sueur dégoulinait sur ma nuque.

Bea a continué à tapoter mon épaule.

— J'ai cherché à la maison. Je n'ai trouvé aucune écriture qui corresponde à celle de l'enveloppe. J'ai tout passé au peigne fin, les cartes d'anniversaire, les lettres.

« Tu vas payer. » C'est ce qu'avait écrit l'auteure de la lettre. Tu crois que c'est ce que ça signifiait ?

Sa main s'est arrêtée de tambouriner.

J'ai pensé à Clare. Elle avait pu envoyer la lettre. Mais pour le reste ? Malgré ses cris de colère, ses larmes et ses poings menaçants, je ne l'imaginais pas capable de vouloir me tuer, et encore moins de passer à l'acte.

— Putain, Alex. C'est qui, à la fin ? C'est pour ça que les policiers ont demandé qui te rendait visite ?

Un filet de sueur a de nouveau ruisselé derrière ma nuque. Des visages d'autres filles ont défilé dans ma tête : des souvenirs fragmentaires, flous et brumeux. Ça n'avait toujours aucun sens. Était-ce vraiment l'une d'elles ? Encore une fois, je me suis interrogé : pourquoi avoir attendu aussi longtemps ?

Quelqu'un a tenté de me tuer.

Les poils de mes bras se sont hérissés, et un affreux frisson a parcouru mon corps en nage. Et si nous étions partis tous les deux sur une fausse piste concernant la lettre ? Et si le suspect n'était pas du tout la femme à qui nous pensions – la mère de mon prétendu enfant illégitime ?

Parce que, si c'était le cas, je ne voyais qu'une seule personne qui aurait pu vouloir m'éliminer en cette journée de septembre.

J'ai songé de nouveau à mon double de détention, William Ormond. Incarcéré depuis plus de dix ans pour le meurtre brutal de Holly King ; un meurtre dont je le pensais innocent. Le véritable coupable courait toujours. Cet homme avait sans doute vu d'un mauvais œil qu'un journaliste se mêle de l'enquête et soutienne la campagne pour un pourvoi en appel, que je publie un article dans lequel je demandais aux éventuels témoins de se signaler. Je n'imaginais pas Clare capable de tuer, mais je tenais là quelqu'un à qui ça ne faisait pas peur – s'il l'avait déjà fait, qu'est-ce qui l'empêchait de recommencer ? Un assassin patenté, un homme qui avait battu une femme à mort en plein jour à coups de pelle, n'aurait pas eu besoin qu'on le pousse beaucoup pour décider de prendre une autre vie. Et je lui avais fourni tout un tas de raisons de jeter son dévolu sur moi.

« Tu vas payer. »

Quelle était la signification de cette lettre ? Que je devais payer pour avoir tenté de mettre la vérité au jour ? Mais dans ce cas que venait faire là-dedans la photo de bébé ? Pourquoi son expéditeur « méritait mieux » que moi ?

Le poids de Bea a bougé sur le matelas ; elle s'est levée. Un bruit de fermeture à glissière, puis d'un objet lisse sur une matière textile. J'ai entendu l'air s'échapper du coussin du siège à côté de moi quand Bea s'est assise, puis un *bip* et un bourdonnement de ventilateur que j'ai identifiés comme ceux d'un ordinateur portable qui s'allume.

Elle a respiré à fond.

— Bon, il faut que je…

Elle avait pris sa voix volontaire, sa voix on-se-met-au-boulot.

Dis-m'en plus. Tu en sais forcément plus. Qu'est-ce qui les a poussés à rouvrir l'enquête, tout à coup ?

Tap, tap, tap. Ses doigts qui pianotaient sur le clavier.

— Ils m'ont dit de veiller à me souvenir de tout ce qui s'est passé ce jour-là.

Tap, tap, tap : un son étonnamment apaisant.

— D'être prête pour ma nouvelle déposition.

Tap, tap, tap. Maintenant que la grêle s'était arrêtée, le cliquetis des touches se confondait avec les gouttes de pluie sur la fenêtre. L'ensemble créait un bruit de fond relaxant. Ma tête tourbillonnait de pensées. Quelqu'un avait essayé de me tuer. Ce n'était pas un accident.

Pouvait-il vraiment s'agir de l'assassin de Holly King ?

— Nouveau document.

Il y a eu un bruit de métal contre le bois quand Bea a tapoté sa bague sur l'accoudoir du siège.

— Le… huit… septembre, a-t-elle dit, en tapant à mesure qu'elle parlait.

Tap, tap, tap.

— Le jour de l'accid…

Taptaptaptaptap – elle a effacé un mot.

— De la tentative de meurtre contre Alex.

Elle a prononcé à voix haute tout ce qu'elle inscrivait dans son fichier, et pour la première fois j'ai obtenu un compte rendu complet de ce qui s'était passé ce jour-là. Jusqu'alors, j'avais en tête des images de policiers en uniforme chez nous, de Bea qui rassemblait des affaires avant d'aller à l'hôpital. Qui fondait en larmes à côté de moi au service de réanimation. Les heures d'attente, les gobelets de thé qu'elle a vidés pendant que j'étais au bloc. Mais ces détails ne devaient être que le fruit de mon imagination. Les événements qu'elle a décrits se sont révélés très différents.

Huit septembre : le jour de la tentative de meurtre contre Alex

C'était un samedi. C'est moi qui suis partie de la maison la première. Alex a dû sortir peu après moi, pour rejoindre Eleanor, Tom et Alberto, avant d'aller aux gorges pour leur journée de grimpe.

Je voulais profiter des derniers jours de beau temps de l'année. J'ai pris la voiture pour me rendre dans le Somerset, afin de me balader dans les Quantock, et je me suis garée à Cothelstone. J'ai emporté une bouteille d'eau et des sandwiches jambon-coleslaw. Je m'en souviens parce que plus tard j'ai jeté les restes.

J'ai marché quelques heures – une boucle de dix kilomètres qui passait par Lydeard Hill. J'avais éteint mon téléphone pour en économiser la batterie. Quand je suis revenue à ma voiture, j'ai oublié de le rallumer.

Si je l'avais fait, j'aurais vu les SMS et reçu les messages vocaux que tout le monde m'avait envoyés. Tom, Rosie, Eleanor. Graham et Philippa. Même mes parents. D'après ce que la police m'a expliqué plus tard, vers le troisième kilomètre de ma promenade, Alex était tombé.

Déroulement de nos journées :

Heure	Alex	Moi
11 heures	*Il chute.*	*J'ai marché trois kilomètres.*
Midi	*Il est à l'hôpital.*	*Six kilomètres parcourus, je m'arrête pour déjeuner.*
13 heures	*On l'emmène au bloc pour une opération en urgence. Ils ont réparé sa fracture au bras. On fait*	*Neuf kilomètres parcourus, je me rappelle m'être accroupie au moins cinq minutes sur le*

	quelque chose pour réduire le gonflement dans son crâne.	*sentier, pour observer un mulot téméraire qui se baladait sur le talus à la recherche de nourriture.*
14 heures	*Alex est toujours en salle d'opération. Son père et Philippa attendent à la cafétéria de l'hôpital qu'on leur donne des nouvelles.*	*Je termine ma balade et je retourne à ma voiture.*
15 heures	*Alex sort du bloc, mais on le maintient dans le coma pour favoriser le dégonflement et réduire la pression sur son cerveau.*	*Je suis presque à la maison. Pour une fois, ça roulait bien sur la M5. J'étais contente, j'avais passé une bonne journée.*

Quand je suis arrivée chez nous, où je m'attendais à trouver Alex dans le canapé, j'ai vu la voiture de Rosie garée devant. Elle est sortie en trombe dès qu'elle m'a vue. Elle pleurait.

Elle m'a raconté ce qui s'était passé, et m'a dit de me préparer au pire.

Rosie m'a conduite à l'hôpital. J'étais incapable de parler. Sous le choc.

Quand j'ai vu Alex, il était en soins intensifs, branché à des appareils, à un respirateur artificiel. J'ai vomi.

Les médecins m'ont donné un calmant et j'ai dormi sur un fauteuil de la salle visiteurs jusqu'au lendemain matin.

À travers son récit, j'ai tout vu. Quand j'ai visualisé les infirmières qui me sortaient du bloc et m'y ramenaient, tout s'est présenté sous un autre angle, maintenant que je savais être la victime d'un crime. La colère m'a enflammé le visage.

Bea a cessé de taper sur son clavier. La pluie s'était arrêtée aussi, ne laissant plus qu'un son de ruissellement persistant sur ma fenêtre.

— J'ai montré la lettre aux policiers, a-t-elle repris, d'une voix plus forte, en s'adressant à moi. Je leur ai expliqué que c'était sans doute cette fille la coupable.

Toujours l'inspecteur Halliwell?

— Ils ont été super condescendants. Moi qui pensais que ça les intéresserait. Ils m'ont répondu qu'ils allaient se pencher sur la question, mais…

Bande de branleurs.

Ça ressemblait bien à ce cher inspecteur. C'était du Halliwell tout craché. Il ne prenait pas Bea au sérieux, tout comme ses copains et lui n'avaient pas pris au sérieux les parents d'Ormond. Et moi, ils avaient tenté de me faire passer pour un fouille-merde. La traitaient-ils ainsi à cause de ses liens avec moi? Elle n'était pour rien dans ma série d'articles sur l'affaire Holly King.

Mon oreiller était trempé de sueur et j'avais la bouche sèche. Ça faisait trop d'un coup – les nouvelles informations, l'incertitude, mon incapacité à agir.

Bea a posé la tête sur mon lit et l'a calée contre

le drap qui me couvrait la cuisse, encore humide à cause de son imperméable. Le seul élément positif qui ressortait de ces faits nouveaux, c'était qu'elle semblait s'être rapprochée de moi. Elle n'avait pas tiré le siège au bout du lit. Sa colère s'était estompée. Mon contact ne la rebutait plus. J'ai senti un éclair d'espoir jaillir en moi, partir de ma cuisse contre laquelle Bea se serrait, traverser mon abdomen jusqu'à ma poitrine et mon cœur.

M'avait-elle pardonné ma « liaison » ? Ou ce revirement l'avait-il rendue dérisoire à ses yeux ?

Comme c'était agréable d'être de nouveau proche d'elle.

Je vais te reconquérir.

— Je ne sais pas pourquoi ils insistent pour que je fasse une deuxième déposition, ils n'accordent aucune valeur à ce que je leur raconte, a murmuré Bea contre le lit. Que ce soit sur le type qui me suit ou sur la lettre.

La dernière heure avait été si riche en révélations que j'en avais oublié le timbré qui harcelait Bea. La vérité concernant ma chute – et mes théories pour essayer de comprendre qui avait voulu se débarrasser de moi – jetait sur la situation un éclairage beaucoup plus inquiétant.

Et si c'était la même personne ?

Des images de Holly King ont ressurgi dans ma mémoire. Son corps à demi nu qui gisait près d'une tombe. La mare de sang.

Il ne faut pas que ça arrive à Bea.

Les policiers allaient prendre plus au sérieux le fait qu'elle était suivie, maintenant qu'ils enquêtaient sur la tentative de meurtre dont j'avais été victime. Ils allaient établir le lien et assurer sa protection. Forcément, non?

Sois prudente. Je t'en supplie, sois prudente.

L'après-midi a été bien rempli – Bea est restée du début à la fin, comme je l'en adjurais par la pensée, content qu'elle soit près de moi et en sécurité dans ma chambre. Au bout de quelques heures, papa et Philippa sont arrivés.

— Bonjour, Graham. Philippa.

Bea avait employé un ton formel.

— Bonjour, Bea, a dit papa.

Il y a eu des bruits étouffés lorsqu'il l'a serrée dans ses bras, un cliquetis de pièces qui s'entrechoquent dans ses poches.

— Les policiers t'ont rendu visite, à toi aussi?

— Oui. Ils ne m'ont presque rien expliqué. Est-ce qu'ils t'ont donné des précisions sur leurs nouveaux éléments?

— Non, rien, a répondu Philippa, d'un ton brusque et hostile.

Elle n'avait jamais réussi à cacher son antipathie pour ma petite amie.

— Qu'est-ce qu'on va faire? a demandé Bea, dont la voix venait de ma gauche.

— On ne peut pas faire grand-chose, a affirmé papa d'un ton las. À part les laisser travailler et répondre à leurs questions.

— Est-ce qu'ils t'ont dit s'ils ont un suspect ou…

Bea s'est interrompue au milieu de sa phrase.

— Non.

Papa s'est mis à me caresser le visage; ses mains sentaient le cuivre et le cuir, et encore une fois j'ai perçu une trace de l'alcool contenu dans son après-rasage.

— Ils interrogent sans doute Eleanor. Peut-être Tom et Alberto, aussi ? Mais ça m'étonnerait qu'ils sachent quoi que ce soit.

Tom et Alberto ne pouvaient pas être responsables. Quand je suis tombé, ils grimpaient une voie différente de la mienne – j'étais sûr que Tom me l'avait indiquée au cours d'une de ses visites.

Mais Eleanor ?

La police allait-elle s'intéresser à elle pour de bon ?

Pourquoi aurait-elle tenté de me tuer, si elle éprouvait des sentiments pour moi ?

Ça ne pouvait pas être elle. Elle n'avait aucune raison de vouloir ma mort.

— Tout ce que ça prouve, c'est qu'on ne peut faire confiance à personne, est intervenue Philippa avec froideur.

Est-ce que je peux vraiment te faire confiance, Eleanor ?

Aurions-nous pu nous disputer pendant que nous escaladions, avoir un échange de mots dont je ne me souviendrais pas ? Dans le feu de l'action, avait-elle pu chercher à provoquer ma chute ? Me déconcentrer, me pousser à effectuer un mouvement trop brusque ? Me faire glisser ? Ça me paraissait très peu probable. Nous ne nous étions jamais querellés, et ça ne risquait pas de se produire pendant une ascension.

Les pas rapides et secs de Philippa se sont dirigés vers la gauche de mon lit.

— Elles sont fanées, ces fleurs.

Un froissement et le coup sourd habituel lorsqu'elle les jette dans la corbeille.

— Je n'en apporterai pas d'autres avant ma prochaine visite, a-t-elle déclaré sans s'adresser à quelqu'un en particulier. Il faudra qu'il fasse sans.

— Je suis allée voir les policiers pour leur montrer la lettre d'Alex – celle que j'ai trouvée, a annoncé Bea.

— Quelle… ?

Papa a paru perdu un instant.

— Ah oui. Il faut qu'ils la voient, je suppose. Tu ne sais toujours pas le pourquoi du comment ?

— Non.

Papa a retiré sa main, puis s'est mouché bruyamment.

— Ça m'a semblé une bonne idée de venir, d'être avec lui.

Il était au bord des larmes.

— Tu penses qu'il a… Non, rien.

— Que quoi ? l'a relancé Bea.

— Tu penses qu'il a compris ce qui lui arrivait, quand il est tombé ?

Personne n'a répondu.

— Moi qui croyais que cette histoire ne pouvait pas être pire.

Papa a avalé la fin de sa phrase. Philippa est revenue de son côté et l'a cajolé.

— Oh, viens par là, va.

Elle lui réservait toute son affection. La fille à son papa.

— Ce nouvel élément ne change rien à son état, a dit Bea. Ça ne l'améliore pas, ça ne l'empire pas.

— Si, c'est pire, a rétorqué sèchement Philippa. Il y a un assassin en liberté.

Au milieu de la nuit qui a suivi, je me suis réveillé comme ça m'arrive souvent, déboussolé et en nage.

Où suis-je?

J'aurais dû le savoir, depuis le temps.

J'avais fait un rêve très réaliste dans lequel Bea se promenait sur Lydeard Hill. Je n'avais pas l'impression de l'accompagner, mais plutôt d'être dans son corps. J'ai vu le mulot sur le talus, j'ai senti la chaleur du soleil sur ma peau. Mais dans ma version de cette balade son téléphone n'était pas éteint. Il a sonné dans sa poche, et quand je l'ai sorti pour répondre, j'ai constaté qu'il était branché à une batterie externe. J'ai essayé de prendre l'appel, mais la sonnerie ne s'arrêtait pas – et ce bruit m'a arraché à mon rêve.

Une alarme retentissait faiblement dans le service, me suis-je rendu compte, après avoir compris où je me trouvais. Je n'ai pas réussi à me rendormir. Mon rêve m'avait perturbé, mais pourquoi?

Il a fallu attendre que je m'assoupisse de nouveau – des heures plus tard, m'a-t-il semblé – pour pouvoir me réveiller en sursaut avec la réponse. Bea n'éteignait jamais son téléphone, elle s'en faisait une religion, surtout depuis son immense frayeur le jour où j'avais oublié le mien avant d'aller grimper dans la péninsule de Gower. Elle nous avait acheté chacun un chargeur portatif afin que nous ayons toujours assez de batterie si nous partions toute la journée. Nous devions être joignables en toutes circonstances, sauf si nous n'avions pas de réseau. Pourquoi avait-elle coupé son mobile pour son excursion à Lydeard Hill?

Par ailleurs, c'était inhabituel qu'elle aille randonner seule. Courir, oui, mais se lancer dans une longue promenade comme celle-là? Jamais. Qu'est-ce qu'elle avait dans la tête, ce jour-là ? J'avais recensé trop de moments similaires au cours des semaines précédentes, où j'avais eu le sentiment de ne pas la comprendre. Qu'un fossé se creusait entre nous et s'élargissait.

Elle me cachait quelque chose.

19

M'être réveillé ? Non.
M'être habillé ? Non.
Avoir dit au revoir à Bea ? Non.
Avoir rejoint Eleanor ? Non.
Avoir grimpé ? Non.
Être tombé ? Non.

Je ne me rappelais rien du jour où ma vie avait basculé, au point que j'en finissais par douter que cet accident ait eu lieu. Il y avait forcément une image quelque part dans mon esprit. J'ai essayé de tout me repasser étape par étape, de ramener à la surface un souvenir du problème qui avait tout déclenché.

Il m'était presque impossible de faire le tri dans mes souvenirs de la semaine qui avait précédé, mais j'avais au moins quelques bribes à me mettre sous la dent. J'étais allé pratiquer l'escalade le samedi – ça, c'était une certitude. Mes réminiscences semblaient remonter jusqu'au mercredi, même si elles étaient parsemées d'énormes trous béants. Le mercredi soir, j'étais allé jouer au foot à cinq avec les copains du journal, comme toutes les semaines. Je me rappelle m'être rendu en courant au stade de Clifton College

– c'est clair dans ma mémoire, car à mi-chemin je m'étais aperçu que j'avais oublié les gants de gardien, une seule paire malodorante que nous nous partagions. Ce soir-là, il faisait chaud, ce qui avait sans doute contribué à la bagarre qui avait éclaté entre Michael, le chroniqueur judiciaire, et Jacob, notre nouveau stagiaire. Deux des hommes les plus calmes du bureau avaient eu un désaccord sur la régularité d'un tacle et fini par se rouer de coups, et j'avais dû les séparer.

Le jeudi, nous devions publier le premier article de notre série de papiers sur William Ormond. Louise, ma directrice de la publication, avait décidé de mettre le paquet : elle voulait le sortir en une, m'avait accordé quatre pleines pages et lui avait consacré l'édito du jour. J'avais employé mes quatre pages à détailler les éléments connus sur le meurtre : pour raconter que, alors que j'étais encore étudiant, Holly, âgée de vingt ans, avait subi une agression dans l'enceinte du cimetière d'Arnos Vale au moment de sa pause déjeuner. D'après les conclusions de la police, on l'avait violée. On l'avait ensuite battue à mort avec un objet lourd – sans doute une pelle – qu'on n'avait jamais retrouvé. Le jeune Ormond, dix-neuf ans à l'époque des faits, était le principal suspect parce qu'il travaillait comme jardinier au cimetière et qu'on l'avait trouvé couvert du sang de la jeune femme, dont il avait calé la tête sur ses genoux. Même s'il avait expliqué aux agents qui l'avaient appréhendé – l'un d'entre eux était Halliwell – qu'il avait essayé de la ranimer. Alors qu'il avait des difficultés scolaires et un casier judiciaire vierge, on l'avait arrêté, interrogé sans lui fournir d'avocat et forcé à signer des aveux. Au procès, il avait plaidé non coupable, mais les jurés ne l'avaient pas cru.

Quelques jours avant – le lundi ? le mardi ? –, une secrétaire avait pris l'appel d'un homme qui, refusant de décliner son identité, avait seulement répété quatre fois la même phrase : « Laissez tomber l'affaire Ormond. »

Bill était dans la salle de rédaction, ce jour-là, et avait tourné cette menace en dérision. « Quelle est la meilleure façon de garantir que nous allons publier un article ? Essayer de nous en empêcher. »

J'étais d'accord. J'étais remonté à bloc, prêt à me battre contre l'injustice que constituait l'incarcération d'Ormond, décidé à révéler au grand jour l'échec des enquêteurs. J'avais supposé, comme nous tous je pense, que l'auteur du coup de téléphone était un inspecteur ou un chargé de relations publiques de la police, qui voulait nous effrayer. Ils n'avaient absolument pas relâché la pression, et, voyant que je refusais de reculer, ils s'étaient tournés vers Louise. Je n'avais pas envisagé la possibilité que le véritable meurtrier puisse savoir que nous allions publier le papier ; pas avant la parution du journal. Comment pouvait-il être au courant ? L'éventualité qu'il ait pu être l'auteur de l'appel anonyme ne m'avait pas traversé l'esprit. Je ne me rappelais pas avoir beaucoup parlé de l'affaire à Bea, ce qui était étrange car d'ordinaire je discutais avec elle de mon travail, surtout des événements importants. Bill m'avait-il demandé de rester discret à ce sujet ? Possible. Se souviendrait-il de cet appel et en déduirait-il que son auteur était peut-être le vrai coupable ? Cela pourrait-il mettre la police sur la bonne piste ?

Le vendredi, je m'étais rendu dans une résidence médicalisée de Downend pour interviewer un homme qui s'apprêtait à fêter ses cent ans. Larry Thomson. C'est un miracle que je me rappelle son nom. Cet entretien, c'était de la bagatelle comparé à l'enquête Holly King, dans laquelle j'étais plongé jusqu'au cou, mais Bill tenait à montrer que personne n'était au-dessus des articles qui faisaient notre fonds de commerce. C'était le genre d'interview qu'on ne publiait jamais en une, qui ne rapportait aucun prix, mais, malgré ma réticence, je savais que ça allait plaire aux lecteurs. Pilote de la RAF durant la Seconde Guerre mondiale, Larry avait eu trois épouses, toutes décédées, avait cinq enfants et vingt et un petits-enfants. Il avait été livreur de lait puis vendeur d'automobiles, avant d'acquérir un petit commerce.

— Quel est votre secret ? l'avais-je interrogé.

— Comment vous êtes au courant ? avait-il répondu, horrifié.

— Non, je ne sais rien, l'avais-je rassuré (même si j'aurais aimé en savoir plus), ce que je voulais connaître, c'est votre secret pour avoir atteint un âge aussi vénérable.

Il avait ri.

— Le whisky. Et un bon bifteck de temps en temps.

Ignorant les coups de téléphone de collègues qui se demandaient où j'étais, j'étais resté quelques heures pour discuter avec lui, l'aider à changer une ampoule, et nous préparer à déjeuner avec ce que j'avais pu trouver dans ses placards (je n'avais rien pu proposer de mieux que des haricots en boîte sur des toasts). Quand je m'étais levé pour prendre congé, il m'avait attrapé la main.

— Envoyez-moi un exemplaire du journal, d'accord, mon grand ?

Je le lui avais promis. Mais je n'en avais jamais eu l'occasion. Je n'avais même pas vu l'article imprimé. Ce bon vieux Larry Thomson – il n'était probablement plus de ce monde. Cent ans, c'était déjà un bel exploit – avec ses oreilles énormes et ses yeux espiègles, il m'avait semblé en forme et en bonne santé. Mais cent deux ans ? Ça m'aurait étonné qu'il ait tenu jusque-là.

J'avais sans doute rédigé une page entière sur Larry, mais malgré mes efforts je ne me rappelais pas le reste de l'après-midi. J'étais vraisemblablement resté à mon bureau pour travailler. Je n'étais sûr de rien. S'était-il produit quelque chose, au cours de ces heures qui m'échappaient, qui aurait pu pousser quelqu'un à vouloir s'attaquer à moi ?

À la fin de ma journée, j'avais dû prendre le bus de la ligne 8. Je n'ai aucun souvenir du trajet, mais je me rappelle avoir retrouvé Bea à la maison. Impatient de me doucher, je l'avais embrassée sur la tête. Je me souviens en revanche que je me sentais soucieux – ou peut-être mal à l'aise – pour une raison qui m'échappe. Je ne suis pas rentré d'un pas léger ; je ne me rappelle pas m'être réjoui d'être en week-end. Bea était penchée sur son bureau, occupée à dessiner. Les fenêtres étaient grandes ouvertes, et de temps en temps le store agité par la brise cognait contre le bois de l'encadrement.

Elle m'avait salué sans lever la tête. Absorbée par son travail. Ça n'avait rien d'inhabituel, mais à présent cela me contrariait. Je ne parvenais pas à mettre le doigt sur la cause de mon trouble.

Plus tard dans la soirée, moins de vingt-quatre heures avant le moment où tout allait s'effondrer, je suis allé à un barbecue chez Tom et Rosie, à Redland. Bea ne m'avait pas accompagné, mais je ne me souviens pas pourquoi. Le ciel était dégagé, et comme l'obscurité tombait, alors que Tom et moi finissions ce qui restait de saucisses et de steaks hachés trop cuits, j'avais regardé en l'air et je m'étais étonné de voir autant d'étoiles. Je me demande si mon agresseur avait contemplé ces mêmes étoiles tout en prévoyant de me tuer le lendemain.

20

— On va vous relever un peu le menton, d'accord ? a annoncé Pauline d'une voix forte, tout près de mon oreille.

Elle a écarté ma mâchoire de ma poitrine. La lame du rasoir a glissé sur la peau et les poils de mon cou, j'ai reniflé la senteur citronnée artificielle de la mousse à raser. Après avoir surmonté la peur que m'inspirait le contact du morceau de métal acéré qu'elle pressait contre ma gorge, j'avais découvert que ces petites douceurs, dont elle me gratifiait de temps en temps, n'étaient pas sans me déplaire. Heureusement, Connie ne prenait pas la peine de m'accorder ce genre d'extra. « Je suis pas esthéticienne, moi, merde », m'avait-elle confié un jour.

— Mon mari, paix à son âme, disait qu'il faut aller dans le sens du poil.

Pauline a plongé la lame dans l'eau, qui a produit un bruit d'éclaboussure, avant de la ramener sur mon cou.

J'ignorais que vous aviez perdu votre mari.

Cette information anodine m'a ébranlé. Je n'aimais

pas penser que le chagrin puisse faire partie de la vie de Pauline.

— Encore un peu ici et ici. Et c'est fini.

Elle s'est déplacée autour de moi en chantonnant doucement une mélodie que je n'ai pas identifiée.

— Maintenant, on va vous mettre un peu de crème.

Elle parlait de nouveau fort, du ton exagéré qu'elle me réservait toujours. Je l'ai entendue dévisser un bouchon, et j'ai reconnu l'odeur très particulière, bien que discrète, de saindoux – le charmant parfum que dégageait la crème hydratante dont elles me tartinaient le corps. Avec une infinie précaution – et même avec tendresse –, elle m'a appliqué le baume sur le visage et dans le cou.

— C'est mieux, hein, mon grand?

Beaucoup mieux. Pour moi qui passais la quasi-totalité de mon temps sans que personne ne me touche, le moindre contact humain était un régal. Je me réjouissais toujours de ces moments en tête à tête avec Pauline, et des visites régulières de Sarah, ma kiné. Sa mission consistait à faire travailler mes articulations et à éviter que je m'ankylose. Elle me soulevait chaque bras et chaque jambe avec soin. Elle les inclinait d'un côté et de l'autre, de haut en bas. Elle me pliait les genoux, les hanches. Le poignet, le coude, l'épaule. Chaque mouvement me donnait la chair de poule. Elle ne me parlait jamais; elle appartenait au camp des gens convaincus que j'étais incapable d'entendre. Mais ça m'était égal. Les manipulations qu'elle effectuait avec moi – pendant une demi-heure? une heure? – constituaient le contact humain le plus intense qui me soit offert.

Lorsque Pauline avait le temps de me raser et de me bichonner de la sorte, c'était un bonus aussi luxueux que délicieux. Ça n'avait rien de sexuel. Quand je dis aimer qu'on me « touche », ce n'est pas avec un petit air salace. C'est beaucoup plus simple que ça. Sous ses mains, ma peau s'animait. La plus légère caresse sur mon visage m'apportait autant de satisfaction qu'un massage intégral dans mon ancienne vie.

Que deviendrais-je sans vous ?

— Bon. J'ai encore cinq minutes, je crois. Et si je m'occupais de vos ongles ?

Des tintements métalliques à côté de moi. Comme des couverts qui s'entrechoquent. Des instruments, ou des outils.

— Je pourrais me reconvertir dans la manucure, hein ?

Elle a pouffé et s'est emparée de ma main gauche. J'ai senti qu'elle tirait dessus, puis j'ai entendu des cliquetis tandis qu'elle me taillait les ongles.

Le grincement des gonds de la porte l'a interrompue.

— Désolée, je peux revenir plus tard.

La voix de Bea.

— Non, entrez, ma chérie. Nous avons presque fini, pas vrai, Alex ?

J'ai perçu les bruits du coupe-ongles, des crèmes et des lames de rasoir qui se heurtaient lorsqu'elle les a récupérés.

— Merci, a dit Bea.

La porte s'est fermée.

Bea est restée au bout de mon lit, près de mes pieds.

— Al, a-t-elle dit.

Mais avant qu'elle ait pu poursuivre, la porte s'est rouverte avec fracas, et aussitôt d'autres voix ont empli la pièce.

— Tu en as, du culot !

— Eleanor.

— Pourquoi tu la défends, toi ?

Rosie et Eleanor tentaient chacune de parler plus fort que l'autre. Eleanor aurait-elle continué à me rendre visite si elle était responsable de ma chute ? N'aurait-il pas été plus probable qu'elle garde ses distances ?

— Qu'est-ce qui se passe ?

J'ai senti une odeur de cigarette lorsque Bea s'est approchée de moi, ainsi qu'une trace de vanille.

— Qu'est-ce qui se passe ? l'a imitée Eleanor avant d'émettre un grognement sifflant. Tu veux faire comme si de rien n'était ?

Un vif effroi s'est emparé de moi.

— Rosie ? Qu'est-ce qu'elle raconte ? a demandé Bea, qui semblait sincèrement perplexe.

— On t'a vue, a dit Rosie. Au rez-de-chaussée.

J'ai senti Bea poser la main sur ma poitrine avec douceur, et les poils de mes bras se sont hérissés en réaction à son contact inattendu. J'étais encore plus troublé.

— T'es cinglée ! a craché Eleanor.

Rosie s'est interposée :

— Baisse d'un ton, Eleanor. Ils vont te mettre dehors.

Bea n'intervenait toujours pas.

— Pas question. Je veux savoir ce qu'elle manigance.

Qu'est-ce qui se passe ?

J'étais déboussolé. Seule la main de Bea sur ma poitrine m'ancrait dans la réalité.

Après un silence, elle a dit :

— Est-ce qu'on peut en discuter dehors ? Alex…
— Tu ne veux pas qu'il entende ce que tu mijotes ?
De quoi parle-t-elle, Bea ?
— S'il te plaît, a insisté Bea.
Eleanor l'a ignorée.
— On t'a vue à la cafétéria. C'était qui, ce mec ?
Ce mec.
— Elle ne fait rien de mal, Eleanor, a déclaré Rosie.
— À part tromper Alex ? Elle ne peut pas baiser à droite à gauche juste parce que son mec est dans le coma.
Cameron.
— Tu ne peux pas choisir à la carte quand tu veux être sa copine ou pas, a poursuivi Eleanor.

J'ai eu la nausée. Les muscles de mon estomac se sont crispés. J'étais tellement accaparé par les dernières nouvelles de la police que j'en avais brièvement oublié l'admirateur empressé de Bea.

— Avec tout ce qui se passe, en plus ? a repris Eleanor. Tu n'as pas honte ? Tu découvres que quelqu'un a essayé de tuer Alex, et toi tu files au pieu avec un autre ?
— Ce n'est pas ce que tu crois, s'est défendue Bea.
— Il vaudrait peut-être mieux que tu t'en ailles, Eleanor, s'est encore interposée Rosie. Le temps de te calmer un peu.
— Je ne comprends pas que tu ne sois pas en colère, toi aussi, lui a rétorqué Eleanor. Je ne pensais pas que tu tomberais si bas, Bea. Tu ne mérites pas Alex.

Elle a lancé cette dernière réplique d'un ton hargneux, puis la porte a claqué.

La chambre est devenue silencieuse.

C'est lui, pas vrai ?

Rosie a pris la parole la première :

— Pourquoi tu ne m'en as pas parlé ? Je me doutais bien qu'il se passait un truc.

— Je sais, oui.

— Alors pourquoi tu ne m'as rien dit ?

— Ça me dérange d'en discuter ici.

À cause de moi ?

— Il ne nous entend pas.

— Ça, ce n'est pas prouvé.

— T'inquiète, moi je ne te reproche rien, et Eleanor va se calmer. Je pense que tu as bien raison. Je suis sincère.

Bea est restée silencieuse. Mon estomac s'est noué de plus belle.

— Alors, c'est qui ?

Toujours rien.

— Lâche-moi des infos, au moins son prénom, ou depuis combien de temps ça dure. Allez, quoi. Je suis quand même censée être ta meilleure amie.

Bea a retiré sa main de mon torse, avant de répondre :

— Avec lui je me sens en sécurité. Il me rassure.

Parce que moi j'en suis incapable.

— Tant mieux. Je l'ai déjà rencontré ?

— Cameron ? Je ne crois pas. Pas avec moi, en tout cas.

C'était donc bien lui.

— Cameron. C'est son prénom ?

Bea a poussé une longue expiration.

— Oui.

— C'est sérieux entre vous ?

Silence.

— Il me faut une clope, a déclaré Bea. Allons boire un café.

— Viens me voir, ma grande, a dit Rosie.

Un bruissement de tissu contre tissu. Mots étouffés de Bea contre l'épaule de son amie.

— Je suis désolée de ne pas t'avoir prévenue.

— T'inquiète pas, Romero.

La douleur a continué à me tordre le ventre et je me sentais transpirer à travers la crème hydratante.

Je ne suis pas encore prêt à ce que tu tires un trait sur moi.

Le bruit de leurs pas s'est éloigné vers la porte.

— Et ne t'en fais pas pour Eleanor, a ajouté Rosie tandis qu'elles sortaient. Elle ne le pensait pas. Tout ce qui vient de se passer, les histoires avec la police, ça l'a bouleversée…

Eleanor…

Après leur départ, j'ai essayé d'oublier le nouveau mec de Bea et de me concentrer sur Eleanor, de revenir sur tout ce qu'elle avait dit. J'ai songé à sa réaction lorsqu'elle avait vu Bea avec un autre – elle était bien plus protectrice envers moi que je ne l'aurais cru. Quelqu'un qui s'inquiétait tant que je puisse être meurtri dans mes émotions aurait-il pu s'en prendre à moi ? Ça ne tenait pas debout. Ça ne pouvait pas être elle.

Mes efforts pour me changer les idées n'ont pas fonctionné longtemps.

Quelqu'un voulait ma mort, et Bea allait me quitter. De quoi Eleanor et Rosie avaient-elles été témoins ? Cameron et Bea main dans la main ? En train de s'embrasser ?

Ces considérations m'ont obnubilé au moins deux jours. À quoi ressemblait-il ? Était-il séduisant ?

Comment Bea l'avait-elle décrit, déjà ? Allait-il bien la traiter ? D'un côté, j'espérais que ce serait le cas. Mais le petit diable sur mon épaule avait l'esprit de compétition. Je voulais mourir, certes, mais je souhaitais que Bea soit encore ma copine au moment de ma mort. Qu'elle soit toujours amoureuse de moi.

Je les ai imaginés en train de déguster du prosecco et des fraises lors de pique-niques romantiques dans les Downs. Le genre de sorties que je n'avais jamais pris la peine d'organiser pour elle, tout en sachant qu'elle l'attendait de moi. Ils riaient. S'embrassaient. Je voyais cet homme sans visage glisser ses doigts dans ceux de la femme que j'aimais, sur le chemin où ils se promenaient, avant de lui lâcher la main pour lui effleurer le bas du dos, puis descendre encore un peu…

Je me suis torturé avec ces images. Pas étonnant qu'elle ait cédé à ses avances ; il était forcément plus aux petits soins que moi. Il allait la gâter, beaucoup plus que je ne l'avais fait aux premiers jours de notre relation. Nous avions enfin sauté le pas le jour de mon vingt et unième anniversaire, à la fin de ma deuxième année à UCL. Bea était venue à Londres pour le week-end afin de faire la fête avec moi et quelques copains de fac. Nous avions mangé un curry au Blue Raj, avant de poursuivre la soirée au Earl of Essex – restaurant indien et pub situés à quelques minutes de marche de la colocation que je partageais au deuxième étage d'un immeuble du quartier d'Angel avec Dom et John, deux camarades du club d'escalade d'UCL. Les autres étaient ensuite allés en boîte, mais Bea et moi étions rentrés à l'appartement, où nous avions passé la moitié de la nuit à discuter en buvant des cannettes de Grolsch, en écoutant Vampire Weekend et Arcade Fire, chacun avec un écouteur de mon iPod dans l'oreille – assis côte à côte contre le canapé vert élimé, les jambes repliées contre la poitrine, comme autrefois derrière le dortoir des moniteurs. Elle avait essayé de tirer sa robe d'été légère par-dessus ses genoux, en se plaignant qu'elle les trouvait de traviole. Nous avions ouvert la fenêtre du salon pour laisser circuler l'air lourd, et continué à bavarder au son des bus nocturnes et des taxis, des sirènes d'ambulance, des cris qui montaient de la rue. Nous avions contemplé les rideaux fins à rayures bleues gonflés par la brise, et je lui avais confié que je pensais encore à Abigail, la fillette qui s'était noyée au centre de vacances, dans l'Alberta.

— Je n'arrive pas à me la sortir de la tête.

Elle avait passé le bras autour de mon épaule.

— Moi c'est pareil.

— Quand je pense à elle… dans l'eau…

J'étais en larmes.

— Chhhh, avait fait Bea en déposant un baiser sur ma tête. Chhhh. Ça va aller.

Lentement, je m'étais tourné vers elle pour la regarder, et nos nez se touchaient presque. Puis je l'avais embrassée.

— Il n'y a personne d'autre à qui je peux autant me livrer, avais-je chuchoté.

— Moi non plus, avait répondu Bea en relevant ses lunettes sur sa tête, avant de se pencher pour me rendre mon baiser.

J'avais glissé la main sur sa jambe et je lui avais serré la cuisse.

— Et les genoux de traviole, ça me fait craquer, avais-je susurré dans ses cheveux.

Elle avait eu un petit rire, m'avait donné une bourrade dans le bras. Puis elle m'avait de nouveau embrassé.

J'ignorais pourquoi nous avions mis aussi longtemps à franchir ce cap. Mais cette soirée-là avait marqué le début de tout, de nous deux.

Cameron en marquait-il la fin ?

L'esprit encombré par ces pensées, je me suis réjoui quand, peu de temps après, mon agent d'entretien préféré est entré dans la chambre. Il passait presque tous les soirs, en s'annonçant d'un ton jovial avec un accent d'Europe de l'Est à couper au couteau.

— Bonsoir, mon ami. C'est Bart qui vient faire ménage.

Puis, systématiquement, il chantonnait. Tandis qu'une puissante odeur de désinfectant flottait jusqu'à mon visage, des mélodies traditionnelles joyeuses dansaient à mes oreilles. Je ne comprenais pas les paroles – il chantait en polonais –, mais de temps à autre il m'expliquait l'histoire que la chanson racontait dans son anglais bancal, et j'avais parfois l'impression de reconnaître un refrain. Les bruits mouillés de sa serpillière se calaient sur le rythme, et par moments Bart s'autorisait un battement de pied. En général, j'appréciais ces petits tours de chant.

Mais ce soir-là la chanson qu'il a choisie ne m'a pas été d'une grande aide. Il m'a salué comme à son habitude, avant de s'occuper des quelques meubles à nettoyer. Puis il a déclaré :

— Ce soir Bart il chante chanson populaire sur les

soldats dans la guerre. Ça parle cosaques – tu connais cosaques ?

J'ignorais ce qu'il comprenait de mon état, mais de temps en temps il semblait attendre une réponse de ma part.

— Le cosaque, il tombe amoureux fille très belle.

Une chanson d'amour. Il ne manquait plus que ça.

Il s'est mis à chanter lentement, d'une voix grave et mélancolique, quelque chose qui ressemblait à ça :

— *Hei tam jichna tchar ni vody, tchar dar nar carn corzak mwody.*

Il s'est arrêté, le fauteuil a crissé contre le sol.

— Mais après cosaque il doit dire au revoir très belle fille pour dernière fois. Il va partir toujours. Très triste. Elle rencontre autre cosaque, peut-être ? Elle tombe amoureuse autre fois ?

Tu m'enfonces, là, Bart.

Il s'est raclé la gorge et a tapé dans ses mains une fois, avant de reprendre au double de la vitesse de ses vers d'introduction :

— *Hei tam jichna tchar ni vody, tchar dar nar carn corzak mwody, tchou leï shev no sense ya chouina, yech tchou lai zou cra iina…*

Il s'est mis à frapper dans ses mains à chaque temps pour ce qui devait être le refrain.

J'ai tenté de me laisser regonfler par son enthousiasme, mais mon esprit me ramenait sans cesse à Bea. Quand il a eu terminé de passer la serpillière, il m'a abandonné de nouveau au silence oppressant, assailli d'images d'elle en compagnie de son nouveau mec – comme si je regardais un flot ininterrompu de bandes-annonces pour des comédies romantiques bientôt en salles.

21

Je ne savais pas à quoi m'attendre lorsque Bea me rendrait de nouveau visite. Allait-elle me parler de lui ? En avais-je envie, d'ailleurs ?

Lorsqu'elle est enfin revenue, j'ai eu l'impression que plusieurs jours s'étaient écoulés depuis sa dispute avec Eleanor. J'étais tourné face à la fenêtre et j'écoutais le vacarme du chantier au-dehors – les signaux d'avertissement des camions en train de reculer, les vrombissements des pelleteuses qui allaient d'avant en arrière, les cliquetis métalliques des tubes d'échafaudage, le tintamarre des marteaux-piqueurs. Perdu dans le bruit et mes pensées, j'essayais de me rappeler les moindres détails de l'affaire Holly King, et les fragments épars que je pouvais glaner du jour de ma chute. S'il me fallait choisir un suspect entre l'assassin de Holly, Clare et Eleanor, je savais sur qui je miserais. Mais, du plus loin que je m'en souvienne, j'avais été bien incapable de découvrir quoi que ce soit sur l'identité du véritable coupable quand j'avais organisé la campagne pour qu'Ormond bénéficie d'un recours en appel. Ses avocats n'y étaient pas plus parvenus que moi, d'après ce qu'ils m'avaient confié. Si je n'avais pas été en mesure d'éclaircir ce mystère lorsque j'étais valide, avec des notes à profusion et des tas de dépositions de témoins à ma disposition, comment pouvais-je avoir une chance d'élucider le meurtre dans ma situation actuelle ?

Je n'ai pas entendu Bea entrer – on avait sans doute laissé ma porte entrebâillée. Je n'ai pris conscience de sa présence que lorsqu'elle est passée devant mon visage. Mes yeux étaient ouverts – très légèrement – depuis mon réveil ce matin-là. J'ai vu sa forme blanche et floue. J'ai senti le parfum que, je le savais à présent, elle portait pour lui. La fameuse odeur de vanille. J'en ai eu mal au cœur.

D'emblée, elle a tiré le siège au pied du lit, et je me suis de nouveau retrouvé à contempler le mur morne à sa jonction avec le gris plus lumineux de la fenêtre. Comme lors de sa première visite après qu'elle avait trouvé la lettre. Peut-être avais-je été trop gourmand d'espérer que l'enquête me la ramènerait. Elle est restée assise en silence plusieurs minutes, et lorsqu'elle a prononcé un mot, ce fut pour balbutier :

— Je…

Un autre silence a suivi, puis elle s'est mise à se triturer les ongles. *Tic. Tic. Tic.*

— Qu'est-ce que je…

Ce début de phrase ne l'a menée nulle part, lui non plus.

Me reparleras-tu un jour comme autrefois ?

— Les policiers veulent venir à la maison pour prendre tes affaires.

La gêne et l'absence d'émotion lui conféraient un ton froid.

— Tout ce qu'ils n'emporteront pas, je le donnerai à ton père.

Tic. Tic. Tic.

— Je n'ai plus les moyens de payer le loyer. Je vais devoir déménager bientôt, alors autant que j'en profite pour faire du tri. C'est Graham qui gardera tout.

Je t'en supplie. Ne fais pas une croix sur nous deux. C'est à cause de lui, c'est ça? Est-ce qu'il t'a demandé de te débarrasser de tous les souvenirs que tu as de moi?

Tic. Tic. Tic.

— J'ai commencé à mettre le nez dedans, j'ai fourré tes affaires dans des cartons pour quand la police passera.

Quelque chose la tracassait – et pas seulement les cartons et le loyer.

Pourquoi n'es-tu pas capable de me parler comme avant? Je te jure que je ne t'ai pas menti. Il n'y a pas eu d'autre femme.

— Putain. Quand j'ai trouvé la lettre, j'ai cru que je ne reviendrais jamais te voir. Tu te rends compte de ce que tu m'as fait endurer?

Elle avait presque crié sa question.

— Mais maintenant il y a un gros doute sur toute cette histoire. Et si cette lettre avait une autre explication, un sens différent de ce que je soupçonne?

Je ne connais pas la réponse. Mais tu dois à tout prix croire que je ne ferais jamais rien qui pourrait te blesser. Pas à nouveau.

— Et puis il y a les nouveaux éléments dont la police a parlé. Même si je voulais oublier que je t'ai rencontré un jour, oublier combien tu m'as fait du mal, comment le pourrais-je, maintenant?

Tic. Tic. Tic.

— C'est comme si tu me ramenais sans cesse à toi. Je suis prise au piège. Je ne peux pas te quitter.

Cela signifiait-il qu'elle allait plaquer Cameron ?

Elle a reniflé.

— J'étais en train de tout préparer pour la police, de vider ton dressing, et je suis tombée sur cette boîte à chaussures, là, poussée tout au fond. J'ai failli ne pas la voir. Je rêvais d'y découvrir des photos ou des petits mots, n'importe quoi, qui auraient pu expliquer cette lettre.

Je me souvenais de cette boîte.

Sa voix s'est adoucie.

— J'ignorais que tu conservais tous ces trucs.

À la toute fin de sa phrase, sa voix s'est cassée tant elle fournissait d'efforts pour ne pas pleurer. Je l'ai écoutée tandis qu'elle fouillait parmi des bouts de papier et de carton – elle avait apporté la boîte.

— Un ticket de ciné de notre premier rencard.

Elle s'est autorisé un petit rire.

— La première carte de Saint-Valentin que je t'ai envoyée. Et ça… Des messages que je collais sur le frigo quand nous nous sommes installés ensemble. Des croquis que j'ai faits de toi au Portugal.

Il y a eu un bruit sourd quand elle a laissé tomber le carton par terre.

— Pourquoi tu aurais conservé tout ça si tu ne m'aimais pas ?

Cette boîte m'avait-elle offert une autre chance avec elle ?

Elle a inspiré et soufflé deux ou trois fois.

Bea. Je ne t'ai pas trompée, je te le jure. Après Josie, j'ai retenu la leçon.

Elle a grogné.

— Mais comment je pourrais croire tout ce que tu as pu me dire ?

Elle a recommencé à se triturer les ongles. *Tic. Tic. Tic.* Lentement, en cadence.

— Je suis vraiment une poire.

Tic. Tic. Tic.

— Ils veulent te débrancher, tu le sais, ça ? Ton père et Philippa.

Tic. Tic.

— Et malgré tout ce qui s'est passé, c'est moi qui résiste en leur disant qu'il ne faut pas, qu'il est trop tôt.

Il faut que tu les laisses faire. Je veux en finir.

— Quand j'ai trouvé cette boîte, il a fallu que j'aille courir pour faire le vide.

Les pieds du siège ont frotté par terre, et aussitôt je l'ai imaginée. Elle descend le perron de l'immeuble. Consulte sa montre. Puis court. Elle court longtemps. Une pellicule de sueur brille sur son front. Ses coudes se balancent contre ses flancs. « Courir pour faire le vide », c'était sa façon d'encaisser les problèmes qui l'accablaient. Quand la pression devenait trop forte, elle allait courir. Quand les choses étaient trop calmes, elle allait courir.

— Je suis montée jusqu'au parc des Downs, m'a-t-elle confié. J'avais besoin de… Je ne sais pas. J'avais besoin de vert. D'air pur. J'ai fait des boucles, là-haut. Upper Belgrave Road, Stoke Road, Circular Road, Ladies Mile…

Des images ont défilé dans mon esprit. C'étaient là des rues auxquelles je n'avais pas songé depuis de nombreux mois, et elles m'ont ramené à la vaste étendue de pelouse des Downs. Je me suis revu petit garçon en train de faire voler un cerf-volant bon marché avec papa, j'ai repensé aux matchs de foot du samedi après-midi, au courageux saxophoniste qui venait s'isoler dans une clairière pour répéter ses plans de blues. Tout au bout, j'ai vu une camionnette de marchand de glaces garée près du point de vue qui surplombait les gorges de l'Avon. J'ai levé la tête, vers des faucons pèlerins qui tournoyaient en altitude, leurs oisillons quittant le nid et poussant des cris dans le ciel tout au long des mois de juin et juillet. Je me suis penché par-dessus la balustrade peinte en vert, j'ai regardé vers les larges berges boueuses de la rivière loin en contrebas – l'Avon serpentait entre des falaises abruptes de grès et des forêts denses, sinuait au loin après être passée sous le majestueux pont suspendu à la sortie de la ville, et poursuivait sa course vers son embouchure. J'ai entendu le bourdonnement des voitures sur la Portway, dont les trois voies épousaient la rive droite toute proche.

Les gorges : le lieu de ma chute. C'était essentiellement un spot de trad, de l'escalade traditionnelle, ce qui signifiait qu'il fallait coincer des protections dans la roche au cours de l'ascension, dans lesquelles on mettait des coinceurs pour éviter de s'aplatir en bas si on tombait. Mais il y avait aussi des voies d'escalade sportive – où l'on disposait de pitons permanents auxquels fixer ses dégaines. Ces dernières étaient plus rapides et constituaient un autre genre de défi. J'aimais pratiquer les deux. Où je me tenais, mes voies favorites se seraient trouvées derrière le garde-fou. Étais-je en train de grimper l'une d'elles au moment de l'accident ? Morpheus, un grand classique des voies de trad, une traversée en diagonale des Sea Walls. Gronk, juste à sa gauche – difficile mais époustouflante, qui regorgeait de prises dissimulées. Une autre voie de trad, Transgression, avec son « passage bloc » très épineux qu'il fallait franchir avant d'atteindre la section finale facile qu'on terminait à quatre pattes jusqu'au sommet. Et enfin ma préférée : la Crum. Celle que je voyais toutes les nuits en rêve. Depuis toujours, j'adorais les histoires que cachaient les noms des voies, et celle de la Crum était une des meilleures. Les voies étaient nommées par la première personne à les avoir grimpées – souvent en recourant à un jeu de mots (je rêvais depuis longtemps de tenter A Steep Climb Named Desire[1], en Californie), en référence aux particularités de la roche ou en rapport avec un événement historique. La Crum avait été baptisée ainsi en l'honneur d'un groupe de détenus qui s'étaient échappés de la prison de Crumlin Road, à Belfast, pendant les Troubles. Ils s'étaient enfuis à l'aide d'échelles de corde jetées par-dessus le mur d'enceinte, ce qui leur avait valu le surnom de Kangourous de Crumlin.

Tr-rac, tr-rac, tr-rac.

Bea s'était mise à tambouriner des doigts sur le rebord de la fenêtre à ma gauche, et le bruit m'avait ramené à elle. Elle a ralenti pour tapoter à un rythme régulier.

— Mon iPod n'avait plus de batterie, alors à la place je me suis répété des mots dans ma tête. J'ai calé ma foulée dessus. En respirant sur les temps et les contretemps.

1. Jeu de mots sur « steep climb », qui signifie « voie d'ascension abrupte », et *A Streetcar Named Desire (Un tramway nommé désir)*, pièce de Tennessee Williams. (*N.d.T.*)

Elle a continué à battre le rythme et parlé en cadence :

— SOUFFLE par SOUFFLE. PAS à PAS. MOT par MOT. TIENS le COUP. FAIS le VIDE.

Ses doigts se sont immobilisés.

— Partout où je regardais, j'avais l'impression que quelqu'un m'observait. Les gens assis sur les bancs, les autres coureurs.

Partout ? Il ne peut pas y avoir plusieurs détraqués.

— Je me répète que ce n'est rien, que je suis parano.

Je me suis autorisé à espérer qu'elle imaginait tout, en fin de compte. Peut-être que personne ne la suivait. Peut-être.

— Et pour couronner le tout, j'ai reçu un énième coup de fil de Daniella pendant mon footing.

Je connaissais ce prénom, mais je ne me souvenais plus d'où.

— Elle m'a encore laissé un message. « Il faut que tu penses à revenir, elle a dit. Tu ne devrais pas affronter ton deuil toute seule. » Même quand elle essaie d'être convaincante, elle est désagréable, putain.

Ça y est, j'y étais. C'était la conseillère du groupe de soutien.

— Trois messages, et je n'y suis pas retournée. On aurait pu croire qu'elle finirait par me lâcher la grappe…

Après quoi, elle s'est éloignée de la fenêtre et j'ai senti qu'elle recommençait à battre la mesure sur ma jambe, de plus en plus fort, debout près de moi.

— C'est comme si mon esprit n'était jamais en repos, en ce moment. Il y a toujours quelque chose…

Elle a continué à tapoter ma jambe, quelques centimètres au-dessus de mon genou. Elle donnait l'impression de vouloir me faire mal, mais je ne pouvais pas m'empêcher de savourer ce contact – surtout quand un frisson me traversait et finissait sa course dans mon bas-ventre.

Touche-moi encore.

— … mais ça m'a aidée de courir.

Touche-moi encore, s'il te plaît.

— SOUFFLE par SOUFFLE. PAS à PAS. MOT par MOT. FAIS le VIDE.

Troublé par le fait qu'elle me touche la jambe ainsi, je ne parvenais pas à me focaliser sur ce qu'elle me racontait. Des images dérobaient mon attention – Bea nue, à quatre pattes sur des draps d'un bleu éclatant. Le soleil du soir qui diffuse des lueurs couleur pêche et fraise par les volets et des bandes dorées sur son épaule. Son dos cambré, les légères bosses de ses vertèbres saillant sous sa peau blanche parcourue de chair de poule lorsque je passe la main pour saisir un sein lourd, et glisse l'autre entre ses cuisses.

L'exaltation m'a donné le tournis.

Arrête, Alex. Concentre-toi. Il faut que tu l'écoutes. Elle est stressée. Pense à autre chose. Cherche une distraction.

Son téton qui pointe entre mes doigts.

Fais des multiplications. Treize fois seize. Allez, compte.

Bea qui tourne la tête pour que je lui embrasse l'oreille. Un petit clou vert qui me laisse un goût métallique quand je lèche son lobe.

Cent trente, plus treize fois six.

Bea qui se lève et quitte la chambre, sans se détourner pour me montrer son visage. Je ne voyais jamais son visage.

Treize fois six. Soixante-dix-huit.

La porte se referme derrière elle.

Deux cent huit.

La Bea du lit bleu s'était évaporée. Je me suis recentré sur la voix de la Bea réelle.

— … alors j'ai juste continué à courir. Mes jambes me brûlaient.

Mon cœur me martelait la poitrine. Après notre étreinte imaginaire, mon corps me paraissait plein de vie.

— Je suis allée super loin.

Elle a toussé pour masquer sa voix qui se brisait.

— Je voulais me sentir à nouveau forte. Reprendre le contrôle.

Je me suis rendu compte après coup que Bea n'avait pas du tout évoqué Cameron. Était-elle trop gênée ? Quelles que soient ses raisons, les autres ne s'encombraient pas d'autant de scrupules. Rosie et Tom n'ont parlé que de ce type.

Ils sont venus un peu plus tard ce jour-là. Ou peut-être le lendemain, je n'en suis pas sûr. Ils se sont installés dans les sièges de part et d'autre de mon lit, chacun me tenant une main. Après le dernier réarrangement en date dû aux bons soins de Connie, ma tête était tournée et inclinée du côté de Rosie. J'avais le cou tendu d'un côté, et de l'autre les muscles, les os et la peau inconfortablement ratatinés.

Tom, à ma gauche, a mis d'emblée les pieds dans le plat :

— Je ne sais pas si je me serais accroché, moi, si la fille que je commençais à fréquenter m'apprenait qu'elle avait un mec dans le coma.

On est d'accord. Il faut être tordu
pour ne pas être douché en découvrant ça.

— Mais elle est super belle.
(Rosie a aussitôt pris la défense de Bea.
Elle a pressé ma main.)

— Ce n'est pas la question.

— Qu'est-ce que tu veux dire, alors ?

— C'est une situation pourrie.
Ça m'étonne qu'il ne se soit pas
enfui à toutes jambes.

Exactement ce que je pense.
D'un autre côté, c'est un mec qui emballe des femmes
vulnérables en leur offrant une épaule sur laquelle pleurer.

— D'après ce qu'elle m'a raconté,
elle ne lui en a pas parlé tout de suite.

— Aïe.

— Ça veut dire quoi, ça ?

— Elle aurait dû le mettre au
courant direct, non ?

Tom a lâché ma main, et la garniture du siège a grincé quand il s'est renfoncé dedans.

— Il croyait qu'Alex était mort, au début.

Ah oui, c'est vrai. Le soutien aux personnes endeuillées…

— Quoi ?

J'ai entendu le genou de Tom craquer quand il s'est levé.

— C'est compliqué. (Rosie était troublée.) Au départ, elle lui a dit que son copain était mort, et elle ne lui a avoué que récemment qu'il… Eh bien, que ce n'était pas vrai.

— Et ce mec est encore avec elle ?

— Oui.

— Il doit vraiment bien *se régaler* avec elle pour accepter ça.

Tom, arrête.

— Tom ! Tout ne tourne pas autour du sexe !

— Et l'enquête, ça ne le dérange pas ?

— Non. Il lui est d'un grand secours, surtout après ce que les policiers ont répondu à Bea.

— Les flics ont les choses en main.

— Tu es sûr ?

— Ils sont tout le temps confrontés
à ce genre de cas. S'ils estiment ne
pas avoir les preuves qu'un taré
la suit, que veux-tu qu'ils fassent ?

Bea avait donc de nouveau signalé à la police qu'un malade la pistait. Pourquoi ne voyaient-ils pas le lien entre son témoignage et mon affaire ?

— Ça ne change rien. Cameron
est bénéfique pour Bea – il est stable.
Il a la tête sur les épaules. Et
avec les dernières révélations,
elle se sent rassurée, grâce à lui.

Tom s'est appuyé sur mon matelas et a parlé juste au-dessus de moi.

— Elle n'a pas besoin d'un mec
pour se sentir rassurée.
Elle pourrait s'installer chez nous.

— Ah. C'est donc ça.

— Quoi ?

— Tu es jaloux !

— N'importe quoi.

— Ça va, je plaisante. Mais d'où ça sort,
ton « Elle a pas besoin d'un mec
pour se sentir rassurée » ?
En fait, tu penses qu'elle ne devrait
fréquenter personne, pas vrai ?

— Elle peut faire ce qu'elle veut.

— Mais tu estimes quand même
que son devoir envers Alex,
c'est de continuer à être la brave
copine dévouée.

— Ça me fait bizarre, c'est tout.
Ça a toujours été elle, la possessive du couple.
Tu le sais bien : elle ne supportait
pas qu'il parle à d'autres filles, dans les bars.

— Elle ne fait rien de mal.

— Mais Alex ne peut pas se battre
pour la garder, dans cet état-là.

Je l'ai imaginé qui agitait négligemment une main vers moi en prononçant ces mots. « Dans cet état-là. » Il avait raison. Je n'y pouvais que dalle.

22

— … ça ne se présente pas bien pour ce pauvre garçon. La voix du professeur Lomax s'est faite plus forte lorsqu'il est entré.

— En effet.

Un nouveau médecin ? Je ne reconnaissais pas cette voix. En tout cas, cet homme se tenait à côté de moi et mesurait mon pouls en serrant mon poignet droit.

— Quel est leur diagnostic ?

— Apparemment, il va falloir l'amputer, a déclaré Lomax de sa voix de stentor, à l'autre bout du lit. Il n'a aucune sensation dans les jambes, et les lésions sont trop profondes.

Quoi ? Mais mes jambes vont très bien, je les sens quand vous les touchez.

— C'est vraiment triste pour un patient si jeune, a poursuivi l'autre médecin en lâchant mon poignet.

Il avait l'air jeune.

Ils ne pouvaient pas m'amputer ! Dans ces moments-là, j'oubliais que je souhaitais mourir. Je suppose que l'instinct de survie s'enclenchait et prenait le dessus sur tout le reste – je ne voulais pas perdre mes jambes, et j'étais incapable de penser à autre chose.

— Caroline m'a dit qu'il a eu un accident de voiture, c'est ça ? s'est enquis le jeune médecin. Je n'étais pas encore là quand on l'a admis.

Un accident de voiture ?

— Non. De moto, il me semble, a répondu le professeur Lomax. Une collision de plein fouet avec un bus alors qu'il doublait une voiture.

Je n'étais jamais monté à moto. Il devait y avoir erreur.

— Et celui-là ? a questionné le nouveau, en manipulant la bavette qui couvre ma canule de trachéotomie. Combien de temps il va tenir le coup ?

Celui-là ? C'est de moi qu'il parle ?

Mes jambes ne craignaient rien. J'ai ressenti comme un vertige de soulagement.

— C'est un cas compliqué. Ses blessures ont remarquablement bien guéri, je dois dire. En consultant son dossier d'admission, à l'instant, je me rappelais dans quel état il est arrivé. Vous êtes au courant que ces odieux enquêteurs ont demandé des chronologies exactes, la liste des lésions dont il souffrait, etc. ?

— Le docteur Sharma m'a en effet parlé de…

— Il s'en sort très bien. Mais à l'évidence le plus gros risque, maintenant, ce sont les infections. La pneumonie. Comme vous le savez, un jour, ce sera trop grave pour qu'on puisse le sauver.

Son confrère a murmuré son acquiescement.

Je les ai écoutés attentivement tandis qu'ils discutaient de mon pronostic vital.

— Ça pourrait se produire dans les semaines à

venir, a poursuivi le professeur Lomax. Ou bien il pourrait encore survivre de longues années. Le patient n'a montré aucun signe d'amélioration depuis qu'il est sorti de réa.

Mon état *s'était* amélioré. Ils ne le voyaient pas, c'est tout.

— Est-ce qu'une infection fatale ne serait pas la meilleure issue pour lui ? Et pour ses proches ?

— On pourrait voir ça de ce point de vue, en effet, docteur Carmichael, a confirmé le professeur Lomax d'un ton sévère. Ça leur éviterait de devoir prendre des décisions pour lui. Des décisions très difficiles.

— Avez-vous discuté de toutes les possibilités avec eux ? s'est enquis le docteur Carmichael.

— Oui, bien entendu. Après la période de douze mois nécessaire pour poser un diagnostic d'état végétatif permanent, nous leur avons fait part de nos doutes sur la probabilité d'un rétablissement. En général, les proches s'accrochent jusqu'à ce stade, ils continuent à attendre qu'on leur donne une lueur d'espoir. Mais même quand on a dépassé cette étape, c'est loin d'être aussi simple que les cas que vous avez dû voir en réa.

— C'est certain, a confirmé le docteur Carmichael, en me fourrant quelque chose dans l'oreille.

J'ai fourni un effort pour les écouter de l'autre.

— Si les proches se décident à reconnaître qu'il ne va pas s'en sortir, alors nous envisagerions l'arrêt des soins s'il venait à développer une nouvelle infection. Nous pourrions également cesser le support nutritif, mais pour cela il faudrait aller au tribunal. Pour certaines familles, c'est une décision plus difficile à prendre que celle d'éteindre une machine.

— C'est compréhensible.

— Bien sûr, a poursuivi Lomax, plus on tarde, plus ça peut devenir compliqué. Ce qui me frappe, c'est que la culpabilité compte pour beaucoup dans ce choix.

— Ah bon ?

Le docteur Carmichael a glissé un doigt dans ma bouche, avant d'abaisser ma mâchoire. Il a palpé ma langue, y déposant un goût d'antiseptique et de caoutchouc – celui d'un gant en latex.

— Oui, les proches qui se sentent coupables sont toujours les plus réticents à les laisser partir. Ils veulent avoir l'occasion, je suppose, de se rattraper. Les proches qui avaient une bonne relation avec le patient sont en général plus enclins à l'envisager. Même si bien sûr ça reste une décision très traumatisante.

— Vous pensez que c'est un facteur qui joue, ici ?

— Je n'en suis pas sûr. Avec la famille de ce patient, je n'arrive pas à en avoir le cœur net. Ils désirent le maintenir en vie, mais ils n'ont mentionné aucun gros désaccord.

Je n'avais jamais abordé la question sous cet angle. Papa et Philippa se sentaient-ils coupables ? Et Bea ?

— Vous leur avez parlé, récemment ? a demandé le docteur Carmichael, avant de me refermer la bouche et de poser la main sur mon épaule.

— La dernière fois que j'ai eu une conversation avec eux, ils m'ont expliqué qu'ils souhaitaient lui donner encore du temps. La sœur est plus réticente que le père – elle n'est pas tout à fait prête. Mais j'ai l'impression que ça ne saurait tarder.

Ça ne saurait tarder.

Ils ont terminé leurs vérifications et se sont mis à

discuter d'une nouvelle mesure gouvernementale avec laquelle ils étaient en désaccord.

Ça ne saurait tarder.

S'ils comptaient vraiment me laisser mourir bientôt, il fallait que je me bouge et que je comprenne qui m'avait fait ça. Je devais savoir qui allait être tenu pour responsable de mon assassinat. À l'instar de la police, j'essayais d'établir une liste de suspects et de mobiles potentiels, mais avec beaucoup moins de ressources.

J'ai imaginé que je disposais tous les éléments par terre, comme je l'avais fait avec mes notes sur Holly King. Qu'avais-je en main ? Quelles étaient les pièces manquantes ? Quels étaient les motifs redondants ?

La première chose à examiner, c'était une série de photos. Que des femmes. Je les ai retournées, une par une, pour lire le texte inscrit derrière, de ma main. D'abord, le visage pâle d'une fille à l'épaisse frange foncée, aux grands yeux marron et aux lèvres fines. « Clare. Deuxième année de fac. Quelques rencards. Socio ? L'ai aperçue une fois par la suite, en licence. Elle ne m'a pas vu. Pas de bébé avec elle. » Puis trois autres photos à la suite, en vitesse, floues, images de mauvaise qualité. Une blonde (Kate), une fille aux longues boucles brunes (Susy), une rousse menue avec des taches de rousseur (Sophia). Au dos des clichés, il n'y a que leur prénom. Derrière celui d'une fille avec un bras tatoué figurent quelques mots : « Vicki. Tient mieux l'alcool que moi. Joli rire. » Et pour terminer, j'ai retourné la photo d'une autre blonde, aux épaules carrées et aux mains couvertes de magnésie. « Rachel : très bonne grimpeuse, de la fac d'Exeter. Première année. Équilibrée. Peut pas être elle ?» C'était tout. Il y avait d'autres prénoms auxquels j'étais incapable d'associer un visage – Erin, Dani, Georgia. Je n'étais pas fier de moi ; si j'avais été plus respectueux, un peu moins con, je n'aurais peut-être pas fini dans cette situation. Mais allez dire ça à un étudiant de dix-neuf ans.

Ces nouveaux visages, ainsi que ces faits épars, constituaient l'ensemble des éléments en ma possession concernant cette piste. Oui, toutes auraient pu m'envoyer la lettre, si par le plus grand des hasards j'en avais mis une enceinte. Mais l'une d'elles avait-elle pu essayer de me tuer ? C'était très peu probable. N'existait-il pas un meilleur moyen de se venger ? N'aurait-ce pas été plus malin de m'extorquer de l'argent, ou au moins d'exiger des excuses de ma part ?

Ce qui m'a mené à l'autre piste probable : des animosités professionnelles. Je me suis imaginé assis devant mon ordinateur, en train d'éplucher mes articles – tous les papiers que j'avais pu écrire. Je n'étais pas parfait, mais je ne m'étais quand même pas mis quelqu'un à dos au point qu'il veuille me faire la peau, non ? Je m'étais toujours considéré comme le genre de journaliste capable de parler à tout le monde – aux maçons comme aux avocats, aux jeunes enfants comme aux nonagénaires. Je m'entendais avec les gens, si bien que Bill me charriait toujours après m'avoir écouté sortir mon numéro de charme à quelqu'un au téléphone : « Le père Alex Jackson. Il se prend pour le meilleur ami de tout le monde. »

Mais ce n'était pas tout à fait vrai. Des tas de gens sur qui j'avais écrit un article avaient appelé la rédaction pour se plaindre. On m'avait reproché des comptes rendus de procès publiés en ligne à cause desquels l'accusé avait eu du mal à retrouver du travail à sa sortie de prison. Des interviews dont les sujets estimaient qu'elles les présentaient sous un mauvais jour. Tout le monde au bureau avait reçu son lot de menaces de mort, mais on les prenait rarement au sérieux. Un type n'avait pas supporté que j'évoque la mauvaise note d'hygiène que les services sanitaires avaient attribuée à son restaurant : « J'espère que tu passeras une bonne nuit et que ça t'empêchera pas de dormir, de savoir que je vais venir te chatouiller avec mon couteau de boucher. » Je ne me rappelais même pas son nom – je n'avais plus jamais entendu parler de lui, et cet épisode remontait à deux ans au moins avant ma chute.

Une menace que j'avais en revanche prise plus au sérieux, et que Bill m'avait recommandé de signaler à la police, était le fait de Rita Younge, une femme d'une quarantaine d'années dont nous savions qu'elle avait déjà été internée à plusieurs reprises. Mon article ne la concernait pas directement, mais était consacré à son frère jumeau, qu'on avait pris en flagrant délit d'exhibitionnisme devant des enfants dans un parc du quartier St. George. On l'avait incarcéré, mais Rita n'avait pas aimé le ton de mon papier et s'était lancée dans une vendetta odieuse contre moi. Elle avait écrit au service du courrier des lecteurs sous des noms d'emprunt pour me calomnier et me traiter de pédophile. Nous avions reconnu son écriture grâce aux mots qu'elle avait glissés sous mes essuie-glaces et dans lesquels elle détaillait les tortures qu'elle comptait m'infliger. Elle m'appelait au bureau et répétait en boucle : « Tu t'en tireras pas comme ça.

C'est pas un criminel, mon frère. Il est innocent. » Les premières fois, j'avais tenté de lui faire entendre raison. Je lui avais expliqué que je n'étais pas le juge qui avait condamné son frère, lequel avait d'ailleurs plaidé coupable, et que j'avais donné un compte rendu très neutre de ce qu'on lui reprochait. Un entrefilet franchement très ennuyeux, planqué dans une page de gauche de milieu de cahier. Je n'avais pas peur – de toute évidence, elle n'avait pas toute sa tête, et je ne pensais pas qu'elle mettrait ses menaces à exécution. Mais elle n'avait pas arrêté, et Bill avait appelé la police. Un agent avait rendu visite à Rita, et ç'avait été terminé. Ça ne pouvait pas être elle, non ? Pourquoi s'effacer pendant des mois, puis ressurgir pour s'en prendre à moi en pleine séance d'escalade ? Ça ne me paraissait pas plausible. Quant à la lettre, ce n'était pas son style. La formulation ne cadrait pas. Et la photo du bébé non plus.

Cela étant, la lettre semblait n'avoir aucun lien avec l'affaire Holly King. Aucun enfant n'était impliqué dans ce dossier, et qui plus est le pli était arrivé chez nous avant que je commence ma série d'interviews. J'en étais quasiment certain.

Par ailleurs, le fait de me tuer n'aurait pas enterré l'affaire. Certes, les articles que nous devions publier ensuite n'avaient pas encore été écrits – il s'agissait d'entretiens avec les proches, avec l'avocat d'Ormond. (Lorsque j'avais quitté le bureau ce vendredi après-midi fatidique, Bill m'avait crié : « Je veux le prochain sur mon bureau lundi matin à huit heures pétantes, ma poule ! Sors-moi ces interviews de ton carnet, bordel ! ») Mais n'importe qui au *Post* aurait pu reprendre mon travail et refaire ces entretiens – en outre, pour ce que le meurtrier en savait, mes notes abrégées auraient pu être retranscrites et transformées en article pleine page. Ç'aurait été un gros coup de poker de sa part, de penser que ma mort empêcherait le journal d'en publier davantage.

Non. Si l'assassin de Holly se cachait derrière mon accident, il avait dû compter sur le fait que ma rédaction serait tellement effrayée qu'on laisserait tomber le suivi de cette affaire, et que même la directrice de la publication aurait peur de persévérer. De toute évidence, il ignorait comment fonctionnait l'esprit d'un journaliste.

Malgré tous les points d'interrogation qui subsistaient dans l'affaire Holly King, cette piste restait la plus plausible. Pour que quelqu'un essaie de me tuer, il fallait un mobile. Ou alors que l'auteur de la tentative de meurtre ait un schéma de pensée déviant. Que l'idée de commettre un meurtre ne lui pose aucun problème. Il existait forcément un lien entre cette affaire et ma lettre, c'est juste qu'il m'échappait. Quelle énorme coïncidence que je reçoive un message de menace quelques semaines avant qu'on cherche à me tuer.

Je n'avais jamais connu le fin mot de l'affaire. William Ormond était-il sorti de prison ? Avait-on arrêté le vrai coupable ? Si seulement je le savais.

Je ne devais toutefois pas me limiter à un seul suspect. Je devais aussi me pencher sur Eleanor. Ne serait-ce que pour la rayer de la liste une bonne fois pour toutes. Concrètement, je ne voyais pas ce qu'elle aurait pu faire pour provoquer ma chute. Restait aussi la question de ses motivations. Seules deux hypothèses me venaient à l'esprit. La première : ce jour-là, je l'avais mise dans une colère noire et elle avait agi sur un coup de tête. La seconde : elle était bel et bien amoureuse de moi, allez savoir pourquoi, et elle avait jugé que si elle ne pouvait pas m'avoir pour elle, personne d'autre n'en aurait l'occasion. Théorie qui, en toute franchise, me paraissait ridicule.

Le plus probable, en admettant qu'elle soit vraiment éprise de moi, c'était qu'elle n'était *pas* la coupable. Je me rappelle combien elle fulminait après avoir vu Bea avec Cameron. Si on suivait ce cheminement de pensée, elle aurait plutôt dû prendre Bea pour cible, pas moi.

Parmi tous ceux que j'alignais à la barre des suspects, c'était Eleanor que je connaissais le mieux. J'avais confiance en elle. Jamais elle n'aurait cherché à me faire du mal. C'était impossible. Je ne pouvais pas me résoudre à croire qu'une de mes amies les plus proches ait pu s'en prendre à moi ainsi. J'étais franchement un minable d'oser ne serait-ce que l'envisager. Qui plus est, chaque fois qu'elle me rendait visite, elle revenait sans cesse sur la journée de ma chute – je voyais mal mon agresseur s'infliger cette peine –, et elle m'abreuvait d'un flot d'aveux incessant. Une tentative d'assassinat n'aurait-elle pas dû en faire partie ? Être la plus énorme de toutes ses confessions ?

J'ai ramassé ma pile de notes imaginaires à son sujet, jusqu'alors étalées sur les carrés de moquette marron qui entouraient la table de travail de mon bureau, et je les ai jetées dans ma corbeille, où elles ont rejoint de vieilles peaux de banane, des emballages de chips et des stylos Bic mâchonnés.

Au cours de ces semaines, les nuits m'ont paru plus longues que les journées. Solitaires, et plus pénibles que jamais. Une série de crampes atroces m'ont foudroyé le corps. Les jambes. Le dos. Les bras, les orteils, les mains. Mes muscles se contractaient et se raidissaient contre mon pyjama peu épais et les draps. Et tandis que la douleur m'empêchait de dormir, j'ai songé à la personne qui avait essayé de m'assassiner, redoutant qu'elle vienne terminer le travail. J'étais à cran chaque fois que quelqu'un entrait dans ma chambre. Qu'est-ce qui lui prenait aussi longtemps ? Ça ne pouvait être qu'une question de temps. Je croupissais là depuis plus de dix-huit mois. Si mon assaillant venait m'achever, je ne pourrais rien y faire.

23

— … c'est à se demander si nous ne sommes pas en danger, nous aussi. On finirait par douter de tout.

Philippa était entrée de son pas sec et nerveux, sur ses talons hauts, avait posé négligemment un nouveau bouquet de fleurs sur la table, et racontait à présent à Connie tout ce qu'elle savait sur l'enquête, pendant que l'infirmière préparait la pompe de ma sonde gastrique pour la nuit.

— Ça, c'est sûr.

Connie m'a tourné sur le dos avec précaution, à l'évidence consciente qu'elle devait me traiter un peu mieux devant ma sœur.

— Ensuite, la policière chargée du suivi familial est passée hier pour voir comment nous allions, et elle nous a donné une info que l'autre type, l'inspecteur ou je ne sais quoi, ne nous avais jamais confiée.

Philippa faisait les cent pas. *Tac, tac, tac.*

— Ah bon ?

J'ai entendu le bourdonnement de la console de commande de mon lit lorsque Connie m'a relevé la tête et le torse. Mon buste s'est incliné en avant.

— Apparemment, le jour où Alex est allé grimper,

un passionné d'ornithologie se trouvait au sommet, au bout du parc des Downs. Et il a vu quelqu'un pile à l'endroit où Alex aurait dû terminer son escalade. L'inconnu se tenait juste au bord de la falaise.

Le vrombissement a cessé, Connie a tiré mon drap vers le bas et remonté mon haut de pyjama pour découvrir mon ventre. J'aurais voulu qu'elle arrête, qu'elle me laisse me concentrer sur les explications de Philippa.

Qu'est-ce qu'il faisait, cet inconnu ? Il m'observait ?

Connie a tiré d'un coup sec sur le tube fiché dans mon abdomen à deux ou trois centimètres de mon nombril, geste qui a déclenché une décharge d'intense douleur.

— C'était un tuyau anonyme, à ce qu'ils disent. L'ornithologue amateur n'a pas indiqué son nom.

— Mais qu'est-ce que ça signifie ? s'est enquise Connie, essoufflée à cause de l'effort qu'elle fournissait pour s'occuper de moi.

Il y a eu un bruit de plastique qu'on manipule lorsqu'elle a raccordé la pompe à la canule de ma sonde gastrique.

— Elle vous a donné des explications ?

Pour une fois, Connie se révélait utile – elle posait les questions auxquelles je voulais des réponses. J'ai entendu un tapotement, puis la machine s'est ébranlée. Le cycle de quatorze heures venait de démarrer, et un liquide froid a commencé à s'écouler goutte à goutte dans mon estomac.

— Non. C'était tout. Par contre, la policière parlait comme si la personne qui a été aperçue en haut de la falaise comptait parmi les suspects, même si elle ne l'a pas formulé en ces termes. Je crois qu'en fait elle était censée ne rien dire, alors quand nous avons voulu la questionner, elle s'est refermée. Qu'est-ce qu'il fabriquait là-haut, ce type ?

Tac, tac, tac.

— Et pendant ce temps sa copine fait sa vie comme si de rien n'était, comme s'il n'existait pas. Je vous ai dit qu'elle s'est trouvé un nouveau mec, il me semble.

— Oui, je suis au courant ; quelle honte. C'est pas croyable.

Connie m'a soulevé la tête pour regonfler mes oreillers. Cette attention ne figurait pas dans son programme habituel : c'était juste pour la galerie.

— Il était très amoureux de cette fille. Pourquoi ? ça m'échappe, a commenté Philippa.

Je ne sais pas ce qui me mettait le plus en colère, le fait qu'elle livre des détails de ma vie personnelle à Connie, ou la dent qu'elle avait contre Bea. Je ne voulais pas que ma copine fréquente quelqu'un d'autre mais je comprenais ses raisons. Pourquoi Philippa en était-elle incapable ?

— Si je les vois ensemble, j'ai peur de ne pas pouvoir me contrôler, a poursuivi Philippa. J'ai essayé d'en parler à papa, mais lui il pense que c'est bien pour elle ! Je ne sais pas ce qui lui prend, ces derniers temps, on a l'impression qu'il a oublié qu'Alex est son fils.

Tac, tac, tac.

— Bon, je vais vous laisser.

La porte s'est fermée et a coupé la voix de Philippa.

Ça, c'était une info fracassante. Pourquoi cet informateur anonyme avait-il tant attendu pour se signaler ? Était-ce le seul élément nouveau en possession de la police ?

Je connaissais l'endroit où les amateurs d'oiseaux se rendaient pour observer les faucons. S'était-il posté là ? Si c'était le cas, je voyais très bien où l'autre inconnu avait pu se tenir, sur une saillie où se terminaient plusieurs voies. N'importe qui aurait pu enjamber sans mal le grillage bas qui sécurisait le sentier au bord des gorges. De l'autre côté, il y avait une large bande de terre. Rien n'aurait été plus facile que de regarder les grimpeurs juste au-dessous. Quelqu'un se tenait donc là, à l'emplacement même où j'aurais dû déboucher à la fin de mon ascension ? Qu'est-ce que ça signifiait ? Il y avait toujours du monde, à cet endroit, des curieux qui ne tenaient pas compte du danger. Ça n'avait rien d'exceptionnel.

Il y avait forcément autre chose. Pour que les enquêteurs considèrent cette personne comme un suspect, ainsi que Philippa semblait le penser, elle avait dû avoir un comportement répréhensible.

M'avait-elle jeté quelque chose ? Donné un coup de pied ? Poussé alors que je me hissais en haut de la falaise ? De quoi d'autre aurait-il pu s'agir pour que la police s'intéresse à cette piste ?

Si ce que Philippa racontait était vrai, on pouvait d'ores et déjà rayer quelqu'un de la liste. Eleanor n'aurait pas pu être au sommet. Je montais en tête, elle me l'avait dit. Elle se trouvait plus bas, derrière moi, en attendant de me suivre.

Alors qui d'autre aurait pu savoir que j'étais là ?

24

Une des pires visites que j'aie dû endurer après avoir appris cette nouvelle information a été celle de Bea quand elle m'a proposé une sélection de morceaux de musique.

— Je parlais de toi à… un ami, a-t-elle bredouillé, debout à côté de moi, en mâchant bruyamment un chewing-gum.

Mon visage se languissait de sentir le baiser qu'elle ne m'avait pas donné. Depuis combien de temps ne m'avait-elle pas touché avec tendresse ? Au moins, elle n'avait pas tiré le siège au pied de mon lit, cette fois. Fallait-il y voir une amélioration ?

Un ami. Tu me prends pour un idiot ?

— J'ai apporté mon iPod.

Elle me l'a posé sur la poitrine, et j'ai entendu le plastique de ses écouteurs s'entrechoquer quand elle en a démêlé les fils.

— Il m'a dit que ça pourrait déclencher des connexions dans ton cerveau, te ramener à la conscience en activant d'autres circuits que la parole.

Elle s'exprimait à toute vitesse et d'un ton brusque,

comme à son habitude quand elle était de mauvaise humeur. Ou contrariée.

Papa avait déjà recouru à la musicothérapie, aurais-je voulu l'informer. Les médecins la lui avaient recommandée des mois plus tôt. N'en avaient-ils jamais parlé à Bea?

— Il m'a suggéré quelques chansons qu'on pourrait tenter.

Qu'est-ce qui ne va pas?

Je la connaissais depuis suffisamment longtemps pour savoir qu'un chewing-gum signifiait qu'elle avait envie d'une cigarette, et donc qu'elle était à cran pour une raison ou pour une autre.

— J'ai juste besoin d'être certaine qu'on aura tout essayé. Que tu n'es pas…

Pas conscient?

Était-ce là ce qui la perturbait?

— Ton père nous tanne. Il dit qu'on ne peut pas te laisser comme ça. Mais moi je ne suis pas prête… Tu vois… Pas avant d'être sûre que c'est le mieux pour toi.

Quelque chose ne tournait pas rond. Si elle avait été contrariée par la perspective de ma mort, elle aurait été beaucoup plus éplorée. Bouleversée. Mais je n'entendais pas de larmes dans sa voix. Quelque chose la tracassait.

Qu'est-ce qui s'est passé?

Son haleine mentholée est tombée comme un voile sur mon visage lorsqu'elle s'est penchée au-dessus de moi afin de m'enfoncer les écouteurs dans les oreilles, assez brusquement pour que ce soit douloureux. Après tant de temps passé sans qu'elle me touche, son contact m'a ébranlé – comme si une décharge électrique me traversait. Mais je n'ai pas réussi à le savourer.

— Bon, voici la première chanson. Ce groupe va jouer à Bristol la semaine prochaine. On va peut-être aller les voir. Ils ne sont pas très connus. Mon… Mon ami les a vus en première partie de…

Du rock indé m'a inondé les oreilles. Le son était trop fort et m'a agressé les tympans. C'était répétitif, entraînant – je voyais bien pourquoi ça pouvait leur plaire. À une époque, j'aurais pu apprécier ce style de musique, moi aussi. Mais plus maintenant. Jamais je n'aimerais cette chanson. Cette chanson qu'il avait sélectionnée, lui.

Pour couronner le tout, c'était une chanson d'amour. Je ne supportais pas de les imaginer en train de l'écouter, main dans la main, se chantant les paroles l'un à l'autre.

« Tu m'as supplié de rester quand j'ai voulu m'en aller, scandait un môme arrogant à l'accent de Manchester chaque fois que le refrain revenait. Et tu m'as dit ton nom pour m'empêcher de t'oublier. »

Bea a de nouveau appuyé sur les écouteurs, mais je l'entendais un peu malgré la musique.

— C'est sa préférée.

Va te faire foutre, connard. Va te faire foutre.

— Non, rien ? Essayons ça.

Du rap.

Sérieux ?

Elle savait pourtant que je détestais ça.

— On s'est dit que ce morceau-là pourrait te stimuler un peu, tu vois. Le rythme et les paroles…

Des tas de jurons ont noyé les mots de Bea.

La colère m'a chauffé le visage. Moi qui n'avais

jamais éprouvé pour elle qu'un amour dévorant, cette animosité inattendue a diffusé une violente secousse en moi.

Elle m'a observé encore un peu, puis j'ai distingué le bruit faible de son poids qui s'enfonçait dans le siège. La musique a continué, toujours aussi fort, sélection aléatoire de morceaux que je n'avais pas envie d'écouter – tous vraisemblablement choisis par son « ami ». Le son m'a coupé de tous les autres bruits de la chambre, jusqu'à ce qu'un écouteur se décroche. Bea murmurait pour elle-même. Je ne m'étais pas rendu compte qu'elle parlait avant que mon oreille soit libérée de cette torture musicale. J'ai entendu un bruissement de papier, aussi. Des pages dans un carnet ?

Qu'est-ce que j'ai raté ?

— … ensuite, hier… Le vingt-sept mai…

Elle s'exprimait lentement, de sa voix réservée à la rédaction de son journal.

— … pare-brise fracassé… brique abandonnée dans la rue… les deux rétros arrachés…

Son détraqué ? Ça allait trop loin. La violence de ce qu'elle décrivait m'a fait un choc.

— … d'abord, j'ai cru que c'était le topo habituel… des étudiants qui rentraient de soirée…

La coïncidence est trop énorme.

— … mais ma voiture est la seule de la rue qui a été vandalisée… et on ne m'a rien volé.

Elle a de nouveau marmonné quelques mots, fait courir son stylo sur la feuille. Dans mon oreille gauche, la piste est passée à de la musique classique.

La moutarde m'est remontée au nez, une colère dirigée non pas contre Bea, cette fois, mais contre le malade qui la mettait dans cet état-là. C'était sans doute à cause de sa voiture qu'elle semblait aussi agitée, aujourd'hui.

— … ne sais pas ce qu'on me veut…

C'est forcément le taré qui te suit. Tu n'es pas en sécurité.

— … la police a chargé quelqu'un de venir constater les dégâts, hier soir… contente de ne pas encore avoir eu affaire à ce nul d'Halliwell, cette fois…

Pas trop tôt. Alors ça y est, ils prennent enfin cette histoire au sérieux ?

— … qu'est-ce que je vais encore découvrir en rentrant à la maison, le prochain coup…

Il ne faut pas que ça te mine. C'est ce qu'il cherche.

— … me fiche les jetons… j'arrête pas de me dire…

Je suis désolé. Comme j'aimerais pouvoir t'aider.

— … est-ce que c'est la femme qui a envoyé la lettre à Alex ?

Je pense que c'est lié à la lettre, oui, mais…

Qu'est-ce que je pensais, au juste ? Quelqu'un essayait de l'effrayer. Ou de la mettre en garde. Il y avait forcément un lien avec ce qui m'était arrivé. Mais fallait-il vraiment chercher du côté d'une ex jalouse ? Je n'avais aucun moyen de parler à Bea de mes soupçons concernant l'assassin de Holly King.

Encore une fois, les photos de scène de crime de l'enquête policière ont défilé dans ma tête. Tout serait de ma faute si…

Si…

Avais-je conduit l'assassin jusqu'à Bea ? Avait-il eu l'intention de s'en prendre à moi avant de reporter son attention sur elle ? S'il savait où je grimpais, il savait que Bea était ma petite amie. Mais pourquoi se mettre à la persécuter presque deux ans après avoir tenté de me tuer ?

Elle s'est assise au bout de mon lit pendant ce qui m'a semblé un long moment, en silence. L'iPod continuait à m'envoyer du son, passant d'un morceau à l'autre. Je n'en connaissais aucun.

Je t'en prie. Arrête. Laisse-la tranquille. C'est moi que tu veux.

Ne lui fais pas de mal.

Pitié, je suis prêt à tout.

Viens ici, tue-moi si c'est ce que tu veux. Mais ne t'en prends pas à elle.

Au bout d'un moment, Bea s'est levée comme pour ôter le deuxième écouteur, mais elle s'est figée un court instant et j'ai senti son regard sur mon visage.

— Alex ? (Elle a posé les doigts sur mon oreille.) Rien…

Elle s'est interrompue, puis je l'ai entendue fourrer l'iPod dans son sac.

— Non, rien.

Ses pas se sont éloignés de moi, en direction de la porte.

Sois prudente. Je t'en supplie.

J'ai imaginé son trajet dans les rues sombres. Je l'ai vue qui arrivait à la maison, découvrait qu'on avait enfoncé la porte et qu'un homme masqué, armé d'un couteau, l'attendait. Il la projetait à terre, lui tailladait la joue. Lui arrachait ses vêtements. La violait. La laissait pour morte dans la salle de bains.

Le réalisme de ces images m'a convaincu qu'il s'agissait d'une prémonition ou d'une vision du présent. Mon cœur battait à toute vitesse, mes aisselles étaient trempées, et des gouttes de sueur dégoulinaient de mon front et continuaient leur course sur mes tempes.

Je ne peux pas…

J'ai suffoqué. Je me suis étranglé à cause de la salive accumulée dans ma bouche.

J'ai dû tomber d'épuisement au bout de plusieurs heures de panique. Je me suis aperçu que j'étais endormi, piégé dans cette même vision – j'observais la scène depuis un coin de notre appartement, j'essayais d'aider Bea, de crier pour l'avertir, mais je me rendais compte que des tubulures de perfusion m'entravaient les poignets et que les éponges qu'on utilisait pour me débarbouiller étaient fourrées dans ma bouche et me bâillonnaient.

À mon réveil, j'étais éreinté.

Je suis resté là, à attendre qu'on vienne m'annoncer qu'on avait découvert le cadavre de Bea.

25

Il faut que vous alliez chez elle.

J'avais envie de hurler sur les infirmières chaque fois qu'elles entraient dans la chambre.

Bea court un grand danger.

— C'est l'heure de la toilette, Alex.

Il faut que vous lui envoyiez de l'aide.

— On va te tourner sur le côté, d'accord ?

Moi, je ne peux rien faire.

— Il va falloir te débarrasser de toutes ces mucosités accumulées dans la gorge.

Elle est morte. Bea est morte.

— Espèce d'âne bâté. Regarde-moi ce bordel.

Elle est morte. C'est ma faute.

Il m'a semblé que ça a continué ainsi pendant des jours. Je n'ai eu pour seuls visiteurs que les membres du personnel hospitalier. Bea gisait sans vie sur le sol de chez elle. Quand allait-on la trouver ?

Lorsque Tom et Rosie m'ont enfin rendu visite, j'étais furieux que personne ne se soucie assez d'elle pour avoir remarqué son absence. J'avais le corps perclus de tensions et de douleurs.

Pourquoi vous n'avez pas pris de ses nouvelles ?

Rosie s'est installée dans le siège à ma gauche et, au son de la voix de Tom, il m'a semblé qu'il restait debout à côté d'elle, près de la fenêtre. Quand ils sont entrés, l'odeur de nourriture m'a assailli – épices, viande, sel, gras. Les effluves des plats qu'on servait aux autres patients me tourmentaient tous les jours, mais ceux-ci me semblaient plus forts, plus proches. Ils avaient dû manger juste avant de venir.

— Je ne peux pas m'empêcher de penser à lui, a dit Rosie. Qui a pu lui faire ça ? Il y a un mec dans un de mes cours qui lui ressemble. Un roux avec des taches de rousseur.

— Mh-mh.

Tom a fait craquer ses doigts.

Ne vous inquiétez pas pour moi. Et Bea, alors ? Pourquoi vous n'êtes pas allés la voir ?

— Ça aurait pu tomber sur toi, a-t-elle insisté.

— On en a déjà discuté. Le type ou la fille qui a fait chuter Alex lui en voulait spécifiquement. Quelles que soient ses raisons.

Partez, maintenant. Tirez-vous. Il faut que vous alliez à son secours. Il est peut-être encore temps de la sauver.

— N'empêche que ça m'obsède.

Elle s'est tue un instant, a changé de sujet :

— Oh merde, t'as apporté des fourchettes ?

— Ouais.

— C'est un peu bizarre de manger ici.

J'ai entendu un froissement de sac plastique, puis plusieurs claquements secs de couvercles qui ont précédé une nouvelle vague d'odeur intense.

— Il est où, le naan peshwari ? a demandé Rosie.

— Tu n'en as pas commandé.

— Je t'ai dit que je ne le voulais pas nature, tu ne

t'en souviens pas ? a-t-elle répondu dans un soupir. Bon, c'est pas grave.

Je ne rêvais pas, là ? Ils allaient manger de l'indien à emporter sous mon nez. Les plats dégageaient un fumet divin. J'en ai eu l'eau à la bouche. J'avais déjà soif, comme d'habitude, et mon estomac s'est mis à gronder de jalousie.

Comment vous pouvez m'infliger ça ?

Tout en dégustant ce que j'imaginais être de l'agneau bhuna bien tendre et du riz pilaf parfaitement pimenté, du poulet tandoori et du chutney de mangue, ils ont poursuivi leur conversation.

— Bea t'a dit quand elle pensait pouvoir récupérer sa voiture ? s'est enquis Tom.

— Dans une semaine, avec un peu de chance. Ils n'ont pu commencer à s'en occuper que ce matin.

Rosie s'est interrompue pour avaler sa bouchée.

Le soulagement m'a submergé. Bea était en vie. Personne ne lui avait tendu de piège, l'autre soir, quand elle était rentrée de l'hôpital. Mes muscles se sont détendus lentement, d'abord mes épaules, puis mon dos et enfin mes jambes, comme si je venais de boire un whisky sec d'une traite.

— Elle va retourner voir la police, alors ?

Tom mastiquait bruyamment.

Rosie a pris une fourchetée avant de poursuivre, d'une voix presque inintelligible :

— C'est ce que je ne comprends pas, justement… Elle leur a signalé les dégradations sur sa voiture, mais pas le coup de téléphone.

— Peut-être qu'elle n'en a pas encore eu le temps. Ça ne fait même pas vingt-quatre heures.

— Non… Elle dit qu'elle ne veut pas s'embêter avec ça.

Leurs couverts ont frotté contre du plastique. J'ai imaginé que je sauçais le curry et le chutney avec les doigts. Rose a repris :

— Je ne sais pas trop… Elle raconte qu'il se passe tout un tas de trucs, mais…

— Comment ça, « elle raconte »…

Pas de réponse.

— Rose ?

— Ce qui me chagrine, c'est que… Elle a un drôle de comportement.

— C'est-à-dire ?

— Elle refuse d'aller voir la police. Soi-disant qu'ils vont encore la rembarrer.

— Et donc ?

— Ce serait possible qu'elle invente tout, tu crois ?

— Non mais, Rosie ! T'es sa meilleure amie, je te rappelle !

Pourquoi Bea inventerait-elle tout ?

— Je sais, je sais, mais supposons. C'est tellement bizarre. Elle semble croire que plusieurs personnes la suivent. Elle pense aussi que sa voiture bousillée, c'est lié au reste, mais des actes de vandalisme dans ce genre-là ça arrive tout le temps. À tous les coups ce sont des étudiants.

— D'accord, mais comment tu expliquerais les coups de téléphone ? Ça sonne dès qu'elle entre chez elle, et la communication se coupe. Ça ressemble vachement à quelqu'un qui la traque, si tu veux mon avis.

— Oh, je n'en sais rien. Peut-être qu'elle ne fabule pas, alors. Mais c'est possible qu'elle imagine tout. Elle est super stressée.

— Rosie…

— L'autre truc étrange, c'est qu'elle ne veut pas mettre ses parents au courant.

— Et alors ?

— D'habitude, elle leur confie tout, ils se parlent tout le temps, au moins tous les deux jours. Je comprends qu'elle ne veuille pas les contrarier avec ça. Mais j'ai l'impression que ce n'est pas la seule raison.

— Il se peut aussi qu'elle te dise la vérité, tout simplement.

Tom a toussé, puis il a bu à une gourde de sport. En entendant ce bruit, j'ai été saisi par une profonde jalousie. Ça peut paraître idiot, mais pas une journée ne s'écoulait sans que je fantasme sur ces gourdes en aluminium qu'on emportait pour nos sorties de grimpe, à tel point qu'il me semblait sentir le léger goût métallique qui se transmettait toujours à l'eau. Ce que j'avais soif !

— Je ne sais pas. Il y a un truc qui cloche, a conclu Rosie.

Bea était saine et sauve – pour le moment. Mais pour combien de temps ? Mon incapacité à agir m'était insupportable. Si la police refusait d'intervenir, que Bea n'avait rien dit à ses parents et que sa meilleure amie doutait d'elle, qui allait la protéger ?

Il fallait que quelqu'un agisse, ne cessais-je de me répéter.

Quelqu'un doit prendre les choses en main. Il faut que je prenne les choses en main.

26

Tout a radicalement changé.

Depuis que j'avais appris que ma chute n'était pas un accident, je tenais à découvrir qui m'avait envoyé dans ce lit d'hôpital, mais désormais je veux savoir plus que cela. Plus que les QQOQCP, comme nous les appelions à la rédaction – qui, quoi, où, quand, comment, pourquoi.

La frustration que me valait mon inertie s'est muée en autre chose. Je ne voulais plus seulement mourir en paix. Je voulais regarder le ou la coupable dans les yeux. Je voulais aider Bea, la sauver du sort vers lequel je la sentais foncer à toute allure. On ne s'en était pas pris à elle – pas encore. Combien de temps faudrait-il au détraqué qui la harcelait pour passer à l'étape suivante ? J'étais peut-être le seul qui soit en mesure d'aider la police à comprendre qui avait essayé de me tuer, et qui se mettait en quatre pour intimider Bea. Rester figé dans mon lit, à réfléchir à ces questions en attendant la fin, n'était plus envisageable. Ma peur grandissante pour Bea a été le catalyseur qui m'a dévoilé combien j'avais été idiot d'accepter la mort sans me débattre.

L'adrénaline a déferlé en moi, une soudaine ferveur m'a donné l'impression que mes membres et mon cœur étaient robustes, et pour la première fois depuis des mois, je me suis laissé aller à imaginer que je serais peut-être capable de vaincre le mal très particulier qui m'affectait. Je me suis autorisé des pensées que jusqu'alors je m'interdisais, dont je me détournais, avant d'apprendre que mon accident n'en était pas un. Avant cette révélation, j'avais toujours cru que je devais mon sort au destin. Cela signifiait que je le méritais et que personne n'aurait pu l'empêcher. Cette fin était inéluctable. Je m'étais convaincu que j'étais voué à tomber, à me cogner la tête. C'était le karma. Et donc, ainsi résigné et accablé par ma situation, j'avais conclu qu'il valait mieux en finir avec la vie. Quand j'avais appris que c'était faux, que quelqu'un avait délibérément tenté de m'éliminer, j'avais été trop entêté pour en saisir les implications sur ma volonté de quitter ce monde.

Mais maintenant… Maintenant, c'était différent ! Je me donnais enfin la permission de reconnaître que ce nouvel élément avait chamboulé mon point de vue. On m'avait pris ma vie et privé des chances de rattraper mes erreurs. On m'avait tant volé. Et je tenais à tout récupérer.

Tout a radicalement changé.

Je ne suis pas prêt à mourir.

Quelle que soit la voie qu'on grimpe, où qu'elle soit, quelle que soit sa cotation, elle comporte toujours un crux : le passage le plus coriace, la section de l'ascension où le danger est à son niveau maximal. Sur de nombreuses voies, en comparaison, les mouvements qui le précèdent et le suivent sont plus faciles. Le crux, c'est là qu'on fait ses preuves. Pendant toute une période, j'avais pensé que ma chute, le mystérieux mal qui me frappait, le fait de m'être réveillé enfermé dans mon propre corps, bref, que cette situation dans son ensemble constituait le crux de ma vie. Sans le moindre doute, c'était l'épreuve la plus difficile que j'avais jamais traversée.

À présent, je constatais que même la kyrielle de mois que j'avais passés à l'hôpital n'en était qu'une partie. C'était maintenant que je devais affronter mon plus grand défi. En général, on restait un certain temps au bas d'une voie afin de repérer les sections les plus épineuses, pour tout anticiper et veiller à économiser assez de forces pour les surmonter. Mais je n'avais pas eu l'occasion de me préparer à ce que je devais braver. Je pouvais seulement garder mon calme, élaborer une stratégie et m'y tenir. On ne pouvait pas venir à bout d'un crux si on ne s'en croyait pas capable – il s'agissait d'un défi tant mental que physique. Sur la paroi, on devait savoir qu'on maîtrisait les mouvements, qu'une fois passé le crux, la voie redeviendrait plus simple et qu'on aurait l'énergie d'atteindre le sommet. Pour l'heure, je devais me convaincre que le travail acharné que j'allais fournir porterait ses fruits, et que je récupérerais ma vie. J'allais trouver un moyen de montrer à quelqu'un – peu importait qui – que j'étais conscient.

Ça n'allait pas être facile.

Pour commencer, je manquais de temps. Pendant de nombreux, très nombreux mois, j'avais adjuré papa en silence de me laisser mourir, et enfin j'avais l'impression qu'il allait exaucer mes vœux.

Le lendemain du repas indien de Tom et Rosie, papa et Philippa sont venus à leur tour. À peine cinq minutes après leur arrivée, la porte s'est de nouveau ouverte.

— Génial, a maugréé Philippa. Regarde un peu qui a décidé de pointer le bout de son nez.

— Philippa, l'a mise en garde mon père.

— Ton nouveau mec n'est pas dispo, c'est ça ? Du coup tu as cinq minutes pour rendre visite à celui d'avant ?

Bea ?

— Je repars, si tu veux. Je repasserai plus tard. Je ne savais pas que…

— Quoi ? Qu'il recevrait la visite de gens qui tiennent vraiment à lui ?

— Ça suffit ! a crié papa. Personne ne te chasse, Bea. Reste.

Bea a balbutié un merci, et tous les trois sont demeurés quelques minutes dans un silence gêné.

Bea, je vais me tirer de là. Je vais tout arranger.

Avoir changé d'avis m'avait revigoré. J'avais sincèrement l'intention d'aller au bout. J'allais trouver une solution pour communiquer, et un jour je sortirais de l'hôpital.

Je cherche un moyen de revenir auprès de toi.

— Vous avez eu d'autres nouvelles de la police ? s'est enquise Bea. Je les ai appelés, mais ils m'ont répondu qu'ils ne peuvent rien…

— Je ne suis pas sûre que ce soit le moment d'en discuter, l'a coupée Philippa.

Bea ne s'est pas offusquée de la grossièreté de ma sœur. De toute évidence, elle se sentait coupable à cause de Cameron, sinon elle lui aurait rendu la monnaie de sa pièce.

— Désolée, mais ils ont sans doute une bonne raison de nous donner des éléments différents, à toi et à nous, a repris Philippa d'une voix glaciale.

Bea a refait une tentative.

— Ils doivent bien se douter qu'on communique, pourtant.

— En toute franchise, je suis étonnée de te voir ici, a rétorqué Philippa.

Ne lui parle pas comme ça.

— Ne passe pas tes nerfs sur Bea, l'a rabrouée papa, d'un ton calme mais ferme. La vie, c'est compliqué, Phil. Ce n'est pas toujours tout noir ou tout blanc, comme tu te plais à le penser. Combien de fois je vais devoir te le répéter ?

Il y a eu encore un silence. Les pas claudicants de papa se sont déplacés vers le siège à ma droite ; il a posé une main sur mon lit pour se stabiliser le temps de s'asseoir. Puis il m'a caressé le visage.

Bea a repris la parole :

— Je crois que je vais vous laisser.

— Reste, a insisté papa. Tant que nous sommes tous là, profitons-en pour parler de ce qu'on va décider pour Alex.

Il faut que vous me mainteniez en vie. Donnez-moi plus de temps.

— Bea s'est peut-être rangée à ton avis, maintenant qu'elle l'a remplacé, a maugréé Philippa.

Bea n'a pas répondu à ça.

— Tu es vraiment décidé ? a-t-elle demandé à papa.

— Oui.

— Toi aussi, Philippa ?

Exactement la question que j'aurais posée. Depuis quand Philippa était-elle du côté de papa concernant cette décision ?

— C'est le mieux pour lui. (Philippa ne m'avait pourtant pas l'air convaincue.) Papa a raison.

— Tu n'as jamais connu Diane, a repris mon père. Mais quand elle a émis la volonté de mourir, Alex l'a soutenue. Je me creuse la cervelle pour me souvenir de ce qu'il aurait pu dire à ce sujet, trouver un indice qui m'aiderait à savoir ce qu'il aurait attendu de moi.

Non. Ne fais pas ça.

— Philippa, tu peux confirmer, toi aussi, a-t-il poursuivi. Alex ne voulait pas que sa mère subisse tout un tas de traitements supplémentaires. Il souhaitait qu'elle s'en aille dans la dignité, pas vrai ? C'est ce qu'il voudrait pour lui.

Je ne pouvais pas lui reprocher de se donner tant de mal, mais j'étais horrifié de constater que mes paroles se retournaient contre moi. J'avais tenu ces propos au sujet de maman, pas de moi. Ce n'était pas ce que je voulais pour moi.

— Mais tu es sûr qu'on a vraiment tout essayé ? a insisté Bea, d'un ton plus précipité. Et puis je me disais qu'avec l'enquête… on devrait au moins attendre de savoir ce qui lui est arrivé, non ?

Bravo, bien joué. Continue.

— Concernant son état, il n'y a pas eu de changements, a argumenté papa.

Si, il y en a eu. IL Y A EU DES CHANGEMENTS.

Des élancements douloureux m'ont parcouru les tempes.

— Moi je crois qu'Alex voudrait qu'on soit sûrs à cent pour cent. Qu'on garde encore un peu espoir.

— Mais combien de temps ? s'est exclamée Philippa. Quand est-ce qu'on pourra le libérer ? Qu'est-ce que tu proposes comme solution, d'ici là ? Il ne peut pas rester à l'hôpital *ad vitam æternam*. Qu'est-ce que tu veux qu'on fasse ? Qu'on le prenne chez nous ? On n'a pas les moyens d'aménager la maison, d'acheter le matériel nécessaire. Et puis l'arthrite de papa ne s'améliore pas.

Papa a poussé un grognement de protestation.

— Quoi ? C'est vrai. Tu oublies des trucs, aussi. Et regarde-moi tes lunettes ! Elles sont dégoûtantes. Tu es à peine capable de t'occuper de toi, alors de lui, n'en parlons pas. Il faudrait que tu abandonnes ton travail, moi je ne peux pas me rendre disponible, on ne peut pas se permettre de payer quelqu'un, et comme il n'y a plus de place dans la seule résidence médicalisée qui pourrait l'accueillir, il serait à des kilomètres et…

Elle s'est interrompue brusquement, et quelques secondes après la porte a claqué. Quelqu'un était-il sorti ? Entré ?

— Désolé, a dit papa. Ça la peine beaucoup qu'on ne puisse pas prendre soin de lui à la maison, même si à l'entendre on n'en a pas l'impression. Elle ne veut pas laisser tomber son boulot, et de toute façon je refuserais qu'elle le quitte. Elle a beaucoup de mal avec tout ça, pour être honnête. Ça fait très peu de temps qu'elle a accepté l'idée de… de ce dont on parle.

— Moi, je pourrais prendre soin de lui, a dit Bea.

— Tu sais bien que ce serait impossible, a répondu papa d'un ton doux. C'est trop difficile. Notre décision est prise.

Papa, je t'en prie. Ne fais pas ça.

— Réfléchis encore, a-t-il poursuivi. Nous voulons que tu sois d'accord, toi aussi.

Du côté où il était assis, j'ai entendu le claquement sourd d'un étui à lunettes qui s'ouvre et se referme, s'ouvre et se referme. *Poc. Poc.*

Ni l'un ni l'autre ne parlait.

Poc. Poc.

— Je vais rentrer, a annoncé Bea, qui paraissait épuisée. Tu restes, toi ?

— Encore un peu, oui. Philippa va se calmer et revenir bientôt, je suppose.

— D'accord. Bon, je vais y réfléchir. Mais je crois qu'il voudrait continuer à se battre. J'en suis convaincue, même. Il préférerait qu'on lui donne plus de temps. Qu'on soit sûrs de notre décision. Qu'on leur demande d'effectuer d'autres tests, au moins.

La porte s'est ouverte et refermée.

Papa a remué dans son siège, mais il n'a plus dit un mot.

Ne me fais pas ça.

Si j'y songeais assez fort, le message lui parviendrait-il ?

Ne le fais pas ne le fais pas ne le fais pas.

Il s'est de nouveau appuyé sur mon lit pour se lever, puis il est passé derrière moi et s'est dirigé vers le mur où se trouvait l'aspirateur infernal, l'endroit où j'avais entendu les infirmières se laver les mains dans un évier et tirer des serviettes en papier à un distributeur. Pour un équipement que je n'avais jamais vu, je m'en faisais une image très précise.

Soudain, un bruit affreusement fort a retenti dans le silence. Un rugissement guttural de papa, presque aussitôt suivi d'un fracas métallique. Alors que je tentais de comprendre ce qui s'était produit, la chambre est redevenue silencieuse. Qu'est-ce qui s'était passé ? Avait-il brisé un objet contre le mur ? Donné un coup de pied dans une chaise ? Ou était-il tombé ?

Papa ? Tu vas bien ?

Il haletait comme après un vif effort physique, mais j'ai détecté autre chose – les saccades et le rythme irrégulier qui trahissaient les sanglots.

Lorsqu'il est passé à côté de mon lit pour gagner la porte, il s'est interrompu un bref instant pour me toucher l'épaule. J'ai senti qu'il tremblait.

27

Lorsque Bea est revenue le lendemain, elle empestait le tabac.

Elle était assise au bord du lit, la hanche contre la mienne, remuant la jambe dans le vide et tapant du pied par terre. Les vibrations de ses mouvements se répercutaient dans tout le matelas.

— On me surveille toujours.

Son corps a frissonné contre le mien.

— J'ai appelé la police, hier soir, et je leur ai parlé de ta lettre – une fois de plus. Au moins, ils ont compris, maintenant.

Sa jambe continuait à s'agiter. *Tap. Tap. Tap.*

— Et je leur ai encore demandé s'ils avaient du nouveau concernant ceux qui ont vandalisé ma voiture, mais d'après eux, il est peu probable qu'ils réussissent à arrêter le ou les coupables.

Pourquoi ne t'aident-ils pas plus?

— Ce qui m'échappe, c'est pourquoi la femme qui t'a envoyé cette lettre, celle qui t'a mis dans cet état… Pourquoi elle s'en prendrait à moi? Qu'est-ce que je lui ai fait, moi? Rien. Il y a forcément un lien, mais je ne vois pas pourquoi elle me harcèle.

Je pense que tu te trompes de piste. Ne tiens pas pour acquis que tu as affaire à une fille qui m'en voudrait parce que je l'ai plaquée.

— Tu crois que je déraille ? C'est l'avis de Rosie, je le sais.

Je l'espère. Ça vaudrait mieux que d'être suivie par la personne à laquelle je pense.

— Je me sens complètement démunie. Le type de la voiture, celui qui surveillait l'appartement, l'autre jour… Je suis descendue, bien décidée à lui demander des comptes, à exiger qu'il me dise ce qu'il me veut, bordel… Mais il m'a vue approcher et il est parti. Qu'est-ce que tu veux que je fasse ? Il faudrait que je prenne mon mal en patience, en attendant que la police inculpe quelqu'un ?

Épuisée par sa longue tirade, elle s'est tue. J'ai vu là l'occasion de mettre en branle mon nouveau projet. Si je voulais leur montrer que j'étais réveillé, il me fallait capter leur attention. Évidemment, je m'étais déjà démené en ce sens pendant des mois avant de jeter l'éponge. Mais peut-être ne m'étais-je pas donné assez de peine ? À présent, j'avais une détermination renouvelée. J'allais réussir, car j'étais plus résolu que jamais. J'ai tenté d'émettre un bruit. Je pouvais sans doute grogner, ou tousser. Je me suis concentré à fond, mais rien ne s'est produit.

Allez, Alex. ALLEZ. Attire son attention.

Non, rien. Comment faisait-on, déjà ? Impossible de m'en souvenir. J'ai cherché un muscle de ma poitrine, de ma bouche ou de mon cou, qui réagirait à mes tentatives de le contracter ou de le bouger. J'ai essayé de hurler. De souffler.

Toujours rien. Bea ne remarquait pas mes efforts. Je me suis acharné à essayer de grommeler.

Arghfh. Harghb.

Elle a repris la parole :

— J'ai beaucoup réfléchi à…

Je ne l'ai pas écoutée. J'ai opté pour une autre tactique.

Je me suis efforcé de penser à tous les regrets qui m'accablaient à cause de la mort de ma mère. La liste était longue. Je ne lui avais pas assez dit que je l'aimais, quand j'étais enfant. Adolescent, je lui avais répété trop souvent que je la détestais. Je ne l'avais jamais emmenée au théâtre, comme elle l'aurait voulu. J'avais trouvé des tas de prétextes pour ne pas lui rendre visite à l'hôpital. J'avais choisi de la soutenir lorsqu'elle avait fait part de sa volonté de mourir.

Ça a fonctionné. Les larmes me sont montées aux yeux et ont ruisselé sur mon visage.

Regarde-moi. Tu ne vois donc pas que je suis réveillé ? Ce sont de vraies larmes.

— Je ne peux pas rester les bras croisés en attendant que ça passe. Il faut que j'agisse. Je vais aller aux gorges cet après-midi, pour essayer de retrouver le lieu que Tom m'a montré. Histoire que quelqu'un d'autre inspecte l'endroit où ça s'est produit.

Bea. Regarde-moi.

Comment allais-je parvenir à mes fins ? J'ai poussé un nouveau hurlement silencieux.

RÂÂÂÂH. Écoute. Je suis là !

Le lendemain matin, j'ai mis la deuxième partie de mon plan à exécution. Il fallait que je les incite à me soumettre à d'autres examens. Lorsque le docteur

Sharma a fait sa tournée du service, j'ai repris mes tentatives de grognements.

Arghfh. Harghb.

— On va contrôler votre cœur vite fait, a-t-il annoncé, et un objet métallique froid s'est glissé sous mon haut de pyjama et s'est posé sur la peau de ma poitrine.

Arghfh. Harghb.

— Tout m'a l'air parfait…

J'ai arrêté de l'écouter pour consacrer toute mon énergie à ma mission.

Pffffsk. Aidez. Moi.

Aucun bruit.

Refaites les tests. Recommencez les examens. Je vais vous montrer, cette fois. Faites les tests. Faites les tests. Le test du tennis. Celui de la maison. Que je puisse vous prouver que je suis là.

J'ai répété ces mots en boucle dans ma tête.

Faites les tests. Faites les tests. Faites les tests.

J'avais vaguement conscience qu'il parlait, mais je me suis coupé de tout et j'ai continué mon incantation.

Faites les tests. Faites les tests. Je veux trouver un moyen de communiquer avec vous. Je veux échanger avec mes proches. Faites les tests. Accordez-moi une autre chance. Je vais me donner à fond, cette fois. Faites les tests.

La porte s'est fermée, il était parti.

On me devait un miracle, et j'ai été exaucé. Le lendemain, deux jours après que j'avais retrouvé la volonté de vivre, le docteur Sharma est revenu en compagnie de Pauline. Rien d'inhabituel à cela.

J'ai repris mon mantra.

Faites les tests. Faites les tests.

J'ai tenté de dire un mot.

Gahhhf. Froooomn. Cahgbod.

À ma grande surprise, il a déclaré :

— Son père nous a donné le feu vert pour procéder à une nouvelle série d'IRM tennis. J'ai un peu de temps cet après-midi – vous pouvez me le préparer pour quatorze heures ?

— Bien sûr, docteur Sharma, a répondu Pauline.

— Nous avons un peu affiné le protocole. Ce sera intéressant de comparer ses résultats précédents à ceux d'aujourd'hui. Même si je ne m'attends pas à d'énormes changements, pour être tout à fait honnête.

Attendez un peu que vous m'ayez mis dans le tube.

Plus tard ce jour-là, Pauline est venue me chercher et m'a poussé dans les couloirs jusqu'à la salle d'IRM.

Le docteur Sharma m'a adressé les mêmes instructions, et l'infirmière qui l'assistait m'a placé des écouteurs dans les oreilles. Mon cœur battait la chamade, j'avais la bouche sèche. Ils m'ont mis dans la machine. Le moment que j'attendais depuis si longtemps était-il enfin arrivé ?

La musique a commencé, ainsi que les séries de vrombissements mécaniques de l'IRM, qui alternaient avec des cliquetis électriques. La voix du docteur Sharma m'est parvenue par les écouteurs et il m'a demandé d'imaginer que je jouais au tennis. Je me suis exécuté. J'ai servi, j'ai renvoyé des coups droits, j'ai sauté et couru dans tous les sens. J'ai donné tout ce que j'avais. Je me les représentais en train d'observer cette impressionnante activité cérébrale sur leurs écrans. Mais lorsqu'ils s'adressaient à moi par les haut-parleurs, ils ne trahissaient aucune émotion. Le docteur Sharma m'a dit :

— Maintenant, imaginez que vous vous promenez chez vous. Allez dans une pièce, examinez-la. Essayez de visualiser ce que vous y verriez. Puis passez à une autre pièce.

Je me suis vu sur le perron de la maison de mes parents, pas à l'appartement où j'avais vécu avec Bea. J'étais devant la porte, peinte en rouge et semi-vitrée. J'ai tourné la poignée et je suis entré dans le vestibule aux murs rose pâle et au sol couvert de parquet. Les odeurs m'ont rappelé mon enfance. J'ai reconnu celle de ma mère – sa laque coiffante et son parfum à la rose. Celle du repas du soir. De mes affaires de foot qui attendaient d'être lavées à la machine. Sur la petite console à gauche se trouvait une coupelle de pot-pourri.

J'ai continué mon chemin, vers l'arrière de la maison. Mes pieds se sont immobilisés sur le carrelage de la cuisine, qui paraissait toujours frais. Sur la gauche, il y avait la table où nous dînions, au milieu de laquelle un vase rempli de lys roses était posé sur un napperon au crochet. J'ai vu le siège confortable pour lequel papa et Philippa se battaient toujours. La chaudière contre le mur. Les placards en pin. Et là, à droite, devant la gazinière, se tenait ma mère. Elle s'est tournée vers moi pour me sourire, tout en remuant le pot-au-feu qui mijotait dans une casserole. Puis elle s'est détournée.

En sortant de la cuisine et en prenant à gauche, on accédait au débarras. Du carrelage, là aussi. Des affaires du sol au plafond ; un bazar sans nom, pourrait-on dire. La grosse chaîne hi-fi devenue obsolète.

Mon vieux matériel de sport : crosse de hockey, battes de cricket.

Je suis entré dans le bureau de mon père. Au mur était accroché son calendrier consacré aux volcans, que Phil et moi lui avions offert plusieurs années auparavant, et qu'il n'avait jamais décroché, ouvert à la page d'avril, sur laquelle on voyait un énorme nuage de cendres jaillissant d'un volcan situé en Papouasie - Nouvelle-Guinée. Dans une vitrine était exposée sa collection de minéraux. Sa pièce maîtresse était un magnifique éclat de marbre de Cotham, que, comme il me l'avait un jour raconté, il avait ramassé et poli quand j'étais encore bébé. « Ce n'est pas facile à dégoter, ça, m'avait-il indiqué d'un ton fier. Et on n'en trouve qu'aux alentours de Bristol. » Autrefois, j'adorais caresser la pierre lisse et admirer les menus détails qu'elle recelait – des motifs qui évoquaient une peinture de paysage, où l'on pouvait deviner des rangées d'ormes et des champs labourés. J'ai ouvert le battant pour prendre le spécimen…

— Merci, Alex, a dit le docteur Sharma dans mes écouteurs. (Le vrombissement de l'IRM a cessé.) Ce sera tout pour l'instant.

Avez-vous vu quelque chose ?

J'avais la tête bouillante et je sentais l'adrénaline se déverser en moi.

Est-ce que ça a marché ?

Lorsqu'ils m'ont sorti de l'IRM et retiré les écouteurs, j'ai entendu le docteur Sharma siffler.

Allez, dites-moi. Vous avez vu que mon cerveau fonctionnait ?

Il avait l'air content. Je ne rêvais pas ?

Une porte s'est ouverte et l'on m'a conduit dans

une autre salle, où j'ai perçu une odeur sucrée – Pauline, qui attendait de me ramener dans mon service.

— Qu'est-ce que ça a donné ? s'est-elle enquise.

Le docteur Sharma a cessé de siffler, puis il a soupiré.

— Pareil que la dernière fois.

28

Quand l'homme est entré, j'avais l'esprit ailleurs. Il m'a interrompu en plein entraînement intensif. J'avais délaissé mon projet de produire un son pour tenter d'effectuer un mouvement. J'avais déjà essayé de contracter tous les muscles de mon corps, chacun à leur tour, ou du moins chaque membre, orteil et doigt, paupière et lèvre, et je me cantonnais à présent à deux zones restreintes. Si je canalisais mes efforts, je réussirais peut-être à mobiliser assez de force.

Après l'IRM, j'avais passé une mauvaise nuit. J'avais presque de nouveau perdu espoir. Comment se faisait-il qu'ils n'aient rien détecté ? La fois précédente, j'avais refusé de coopérer. J'avais saboté leurs tests. Mais la veille j'avais appliqué les consignes à la lettre. Je m'étais démené comme un beau diable. Pourquoi ne s'en rendaient-ils pas compte ?

À moins que je n'aie jamais eu le moindre contrôle sur quoi que ce soit. Quand j'avais cru résister à leurs demandes, mes actes n'avaient eu aucun effet. Ils ne pouvaient de toute façon pas déceler mon activité cérébrale. Une anomalie les en empêchait. Mon cerveau ne fonctionnait pas comme il aurait fallu, ou leurs méthodes étaient défaillantes. Le docteur Sharma n'avait-il pas reconnu lui-même que leurs tests n'étaient pas fiables ?

Mais alors qu'autour de moi résonnaient les bruits de l'hôpital à l'aube d'une nouvelle journée, je m'étais extirpé de mon auto-apitoiement – je ne risquais pas de me sortir de là en me morfondant. Il devait bien exister un moyen de contourner cet obstacle, il suffisait de varier méthodiquement les tentatives. Je me focalisais donc sur l'auriculaire de ma main droite et ma paupière gauche. Un élément de chaque côté de mon corps, au cas où mon état en affecterait un plus que l'autre. Je me concentrais si fort sur ma volonté de les bouger que j'ai fini par délirer, par imaginer qu'ils remuaient.

L'homme qui est entré m'a arraché à ma rêverie. J'ai supposé qu'il s'agissait d'un homme à cause de l'âpreté de sa respiration. Il n'a pas prononcé un mot. Ça ne ressemblait ni à Tom ni à papa. J'ai senti la puissante odeur camphrée du baume du tigre, et j'ai eu le sentiment qu'on m'observait de très près.

La sueur m'a alors picoté les aisselles. Et si c'était lui – celui qui avait essayé de me tuer ? S'était-il enfin décidé à terminer ce qu'il avait commencé ?

Qui es-tu ?

Il ne disait toujours rien. Ce n'était ni un médecin ni un infirmier – je n'entendais pas le bruissement des feuilles de surveillance. Personne ne s'est approché du lit.

Vas-y, parle. Qui es-tu ?

Une petite toux. Aucun doute, c'était un homme.

C'est toi, pas vrai ?

— J'y suis. Nan, pas de problème.

Il s'exprimait d'une voix étouffée. Avec un accent de l'Est londonien qui m'était familier.

— Pas trop. Il est dans son lit. Avec des tubes de partout.

C'était un type jeune, quelqu'un que je connaissais.

— Mmmh. En chemin, j'ai eu le responsable du service presse de la police. Nan. Pas contents.

Le service presse. Alors tu dois être…

— Il m'a prévenu qu'il allait appeler Louise. Je le cite texto : « Ça m'étonnerait que votre directrice de la publication se risque à compromettre une enquête sur une tentative de meurtre. Comment ça avance pour la remise de prix que nous sponsorisons, le mois prochain ? » Ouais, exactement. Mets-la au courant. Il ne faut pas qu'elle cède.

J'ai reconnu sa voix. C'était Jacob, la dernière recrue du journal. J'ai ressenti un tel soulagement que la tête m'a tourné.

— D'accord, bouge pas. Je sors mes notes.

Le son familier d'un calepin qu'on feuillette. Avec qui Jacob était-il au téléphone ? Bill ?

— Le passage qu'il ne veut pas qu'on reprenne, c'est les citations de mon contact chez les flics, celui qui m'a rencardé sur le tuyau et l'identité de leur suspect.

Il a marqué une pause.

— Bien sûr que non.

Le tuyau de l'ornithologue amateur ?

— Ouais, j'ai demandé à Jo, au bureau, qui épluche les notes d'Alex pour voir sur quelles histoires il a enquêté, dans l'année avant qu'il tombe, ou qu'on le pousse – avant ce qui lui est arrivé, quoi. Elle veut savoir si quelque chose aurait pu le mettre dans le collimateur de quelqu'un.

Ils passaient en revue mes vieux articles. C'était pourtant évident : il devait s'agir de l'affaire Holly King.

— Elle m'a parlé de cette histoire, là, le commentaire sur le site, tu te rappelles ? Le gamin qui a menacé de buter Alex quand il a publié un compte rendu du procès de sa mère, qui a fini en prison parce qu'elle dealait.

Ce n'était qu'un môme.

— Enfin, bref. Elle va fouiller le reste.

Qu'a-t-elle trouvé d'autre ?

— Bien sûr qu'on a pensé à l'affaire Holly King, mais…

Mais quoi ?

— Exactement. Le seul qui aurait pu avoir une dent contre Alex après la campagne, c'est Barker, et il est en cabane.

Barker ?

— Les dates ne collent pas. Barker était déjà en taule pour l'autre agression quand Alex est… Quand ça lui est arrivé.

Ce nom était une nouveauté, pour moi. Est-ce que je comprenais bien ? Barker devait être le véritable assassin de Holly King. Mais quand je suis tombé, il était déjà derrière les barreaux. Cela signifiait-il qu'on avait libéré William Ormond ?

C'était à la fois une bonne et une mauvaise nouvelle. Une bonne nouvelle que la campagne du journal ait porté ses fruits et que l'assassin de Holly ait été condamné. Une bonne nouvelle qu'il ne puisse pas menacer Bea. Mais je venais de perdre mon suspect principal. Et les inspecteurs de la police judiciaire n'allaient pas être très enclins à se pencher sur mon dossier, moi qui avais contribué à révéler leur incompétence.

Jacob a toussé.

— Alors voilà. Les flics attendent. Officiellement, on a le droit de raconter qu'ils enquêtent sur son accident, mais ils ne veulent pas qu'on le qualifie de tentative de meurtre.

Qu'est-ce qu'ils attendent ? Pourquoi ne mettent-ils pas les pieds dans le plat ?

— Bref, j'y suis, là. Qu'est-ce qu'elle veut, Louise, à ton avis ? Je peux te décrire à quoi ça ressemble, si tu veux. C'est super glauque. Bouge pas, je t'envoie une photo.

Il s'est tu un instant. J'ai entendu un faux déclic d'obturateur, émis par un téléphone.

— Tu l'as reçue ? Il n'a pas l'air en top forme, hein ? C'est con, c'était un mec sympa.

Ne parle pas de moi au passé.

— D'accord, alors tu veux de la couleur, des détails, de l'ambiance.

Nouvelle pause.

— Que je questionne qui, les médecins ? Je ne sais pas trop… Je peux toujours essayer, mais ils ne vont pas prévenir le chargé de relations presse ?

À cause de sa conversation téléphonique, le bureau m'a manqué. Je regrettais même Bill et son crâne luisant.

— Non, les proches ne sont pas là. Tu as le numéro de sa copine ? Je peux l'appeler en repartant.

Voilà qui déplairait beaucoup à Bea.

— Comment ça ? Pourquoi c'est Ollie qui devrait s'en charger ?

Aïe. Ils voulaient qu'il partage son scoop.

— Moi, je n'ai pas assez de tact ?

Il semblait ne plus se soucier de parler doucement.

— Comment tu peux le savoir si tu ne me laisses pas l'appeler ?

Il a marmonné un juron.

— D'ac. Mais je ne veux pas d'une signature commune, par contre, chef. C'est mon papier.

Il a encore juré.

— Et concernant ce que ma source m'a raconté, je fais quoi ? On sort l'info ?

Qu'a-t-elle raconté ?

— Ce serait dommage de passer à côté. On devrait prendre le risque. Tout le monde croit que le coupable est un mec. Mais mon indicateur est catégorique. Le témoin a vu une femme, c'est sûr.

Une femme ?

— Ouais, ça marche. Tchao.

Jacob a maugréé d'autres grossièretés.

— Je manque de tact, moi ? Qu'il aille se faire foutre.

Un bruit de stylo qui griffonne sur du papier. Des pages qu'on feuillette. J'ai essayé de me rappeler à quoi il ressemblait. Toujours pimpant, même en tenue de foot. Il misait beaucoup sur son apparence. Boutons de manchette en plaqué or et chevalière. Cheveux plaqués en arrière au Pento. Je l'ai écouté qui se déplaçait dans la chambre. Quel genre d'article allaient-ils imprimer ? L'un des leurs se retrouve dans le coma, puis on découvre qu'il s'agit d'une tentative de meurtre – ils allaient sans doute mettre le paquet.

On allait consacrer des dizaines de pages au sujet. Lancer des appels à témoins. Publier des illustrations en couleur comportant des détails du lieu de l'accident, des interviews des amis et des proches. C'était étrange, d'être le sujet de la série de papiers au lieu d'en être l'auteur.

Puis, sans un mot, il est parti. La porte a claqué doucement. J'aurais dû reprendre mes exercices musculaires, mais j'avais la tête ailleurs.

Une femme, c'est sûr.

Mes théories sur l'identité du coupable ne tenaient plus la route. L'assassin de Holly King était derrière les barreaux et s'y trouvait quand je suis tombé. Apparemment, le principal suspect de la police était une femme.

Était-ce vraiment une ex qui s'en était prise à moi, alors ?

J'étais revenu à mon point de départ : la lettre.

Le rythme des visites que je recevais est devenu anarchique. Tom et Rosie venaient au moins deux fois par semaine – je n'avais pas passé autant de temps en leur compagnie depuis mon arrivée à l'hôpital –, et Eleanor semblait être là plus souvent elle aussi. Bea venait moins. Ensuite, j'ai vu rappliquer des gens qui n'avaient pas mis les pieds ici depuis des mois. « On a lu la nouvelle dans le journal », ont déclaré d'autres camarades d'escalade. Des cousins. Même mes médecins et mes infirmières me donnaient l'impression de se comporter différemment quand ils s'occupaient de moi. Ils avaient dû être intrigués par l'atmosphère de mystère criminel qui flottait autour de moi.

Seul Bart gardait ses petites habitudes – il passait

la serpillière en chantant, et rien dans ses propos ne laissait penser qu'il aurait pu être au courant de ce qui avait lieu en dehors de l'hôpital. Mais un soir il n'a pas été lui-même. Il semblait nerveux.

— Bonjour, mon ami. C'est Bart qui vient faire ménage, a-t-il annoncé en entrant, d'un débit plus précipité que d'ordinaire.

L'odeur habituelle du désinfectant l'accompagnait, mais il n'a pas lavé le sol. Au lieu de ça, il a maugréé :

— C'est où ce machin. Allez, c'est où ?

Il s'est déplacé bruyamment dans la chambre, a manipulé des papiers et remué des chaises.

— Ah ! s'est-il exclamé, d'un ton aussitôt plus joyeux.

La télé s'est allumée, des phrases criardes et inachevées entremêlées de fragments de musique se sont succédé tandis que Bart, vraisemblablement, zappait d'une chaîne à l'autre. Que cherchait-il ? Il ne regardait jamais la télé dans ma chambre. Au bout d'un moment, il a arrêté son choix, et j'ai entendu le brouhaha bien reconnaissable des vivats, des chants et des cris d'une foule. Des cornes de brume qui retentissent. La voix d'un commentateur de football, qui gagne en volume et en vitesse : « … c'est dedans ! Hors-jeu signalé ! Il y a hors-jeu, le but ne va pas être validé, mais il ne le sait pas encore. La Pologne n'a pas pris l'avantage… »

Bart a poussé un jappement.

— Très très excitant, mon ami. C'est un match très excitant.

On aurait dit un petit garçon – survolté et à cran.

— Il faut pas les Anglais ils marquent. Toujours pas but, mon ami. Pas but, pas but. Des deux côtés.

De quelle rencontre s'agissait-il ? J'ai calculé en

quelle année nous étions, quelles compétitions devaient avoir lieu. La Coupe du monde allait se dérouler plus tard. Alors que regardait-il, un match amical ?

Quand j'ai entendu Bart s'asseoir sur le siège à côté de moi, j'ai deviné que le sol de ma chambre ne serait sans doute pas nettoyé ce soir-là. Il est resté avec moi pendant ce qui m'a semblé un long moment, à s'époumoner contre la télé, à frapper du plat de la main sur mon lit de temps en temps et à marmonner en polonais.

Je n'ai pas pu m'empêcher de me laisser gagner par son enthousiasme. J'avais l'impression d'être à côté de mon père. Celui-ci détestait qu'on regarde ensemble les rencontres de son Liverpool adoré. Sans doute parce qu'il n'aimait pas qu'on le voie se mettre dans tous ses états. Parfois, je venais quand même chez lui. Chaque fois, sa mine s'allongeait quand il m'ouvrait la porte. « Oh, disait-il. Je pensais que tu irais grimper, cet après-midi. »

C'était plus fort que moi. C'était hilarant, de le voir assis tout au bord du canapé, en train de faire des bonds quand il y avait but, de s'énerver contre l'arbitre et de lui brailler qu'il ne valait pas mieux qu'un chou-fleur (comprendra qui peut).

Bart, lui, semblait content d'avoir un compagnon à côté de qui crier des encouragements en direction du téléviseur. Au bout de quelques minutes seulement, je soutenais la Pologne moi aussi. À l'approche de la fin du temps réglementaire, les commentateurs paraissaient au bord de l'apoplexie – il y avait toujours zéro-zéro, on allait devoir passer aux prolongations, peut-être même aller jusqu'aux tirs au but. J'avais peur que Bart ait une crise cardiaque. S'il se mettait dans cet état pour un match amical, qu'est-ce que ça devait être pendant une phase éliminatoire cruciale?

— Allez, les gars! a-t-il hurlé. Il faut se réveiller. Il faut se…

Il s'est arrêté net, et un bruit a retenti dans le coin de ma chambre, près de la porte.

— J'allais m'en aller, s'est-il empressé de dire, puis la télévision s'est tue. J'allais. Désolé… Je faisais juste petite pause avec…

Il m'a tapoté le bras.

— Alex, lui a indiqué Pauline. Vous faisiez une petite pause avec Alex?

— Oui, oui. Alex.

Bart a fait le tour de mon lit, à l'évidence gêné qu'on l'ait surpris en train de fainéanter.

— Il faut je pars, je te laisse dans silence.

Où allait-il regarder les prolongations? Et surtout, comment allais-je connaître le score final? Je l'ai entendu sortir en poussant son chariot.

— Merci.

C'était la voix de Bea; elle avait dû entrer avec Pauline.

La porte a claqué.

— Est-ce qu'il a le droit de regarder du foot dans la chambre? a demandé Bea à l'infirmière.

Soudain, mes yeux se sont entrouverts. L'un d'eux était en partie obstrué par l'oreiller comprimé contre un côté de mon visage, mais je parvenais quand même à voir Bea qui allait et venait devant moi.

— J'irai lui parler, a répondu Pauline. Montrez-moi cette photo, alors.

— Elle est sur mon téléphone, la qualité n'est pas formidable…

Je distinguais tout juste la forme de Bea devant moi, qui se penchait pour fouiller dans son sac.

— Vous croyez qu'on m'autoriserait à aller jeter un coup d'œil à la maternité ? Ou alors vous pourriez m'obtenir un bracelet ?

Pourquoi veux-tu aller à la maternité ?

Elle paraissait surexcitée ; je ne l'avais pas vue aussi regonflée depuis une éternité.

— Faites voir, a dit Pauline. Si ça se trouve, ce ne sera même pas la peine. J'y travaillais, avant, alors je pourrai peut-être vous donner les renseignements que vous voulez.

Quels renseignements Bea voulait-elle ?

Elles sont restées inclinées l'une vers l'autre un instant, sans doute le temps de consulter le téléphone de Bea. Qu'avait-elle découvert ?

— J'ai dû remettre l'original à la police, mais heureusement, j'avais déjà pris cette photo.

— Oh mazette, qu'il est mignon ce bébé, pas vrai ?

— Oui, j'imagine, a répondu Bea d'une voix chevrotante. Mais je souhaiterais découvrir qui est sa mère. Ça pourrait vraiment m'aider à…

— Vous pouvez agrandir ?

— Oui. Justement, c'est ça le truc. À l'époque, quand je l'ai trouvée, j'avais un téléphone moins performant, qui ne me permettait pas de faire tout ça. Mais quand j'ai transféré mes fichiers sur le nouveau, je me suis rendu compte que je pouvais zoomer beaucoup plus et améliorer la définition, et regardez – si j'active ce filtre, on distingue des lettres, là… Vous voyez ? « L.A. »

L.A. ? Je ne me souvenais pas d'avoir vu du texte sur la photo. Où figurait-il ? Sur le berceau ?

— Oui, je vois. Hmmmh.

— C'est quoi, à votre avis ? C'est là qu'on écrit le nom de l'hôpital ? Ou celui de la mère ? Ou c'est autre chose ?

— Ça pourrait être une partie du nom du bébé.

— Il n'y a pas un moyen d'en être sûr ? Grâce à la position des lettres sur le bracelet ?

Pauline a soupiré.

— Je suis désolée, mon petit. Je ne peux pas vous donner une réponse catégorique. Ce n'est pas assez net.

— On ne pourrait pas m'en fournir un, pour que j'aille voir ?

— On ne vous laissera pas entrer dans le service, a rétorqué Pauline, qui paraissait sincèrement désolée. Et en toute franchise, je ne crois pas que vous obtiendriez plus d'informations. Ça dépendrait beaucoup de l'hôpital, de la sage-femme, de tout un tas de paramètres. Et puis regardez, c'est écrit à la main – il me semble qu'on les délivre par ordinateur, maintenant, ici.

J'ai entendu un claquement sec : la main de Bea contre le mur ou le rebord de la fenêtre. Il m'a semblé que Pauline s'est de nouveau approchée d'elle, qu'elle l'a réconfortée.

— Je suis navrée. Je suis sûre qu'ils vont trouver le coupable.

— Je pensais que j'aurais pu retourner voir les enquêteurs avec du concret, de nouveaux éléments pour qu'ils me prennent au sérieux.

L.A.

Ça ne pouvait correspondre qu'à un nom dans la liste que j'avais établie. Et pour cela il fallait par ailleurs que le prénom visible sur le bracelet soit celui de la mère, pas celui du bébé, ni celui de l'hôpital.

L.A.

Comme dans C.*L.A*.R.E.

29

Le lendemain, Philippa est entrée, en pleine conversation avec Pauline.

— … policiers on dit quand ils ont appelé ? a demandé l'infirmière, alors que la porte s'ouvrait en gémissant.

— Ils ont arrêté quelqu'un, a annoncé Philippa.

Tac. Tac. Tac.

Qui ça ? Dis-moi qui c'est.

— C'est une bonne nouvelle, n'est-ce pas ? Hein ? s'est enquise Pauline d'une voix douce. Vous connaissez le suspect ?

— Malheureusement, oui.

— Oh, c'est terrible. Comme quoi on a plus souvent à craindre d'un proche que d'un étranger. Vous tenez le coup ?

— C'est quand même un soulagement de savoir qu'on va avoir le fin mot de l'histoire. Mais je me sens trahie, et tellement en colère.

Qui c'est ?

— Ça montre bien qu'on ne connaît jamais vraiment les gens, a poursuivi Philippa.

— Vous ne m'avez pas dit qui a…

— C'est sa copine. Cette sale petite…

— C'est pas croyable! s'est étranglée Pauline.

Oh non.

— Elle qui avait toujours l'air adorable. Elle était là encore hier.

Non. C'est n'importe quoi. Bea n'aurait jamais…

— C'est ce que tout le monde me répète. Moi je n'ai jamais compris ce qu'il lui trouvait.

Ils font fausse route.

J'ai été pris d'un vertige, comme si on avait incliné mon lit vers l'arrière et que je glissais, tête la première vers le sol.

— Et ils l'ont inculpée, donc?

— Comment elle a pu lui faire ça?

Philippa radotait, à présent, sans plus prêter attention à l'infirmière.

— Ça me dépasse. Je ne l'ai jamais aimée, mais je ne la croyais pas capable d'une horreur pareille. Quelle petite salope. Comment elle a osé?

— C'est dur à encaisser.

— C'est mon seul frère, vous savez?

— Je suis navrée.

Philippa donnait l'impression d'être en équilibre précaire entre la colère noire et les larmes.

C'est impossible.

— Non, c'est *moi* qui suis navrée, je n'aurais peut-être pas dû venir. Je n'ai pas les idées claires. Vous n'avez pas besoin de ça, vous avez assez de pain sur la planche.

— Les enquêteurs sont sûrs que c'est elle?

— Ils ont expliqué à papa qu'ils cessaient les investigations.

Non. Bea ne m'aurait jamais fait ça. C'est forcément une fille que je me suis mise à dos. Clare.

— Et Graham, comment il le prend ? s'est enquise Pauline.

— Graham ? a répété Philippa, déconcertée, comme si elle ne reconnaissait pas le prénom de notre père. Papa ? Il va bien. Enfin, non, ça ne va pas, mais…

— Oh, ma pauvre. Je vous apporte un thé. Vous êtes bouleversée.

— Je suis plus que bouleversée, a rétorqué sèchement Philippa. Excusez-moi. Je n'ai rien contre vous. Mais j'ai le cœur qui s'emballe – je pourrais briser cette fenêtre d'un coup de poing. Je ne comprends pas ce qui pourrait pousser quelqu'un à… à infliger *ça* à…

Elle a posé la main sur ma jambe.

— … à un autre être humain.

Lorsqu'elle s'est écartée, je l'ai entendue respirer à fond, essayer de reprendre ses esprits.

— Il faut les changer, celles-là.

Un froissement. Un coup sourd. Un crépitement de Cellophane tandis qu'elle met de nouvelles fleurs dans le vase. *Tac, tac, tac*, lorsqu'elle fait le tour de la chambre.

Comment peux-tu croire ça ?

La tête me tournait comme une toupie. Ça ne rimait à rien. Je ne voyais pas quelles preuves ils pouvaient détenir.

— Ils pensent qu'elle passera aux aveux quand ils lui auront présenté les éléments à charge. Si elle ose nier, je vous jure que je la…

Ils n'ont pas arrêté la bonne personne.

Le choc initial s'est dissipé, mais je me sentais déboussolé. Je parvenais à peine à suivre les déplacements de

Pauline et de Philippa dans la chambre. Comment en était-on arrivé là ?

— Mais est-ce qu'ils vous ont dit *pourquoi* ? a questionné Pauline. Il existe forcément un mobile.

— Ils ont une lettre, que Bea déclare avoir trouvée il y a quinze jours. Mais selon les enquêteurs elle est tombée dessus bien avant, et ça l'a mise tellement en colère qu'elle a fait ça.

Non. Elle vient de la découvrir. Si elle l'avait trouvée avant, elle l'aurait signalé.

— Qu'est-ce qu'il y avait, dans cette lettre ?

— C'est énigmatique, mais ça laisse entendre qu'il a eu une liaison. Le pire, c'est que…

Philippa s'est interrompue et s'est mise à marmonner d'une voix hargneuse :

— Je me souviens très bien que cette sale menteuse nous en a parlé. Elle a fait semblant d'être déroutée et abattue. Tout ce qu'elle a dit et fait depuis que les pompiers ont mis Alex dans l'ambulance, ce n'était qu'un numéro. Ça fait des mois qu'elle brouille les pistes.

Tu sais très bien que Bea n'est pour rien dans ce qui m'est arrivé ! Il faut que tu l'aides.

Elle a poursuivi :

— Il ne l'a pas trompée, bien sûr. Ce n'était pas son genre. Mais elle ne lui a même pas laissé le temps de le lui prouver. De l'avis des policiers, elle a pété un boulon, et quand il est allé faire de l'escalade, ce jour-là, elle l'a poussé dans le vide. Ou elle lui a jeté un projectile. Elle a trouvé un moyen de lui faire perdre ses appuis, en tout cas.

Non. C'est impossible. Elle n'était même pas à Bristol. Où est-elle, en ce moment ? Est-ce qu'elle va bien ?

— L'explication la plus probable, selon eux, c'est qu'elle lui a jeté une pierre, ou alors… je ne sais pas ce qu'elle a pu balancer d'autre. Et c'est pour ça qu'il serait tombé. Ils appellent ça un crime passionnel.

Impossible.

Philippa est partie d'un rire amer.

— Et l'autre élément… parce qu'il y en a *un autre*, en plus… Nous venons d'apprendre toute l'histoire sur le témoin qui s'est manifesté – l'ornithologue amateur qui l'a vue en haut de la falaise. Il l'avait reconnue dans le journal dès le début, mais il ne voulait pas être impliqué. Vous vous rendez compte ? Sa conscience n'a pris le dessus que récemment, d'après ce qu'il a confié à la police. Comment peut-on garder le silence sur une révélation pareille ? Depuis tout ce temps, nous traitions cette fille comme un membre de la famille. On aurait pu nous épargner tous ces précieux mois.

Mon vertige s'est accentué, puis une autre sensation est venue s'y ajouter. J'ai soudain éprouvé l'envie impérieuse de me soulager. Rien d'inhabituel à cela, je n'avais aucun contrôle dessus quand ça se produisait. Je sentais toujours le filet d'urine qui me traversait, s'évacuait par ma sonde vésicale et s'accumulait dans un sac collecteur que les infirmières changeaient régulièrement. Mais cette fois je n'ai pas senti que l'écoulement du liquide. Il y a eu aussi de l'humidité. Une humidité chaude sur mes cuisses.

C'est pas vrai. Maintenant ? Il faut que ça m'arrive maintenant ?

J'ai fait des tentatives vaines pour inciter Pauline à s'en apercevoir.

Ma sonde. Vérifie ma sonde.

Je savais ce qu'elle allait trouver. J'ai essayé de détecter le plastique. D'habitude, je le sentais dans mon urètre ; sa présence n'avait rien de douloureux, mais je ne pouvais pas l'ignorer. En cet instant, pourtant, je ne sentais plus rien – la sonde était ressortie.

Pauline. Ma sonde.

Elle ne me prêtait aucune attention.

— Bea m'a toujours paru tellement adorable, a-t-elle insisté, d'un ton triste.

J'aurais voulu réfléchir davantage aux explications de Philippa. Qu'allait devenir Bea, maintenant ? Où était-elle ? Mais mon urine continuait à s'écouler et me donnait une urgence plus immédiate à traiter.

Elles n'entendaient donc rien ? Elles ne voyaient rien ? Le drap-housse était chaud et mouillé.

— J'espère qu'elle va brûler en enfer, a lâché Philippa avec hargne.

Elle l'a de nouveau vouée à la damnation d'une voix chevrotante, puis des sanglots ont suivi.

Pauline. Ma sonde… S'il te plaît ?

Cet accident ne s'était produit qu'à deux ou trois occasions auparavant, et comme par un fait exprès, chaque fois quelques heures après que Connie m'avait installé une nouvelle sonde avec ses méthodes éminemment professionnelles.

— Vous êtes sûre que vous ne voulez pas un thé ? a insisté Pauline.

Philippa n'a pas répondu. D'autres reniflements ; un souffle irrégulier.

— Allez, ma belle. Je vous emmène.

Attendez… vous ne voyez pas que…

J'ai entendu la porte se fermer.

Les draps ont commencé à refroidir et ma peau m'a démangé. L'odeur d'ammoniac est devenue plus forte à mesure que les minutes passaient, accompagnée d'un sentiment de gêne que je ne connaissais que trop bien.

Enfant, je mouillais mon lit. Je ne me souvenais pas d'avoir fait des cauchemars : je me réveillais, trempé et honteux. J'appelais ma mère, qui arrivait peu après dans ma chambre, les yeux pleins de sommeil, encore baignée de la chaleur de son lit. Sans un mot et sans allumer, elle me retirait mon pyjama, puis changeait les draps. Elle ne me grondait jamais, ne se fâchait jamais.

Maman.

Ma gorge s'est nouée.

Qu'aurait-elle pensé de tout ça ? Quel avis aurait-elle eu sur l'arrestation de Bea ?

Maman.

Il ne m'a pas fallu longtemps pour savoir exactement ce qu'elle aurait dit. « Il faut faire confiance à ceux qu'on aime. » J'entendais sa voix tandis qu'elle prononçait ces mots. « La confiance, c'est la clé de voûte d'une relation. »

Tu me manques.

Sur son lit de mort, elle a écrit trois lettres : une pour chacun de nous, papa, Philippa et moi. Je n'ai jamais lu la leur, mais j'avais relu la mienne tous les jours pendant une bonne année. Elle m'y parlait de ma venue au monde. « Ma vie a changé plus que j'aurais pu l'imaginer. » Elle m'indiquait qu'elle était fière de moi. « Tu es devenu un jeune homme très bien, tu me rappelles ton père quand je l'ai rencontré. » Et elle me donnait des conseils pour que je sois heureux.

« Ça ne sert à rien, de trop s'inquiéter. Entretiens tes amitiés. Essaie toujours de voir les choses du point de vue des autres. Autorise-toi à tomber amoureux, mais n'oublie pas : il faut faire confiance à ceux qu'on aime. La confiance, c'est la clé de voûte d'une relation. »

Il me fallait garder toute confiance en Bea. C'était impossible qu'elle m'ait fait ça. Ça ne m'étonnait pas que Philippa en soit convaincue – elle ne l'avait jamais appréciée –, mais personne ne réussirait à me monter contre elle. Je devais avoir foi en elle jusqu'au bout, c'était la seule chose en mon pouvoir pour la soutenir, le seul moyen pour moi de l'aider. Où était-elle ? En détention ? Elle devait avoir peur. Qui prenait soin d'elle ? Ses parents. Tom et Rosie, j'espérais. Ils n'allaient pas la laisser tomber.

Des frissons m'ont parcouru, la chair de poule est partie de mon bas-ventre et de mes cuisses, qui refroidissaient vite, et s'est étendue à mon torse et à mes bras. Le son de la voix déçue de Bea me revenait sans cesse. « Je pensais que j'aurais pu retourner voir les enquêteurs avec du concret, avait-elle dit à Pauline hier. De nouveaux éléments pour qu'ils me prennent au sérieux. »

« Pour qu'ils me prennent au sérieux. » Cette phrase tournait en boucle dans ma tête. Mon cerveau me jouait des tours. Pourquoi s'accrochait-il à cette remarque ?

Pour qu'ils me prennent au sérieux. Qu'ils me prennent au sérieux.

Au bout d'un moment, j'ai compris pourquoi mon esprit restait bloqué sur ce détail : c'était la dernière fois que Bea était venue. Ne recevrais-je plus jamais de visite d'elle ? N'entendrais-je plus jamais le son de sa voix ? Fallait-il considérer ce moment comme nos adieux ? Et si on la condamnait à la prison ? Même si mon état s'améliorait, serais-je assez en forme pour aller la voir ? Au cours des semaines qui avaient suivi la réapparition de la lettre, Bea avait constitué un de mes points de repère. Je comptais sur elle. J'avais besoin d'elle.

Je cherchai à tout prix à me rappeler tous les détails de nos derniers instants ensemble, comme je l'avais fait à la mort de maman.

M'as-tu touché ? Je ne m'en souviens pas. Quand m'as-tu touché pour la dernière fois ?

J'ai passé en revue toutes les parties de mon corps, en m'efforçant de convoquer mes souvenirs : sa main sur ma jambe, ses lèvres sur mon front, la façon dont elle s'est appuyée contre mon dos.

Si j'avais su, j'aurais été plus attentif. Quels avaient été ses derniers mots ? M'avait-elle embrassé ?

Tandis que j'essayais de me rejouer le déroulement de cette journée, les images qui me venaient se disputaient mon attention avec les ultimes heures de ma mère.

La forme du corps de Bea, qui faisait les cent pas devant mon visage et mes yeux entrouverts.

La respiration de maman, de plus en plus faible. Moi, qui redresse l'oreiller derrière sa tête et ajuste sa couette, histoire de m'occuper les mains.

L'enthousiasme de Bea quand elle a cru avoir fait une découverte capitale sur la photo du bébé. Pourquoi n'avais-je pas pris la peine de l'écouter ?

Les yeux de maman, fermés, lorsqu'elle me disait : « Occupe-toi de ton père. Veille sur Philippa à ma place. Elle n'est pas aussi solide qu'elle en a l'air. »

Bea, qui demande à Pauline de l'aider à accéder à la maternité.

Maman, qui rit faiblement lorsque je lui rappelle des anecdotes amusantes de notre enfance. Les escargots que Philippa gardait comme animaux de compagnie, qu'elle nommait tous Penny, et qui réussissaient toujours à s'échapper. Ma combinaison spatiale artisanale fabriquée avec trois rouleaux de papier alu et un bocal en verre sur la tête.

Le bruit de la main de Bea qui claque contre le mur, ou le rebord de la fenêtre. Sa silhouette penchée alors qu'elle fouille dans son sac. Bea qui explique : « À l'époque, quand je l'ai trouvée, j'avais un téléphone moins performant. »

Une minute.

À l'époque ?

Quelle était la théorie de la police au sujet de la lettre, déjà, d'après Philippa ?

« … les enquêteurs pensent qu'elle l'a trouvée bien avant. »

« À l'époque », c'était quand, Bea ? Il y a quelques semaines, ou presque deux ans ?

Mon esprit est remonté jusqu'à la journée où Bea m'avait annoncé qu'elle avait trouvé la lettre. Elle était en colère. Le souvenir de la gifle qu'elle m'avait donnée a diffusé un picotement dans ma joue. Bea n'avait pas pu jouer la comédie, c'était impossible. Si elle avait découvert la lettre avant, elle aurait été incapable de se retenir de s'expliquer avec moi.

Elle n'était pas du genre à préméditer ses actes.

Elle était impulsive.

Il faut faire confiance à ceux qu'on aime.

30

Comment avaient-ils pu l'arrêter ? Ils déliraient complètement.

Remonté par la colère, j'ai redoublé de motivation.

Bouge. Bouge. Allez, BOUGE.

J'ai passé les derniers jours à concentrer toutes mes émotions sur l'auriculaire de ma main droite.

Quelqu'un a essayé de te tuer, et maintenant la police veut faire condamner ta copine.

Rien.

Il faut que tu sortes d'ici.

Toujours rien.

Il faut que tu trouves un moyen de l'aider.

Connie déambulait dans la chambre en procédant à ses vérifications habituelles.

— Comment ça va, aujourd'hui, gros baudet décérébré ?

Elle a ri et entrepris de me tourner sur le flanc. Elle m'a soulevé l'épaule gauche en lâchant un grognement d'effort, puis elle a poussé dans mon dos.

J'ai utilisé la colère que j'éprouvais pour me donner de l'énergie.

Bouge. Bouge.

— Connie, il faudrait que tu viennes voir, l'a appelée une voix dans le couloir.

C'était une de mes autres infirmières, plus jeune.

Connie s'est interrompue en laissant mon buste en état de torsion, mais mes jambes bien à plat et parallèles.

— Je suis occupée.

— Viens voir qui est là, a insisté la jeune infirmière d'un ton enjoué, avant de glousser.

Puis Connie est partie et la porte s'est refermée derrière elle.

J'ai poursuivi mes tentatives de remuer le petit doigt tout en écoutant les faibles bruits en provenance du couloir, des rires féminins étouffés.

Allez, bouge. Il faut que tu aides Bea.

Rien.

Encore des rires. Qui était ce type qui les émoustillait à ce point ?

Quelques instants plus tard, la porte s'est rouverte et presque aussitôt l'odeur familière de l'après-rasage anisé m'a assailli.

Alors c'est vous.

Le docteur Taiseux devait être drôlement beau gosse pour mettre les infirmières dans cet état. Elles ne se pâmaient ainsi pour aucun de leurs autres collègues.

Il a procédé comme à son habitude. Il a parcouru le suivi de mes constantes. Il semblait de meilleure humeur que d'habitude ; il sifflait une mélodie en travaillant. C'était quoi, ce morceau ? Je le reconnaissais, mais je ne pouvais pas me permettre d'être distrait. Je voulais rester concentré sur mes efforts pour remuer le petit doigt, et il fallait que j'y consacre toute mon énergie pour avoir une chance d'y parvenir.

Rien qu'un petit mouvement. N'importe lequel.

Il m'a touché le front, puis a fait pivoter ma tête d'un côté et de l'autre. J'ai senti une trace de gel douche à l'eucalyptus sur sa peau, et je m'en suis servi pour attiser ma colère.

Bouge. Tu peux y arriver.

Il a bloqué mon coude droit sur le lit, avant de soulever mon poignet.

Bouge. BOUGE, à la fin !

Il a arrêté de siffler, puis a lâché mon bras en vitesse – il l'a repoussé comme si je lui avais expédié une décharge électrique.

— Pas possible, a-t-il fait doucement.

Il a posé la main sur la mienne – celle du bras qu'il levait quelques secondes plus tôt. Puis il a appuyé sur ma peau, en plaquant mes doigts sur le lit.

— Ça ne se peut pas, a-t-il ajouté.

Est-ce que j'avais bougé ? J'avais réussi ?

Peut-être se rendait-il compte qu'il s'était trompé et qu'en fait maintenir en vie un légume tel que moi avait valu le coup. Hélas, je n'étais pas en état de lui crier : « Je vous l'avais bien dit ! »

Je n'étais pas tiré d'affaire pour autant. J'ai paniqué. Pouvais-je réitérer mon exploit ? Ma tête s'est remplie de questions et d'impatience.

Bouge. BOUGE.

Sa main pressait toujours la mienne contre le matelas.

Bouge. Recommence.

Je n'avais rien senti. Avais-je réussi pour de bon ?

Bouge. Saisis ta chance.

Le docteur Taiseux a soupiré, avant de retirer sa main.

— J'ai peut-être rêvé, a-t-il dit.

Non. J'ai bougé, vous m'avez vu!

Il a posé un doigt sur chacune de mes paupières et les a soulevées. Aveuglé par le torrent de lumière soudain, je n'ai distingué aucun trait de son visage. J'ai tout tenté pour remuer les yeux, lui montrer un signe de vie qui le convaincrait.

Il m'a refermé les paupières.

— Est-ce que vous essayez de reprendre connaissance, monsieur Jackson?

Il m'a donné une gifle puissante. La force du coup a fait pivoter ma tête sur l'oreiller.

Qu'est-ce qui vous prend?

— Vous essayez de revenir à vous?

Il m'a encore frappé. Je sentais des élancements douloureux dans ma joue. Il cherchait sans doute à stimuler une réaction d'une nature ou d'une autre.

— Vous m'entendez, monsieur Jackson?

Puis il est parti.

J'ai cru l'entendre rire lorsqu'il est sorti de la chambre, et j'aurais voulu pouvoir me réjouir avec lui. Il jubilait sans doute d'avoir assisté à un changement capital, en étant témoin d'un tel progrès chez un patient qu'on jugeait voué à ne jamais se réveiller. Mais personne ne pouvait être plus extatique que moi. Les larmes ont afflué dans mes yeux et se sont déversées.

Enfin.

Quand la porte s'est rouverte, j'ai pensé que ça devait être lui, qui revenait accompagné du professeur

Lomax et du docteur Sharma. J'ai tendu l'oreille pour les entendre malgré mon cœur qui cognait encore à se rompre.

Le gémissement habituel des gonds n'a pas retenti tout de suite. Quand il a résonné, il a été lent – quelqu'un poussait le battant sans se presser, comme pour éviter de me réveiller. Des bruits de pas, discrets et traînants. Ça ne ressemblait pas à un médecin. Cette personne s'est approchée par ma droite, et la porte a cliqueté derrière elle.

Une puissante odeur florale m'est parvenue, comme si on avait apporté une coupelle du pot-pourri de ma mère dans la chambre. Il s'agissait d'une femme, donc.

Qui est là ?

L'inconnue a reniflé et s'est mouchée. Puis elle a respiré à fond.

— Bea voulait…

Une autre profonde inspiration.

— Bea a dit que…

Elle s'exprimait avec nervosité et une grande douceur. D'une voix rauque, celle d'une femme d'un certain âge.

— Bea m'a dit de…

La mère de Bea.

J'ai repris mes efforts pour bouger le doigt. Si j'avais réussi une fois, qu'est-ce qui m'empêchait de recommencer ?

Regardez ma main, Megan.

Les médecins lui avaient peut-être expliqué ce qui se passait. Les infirmières étaient sans doute dans les couloirs en train d'en discuter. Je m'étonnais qu'aucune d'entre elles ne soit encore venue me voir.

J'ai imaginé la tête de Connie quand le docteur Taiseux lui avait annoncé que d'après lui j'étais réveillé. J'aurais voulu être là pour la voir au moment où elle s'était rendu compte que sa cruauté allait être révélée au grand jour.

Megan a refait une tentative, puis s'est raclé la gorge.

— Bea m'a demandé de venir te parler. Directement.

Les médecins ne vous ont pas avertie du miracle? Vous devez transmettre le message à Bea. Il faut la mettre au courant.

— Elle est à la maison avec Rick. Oh, je ne sais pas si je vais y arriver.

Elle a soupiré.

Dites-lui de venir me voir, il faut que j'essaie de lui montrer.

— Est-ce que tu sais ce qui se passe, en ce moment, Alex? m'a-t-elle interrogé d'une voix tremblante. Lundi, la police a arrêté Bea. Elle est restée en garde à vue trois jours. D'après eux, elle a tenté de te t… tuer.

Megan s'est encore mouchée.

— Elle pense que ton père t'a peut-être déjà prévenu. Alors je suis venue te dire qu'elle n'est pas coupable. Jamais elle ne t'aurait fait du mal, Alex.

Je le sais.

J'étais impatient. Elle ne semblait pas au courant de ce qui s'était passé dans ma chambre un peu plus tôt. Apparemment, personne ne lui en avait parlé.

— Elle n'a pas le droit de venir ici, a-t-elle poursuivi. Ils lui imposent des conditions de liberté sous caution.

Évidemment.

Bea n'allait pas me rendre visite. Je n'allais pas pouvoir lui montrer le mouvement de mon petit doigt. J'allais devoir être patient. Le docteur Taiseux était peut-être en train de se concerter avec le docteur Lomax. Ils allaient éviter de donner trop d'espoir à mes proches avant d'être certains que j'étais conscient.

— Elle ne va pas bien, a repris Megan.

J'ai essayé de me concentrer sur ce qu'elle m'expliquait et de ravaler ma hâte.

— Elle ne mange plus et elle ne dort pas sans somnifères. Elle ne travaille plus, et nous avons dû lui payer son loyer pour qu'elle ne soit pas obligée de déménager.

Merci de prendre soin d'elle.

— Rosie est passée la voir, et Cameron aussi. C'est l'ami de Bea.

Son ami, ben voyons.

— Mais elle est dans un sale état. Les enquêteurs lui en ont fait baver. Ils l'ont bombardée de questions. Rick est furieux.

Ma Bea. Comme il me pesait qu'elle ait dû endurer cette épreuve.

— Ils l'accusent d'avoir inventé des histoires afin de passer pour une victime dans l'affaire, a bredouillé Megan. Quelqu'un lui a cassé sa voiture, il y a quinze jours, et les policiers la soupçonnent d'être responsable des dégradations.

Pas étonnant qu'elle ait eu le sentiment qu'ils ne l'écoutaient pas, s'ils se comportaient ainsi depuis le début.

— Ils l'ont suivie, surveillée. Ils savaient tout sur elle, ils connaissaient tous les endroits où elle est allée ces dernières semaines.

Alors ça expliquait le « détraqué ». Elle n'avait pas tout imaginé.

Megan a éclaté en sanglots.

— Et ils ont trouvé la… la bague.

La bague…

Sous la lame de parquet descellée dans le salon. Ils l'ont montrée à Bea ?

Elle s'est mouchée.

— Ils ont mis l'appartement sens dessus dessous. Ensuite, ils ont… Pauvre Bea.

Elle a ravalé ses larmes.

— Pendant l'interrogatoire, ils lui ont jeté ce sachet plastique sous les yeux, celui qui contenait la bague.

Ce n'est pas comme ça que j'avais prévu de faire ma demande. Enfoirés.

— Elle n'était pas au courant, a sangloté Megan. Elle ne se doutait de rien.

C'était censé être une surprise.

Comment osaient-ils lui infliger ça ? L'envie de jeter un objet contre le mur m'a submergé. L'envie de donner un coup. De casser quelque chose.

— Ils lui ont posé des tas de questions sur votre relation. Ils se sont servis du bijou pour la provoquer. « Pourquoi Alex n'a-t-il pas fait sa demande ? » « Pourquoi aurait-il caché la bague ? »

Megan a inspiré et soufflé en vitesse, par mouvements hachés.

— « Pourquoi Alex ne voulait-il plus vous épouser ? » ils ont insisté. « Vous étiez en conflit, hein ? »

Elle s'est de nouveau mouchée.

— Ils… Ils ont dit qu'elle avait découvert un de tes secrets, que tu avais une liaison et qu'elle ne te le pardonnait pas.

Ils déforment tout.

— Mais elle leur a répondu que vous n'étiez pas en froid. Que tout allait bien.

Je me suis creusé la cervelle. Étions-nous en froid ?

L'odeur du parfum de Megan me laissait un goût amer dans la bouche. Elle est restée encore un peu, sans cesser de se moucher et de pleurer.

Y avait-il de l'eau dans le gaz ?

Au bout d'un moment, elle a lissé ses vêtements sur ses jambes, puis ses genoux ont craqué lorsqu'elle s'est levée.

— Je ferais mieux de rentrer et de les rejoindre, a-t-elle annoncé. Rick n'est plus lui-même, il se fait un sang d'encre.

Je le concevais sans mal. La colère que j'éprouvais contre lui parce qu'il ne m'appréciait pas me paraissait à présent mesquine, insignifiante. Il vouait une adoration sans bornes à sa fille. Comment tiendrait-il le coup si on la condamnait ?

— En tout cas, si tu m'entends, tu dois la croire, a repris Megan. Ce n'est pas elle qui t'a mis dans cet état-là. Ils se trompent sur toute la ligne.

Elle a posé une main hésitante sur la mienne, seulement le bout des doigts tout d'abord, comme si elle vérifiait la température d'un bain. Puis elle s'est lancée et m'a serré fort. Au point de faire craquer mes os. Sa peau était chaude, douce, sa main était plus charnue que celle de Bea.

— S'ils étaient si sûrs que ça que c'est elle la coupable, pourquoi ils ne l'ont pas mise en examen ?

Elle m'a lâché. Ses pas se sont dirigés lentement vers la porte, qui s'est ouverte en grinçant, puis Megan est sortie.

Quelque chose me chagrinait ; un détail que Megan avait évoqué. Bea et moi étions-nous fâchés ? me demandais-je en boucle, en attendant que le docteur Taiseux revienne m'expliquer comment il comptait me tirer de là.

Et chaque fois que je songeais à Bea, maintenant, un nouveau souvenir de nos dernières semaines ensemble remontait à la surface. Elle mentait à la police. Notre relation n'était pas au beau fixe.

J'ai repensé à ce qu'elle avait fait en ce jour fatidique : elle était allée randonner seule, téléphone éteint. La Bea que je connaissais en aurait été capable, à condition d'être suffisamment fâchée contre moi. Je ne me souvenais que maintenant des tensions qui existaient entre nous, à l'époque.

Comme le dit l'adage, on n'est pas obligé de participer à toutes les disputes auxquelles on est invité. Les derniers temps, nous n'avions pas respecté cette règle. Tout donnait lieu à une discussion compliquée. Je ne me rappelais pas tous les détails – seulement mon agacement, une sensation d'épuisement et de tristesse.

Nous aurions pu tout aussi bien rester à la maison tous les soirs, à nous écrire des invitations élaborées où nous aurions établi la liste de nos doléances, avant de répondre avec enthousiasme à l'autre, par retour de courrier, que nous étions en effet disponibles pour crier, brailler et nous disputer comme des chiffonniers.

Bea chérie,

Accepterais-tu de te joindre à moi pour un débat de trois heures visant à déterminer s'il serait judicieux de redécorer la cuisine ? Points à l'ordre du jour : quel budget prévoir, qui s'occupera des devis, comment devrons-nous nous y prendre ? Je suggère que nous nous efforcions de n'être d'accord sur rien et de faire en sorte que la discussion dégénère en concours de noms d'oiseaux, sans doute motivé par une querelle vieille de six mois sans le moindre rapport avec la question du jour et pour laquelle tu serais encore en colère.

Je compte sur toi !

Avec tout mon amour / haine,

Alex

Alex,

Je m'en réjouis à l'avance ! J'annule illico mes autres projets. Et si nous agrémentions le tout de commentaires vachards sur nos caractères respectifs ? Puis nous irions nous coucher sur les rotules mais encore furax, avant de nous réveiller le lendemain, anéantis, mais prêts à remettre le couvert !

À tout à l'heure, donc,

Bea

Se pouvait-il que la lettre soit à l'origine de nos disputes ? Bea l'avait-elle vraiment trouvée il y a si longtemps ? Non. Si ça avait été le cas, elle m'aurait réclamé des comptes. Mais la police avait raison : nous étions à couteaux tirés.

Un autre souvenir m'est revenu, aussi limpide que soudain : ce matin de septembre, il y a deux ans. Le jour où je suis allé grimper. Nous nous étions engueulés pour un sujet bien précis, me semblait-il. Nous ne nous livrions pas à une de nos chamailleries habituelles. Quelle était la cause de notre discorde ?

Bea avait refusé de me dire au revoir. De m'embrasser. C'était le dernier souvenir que je gardais de cette journée.

Non. Elle n'avait pas pu essayer de me tuer. C'était impossible.

Je ne pouvais plus me sortir nos engueulades de la tête, maintenant que je me les rappelais. Traversions-nous seulement un moment difficile, ou nous serions-nous séparés si ça ne s'était pas arrangé ?

Bea envisageait peut-être de mettre un terme à notre relation. C'était peut-être pour cette raison qu'elle était allée se promener seule ce jour-là, afin de prendre une décision. Si elle avait eu l'intention de rompre, à l'époque, qu'est-ce que ça impliquait pour nous deux, à présent ? Je ne pouvais plus être certain qu'elle voudrait vivre avec moi si jamais je me réveillais – d'autant plus qu'il fallait compter avec son nouveau mec. Était-elle restée à mes côtés ces deux dernières années parce que ma chute l'y avait contrainte ?

Un éternuement bruyant a annoncé la présence d'Eleanor à mon chevet. J'avais dû m'endormir et ne pas l'entendre entrer.

— Pardon, s'est-elle excusée, avant d'éternuer de nouveau. Pardon.

Elle était tout près de moi, à ma gauche.

— Ce n'est pas Bea la coupable, a-t-elle dit.

Elle non plus ne m'a pas parlé de ce que le docteur Taiseux avait vu plus tôt. Quand allait-on me réexaminer ?

— Je l'ai vue juste après ta chute, quand tu étais en réanimation. Elle était effondrée. Elle n'aurait pas été dans cet état si elle avait voulu te tuer.

Elle a encore éternué, à trois reprises.

— Saleté de pollen, a-t-elle maugréé en me touchant le bras.

Arrête, s'il te plaît.

— Est-ce que tu l'as vue là-bas, ce jour-là ? Rosie m'a expliqué la théorie des enquêteurs. Mais si tu l'avais aperçue en haut de la voie, tu aurais réagi.

Ses mots se bousculaient dans sa bouche.

— Tu l'aurais appelée. Je t'aurais entendu.

Je ne m'en souvenais pas.

— D'un autre côté, je vois comment elle aurait pu s'y prendre.

Non. Il faut que tu la croies.

— Il y a une partie en dalle au sommet de Transgression, si je ne m'abuse.

Transgression. C'était donc cette voie que nous escaladions ce jour-là ? Ça collait avec ce que Philippa m'avait indiqué, concernant le tuyau transmis à la police. Transgression se terminait sur la saillie visible depuis le point d'observation apprécié des ornithologues amateurs.

Nous avions grimpé cette voie de nombreuses fois. Environ quatre-vingts mètres, accomplis en quatre longueurs. Je visualisais bien la dernière – si peu abrupte qu'on pouvait la gravir à quatre pattes avant d'enjamber la rambarde de sécurité.

— Si seulement tu avais posé les dégaines sur cette partie avant de continuer sans moi.

À cet endroit, je ne prenais jamais cette précaution. Cette pente était si facile à escalader qu'on pouvait presque marcher. Quiconque avait tenté de me tuer devait savoir que je n'utilisais jamais d'assurage sur cette voie, mon agresseur avait dû m'observer au préalable. Nous pratiquions cette voie presque chaque fois que nous allions dans les gorges – nous y voir n'aurait donc rien eu de difficile.

— Tu te trouvais sans doute au sommet, parce que j'avais donné à peu près neuf mètres de mou quand c'est arrivé.

Ce qui signifie que j'ai fait une chute de dix-huit mètres – neuf jusqu'à toi, puis neuf autres sur la corde. Une belle dégringolade.

— Je ne crois pas qu'elle soit assez forte pour prendre le dessus sur toi et te pousser, mais…

Exactement.

— Je suppose qu'en théorie elle aurait été *capable* de te jeter un projectile, comme ils le pensent.

Je connaissais par cœur tous les mouvements sur ce caillou. Pourquoi ne me rappelais-je pas que je grimpais en tête ?

— Mais dans ce cas j'aurais vu quelque chose tomber.

Et ce n'était pas le cas ?

— Les enquêteurs m'ont convoquée, ils voulaient que je leur décrive l'ascension. Ils n'ont pas arrêté de me demander si j'avais vu Bea. Si j'avais remarqué quoi que ce soit d'inhabituel.

Mais tu n'as rien vu de spécial ?

— Ils m'ont indiqué qu'elle était retournée sur place il y a quelques semaines, à l'endroit du sentier qui borde le sommet. Ils m'ont demandé comment elle aurait pu avoir connaissance de l'emplacement, de façon si précise, si elle ne s'y était pas trouvée le jour de l'accident. Moi je n'en savais rien. Je n'ai pas su quoi leur répondre.

Ce n'est pas Tom qui l'y avait emmenée ? C'est bien

ce qu'elle m'avait raconté, non ? C'est comme ça qu'elle a su.

Eleanor a changé de sujet.

— Je suis désolée d'avoir envenimé sa situation.

Tu ne pouvais leur dire que ce que tu savais.

— Ils m'ont piégée. Quand je m'en suis rendu compte, c'était trop tard. Ensuite, ils m'ont demandé ce que je pensais de vos disputes.

Et donc ? Je ne voyais pas où elle voulait en venir.

— Je leur ai expliqué ce qui se passait – je leur ai précisé que ce n'était pas très grave, mais que ça chauffait un peu entre vous. Et là ils ont dit : « Donc, ils s'engueulaient *pour de bon.* »

Non, non, non.

C'était donc ça.

Je comprenais pourquoi Bea ne m'avait pas embrassé, le jour de la chute.

Ça me revenait.

Un soir, j'avais laissé échapper que j'avais fait part de nos fâcheries à Eleanor.

— Ça ne regarde personne d'autre que nous, avait protesté Bea.

C'était la veille de ma sortie d'escalade. Ou était-ce quelques jours plus tôt ? J'étais au lit, et elle avait bondi quand je lui avais expliqué qu'Eleanor pensait que nous devrions partir en week-end pour essayer de nous rabibocher.

— Parce que toi tu n'as pas parlé de nos engueulades à Rosie, peut-être ? avais-je rétorqué.

— Ça n'a rien à voir. Ce serait différent si tu t'étais confié à Tom. Mais Eleanor…

— Quoi, Eleanor ?

— Ça me déplaît qu'elle soit au courant de nos histoires. Vous passez trop de temps ensemble.

— On est juste copains. Ça va, détends-toi.

J'avais répondu ça. C'est vraiment ce que j'avais dit. Quel abruti ! Se doutait-elle qu'Eleanor en pinçait pour moi ?

Si nous n'avions pas eu cette dispute à ce sujet, aurions-nous été en meilleurs termes ce matin-là ? M'aurait-elle embrassé avant de partir ?

Pourquoi cachait-elle la vérité à la police ? Avait-elle pu chasser cet épisode de sa mémoire, comme c'était mon cas – en réaction au traumatisme qu'elle avait enduré ? Ou cherchait-elle seulement à se préserver ? Elle devait avoir conscience qu'un tel aveu ne jouerait pas en sa faveur. Mais si les enquêteurs réussissaient à prouver qu'elle mentait, cet élément serait accablant.

La voix d'Eleanor m'a ramené à ma chambre d'hôpital.

— Je pensais qu'ils étaient au courant, mais en fait ils ne savaient pas. Ils ne faisaient qu'émettre des hypothèses, explorer des pistes.

Elle a soupiré.

— En tout cas, c'est impossible que Bea soit la coupable, j'ai bien insisté là-dessus. Même maintenant qu'elle a rencontré ce mec, Cameron. Je ne crois pas qu'elle pourrait vouloir te faire du mal.

Plus tard dans la soirée, tandis que j'essayais de démêler les informations de cette journée, je n'ai pas cessé de penser à Bea.

Je suis vraiment désolé.

Comme j'aurais voulu que nous ne nous soyons

pas disputés. Que nous ayons réglé nos différends avant que tout dégénère. Mais je savais, je savais sans le moindre doute qu'elle ne pouvait pas être la coupable. Moi qui avais très peu confiance en les enquêteurs auparavant, je me méfiais encore plus d'eux maintenant. Ils avaient piégé Eleanor pour qu'elle leur fournisse les renseignements qu'ils voulaient. Ils avaient recouru à des techniques minables pour désarçonner Bea – la bague de fiançailles, qu'est-ce que ça prouvait ? Seulement que *moi* je n'étais pas prêt à la demander en mariage. Ça n'indiquait rien sur elle. J'espérais qu'un avocat l'accompagnait quand ils l'interrogeaient. Megan n'en avait mentionné aucun.

Pitié, Bea, ne me dis pas qu'ils t'ont poussée aux aveux.

Il fallait que je trouve un moyen de me sortir de là, que je lui apporte mon aide. Quand le docteur Taiseux allait-il revenir ? J'avais réussi à bouger, et j'en étais toujours abasourdi ; même si à ce moment-là j'avais été plus déterminé que jamais, je ne croyais pas vraiment que j'y parviendrais.

Mais qu'est-ce qui lui prenait autant de temps ? Les médecins allaient sans doute venir me voir au début de leur service, à la première heure le lendemain matin. La mélodie que le docteur Taiseux avait sifflotée tournait en boucle dans ma tête, comme ça avait été le cas une grande partie de la journée, rengaine dont j'avais peu de chances de me débarrasser, pas sans la possibilité de la remplacer par une autre musique. Ce qu'il me fallait, c'était l'iPod de Bea. J'étais même prêt à réécouter cet affreux rap si ça me permettait de…

L'iPod de Bea.

Je me suis soudain senti tout à fait réveillé, mon cœur a accéléré.

La mélodie que le docteur Taiseux sifflait était très accrocheuse. Répétitive.

Un accent de Manchester s'est faufilé dans mon esprit et a plaqué des mots sur le refrain sans paroles du docteur Taiseux : « Tu m'as supplié de rester quand j'ai voulu m'en aller. Et tu m'as dit ton nom pour m'empêcher de t'oublier. »

C'était la chanson que Bea m'avait fait écouter. Celle que Cameron avait choisie.

Que m'avait-elle dit lorsqu'elle avait apporté son iPod ? Elle était ravie parce que ce groupe était relativement peu connu.

C'est une coïncidence, me suis-je dit, en essayant de me calmer. Rien qu'une coïncidence. Il était tout à fait possible que deux personnes, dans le cercle très restreint des gens avec qui j'étais en contact, puissent apprécier ce petit groupe de rock indé qui montait.

Rien qu'une coïncidence.

31

Je nageais en pleine parano.

C'était ridicule. Il ne s'agissait que d'une chanson. Bea avait peut-être sous-estimé la célébrité du groupe en question. Il y avait une meilleure explication… Une explication plus plausible que…

Que…

C'était la chanson préférée de Cameron.

Le docteur Taiseux avait sifflé la chanson préférée de Cameron.

Je suis en plein délire. Le docteur Taiseux ne peut pas être Cameron.

J'ai des sujets d'inquiétude plus importants.

Bea est la suspecte n° 1 dans l'enquête. Il faut que je l'aide.

J'ai mis mes soupçons de côté et je me suis creusé la cervelle, j'ai fait l'inventaire de tout ce que je savais sur ces hommes.

Je ne connaissais pas le prénom du docteur Taiseux. Ça aurait pu être Cameron.

Mais Cameron n'était pas médecin, si ? Est-ce que j'avais cette info ? Bea ne m'avait presque jamais parlé de lui. Elle n'avait jamais indiqué quel était son métier, me semblait-il. Rosie et Tom l'avaient-ils mentionné ? S'il était médecin, quelqu'un en aurait parlé.

Et s'il s'agissait de *mon* médecin, on me l'aurait forcément dit. Il aurait sans doute été dans l'obligation de le signaler, ou je ne sais quoi.

Quelque chose ne tient pas debout.

Si le docteur Taiseux était Cameron, avait-il rencontré Bea ici même ? L'histoire du groupe de soutien aux personnes endeuillées n'était-elle qu'un énorme mensonge ?

Mon esprit tournait en surrégime, établissait des liens puis les brisait, tentait de rationaliser un raisonnement tout sauf logique.

Qu'avait-elle expliqué au sujet de Cameron, juste après avoir fait sa connaissance ?

Il lui avait sorti son baratin sur sa femme soi-disant morte six ans auparavant. Elle avait précisé qu'il était bien bâti – non… quelle expression avait-elle employée, déjà ? « Plutôt costaud ». Puis je me suis souvenu qu'elle avait bel et bien mentionné son métier. Il fallait être balèze, dans sa branche, avait-elle commenté. Il travaillait dans le bâtiment.

Je m'emballais pour rien.

Ce n'était qu'un petit entrepreneur. Qui retapait des maisons, abattait des cloisons. Qui repeignait des appartements huppés de Clifton en nuances de peinture de luxe. Il ne pratiquait pas la neurochirurgie, n'effectuait pas de tournées dans un service d'hôpital, ne scrutait pas les mouvements oculaires chez des gens dans mon état.

J'ai ressenti de la gêne, même si personne d'autre que moi n'avait connaissance de mes pensées loufoques. Alors que les battements de mon cœur se calmaient, j'ai essayé de me moquer de moi-même. Aurait-il été problématique que Bea sorte avec le docteur Taiseux ? Ça n'aurait pas fait grande différence, me suis-je menti. Ça n'aurait pas eu d'importance que l'homme qui couchait avec ma copine soit aussi un des toubibs qui manipulaient mon corps affaibli. Ça n'aurait été ni humiliant ni avilissant.

Quelle idée débile je m'étais mise en tête. Bea ne m'aurait jamais baratiné de la sorte. Elle n'aurait pas inventé le groupe de soutien. Elle m'aurait simplement dit la vérité. Et quand Eleanor et Rosie les avaient vus ensemble, elles auraient reconnu un de mes médecins.

À moins que… Se pouvait-il qu'aucune d'elles n'ait jamais vu le docteur Taiseux ? Il ne faisait pas partie de mon équipe principale. Il ne passait pas toutes les semaines. Il ne participait pas aux longs briefings auxquels les autres se prêtaient régulièrement autour de mon lit. Il paraissait toujours travailler seul. Chaque fois qu'il venait me voir, son odeur n'était contaminée par celle de personne d'autre. Et ces relents très particuliers de white spirit…

La voix de Bea a de nouveau résonné dans ma tête. « Il est maçon, je crois… »

Maçon ? Ou peintre ?

Les traces fantômes de produit chimique se sont faufilées dans mes narines.

Merde. Merde, c'est pas vrai !

Pourquoi un médecin sentirait-il aussi souvent la peinture et le white spirit ?

Que savais-je d'autre à son sujet ?

Le docteur Taiseux semblait être d'avis qu'on n'aurait pas dû me maintenir en vie. Il estimait que ma mort serait préférable pour tout le monde. J'avais cru qu'il avait pitié de moi, mais peut-être souhaitait-il simplement que Bea soit libre, affranchie de toute attache.

Qu'est-ce que je savais d'autre ?

Il est méthodique.

Il n'est pas bavard.

Il sent parfois le café.

Bea m'a-t-elle dit si Cameron buvait du café ou pas ?

Il aime mon gel douche.

C'est la formulation de ma phrase qui m'a donné le déclic. Il aimait *mon* gel douche. Si j'avais pensé « Il aime le même gel douche que moi », je n'aurais sans doute pas fait le rapprochement.

Il aime mon gel douche.

Bea avait-elle gardé mon flacon de gel douche dans notre salle de bains ? Cameron s'en était-il servi ? Quand le docteur Taiseux avait-il commencé à sentir l'eucalyptus et le pin ? Pas depuis le début, en tout cas. C'était plus récent.

Eh merde.

Ça faisait trop de coïncidences, mais je ne parvenais pas à en dégager un sens. Si tous les deux étaient le même homme, quelqu'un me cachait la vérité. Bea me mentait-elle, ou se mentait-elle à elle-même ?

J'ai eu soudain très peur pour elle. Cet homme s'était fait passer pour mon médecin – c'était une sorte d'escroc. S'il avait fabriqué un tissu de mensonges aussi élaboré, de quoi d'autre était-il capable ? Qu'avait-il pu lui raconter ? Ce Cameron ne m'avait jamais plu, et je n'avais jamais vraiment apprécié le docteur Taiseux – jusqu'à ce qu'il me voie bouger et que, submergé par la joie, je le considère comme mon sauveur.

Un nouvel uppercut m'a frappé en plein ventre.

Si je voyais juste – si Cameron et le docteur Taiseux étaient un seul et même homme, et si cet enfoiré n'était pas médecin –, il n'allait prévenir personne. Il voulait Bea ; l'ex-petit ami sur le point de se réveiller ne cadrait pas dans ses projets. Qu'avait-il dit, déjà ? « Ça ne se peut pas. »

Je n'avais réussi à bouger qu'une fois, et ce devant la seule personne dont je ne pouvais attendre aucune aide.

32

Il ne me restait plus qu'à essayer de montrer mon nouveau tour à quelqu'un d'autre.

Que se passait-il, bordel ? Il existait toujours une possibilité que tout soit le fruit de mon imagination, ma propension aux soupçons ayant été décuplée par les événements de ce dernier mois. Pourtant, je n'y croyais pas… J'avais une intuition profonde concernant ce type. Il n'était franchement pas net. Pourquoi me rendait-il visite ? Quel était son objectif ? Et pourquoi se faire passer pour un médecin ? Était-ce pour lui une façon tordue de prendre son pied ?

Fort de mon succès avec l'auriculaire, je me suis focalisé sur les pieds. J'ai tenté de remuer les orteils. De lever le talon. De faire pivoter mon pied entier de gauche à droite. Par moments, j'ai eu l'impression d'y parvenir, mais je ne disposais d'aucun moyen d'en être sûr ; pour cela, il aurait fallu que quelqu'un me voie. Le docteur Taiseux n'était pas revenu. À chaque heure qui s'écoulait, je perdais un peu plus espoir de me tromper à son propos.

J'ai essayé de m'occuper, en contractant chaque groupe musculaire tour à tour. Orteils, pieds. Mollets, cuisses. Je ne sentais rien. Que ressentait-on lorsqu'on réussissait à actionner un muscle ? Je ne m'en souvenais même plus. Fessiers. Abdos. Rien. Mains, bras, épaules. Muscles du cou. Mâchoire.

Allez, Alex.

Retour aux pieds.

— Vous pouvez entrer, si vous voulez, a dit Pauline dans le couloir.

Ma porte devait être ouverte.

— J'attendais ma copine, en fait.

C'était Tom, qui avait l'air troublé.

— Mais pourquoi pas, oui.

— Allez-y, mon grand. C'est toujours bien pour lui d'avoir de la visite, l'a rassuré Pauline.

Des tongs ont claqué sur le lino, puis Tom s'est aussitôt mis à faire craquer ses doigts. C'était la première fois qu'il venait me voir seul.

Vas-y, parle.

Il ne s'est pas assis – les craquements de ses phalanges sont restés un peu lointains, près de mes pieds. Mon lit a vibré et j'ai entendu un bruissement de papier. Un cliquetis sourd et le lit qui a encore vibré. Tom consultait-il mes feuilles de surveillance ?

Allez, Tom. Dis quelque chose.

Quelqu'un d'autre est entré – j'ai entendu des pas traînants.

— Oh, excusez-moi.

C'était Connie.

— Je ne voulais pas, euh… vous déranger.

— Non, je vous en prie, allez-y.

— Il faut que je lui dégage la trachée. Ces derniers jours, ce n'était pas joli, et il faut qu'on contrôle toutes les deux heures.

Un bruit de plastique qui s'entrechoque a retenti lorsque Connie a décroché la machine infernale du mur derrière moi.

— Bien sûr, s'est empressé de répondre Tom, soulagé que cette interruption lui évite d'avoir à me parler.

Connie a trituré ma trachéotomie, me soufflant au visage son haleine haletante et chargée d'une odeur de crème anglaise, avant d'insérer le tube d'aspiration dans ma gorge. L'insoutenable raclement à la paille de fer a commencé, et j'ai perdu ma capacité à me concentrer sur autre chose.

Raaaaaaaah.

Un va-et-vient de lames de rasoir qui me déchirent de l'intérieur.

RAAAAAAAAAAAAH.

Derrière le vrombissement, je perçois les voix de Tom et Connie qui discutent.

Allez vous faire foutre.

Puis elle a éteint la machine, retiré le tube et dégagé ma gorge, qui me brûlait comme si on l'avait récurée à l'eau de Javel.

— ... mais ce n'est pas douloureux ? demandait Tom.

— Non. Ça vibre un peu dans mes mains, mais sinon ça va.

— Non, pas pour vous. Pour lui. Ça ne lui fait pas mal ?

— Ah, d'accord. Non, il ne sent rien.

Moi, je ne sens rien ? Ça ne fait pas mal ?

Si elle pensait vraiment que l'aspiration était indolore pour moi, alors je ne pouvais plus me voiler la face. Le docteur Taiseux n'avait parlé à personne de ce qu'il avait vu. Il n'avait aucune intention de les prévenir.

Derrière moi, les supports en plastique ont cliqueté quand Connie a raccroché la machine.

Tom a semblé rassuré.

— Tant mieux. Parce que ça a l'air franchement désagréable. Ça me ferait mal au cœur de savoir qu'il souffre.

— Oh, non. Ne vous inquiétez pas, a gloussé Connie.

Sur le ton du flirt… Elle s'est rincé les mains à grande eau au robinet.

— Comme je vous l'ai dit, il ne sent rien, et puis de toute façon…

Elle a baissé la voix et ajouté d'un murmure qu'elle devait croire aguicheur :

— … je sais très bien m'y prendre.

Vous êtes ridicule.

— D'accord, a fait Tom.

Un grondement de feuilles d'essuie-mains qu'on tire d'un distributeur, puis un grand fracas métallique.

— J'en ai marre de ce truc. Ça fait des semaines que je leur demande de le réparer… Ça va finir par se casser la gueule, tiens.

— Je peux m'en occuper, si vous voulez.

— Oh, je ne voudrais pas abuser.

— Ça me ferait plaisir. Je vais y jeter un coup d'œil. Vous auriez un tournevis plat ?

— Je vais aller voir. C'est adorable, a roucoulé Connie.

J'ai alors entendu un bruit sourd de corps qui se percutent à ma droite, près de la porte, puis des mots entremêlés : « pardon, aïe, oups ». Un objet en métal qui tombe par terre. Une odeur de noix de coco m'est parvenue.

— Ça va ? Je suis navrée.

Rosie.

— Ce n'est rien, je ne regardais pas où j'allais, a répondu Connie.

Je savais qu'elle maugréerait des insultes dès qu'elle serait à bonne distance. Elle s'est éloignée d'un pas pesant, dans un couinement de semelles.

— Désolée, a dit Rosie. J'ai discuté avec Cameron quand j'ai déposé Bea chez lui, et je n'ai pas vu le temps passer – tu savais qu'il est peintre décorateur ? J'ai pensé qu'on pourrait lui demander de s'occuper du couloir. Ça t'éviterait de galérer sur l'échelle.

Je ne m'étais pas trompé.

La sensation de brûlure dans ma gorge s'est intensifiée.

— Ça dépend combien il prend, a rétorqué Tom.

Ils ont échangé un rapide baiser.

— Quoi de neuf ?

Tous les deux se tenaient au pied de mon lit. Une secousse a ébranlé le cadre quand l'un d'eux s'est appuyé dessus.

— Ses parents ne sont toujours pas repartis… Elle pète un câble. Moi, je les trouve sympas, mais elle…

— Je parlais de la police, l'a coupée Tom.

— Rien de nouveau, mais elle est convaincue qu'ils vont l'inculper.

— Ça m'étonnerait.

— Quel bordel.

Tom a essayé de l'apaiser :

— Ça va s'arranger.

J'ai entendu un bruit de peau frottant contre du tissu lorsqu'il lui a caressé le bras, ou le dos.

— Ne t'inquiète pas pour elle.

Il a été interrompu par un bourdonnement insistant qui a fait vibrer mon lit.

— C'est qui ? a demandé Rosie. Ne décroche pas.

— Salut, a dit Tom avant qu'elle ait terminé sa phrase. Il a chuchoté « C'est Bea » et repris la communication :

— Ah bon ? Elle a dû le mettre sur silencieux. (Nouveau chuchotis destiné à Rosie :) Elle a essayé de t'appeler.

Il a de nouveau parlé dans son mobile :

— Attends, ralentis, je vais te mettre sur haut-parleur.

Il a marmonné le temps de trouver la touche adéquate.

— C'est bon, vas-y.

Bea a lancé, d'une voix qui résonnait dans l'appareil :

— J'ai la trouille.

Ma poitrine s'est serrée, car c'était la première fois que j'entendais sa voix depuis son arrestation. Elle paraissait effrayée.

C'est à cause de lui, c'est ça ? Qu'est-ce qu'il a fait ?

— Qu'est-ce qui ne va pas ? s'est enquise Rosie, très fort, comme si elle s'adressait à une grand-mère dure d'oreille.

— C'est Cameron, a dit Bea à voix basse. Il y a quelque chose de pas net. Il sait des trucs…

Ma poitrine s'est comprimée de plus belle. J'en étais sûr.

— Pourquoi tu chuchotes ? l'a interrogée Tom. Tu es où, là ?

— Dans les toilettes.

— Chez lui ?

— Oui, a-t-elle fait d'une voix sifflante.

— Et lui, il est où ?

— Il range ses outils dans sa fourgonnette.

— OK, et qu'est-ce qu'il sait, alors ? a demandé Rosie, dubitative.

— Des petits détails, a murmuré Bea, d'une voix qui grésillait à l'autre bout de la ligne. Sur les questions que les policiers m'ont posées – des trucs dont je ne lui ai pas parlé.

— Quoi, par exemple ? a insisté Tom.

— On discutait des probabilités qu'on m'inculpe, et il a dit : « Il faut te rendre à l'évidence. C'est presque certain qu'ils le feront, étant donné qu'on t'a vue sur place, ce jour-là. »

— Et ça, tu ne lui en as pas parlé ?

— Non. La police affirme que quelqu'un m'a aperçue – alors que c'est impossible –, mais je suis sûre de ne jamais lui en avoir fait part. Je n'avais pas envie de le mettre au courant pour l'interrogatoire… pour la bague…

— Si ça se trouve, il a deviné, a suggéré Tom.

— Ça me paraît peu probable.

— Alors c'est que quelqu'un d'autre le lui a dit, a repris Rosie. Il y a forcément une explication. Tu es stressée, ça te perturbe. Je suis là pour te prévenir quand tu flippes pour rien, et là c'est le cas, d'accord ? Ça n'a rien d'anormal qu'il sache que quelqu'un pense t'avoir vue…

— Mais si ! S'il te plaît, il faut que tu me croies, l'a implorée Bea.

Au lieu d'être énervée contre Rosie, elle semblait aux abois. Mon cœur battait de plus en plus vite tant je rongeais mon frein. Elle avait peur, et je ne pouvais pas l'aider. Pourquoi Rosie et Tom partaient-ils du principe qu'elle imaginait tout ? Il fallait se méfier de ce type.

— Quelque chose cloche, a-t-elle repris. Il a dit des tas de petits trucs. Je ne me rappelle pas tout, mais il a un comportement franchement bizarre.

— Bon, admettons qu'il ait découvert des éléments par quelqu'un d'autre que toi. Réfléchissons de façon logique, a continué Rosie lentement. Tu n'as qu'à lui demander comment il est au courant. Qu'est-ce qu'il peut te répondre, au pire ?

— J'ai peur qu'il soit de mèche avec la police.

Il leur fournirait des renseignements ?

Comment cette explication s'intégrait-elle à mes soupçons sur sa fausse identité ? S'agissait-il d'une couverture ?

Rosie a bougonné quelques mots, avant de reprendre :

— Ne bouge pas, on arrive. Il faut que tu manges. Et tu manques de sommeil.

— Je sais bien que tu ne me crois pas.

Moi je te crois.

— Je… Je ne suis pas sûre que tu aies les preuves nécessaires qui justifieraient tes craintes, a rétorqué Rosie. Pourquoi il aiderait la police ?

Parce qu'il n'a aucun attachement pour elle ? Parce qu'il lui ment depuis le début ? Parce que c'est un cinglé qui fait semblant d'être médecin ?

— Comment il pourrait en savoir autant ? Parce que ce n'est pas tout, je suis certaine qu'il a évoqué la voie qu'Alex grimpait, mais cette info n'a jamais figuré dans aucun article de journal, et moi je ne le lui ai pas dit.

Tom est intervenu :

— Doucement. Rosie a raison, Bea, essaie d'être logique. Que veux-tu qu'il raconte à la police ? Quand Alex est tombé, Cameron ne te connaissait même pas.

— Je ne sais pas. Ils l'ont peut-être chargé de me surveiller ou… Je ne sais pas. Tu es sûre que je devrais lui demander des comptes ?

Non. Largue-le. Éloigne-toi de lui le plus possible.

— Si ça peut te rassurer, oui, lui a conseillé Rosie.

— Il faut que j'y réfléchisse. Je croyais… Je croyais vraiment qu'on s'entendait bien. Je pensais qu'il tenait à moi, tu vois ?

Enfoiré.

Il y a eu un silence. Tom a changé d'appui contre le lit, qui a encore grincé. Dans ma tête, j'étais occupé à frapper Cameron, à le rouer de directs au visage.

T'aurais pas dû…

Coup de poing.

… te foutre de la gueule…

Coup de poing.

… de ma copine.

— Merde, attends, a murmuré Bea.

Un bruit d'eau qui coule – un robinet qu'on ouvre. J'ai distingué une voix masculine en arrière-plan :

— … es où ? Tu es encore dans la salle d'eau ?

— J'arrive ! a crié Bea.

L'homme avait la voix étouffée, mais ça aurait pu être celle du docteur Taiseux.

Enfoiré.

— Tu es toujours là, Bea ? a demandé Tom, qui chuchotait lui aussi, maintenant. Bon, essaie un peu de te calmer. Je suis sûr qu'il y a une explication à tout cela.

— D'accord.

À cause du bruit du robinet, le chuchotement de Bea était presque inaudible.

— Tu veux qu'on passe te récupérer ? a proposé Tom.

Silence du côté de Bea.

— Oui, a-t-elle répondu au bout de quelques secondes. Je suis désolée.

— T'inquiète pas. Mais il va falloir que tu te reposes, a insisté Rosie. Tu me le promets ? Tu y verras plus clair si tu arrives à reprendre des forces. Viens dormir à la maison, ce soir.

— À tout à l'heure.

La communication s'est coupée.

Tom et Rosie sont partis vite, après avoir analysé la conversation entre eux et cherché un moyen de rassurer Bea. Selon eux, elle paniquait pour rien.

J'étais le seul à la croire, le seul autre à savoir que ce Cameron était louche. Et le seul à ne pas pouvoir agir.

33

C'était qui, ce type ? S'appelait-il vraiment Cameron ? Collaborait-il avec la police ? Ça n'aurait pas expliqué pour autant pourquoi il venait me voir, qui plus est en jouant le rôle d'un médecin.

En passant en revue tout ce que je savais, j'ai relevé un détail simple que j'avais négligé auparavant. J'avais reçu les visites du docteur Taiseux – Cameron, donc, j'en étais à présent certain – bien avant que Bea le rencontre aux réunions de soutien aux personnes endeuillées. L'intérêt qu'il me portait précédait celui qu'il avait pour elle. Pourquoi ?

J'ai pensé à son comportement plus que bizarre, à ses mains qui s'attardaient toujours un peu trop sur moi, à la façon dont il me parlait et me changeait de position.

Était-ce l'homme qui avait assassiné Holly King ? Ça me paraissait peu plausible, puisque la police avait arrêté quelqu'un pour ce meurtre. Les inspecteurs n'avaient pas pu se tromper à deux reprises. Était-ce l'homme qui avait essayé de me tuer ?

Il connaissait le nom de la voie que j'avais escaladée

ce jour-là, mais aussi des éléments de l'enquête qui visait Bea.

Il y avait forcément un autre indice, enfoui quelque part dans ma mémoire.

Je suis revenu sur tout ce que Bea avait dit au cours de sa conversation avec Tom et Rosie, quand, dans tous ses états, elle s'était enfermée dans les toilettes.

Attends une seconde.

« Tu es toujours dans la salle d'eau ? »

Il n'avait pas dit W-C ni toilettes. Il avait bien dit « salle d'eau », non ? Ma mémoire ne me jouait pas de tours.

Pourquoi aurait-il employé cette expression ? À la colo, les membres canadiens de l'équipe nous charriaient toujours, nous les Anglais, parce qu'on utilisait le terme « toilettes ».

Il avait un accent britannique, mais pouvait-il être américain ou canadien ? Avais-je une ex en Amérique du Nord ? Cameron pouvait-il être le frère ou le nouveau mec d'une fille que je n'avais jamais rappelée ?

Cher Alex,
Tu vas payer pour m'avoir brisé le cœur deux fois.
Nous méritions mieux que toi.

Je tenais peut-être là l'explication. C'était une possibilité, non ? Mais aurait-il été assez en colère pour essayer de me tuer à cause d'un événement si lointain dans le passé ? Il aurait fallu qu'il soit vraiment dingue de jalousie pour aller aussi loin.

La salle d'eau.

J'avais le sentiment d'être sur la bonne piste avec le Canada. Cameron – ou le docteur Taiseux – n'avait-il pas évoqué le Canada, une fois ? Il me semblait que c'était le cas. De quoi avait-il parlé ? Il y était allé… ou il connaissait…

Oui, voilà. Quand Bea l'avait rencontré au groupe de soutien, il lui avait expliqué qu'il avait visité les Rocheuses.

J'approchais du but. L'avions-nous croisé au cours de notre séjour en Alberta ? Si oui, pourquoi Bea ne l'avait-elle pas reconnu ? Pourquoi sa voix m'était-elle inconnue ? Son accent britannique n'était-il qu'un subterfuge ?

J'ai continué à éplucher mes souvenirs de tout ce qu'on m'avait dit au cours des derniers mois sur le jour de ma chute et l'enquête.

Les policiers pensaient que le coupable était une femme, mais seulement à cause d'un tuyau anonyme.

Que savais-je d'autre ? Qu'avais-je entendu d'autre ? Qui aurait pu tenter de m'assassiner ? Qu'avais-je fait pour qu'on m'en veuille autant ?

Ce sont les paroles de Bea qui ont tout débloqué.

« Depuis que je te connais, tu passes ta vie à essayer d'aider les autres. »

C'est ce qu'elle avait dit après avoir découvert que ma chute n'était pas un accident.

Un vif effroi s'est emparé de moi, balayant la colère que j'éprouvais jusqu'alors. Je savais qui pouvait être Cameron.

J'avais passé ma vie à *essayer* d'aider les autres. Malheureusement, ça n'avait pas toujours suffi.

34

Cette nuit-là, le sommeil n'est pas venu m'apporter de répit. Je suis resté les yeux fermés mais réveillé pendant des heures. Au matin, je me suis plié au train-train habituel. Un suppositoire pour que mes selles s'évacuent sur une bâche en plastique. Les infirmières m'ont tourné, essuyé, tourné et encore torché. Elles ont changé mes draps. M'ont nettoyé la bouche. Ont aspiré les saletés accumulées dans ma gorge.

Je me suis endormi plus tard dans la journée, épuisé. À mon réveil, j'ai été incapable de déterminer quel jour on était – j'ai eu l'impression de sentir la lumière du soleil sur mon visage, mais j'aurais pu me tromper. Pendant quelques minutes, j'ai réitéré mes tentatives de produire un bruit avec la gorge, de remuer un doigt, un orteil ou de froncer les narines. Toujours rien. Ça devait pourtant être possible. Il fallait que je trouve un moyen de bouger de nouveau. À condition que j'y sois déjà parvenu, cela dit. Cameron avait-il vraiment décelé un mouvement chez moi ? Ou s'amusait-il à me faire marcher ? De toute évidence, rien ne l'arrêtait.

Je ne sortirais jamais de l'hôpital vivant, je m'en

rendais compte. Il allait me tuer. Ça devait être son plan depuis le début. À présent, s'il pensait que je risquais de me remettre, il n'allait pas perdre davantage de temps. Qui pourrait l'en empêcher ? Pauline ? Connie ? J'étais fait comme un rat. Et Bea – qu'allait-il lui arriver ? Où était-elle ? J'espérais qu'elle avait dormi chez Rosie et Tom hier soir au lieu de rentrer seule chez elle. Et si…

J'ai entendu un mouvement dans la chambre. Une légère percussion étouffée, assez sonore pour attirer mon attention. Puis, de nouveau le silence. Plus je tendais l'oreille, plus le sang me martelait les tympans. Le bruit, quelle que soit sa source, avait cessé. Peut-être qu'une feuille était tombée par terre ou qu'un oiseau avait heurté la fenêtre. Non. Ce que j'avais perçu était d'origine humaine. Puis une odeur épicée m'est parvenue – poivre noir, arôme fumé.

Je savais que tu reviendrais.

De nouveau du bruit. Un craquement, un cliquetis. Comme ceux des os du cou quand on balance la tête d'un côté puis de l'autre, ou ceux des doigts qu'on fait craquer.

Le moment est venu, c'est ça ? Mon compte est bon ?

Un craquement, un cliquetis, de nouveau.

Les poils de mes bras se sont hérissés. J'ai essayé de formuler un mot, de rouler la langue et de souffler de l'air par la bouche.

Je ne l'avais pas entendu arriver, aussi avait-il dû entrer pendant ma sieste. Ce qui signifiait qu'il était là depuis un bout de temps, à m'observer tandis que je tentais de bouger et de parler.

Je suis désolé pour ce qui est arrivé.

Avais-je vu juste ? Était-il celui que je croyais ?

Me tuer, ça ne changera rien. Je t'en prie, épargne-moi.

Des pas, à présent. Discrets. Comme s'il ne voulait pas faire de bruit : une démarche légère, mais audible. Avec des chaussures à semelles souples. Des pas lents et décidés – des pas de loup – qui viennent vers mon lit. Par la droite, avant de s'arrêter près de ma tête.

Il a posé une main sur la mienne – par-dessus le doigt qu'il a vu bouger la dernière fois.

Malgré tout, il est resté silencieux. De temps à autre, je l'ai entendu inspirer par la bouche, par le nez. D'un souffle rauque, lourd.

Dans l'angle de la chambre, la porte a claqué contre le mur en s'ouvrant à la volée.

— Oh. Je ne savais pas.

C'était Connie, qui avait l'air décontenancée.

Il n'a rien dit. J'ai imaginé un échange muet. Un mouvement de la tête, un sourire, peut-être ? Un geste pour expliquer ce qu'il était en train de faire ? Un index porté à ses lèvres ?

Elle a repris la parole.

— Il fallait que je… Mais je repasserai. Pas de problème. Elle a eu un petit rire idiot.

— C'est vraiment adorable de lui rendre visite, en tout cas, a-t-elle flirté.

Jamais elle ne s'adressait ainsi aux médecins. Le docteur Taiseux n'en était donc pas un, voilà qui était certain.

— C'est à ça que ça sert, la famille, a-t-il répondu.

— Eh oui, c'est vrai, a pouffé Connie. Vous êtes son cousin, c'est ça ? Ou son oncle ?

— Son cousin, oui.

C'est ce que tu leur as raconté, alors.

— Très bien. Je vous laisse tranquilles, tous les deux, pour… échanger des nouvelles.

Après un autre gloussement idiot, elle est repartie.

Cameron a posé la main sur mon bras et l'a fait glisser jusqu'à mon poignet, qu'il a incliné avant de me replier les doigts un à un afin qu'ils forment un poing. Il a procédé en silence, avec lenteur.

Par réflexe, j'ai essayé de me dégager.

Fais en sorte que ça aille vite, au moins.

Il a reposé ma main sur le lit et laissé mon bras droit tordu dans une position peu naturelle, mon poignet tourné vers le plafond. Il a soulevé le drap. Un courant d'air frais s'est engouffré dessous, s'est répandu sur mon torse, mon ventre, mes jambes. Le drap bordé au bout du matelas s'est tendu contre mes orteils, et plus haut il s'est coincé sous mes bras. Cameron l'a laissé retomber négligemment sur ma poitrine. Il ne l'a pas remonté jusqu'à mon menton, il ne l'a pas réarrangé.

Puis ma canule de trachéotomie a remué dans mon cou. Le tube s'est raidi contre ma peau et dans ma gorge.

Comment vas-tu t'y prendre ?

J'ai senti de l'humidité sous mes aisselles. Pourquoi Connie ne revenait-elle pas vérifier si tout allait bien ? Pour une fois, j'aurais été content qu'elle reparaisse.

Il a glissé la main sous ma tête pour la soulever. Mon menton a basculé contre la poitrine, et mon cou s'est courbé. J'étais comme un bébé dont les parents disent à leurs amis inexpérimentés de soutenir la tête. Tout s'est passé très vite : d'un mouvement vif, il a retiré mon oreiller. Il a lâché ma tête, qui est retombée sur le matelas, a pivoté à gauche vers la fenêtre.

J'ai grimacé. De la salive me coulait de la bouche et dégoulinait sur ma joue. Dessous, ma peau était bouillante – embrasée par l'humiliation, la peur et l'adrénaline.

Cameron m'a saisi le menton sans ménagement, ses ongles ont pressé ma chair. Ses gestes sont devenus plus nerveux, plus rapides, plus précipités. Il m'a brusquement redressé la tête et remis l'arrière du crâne bien à plat.

Connie ? Quelqu'un ?

J'éprouvais une douleur si cuisante que mes pensées ne cessaient de changer de direction. Elles passaient en un clin d'œil de la torsion de mon bras à une tentative fugace de détecter où se trouvait Cameron, avant de revenir à l'extension de mon cou cambré et l'impression que ma tête allait se décrocher.

Submergé par ce tourbillon de tourments, je n'ai pas décelé le changement de l'air autour de mon visage.

Je n'ai pas senti l'oxygène se raréfier lorsque Cameron m'a plaqué l'oreiller sur la figure.

Le tissu m'a semblé frais lorsqu'il m'a effleuré la bouche et le nez. Au début, j'ai cru qu'on me couvrait d'un drap, car Cameron l'a tiré sur mon visage de gauche à droite avec une grande douceur. Mais ensuite, d'une légère pression, il l'a maintenu immobile et j'ai senti son poids sur moi.

Et merde ! Lâche-moi ! À l'aide ! Au secours !

Je me suis débattu. Je me suis rendu dans l'endroit de ma tête où je pouvais le repousser, où je pouvais me tortiller, pivoter, le mordre. Il a exercé une pression plus forte et j'ai perçu sur la langue le goût de la taie en coton amidonné.

Il avait négligé un détail.

Ma trachéotomie. Mon cou. Tu n'as pas… couvert mon cou… je peux… encore… respirer.

Soudain, il a retiré l'oreiller. L'odeur anisée de son haleine m'a enveloppé – il haletait, comme si c'était lui qu'on avait tenté d'étouffer.

Nous sommes restés ainsi un petit moment, côte à côte, jusqu'à ce que son souffle se calme.

Réfléchis bien avant de me tuer. S'il te plaît. Je n'ai jamais eu l'intention de te faire du mal.

Cameron a de nouveau glissé la main sous mon crâne. Les doigts écartés en grand comme les griffes d'une pelleteuse, puis il m'a soulevé le temps de remettre l'oreiller à sa place. Encore une fois, il a laissé retomber ma tête, mais il n'a pas rectifié sa position quand elle a basculé à gauche.

Alors que j'attendais qu'il passe à l'étape suivante, un bruit assourdissant a rompu le silence. De la pluie a bombardé la vitre – une violente averse dont le vacarme donnait l'impression que des galets s'abattaient sur le verre. Je ne percevais presque plus ce qui se passait dans la chambre, mais j'ai soudain senti que Cameron s'était éloigné de moi. Où était-il ? J'ai tendu l'oreille et balayé la pièce comme un radar.

Je n'ai entendu que le grincement de la porte qui s'ouvrait, puis un claquement sourd après qu'elle se fut vite refermée.

— Bea, a-t-il dit.

Bea ? Ici ?

— Tu ne devrais pas être là, a-t-il déclaré.

— Garde tes conseils pour toi.

— Ils vont venir t'arrêter. Tu as déjà assez de problèmes comme ça.

Elle avait le souffle court.

— Qu'est-ce que tu fais ici ?

— Il faut que tu repartes avant que quelqu'un te voie. Nous pourrons discuter plus tard.

Va-t'en vite, Bea. Il est dangereux.

— Nous pouvons discuter maintenant. Tu me mens depuis le début.

On sentait la tension de la peur et de l'adrénaline dans sa voix.

La pluie poursuivait son assaut contre la fenêtre. Mon corps s'est tétanisé à cause des crampes qui s'emparaient de mon bras plié de travers. D'autres spasmes m'ont foudroyé. Impuissant, j'avais l'impression d'être un patient d'asile psychiatrique sanglé pour recevoir des électrochocs, entravé à mon lit par les poignets et les chevilles, incapable de bouger, quelle que soit la douleur qui me terrassait. À l'intérieur de mon corps, je me débattais. J'aurais voulu que Bea s'approche de moi et me déplace.

— Qui es-tu ? lui a-t-elle demandé.

35

— Tu sais très bien qui je suis, a répondu Cameron.

— Tu collabores avec eux, pour me faire porter le chapeau.

— Avec qui ? La police ?

Il a ri. Bea ne s'est pas laissé intimider.

— Tu travailles pour eux ?

— Arrête ton char.

J'ai senti une pression sur ma jambe, à travers le drap. D'après le poids et la largeur du contact, j'en ai déduit que c'était la main de Cameron, pas celle de Bea.

— J'ai eu envie de passer voir ce fameux ex dont tu me parles tant.

Il a serré mon tibia et s'est retiré.

— Je voulais voir la tête de mon concurrent. Ce n'est pas facile, tu vois – d'être le deuxième mec dans une relation.

— Tu ne le connais pas.

Bea m'a semblé plus proche. J'ai décelé sur elle une odeur de cigarette, puis sa peau douce a effleuré ma paume.

— Ça, tu n'en sais rien.

— Qu'est-ce que ça veut dire, ça ?

Tous les deux étaient près de moi, à présent, à droite de mon lit. De l'autre côté, la pluie continuait à marteler la fenêtre.

Il a ignoré sa question.

— Tu es sûre que personne ne t'a vue entrer ? Tu as encore le temps de t'en aller.

Suis ses conseils. Va-t'en.

— De qui tu parles ? De tes collègues ? Allez, avoue.

— Je te le répète une dernière fois, je ne bosse pas pour la police. Tu te mets le doigt dans l'œil.

— Bon, très bien, mais tu leur fournis des renseignements sur moi, pas vrai ?

— Tu es parano, il faut que tu te soignes.

Comme j'aurais voulu pouvoir lui casser la gueule. Quoi que j'aie fait, Bea ne méritait pas ce qui lui arrivait. Un bon crochet du droit, je ne demandais pas plus. Je me serais plié volontiers à une heure supplémentaire d'aspiration trachéale si ça m'avait permis de voir son nez éclaté et quelques dents par terre. J'ai écouté la pluie et imaginé que le crépitement était le bruit de ses os en train de se briser en mille morceaux.

— Moi, je suis parano ? Tu te souviens d'hier ? Tu m'as dit qu'on m'avait aperçue près des gorges le jour de la chute d'Alex.

— Oui, justement. Tu comprends pourquoi les policiers pourraient trouver ta visite suspecte, et pourquoi ils seraient dans leur droit.

— Mais moi je ne t'ai pas donné ce détail.

— Je ne suis ni flic ni enquêteur ou je ne sais quoi. Tu crois que j'ai un contact au sein de la police ?

— C'est possible, oui, a-t-elle répondu d'un ton hésitant.

— Tu n'as pas les idées claires. Nous en reparlerons plus tard. Rentrons, filons d'ici sans que personne ne te voie. Pars la première, et je te rejoins tout de suite après. On attirera moins l'attention comme ça. Tu enfreins les clauses de ta liberté provisoire.

Elle ne comptait pas laisser tomber.

— Non.

La voix de Cameron s'est modifiée – il semblait impatient, au bord de la colère.

— Je ne complote rien dans ton dos, lui a-t-il presque crié, avant de changer subtilement son fusil d'épaule : Je t'aime.

Elle a ri.

— C'est la vérité, a-t-il insisté.

— Ne change pas de sujet.

— Bea. Je t'ai montré que j'étais raide dingue de toi.

J'imaginais la façon dont il la regardait en lui sortant son baratin. J'imaginais les moments d'intimité que ces mots leur ont fait revivre au cours des quelques secondes qui ont suivi. Les battements de mon cœur se sont de nouveau emballés. La pluie avait cessé et un rayon lumineux s'est abattu sur mes paupières, comme si le soleil venait d'émerger de derrière un gros amas de nuages. L'éclaircie m'a chauffé les joues et la chaleur s'est étendue à mon cou, mais elle ne m'a pas apaisé comme c'était parfois le cas. En cet instant, rien n'aurait pu me calmer.

La violence de ma colère me broyait, me pulvérisait. Ma respiration s'accélérait de plus en plus, j'ai ressenti des picotements dans les bras. J'ai balancé les jambes en dehors du lit. Assis au bord du matelas, j'ai roulé les épaules, comme si quelqu'un venait de malaxer mes muscles dorsaux avec les pouces. Cameron et Bea ne m'avaient pas encore vu – ils étaient accaparés l'un par l'autre, tellement habitués à mon immobilité, à l'absence de tout événement digne d'intérêt de mon côté de la chambre, qu'ils n'avaient même pas remarqué mon mouvement. Je me suis levé à l'instant où Cameron s'est détourné et m'a vu, pareil à un zombie décharné émergeant de la fine couche de terre de sa tombe. J'ai avancé vers lui, et son visage s'est décomposé, les yeux écarquillés par la terreur. Bea a gémi, chuchoté mon prénom, mais je ne l'ai pas regardée. Lui seul m'intéressait. Il a voulu battre en retraite, mais, n'ayant pas assez d'espace pour reculer, il s'est plaqué contre le mur. Après tant de mois d'inactivité, je me sentais voûté, rabougri, mais toutefois pourvu d'une force surprenante. Ma respiration s'échappait par souffles rauques, et à chacun d'eux je recouvrais un peu plus d'énergie.

J'ai continué de m'approcher, à petits pas, jusqu'à ce que nous soyons face à face. J'ai de nouveau senti l'odeur musquée de son après-rasage, la réglisse qui s'attardait sur son haleine. Je l'ai regardé dans les yeux. J'ai armé le bras d'un geste rapide et gracieux, puis je l'ai projeté en avant. Mon poing s'est écrasé sur son nez et j'ai ressenti un choc quand la douleur a éclaté dans mes doigts et expédié des décharges sensorielles jusqu'à mon épaule. Cameron a levé le bras pour se protéger le visage et s'est détourné. Le sang de son nez lui coulait dans la bouche. Bea s'était mise à hurler, mais j'ai poussé Cameron à terre, je me suis agenouillé sur sa poitrine, j'ai passé les mains autour de son cou puis j'ai serré, médusé par ma force et mon énergie. Son visage s'est empourpré d'un rouge de plus en plus foncé, avant de passer au violet, puis au bleu, tandis qu'il comprenait mon intention, les yeux exorbités. Ses bras battaient près de ses flancs, me griffaient, et ses pieds donnaient des coups par terre. On aurait dit un scarabée coincé sur le dos, qui aurait agité les pattes pour tenter de se redresser. Il était costaud, lui aussi, et il a tardé à s'avouer vaincu. Mais si ces deux ans d'hospitalisation m'avaient enseigné quelque chose, c'était bien la patience, et je pouvais attendre sans mal que Cameron rende l'âme. Bea criait toujours, mais elle n'a pas essayé de m'éloigner de lui.

Il est devenu tout mou ; toute la tension s'est évaporée. J'ai lâché sa gorge assombrie par une barbe de trois jours et je me suis relevé, puis je me suis essuyé les mains sur mon pyjama et suis retourné dans mon lit. Je me suis allongé, j'ai remonté le drap sur moi et fermé les yeux.

Le soleil a quitté mon visage et presque aussitôt ma peau s'est rafraîchie, comme si lumière et chaleur ne l'avaient jamais caressée.

Le charme s'est fissuré, puis s'est brisé ; Cameron a repris la parole, sans se douter du sort effroyable qu'il avait connu dans mon imagination.

Il s'est exprimé d'une voix douce :

— Je suis vraiment amoureux de toi.

— Arrête ça. Je veux juste savoir à quoi tu joues.

— Fait chier, merde ! s'est-il emporté. Tu es sûre que tu tiens à le savoir ?

— Puisque je te le dis !

Il a soupiré, et lorsqu'il a poursuivi, sa voix avait perdu tout son agacement, il avait retrouvé son ton posé.

— Tu n'as jamais eu l'impression qu'on s'est déjà rencontrés ?

36

C'était la première fois qu'il se montrait aussi bavard. Dans son rôle de docteur Taiseux, il n'avait jamais autant parlé. Désormais, je savais que j'avais vu juste. J'avais déjà entendu cette voix, par le passé, il y a très longtemps. Cette fois-là, il était fou de chagrin, ivre, il hurlait – mais c'était bel et bien lui.

Et moi je devais rester là sans bouger, pendant qu'il jouait à ses petits jeux avec Bea pour qu'elle assemble elle-même les pièces du puzzle.

— De quoi tu parles ? a-t-elle demandé.

— Excuse-moi d'avoir crié. C'est dire l'emprise que tu as sur moi.

— Ne me touche pas. Lâche-moi !

— Je ne voulais pas t'affoler. J'ai seulement envie d'être proche de toi.

— Tu me fais mal. Cameron, arrête, s'il te plaît.

— Je ne supporte pas de te voir pleurer.

— Je… J'ai changé d'avis. Je vais rentrer chez moi. On parlera de tout ça une autre fois. Je… On se voit plus tard. Laisse-moi partir.

— Ce n'est pas possible. Tu aurais dû m'écouter,

tout à l'heure, t'en aller quand je te l'ai dit. Tu es trop ébranlée pour que je te lâche dans la nature.

Il n'allait pas la laisser partir, c'était un fait. Pas en sachant qu'elle n'avalait pas ses mensonges. Elle l'avait percé à jour.

— Tu voulais que je t'explique pourquoi je suis là.

— Oui, mais… on pourra en discuter plus tard.

— Pourquoi tu n'arrêtes pas de regarder la porte ? Je ne sais pas pourquoi tu as peur de moi comme ça, d'un seul coup. Et je te déconseille d'appeler la sécurité, c'est toi qui aurais des problèmes.

— S'il te plaît. Je n'ai pas peur. Je suis fatiguée, c'est tout.

Ni l'un ni l'autre n'a rien dit pendant un certain temps.

— Tu ne te souviens pas de moi ? s'est enquis Cameron.

— On ne s'est jamais rencontrés avant le groupe de soutien, a-t-elle répondu, déroutée.

— C'est vrai que nous ne nous sommes jamais adressé la parole, et peut-être même que tu ne m'as jamais vu.

Nous y sommes.

— Tu étais trop occupée par ton travail. Mais moi je t'ai vue – la belle Beatriz.

Il a pris un accent espagnol pour prononcer son prénom.

— Moi je t'ai vue même si tu ne me voyais pas. Tu étais géniale avec les enfants. Ils t'adoraient. La belle Bea.

— Quels enfants ? a-t-elle chuchoté d'une voix à peine audible.

— Tous les jours, quand elle rentrait, Abigail voulait

t'apporter un petit cadeau. Elle me demandait si toutes les filles étaient jolies comme des princesses, en Angleterre. Comme Bea.

C'est là que Bea a eu le déclic. Elle a fait le rapprochement, elle aussi, parce qu'elle a retenu son souffle.

— Abigail.

— C'était une merveille, pleine d'innocence. Elle avait les yeux vert clair, comme sa mère.

Le souffle pesant de Bea s'est accéléré.

— Les cheveux blonds, de petites jambes potelées, des taches de rousseur.

La voix de Cameron s'est faite lointaine – ses mots semblaient surgir d'un souvenir profondément enfoui. De mon côté, je revoyais Abigail dans son maillot de bain rayé. En train de courir avec ses copines. De faire l'avion, les bras écartés et tendus de chaque côté. Les joues rouges, tout essoufflée. En train de rire sous le ciel gris, de gros nuages annonçant de la pluie en provenance des montagnes. Pas un bon jour pour la baignade.

— Qu'est-ce que tu essaies de me dire ? a voulu savoir Bea.

C'est le père d'Abigail.

— Elle aurait eu dix-huit ans, cette année.

— Ta fille ?

— Mais lui…

Mon cœur a fait un bond, car Cameron avait encore crié – un soubresaut dans la quiétude de ses réminiscences.

Il a continué plus calmement, d'un ton froid :

— Il l'a *tuée*.

— Alex ? Non, il…

— Il m'a brisé le cœur.

Pas volontairement.

— Qu'est-ce que tu racontes ? Alex ne l'a pas tuée.

— D'abord, Abigail. Et ensuite, Layla.

— Layla ?

— Ma fée. J'aurais tout sacrifié pour elle. Je l'ai suivie au Canada, d'ailleurs.

Une main puissante s'est de nouveau emparée de mon tibia, avant de presser mon mollet par-dessus le drap.

— D'abord, Abigail. Et ensuite, Layla, a-t-il répété. Quand je suis rentré à la maison, je n'ai pas compris ce que je voyais…

— De quoi tu me parles ? Layla, c'était ta femme ? C'est quoi le rapport avec Alex ?

— … ses pieds qui pendaient dans le vide, à côté de la balustrade…

Il a empoigné ma jambe plus fort, et la douleur s'est répandue jusqu'à mon genou.

Aaaarrrhh. Lâche-moi.

— … pieds nus, ongles d'orteils rouges. De jolis ongles. Au début, je suis resté comme paralysé. Et puis j'ai hurlé et je l'ai soulevée, en la tenant par les jambes, j'ai soulevé encore…

J'ai senti le contact plus doux de Bea sur ma cuisse, qui a glissé le long de ma jambe jusqu'à ce qu'elle atteigne la main de Cameron. L'étau s'est desserré petit à petit, mais ma chair en est restée meurtrie. Bea m'a frotté la jambe de haut en bas deux ou trois fois.

— C'est arrivé deux ans après la mort d'Abigail, a-t-il poursuivi. Ce qui l'a tuée, c'est le chagrin. Je l'ai bien expliqué au légiste. Ça ne suffisait pas qu'il qualifie sa mort de suicide. C'est de chagrin qu'elle est morte.

— Je suis vraiment désolée. La perte de ta fille… Je…

Elle n'a pas eu la force d'aller au bout de sa phrase.

— Mais ce n'était pas la faute d'Alex.

Cameron a brusquement changé de ton. Il s'est soudain arraché à ses souvenirs et a lâché d'un ton hargneux :

— Il. Les. A. TUÉES !

— Non, c'est faux.

— Abigail Conway. Tu te souviens d'elle ? a-t-il crié.

— Très bien, oui, a répondu Bea d'un ton triste.

Elle s'est tue un instant, et j'ai senti le poids de son corps contre mes jambes lorsqu'elle s'est assise sur le lit.

— Mais tu ne t'appelles pas Conway, *toi.*

— Nouvelle vie, nouvelle identité.

— Nous avons tout tenté pour la sauver. Je suis vraiment navrée.

— Elle s'est noyée alors qu'il aurait dû la surveiller.

— Ça s'est passé beaucoup trop vite.

— Je n'ai même pas eu le temps de lui dire au revoir. Quand je suis arrivé à l'hôpital, elle était bleue. Ses cheveux étaient tout emmêlés autour de son visage.

J'ai pensé au jour de la mort d'Abigail, quand Cameron – que nous connaissions alors sous le nom de Harry Conway – s'était présenté à Bow Camp, ivre. En hurlant. La direction m'avait tenu à distance de lui, mais sa voix avait résonné dans tout le campement. Je me rappelle son accent britannique – inhabituel pour un parent de la région. Un autre animateur m'avait donné des renseignements sur lui :

il avait quitté Londres pour s'installer avec sa petite amie en Alberta.

— Il fallait qu'il paie, c'est logique, a repris Cameron. Je me suis vengé, comme l'aurait fait n'importe quel père.

— *Tu vas payer*, a marmonné Bea d'une voix étrange. (Ce n'était pas à lui qu'elle s'adressait, mais à elle-même.) Il n'a pas eu de maîtresse.

Cameron n'a pas répondu.

— Il t'a brisé le cœur deux fois. Abigail, puis Layla.

Toujours pas de réaction. Qu'est-ce qu'il fabriquait ?

— Dis-moi que ce n'est pas toi qui… (Elle pleurait, s'efforçait de ravaler ses larmes.) La photo…

— C'était ma petite puce, quelques heures après sa naissance. Ma merveille.

L.A.

Layla.

— Tu m'as fait croire qu'il m'avait…

— Il les a tuées. Je n'avais pas le choix.

J'ai entendu Bea se précipiter vers le mur derrière moi, et les pas plus lourds de Cameron dans son sillage.

— Lâche-moi ! s'est-elle écriée.

— Hors de question. Pas si tu tentes encore d'enfoncer le bouton d'urgence.

Bats-toi. Va chercher de l'aide.

— Espèce d'idiote.

— Je ne réessaierai pas, je t'en prie, laisse-moi partir. Je ne révélerai à personne ce que tu viens de me raconter. On ne me croirait pas, de toute façon.

— Tu sais que ce n'est pas possible.

Elle a gémi. Il la bloquait pas très loin de moi, à ma droite.

— Arrête de remuer, a-t-il ordonné.

Elle a émis un bruit, mais celui-ci était étouffé – il avait dû lui couvrir la bouche.

— La ferme. Personne ne va rappliquer. On ne t'entend pas, dehors.

J'ai écouté Bea lutter, essayer encore une fois de se libérer. Elle a dégagé sa bouche de la main de Cameron.

— Ce n'est pas croyable que tu lui aies fait ça. Tu t'es trompé de cible.

Non, tais-toi.

J'ai aussitôt su ce qu'elle allait dire.

Ça ne t'avancera à rien.

— Ce n'était pas la faute d'Alex.

— Il aurait dû la surveiller, a rétorqué sèchement Cameron.

— Tu me fais mal.

Il respirait fort, sans doute en train de réfléchir.

— Si je te lâche, tu dois me jurer que tu ne crieras pas.

— C'est juré.

Elle a soupiré et j'ai entendu ses pas au bout de mon lit. Ça avait fonctionné. Il avait desserré son étreinte.

Sauve-toi, Bea. Sors de là. Ne t'inquiète pas pour moi.

Je l'ai écouté qui se déplaçait, lui aussi – vers la porte. Il lui bloquait l'issue.

— Ce n'est pas contre Alex que tu devrais être en colère, a-t-elle déclaré.

— Il était de surveillance. C'est écrit dans le compte rendu du légiste. Il ne s'est même pas présenté lors de l'enquête judiciaire, ils ont envoyé un gérant du centre à sa place.

— Il n'était pas à la piscine.

— Qu'est-ce que tu racontes ?

Tu n'es pas obligée, Bea. Tu te mets encore plus en danger.

— Il était souffrant. Il a dû aller aux toilettes et il m'a chargée de surveiller le bassin. Moi, pas lui.

La baignade était quand même sous ma responsabilité.

Je me suis senti nauséeux. J'étais convaincu qu'il avait prévu de me tuer aujourd'hui. Qu'allait-il lui faire ?

— Quand Alex est revenu, il l'a vue sous l'eau. Cameron ?

Il n'a pas répondu.

— Je suis désolée. Nous avons fait le maximum. Mais Alex ne méritait pas ça.

— Comment as-tu pu ne pas la voir ? s'est-il emporté. Toujours des excuses. Tu n'es bonne qu'à ça. C'est votre faute à tous les deux, alors.

Un bruit, le choc d'un poing qu'on abat contre une table, a retenti à ma droite, près de la porte.

— À tous les deux ! a-t-il grogné.

Bea est passée de l'autre côté du lit, loin de lui.

Sors d'ici, vite. Pars en courant. Si tu es assez rapide, il ne pourra pas t'en empêcher.

— J'ai eu raison de m'en prendre à toi aussi.

Va-t'en, Bea.

— J'ai fait ça pour l'atteindre, lui, le priver de toutes les bonnes choses dans sa vie…

— De quoi tu parles ? Du fait de m'avoir couru après ?

— Moi, j'ai couru ? s'est esclaffé Cameron. Ça n'a pas été compliqué de t'attraper, en tout cas.

Enfoiré. Elle était vulnérable.

— Je t'ai seulement observée quelque temps, j'ai repéré ce qui te plaisait, et j'ai fait semblant de partager tes goûts. Je t'ai fait flipper grâce à quelques coups de téléphone inquiétants. Et tu m'es tombée toute cuite dans les bras. Un jeu d'enfant.

Elle m'a agrippé l'épaule gauche. J'ai senti la pression de ses ongles dans ma chair.

Fuis, vite. Il va s'en prendre à toi. Il va nous tuer tous les deux.

— Pourquoi tu as tant attendu ? La mort d'Abigail remonte à tellement loin, maintenant.

— Pourquoi il aurait eu le droit d'être heureux, lui ?

— Quoi ?

— Pourquoi ton chéri aurait eu le droit d'être heureux ? Alors que ma vie était en ruine ? Abigail, Layla. Et puis Kelly qui m'a largué…

— Ta copine ? C'était vrai, ce que tu m'as raconté quand on s'est rencontrés ?

— Quand elle m'a quitté, je suis rentré en Angleterre, je me suis installé dans le coin. Et je vous ai observés tous les deux, pendant une bonne année.

Une année ? Tu nous as pistés si longtemps que ça ?

Est-ce qu'il nous avait suivis ? Qu'est-ce qu'il avait vu ?

Connard.

— Et puis, il y a deux ans, Abigail aurait eu seize ans. Nous aurions organisé une fête avec un gâteau à la banane, son préféré, et seize bougies. J'ai repensé au jour de sa naissance. J'ai imaginé ma petite puce – devenue une belle jeune fille ! Elle aurait été magnifique. Tous les garçons auraient été à ses pieds. J'aurais dû pouvoir connaître ça.

À la place, tu passais tes journées à nous traquer.

— Ça m'a paru le bon moment pour agir, a poursuivi Cameron. C'est lui qui m'a donné l'idée, ce petit con, en étant trop arrogant pour porter un casque. Du coup, je pouvais le blesser sérieusement sans trop me fatiguer.

— Mais tu l'as laissé vivre. Pourquoi tu fais tout ça maintenant ?

— Tu appelles ça vivre, toi ? J'ai pris mon pied à regarder la vie l'abandonner petit à petit, très lentement.

— Et à me surveiller, aussi…

— Ce n'est pas toi la victime, je te rappelle.

— Je…

Il a ri.

— Si seulement tu avais arrêté de venir ici, je ne me serais jamais penché sur ton cas. Mais il a fallu que tu reviennes, tout le temps, hein ? Tu as continué à aimer cette ordure. C'était trop beau pour lui.

Bea a pris une inspiration et m'a serré fort l'épaule.

— Et maintenant ? Tu as décidé de le tuer ?

— C'est ça qui est marrant. Je n'en avais pas l'intention, au départ. Mais c'est là que ça devient intéressant. Il commence à reprendre connaissance.

Donc j'avais vraiment bougé ?

Il a attendu que sa révélation fasse son chemin dans l'esprit de Bea.

— Mais non, a-t-elle dit.

— Je l'ai vu bouger.

Il a de nouveau touché ma main, fait glisser ses doigts jusqu'à mon poignet. Mes poils se sont hérissés.

— Tu as dû tout imaginer. Je suis venue presque tous les jours pendant…

— Je sais, oui. C'est bizarre, hein ? C'est à moi qu'il a choisi de montrer qu'il pouvait remuer.

Je ne t'ai pas choisi.

— Et il n'est pas question qu'il se réveille, a-t-il ajouté. Alors c'est le moment de terminer ce que vous avez commencé en laissant mourir ma fille.

— Je ne te crois pas. Tu essaies de me manipuler.

— Tu peux croire ce que tu veux.

Il a saisi mes doigts un par un, les a soulevés avant de les relâcher.

— Je mens, Alex ? Dis-lui, toi.

Il a ri.

Sale enfoiré.

Ses pas pesants se sont déplacés vers le pied du lit, approchant lentement de l'endroit où se tenait Bea. Elle s'accrochait à moi. J'ai senti la chaleur et la moiteur de sa main.

— Alors tu me baratines depuis le début. Quand tu m'as dit que tu m'aimais…

— Tu n'étais qu'un pion dans…

La main de Bea s'est retirée de mon épaule, et simultanément un grand fracas a retenti, suivi par un cri de surprise et un grognement de Cameron.

Bea a poussé un glapissement. Elle luttait, et elle souffrait.

Je l'ai entendue le pousser, les pieds traînant par terre, son corps butant contre le lit.

— Je te déconseille d'agresser un agent de police, a-t-il raillé. Je n'en reviens pas que tu m'aies pris pour un flic.

— C'est toi, leur témoin ! L'ornithologue amateur.

Tu les as convaincus que tu m'avais vue en haut de la falaise.

— Ça n'a pas été très dur de les en persuader.

— Tu veux me faire porter le chapeau pour la tentative de meurtre contre…

— Seulement la tentative, tu es sûre ?

— Putain, Cameron. D'où tu sors ça ?

Il a pouffé et Bea a soudain cessé de se débattre.

Quoi ? Qu'est-ce que c'est ?

— À mon avis, il faut envisager de nouvelles solutions. Un meurtre-suicide – tu en penses quoi ? Je vois d'ici les unes de journaux : À bout, elle poignarde son compagnon dans le coma puis se tranche les veines. Ça serait tout à fait plausible.

Il a ri de nouveau.

— Ou alors : Attaque au couteau, le nouvel amant raconte : « J'ai essayé de l'en empêcher, mais je suis arrivé trop tard. »

Un gémissement de Bea.

— C'est quoi le mieux, à ton avis ? a-t-il demandé. Ici ? Ça serait plus rapide si je tranchais le long de la veine, mais plus probable que toi tu aurais tailladé en travers. Ce serait plus vraisemblable.

Il a un couteau ?

— Tes poignets. Je les adore, tes petits poignets. Tout fins et délicats.

— Lâche-moi.

— Et tes mains.

À chacun de ses mots, j'entendais un bruit qui déclenchait une contraction de ma gorge, prête à vomir. Le bruit d'un baiser. Les lèvres de Cameron sur la peau de Bea.

Si tu lui fais du mal…

— Et puis ton joli cou, a-t-il susurré.

Encore un baiser.

— Non, a-t-elle protesté dans un souffle.

Il y a eu un léger bruit sourd, comme s'il l'avait plaquée contre le mur. Elle a poussé un petit cri.

— Arrête, s'il te plaît.

Cameron a respiré à fond.

— Et ton odeur délicieuse.

Connard. Fous-lui la paix.

37

Soudain, une grande confusion a éclaté.

La porte s'est ouverte avec fracas, et j'ai reconnu la voix de Rosie qui a retenti à l'entrée de la chambre :

— Putain de merde ! Lâche-la tout de suite !

— Rosie, a dit Cameron. Tu tombes à pic !

Sa capacité à changer d'humeur en un clin d'œil me glaçait le sang.

— Il faut qu'on la maîtrise.

— Qui, Bea ?

— Elle va faire du mal à Alex. Elle vient de m'avouer que c'est elle qui l'a fait tomber.

Bea sanglotait.

— Ne l'écoute pas. Tout ce qu'il a raconté, c'est un tissu de mensonges.

— Est-ce qu'il t'a fait du mal ?

Bea n'a pas répondu.

— Il faut qu'on la fasse sortir avant que la police arrive, a-t-il insisté. Aide-moi. À chaque fois que j'essaie de la retenir, elle devient violente.

— Ce n'est pas l'impression que ça me donne, a rétorqué Rosie d'un ton véhément, avant de hurler dans le couloir : Appelez la sécurité ! Cet homme a un couteau !

— Non ! a protesté Cameron. Ils vont embarquer Bea. Pourquoi tu as fait ça ?

Des infirmières ont crié, des gens se sont mis à courir. Une femme a hurlé : « Sécurité ! Sécurité ! »

— Viens vite par ici, a dit Rosie à Bea, qui pleurait à côté de moi.

— Ne bouge pas, a-t-il ordonné.

— Bea ne ferait jamais de mal à personne.

— Je sais que c'est difficile à croire, mais…

— Tu mens, l'a coupé Rosie, qui tenait bon.

Bea sanglotait toujours.

— J'ai dû intervenir pour l'arrêter.

Cameron s'exprimait dans un demi-chuchotis, comme s'il se confiait à Rosie.

— Tu délires complètement. Pose ça, maintenant. Je te déconseille de lui faire du mal, a poursuivi Rosie, très calme.

Des pas lourds ont approché à vive allure.

— Écartez-vous d'elle ! a tonné un homme. Éloignez-vous !

Il y a eu du mouvement près de moi.

— Venez derrière moi, mademoiselle. Voilà. Il va falloir me donner ça, monsieur.

— Ce n'est qu'un canif, a protesté Cameron en tentant un numéro de charme.

J'ai entendu les cliquetis de la lame qu'on repliait et rouvrait.

— Ça ne change rien, a répondu l'homme. Donnez-moi ça. Remettez-le-moi, n'aggravez pas votre cas. Ça va bien se passer.

— Je ne l'avais que pour me défendre. Et j'essayais de protéger Alex.

Le vigile a récupéré le couteau, dont le métal a claqué sur sa peau. Puis il y a eu une série de bruits sourds et de grognements, et quelque chose a heurté le sol.

— Qu'est-ce que vous faites ? a demandé Cameron d'une voix étouffée.

— Vous aviez un couteau, il fallait vous attendre à être immobilisé. Greg, viens, a dit l'homme à quelqu'un d'autre dans la chambre. Tu me l'empêches de se relever, s'il te plaît.

Cameron a grommelé.

— Bougez pas, ça vaut mieux pour vous.

— Chhhh.

Dans le coin de la pièce, j'ai distingué la voix de Rosie, qui prenait Bea dans ses bras.

— C'est bon, tout va bien. Qu'est-ce qui s'est passé, nom d'un chien ? Je suis partie dès que tu m'as dit que tu l'avais suivi jusqu'ici, mais ça roulait super mal.

— J'ai cru… que tu n'allais jamais… arriver, a répondu Bea en pleurs, en aspirant des goulées d'air saccadées. Il fallait… que je le fasse… parler. Il allait… tuer… Alex. Je ne pouvais pas m'enfuir.

— Pourquoi tu n'as pas appelé à l'aide ?

— J'avais peur de… m'attirer des ennuis… et puis… je sais pas. J'ai pensé que personne… ne me croirait. J'avais trop peur qu'il nous fasse du mal.

— D'accord, d'accord. Chhh. Je suis vraiment désolée, j'aurais dû t'écouter.

— Elle ment ! s'est époumoné Cameron, toujours plaqué au sol. C'est une sale garce manipulatrice.

— Tu voudrais bien faire taire ce monsieur, Greg ? a demandé le vigile.

Cameron a de nouveau grogné.

Un talkie-walkie a grésillé, et le vigile a repris la parole :

— C'est bon, on y est. Non, pas besoin. On maîtrise la situation. On va les accompagner au rez-de-chaussée.

La voix de Pauline a retenti dans mon oreille et étouffé tout le reste.

— Il respire toujours, il va bien.

Elle a fait pivoter ma tête de droite à gauche en la tenant sous mon menton.

— Monsieur l'agent ! a crié Cameron.

— Non, l'ami. Moi je suis vigile. Les policiers vont bientôt arriver.

Pauline s'est activée – elle a remis mon bras d'aplomb, remonté le drap jusqu'à mon cou.

— Il faudrait que vous partiez, messieurs-dames, a-t-elle déclaré. Il faut que je m'occupe de mon patient.

— Mais elle est soupçonnée de meurtre !

— Ne vous fatiguez pas. Vous allez tous me suivre, a rétorqué l'agent de sécurité. Vous aussi, mesdames.

Pauline s'est raclé la gorge.

— Est-ce que tout le monde pourrait sortir de la chambre, s'il vous plaît ?

— Vous avez entendu la dame, a dit le vigile. Allons dans le couloir.

La porte s'est fermée derrière eux. Pauline est restée avec moi, à compulser mes feuilles médicales, à mesurer mon pouls.

Elle a entrepris de me tourner sur le côté, et mon

esprit s'est élancé au loin, a suivi Bea et Cameron dans le couloir. Elle ne craignait plus rien, non ? La police n'aurait plus d'autre choix que de la croire, maintenant.

L'adrénaline coulait encore à flots dans mes veines, mais les endorphines commençaient à affluer. J'étais toujours en vie, et toutes les pièces de ce puzzle, qui me tourmentait depuis des semaines, s'étaient emboîtées.

Cameron ne pouvait plus me faire de mal.

Il ne pouvait plus s'en prendre à Bea.

38

— … il n'a rien…

À mon réveil, j'ai été assailli par un tourbillon d'odeurs et de bruits. Chanel nº 5. Chips oignon-fromage. Savon. Mes yeux étaient entrouverts, mais une forme grisâtre proche de mon visage me bouchait la vue.

— La nourriture liquide, ça sert juste à empêcher les patients de disparaître complètement.

La voix de Connie, juste au-dessus de moi – voilà d'où provenait l'odeur de chips. J'ai tenté d'arrêter de respirer par le nez.

J'ai ressenti un picotement sur ma poitrine, qui s'est couverte de chair de poule, puis j'ai senti la main moite de Connie sur moi et compris qu'elle m'avait sans doute retiré le haut de mon pyjama. D'autres formes sont apparues dans la chambre lorsque sa masse grise s'est écartée et immobilisée à ma droite.

Des bruits de pas secs et rapides ont fait le tour du bout de mon lit, et j'ai vu une grande silhouette foncée aller de la porte à la fenêtre. Philippa.

Soudain, une vive chaleur m'a envahi le visage lorsque j'ai cru sentir de nouveau le goût du coton amidonné sur la langue, percevoir l'odeur fumée et épicée de l'après-rasage de Cameron.

La quiétude et l'ignorance qui avaient suivi mon réveil se sont évaporées.

Où est Bea ? Que lui ont-ils fait ?

— Pauline dit que tout a commencé hier soir, quand je suis rentrée chez moi.

— Hmm, a fait Philippa.

Tac. Tac. Tac.

— Apparemment, on a ouvert une enquête interne. Elle n'aurait pas dû pouvoir entrer dans la chambre.

— Ce n'est pas elle la coupable, a simplement répondu Philippa, qui paraissait à bout de forces.

— Pourtant, ils l'ont quand même arrêtée. Elle a enfreint les conditions de sa liberté sous caution, c'est bien ça ?

Ils ont dû arrêter Cameron, aussi. Je ne peux pas croire qu'ils ne retiennent que Bea.

Philippa semblait réticente à se laisser embarquer dans cette conversation.

— L'homme qui était là…

— Le type au couteau ? C'est vraiment votre cousin ?

— Pas du tout ! s'est récriée Philippa, d'un ton dégoûté.

Dans l'encoignure de ma chambre, sa silhouette noire s'est déformée, sans doute parce qu'elle a levé les bras au ciel avant d'ajouter :

— Ça me ferait mal.

— Il avait l'air tellement gentil. Je ne me suis jamais doutée de rien.

Connie tenait sa main immobile sur mon torse, même si l'odeur familière de savon qui flottait à proximité m'indiquait qu'elle aurait dû être en train de me laver.

— Comme ça vous le savez, maintenant.

— On ne parle plus que de ça, ici. Est-ce vrai qu'il est venu pour le…

— Si vous passiez toutes un peu moins de temps à cancaner et que vous repériez les visites inhabituelles, l'a coupée Philippa, agacée, peut-être que ça ne serait pas arrivé.

— Non, mais on ne cancanait pas.

Connie n'avait pas le bon sens de la boucler, ne serait-ce qu'un instant.

— Je voulais juste dire qu'on était sous le choc. C'est tout.

Philippa a soupiré et s'est radoucie.

— C'est lui qui… C'est lui qui a provoqué la chute de mon frère. Il a essayé de le tuer.

Connie a eu un halètement horrifié. Philippa n'offrant pas d'elle-même davantage de détails, l'infirmière est allée à la pêche aux renseignements :

— Et comment il…

— Il l'a poussé, a répondu doucement Philippa.

— Il était si sympathique…

— Quand Alex est arrivé en haut, il l'a… (Philippa a marqué une pause.) Il l'a poussé dans le vide.

C'est donc ça qui s'est passé.

— Et vous croyez que sa petite amie est impliquée ? s'est enquise Connie en me tapotant la poitrine.

— Ils l'ont relâchée, a chuchoté Philippa. Je me suis trompée sur toute la ligne.

J'ai dérivé dans mes propres pensées. Bea était libre. Ils tenaient Cameron.

— Je m'en vais bientôt, je vous laisse tranquille, a annoncé Connie.

— Ne vous embêtez pas.

La forme de Philippa se dirigeait déjà vers la porte. *Tac, tac, tac.*

— Mon père et moi, nous avons rendez-vous avec le professeur Lomax.

Je n'avais cessé de me demander quand tout avait commencé. Le point de départ remontait à très longtemps – à dix ans plus tôt, sous le ciel gris de l'Alberta. Quand j'avais présenté ma candidature à Bow Camp, après avoir décidé de m'accorder une année sabbatique après le lycée – décision prise peu après la mort de maman, survenue parce que j'avais appuyé son choix de ne pas poursuivre les traitements. Je suis remonté plus loin encore – serais-je allé à Bow si je n'avais pas pratiqué l'escalade ? Le début datait du jour où j'étais allé à la fête d'anniversaire d'Isaac Beaumont, pour ses quatorze ans, organisée au mur d'escalade en salle dans l'ancienne église St. Werburgh. Du jour où papa m'avait acheté ma première paire de chaussons de grimpe.

Si je n'étais pas allé à cette fête, si papa avait refusé de m'offrir mon premier équipement, si j'avais insisté pour que maman suive un autre cycle de radiothérapie, si j'avais choisi une autre destination, si Bow Camp ne m'avait pas embauché comme moniteur…

Si je n'avais pas été de surveillance de baignade ce jour-là. Si on n'avait pas autorisé tant d'enfants à s'entasser dans la piscine.

Abigail n'avait que sept ans ; elle faisait partie des enfants du coin que leurs parents déposaient chaque matin en partant au travail. Ce jour-là, elle riait de bon cœur avec ses camarades. Les jambes de ces mêmes camarades avaient ensuite battu dans l'eau autour d'elle alors qu'elle se noyait. Les enfants étaient trop nombreux. Personne n'avait vu Abigail, vêtue de son maillot de bain à rayures blanches et rouges, s'enfoncer dans l'eau. Personne n'avait remarqué ses longs cheveux blonds qui flottaient à la surface.

Quand nous l'avions enfin vue, j'avais sauté dans la piscine tout habillé. J'avais repêché son corps inanimé, plus léger que je ne m'y attendais, mais quand même alourdi par la résistance de l'eau. Les autres hurlaient pendant que je la sortais du bassin, la tirant et la soulevant à la fois. D'autres moniteurs criaient, Bea s'époumonait pour qu'on appelle une ambulance, mais ce vacarme me paraissait lointain. J'avais posé les mains sur les dalles du bord afin de me hisser hors de l'eau, puis regardé Abigail, ses lèvres fines et bleues, ses yeux révulsés. Un de ses bras pendait au-dessus du rebord, ses doigts trempaient dans l'eau.

J'avais plaqué ma bouche contre la sienne et soufflé dans ses poumons, appliqué des pressions régulières sur sa poitrine, procédé aux gestes de premiers secours auxquels on nous avait formés. Elle était gelée, sa peau tournait déjà au gris. Après ce qui m'avait semblé une éternité, des ambulanciers vêtus de noir m'avaient écarté d'elle et avaient tout tenté à leur tour pour ranimer son petit corps sans vie. Je savais qu'elle était morte. Épuisé, je m'étais éloigné à reculons d'un pas chancelant, puis, sans que je m'explique comment, j'étais retourné au bâtiment principal en observant à travers les fenêtres devant moi le grand désordre qui se poursuivait dehors. Je m'étais engagé dans les couloirs aux dalles de lino rouge, secoué par des frissons. J'étais pieds nus – nous ne portions jamais de chaussures quand nous étions de surveillance de baignade – et je sentais les miettes de biscuit et les fragments de chips s'accumuler sous ma peau mouillée. Mon corps me semblait lourd, inerte, impuissant. Ce poids provenait de mon short de bain et de mon tee-shirt trempés, de ma polaire dégoulinante, mais cette pesanteur me paraissait plus profonde.

Avait-elle eu peur ? Avait-elle compris ce qui lui arrivait ? Une fillette de sept ans aurait-elle conscience d'être en train de se noyer ? J'espérais que non.

M'avait-on mis dans cet état pour me punir de la façon dont elle était morte, une sorte de juste retour des choses ? À plusieurs reprises, j'avais eu le sentiment que mon existence ressemblait à une longue et lente noyade. J'agitais les bras, je les abattais sur la surface, pourtant ils ne produisaient aucun bruit. Je donnais des coups de pied, mais mes jambes s'emmêlaient dans des herbes aquatiques et m'entraînaient vers le fond. Je hurlais pour qu'on me voie, mais personne ne m'entendait. Ma tête s'enfonçait, mais je parvenais à ne pas sombrer. De justesse. Alors que le temps s'écoulait par à-coups, ces périodes sous l'eau me paraissaient de plus en plus longues. Je peinais de plus en plus à maintenir ma bouche à l'air libre, pour respirer.

Il fallait que je me sorte d'ici. Je devais essayer de bouger de nouveau.

Bouge. Allez, bouge.

Rien.

39

Le lendemain, Bea elle-même m'a rendu visite.

La porte a gémi, puis elle a fait le tour de mon lit pour venir s'asseoir à côté de moi. Ses cheveux sentaient fort les agrumes – elle avait dû les laver peu de temps avant. Je n'ai détecté aucune trace de vanille sur elle.

— Alex ?

Elle s'est gratté la jambe – ongles contre toile de jean –, puis elle a agité la main devant mon visage, comme quand on vérifie si quelqu'un est réveillé. J'avais les yeux fermés mais j'ai perçu l'infime variation de la lumière à travers mes paupières, entendu le tintement de bracelets métalliques à son poignet.

— Alex ?

Oui ?

— Ce n'est pas vrai, en fait. Tu n'es pas là. Il m'a dit que tu avais bougé, mais c'était du baratin, hein ?

Non. J'ai bougé. Je t'assure.

Elle a pris ma main gauche dans les siennes. J'ai tenté de pousser mon pouce contre sa peau.

Allez, Alex. Bouge.

— J'y vois beaucoup plus clair, maintenant, a-t-elle

dit. Tout le monde me traite comme si j'étais traumatisée, mais ce n'est pas ce que je ressens… Moi, je ressens…

Elle a cherché ses mots en me caressant les doigts.

— Je ressens un grand calme. Pour la première fois depuis des mois.

J'aurais dû m'en réjouir. Alors pourquoi éprouvais-je tant d'appréhension ?

— Je t'ai écrit une lettre, d'accord ?

Elle m'a lâché, puis j'ai entendu une feuille de papier trembler entre ses doigts.

— Je voulais être sûre de tout te dire, sans rien oublier.

Elle s'exprimait d'une façon très différente. La tension avait abandonné sa voix. La peur s'était évaporée.

— D'un côté, j'aimerais qu'il ait raison, pour que tu entendes peut-être ce que je vais te lire. Mais j'espère surtout que tu ne peux pas. Ça serait trop dur, je crois.

Si, je t'entends. Il faut que tu le croies.

— Alors voilà.

Elle a pris sa respiration et s'est raclé la gorge.

— Je t'aime. Mais il faut que je te laisse partir.

Non. Regarde ma main. Je peux bouger, je le sais.

— Depuis le début, je fais ce qui me semble le plus dans ton intérêt. Je me suis battue pour toi.

Elle a pris une autre grande inspiration.

— Mais le combat n'est plus le même et je pense que ce qui est dans ton intérêt a changé aussi. Je ne peux pas passer ma vie à attendre que tu reviennes à toi. Il faut que j'écoute les médecins, maintenant.

Nous devons voir la réalité en face. Nous ne pouvons pas te maintenir en vie pour nos seules raisons égoïstes.

Ne fais pas ça.

— Je suis désolée que tu aies dû payer à ma place et que tu te sois retrouvé ici à cause de ça. Je suis vraiment, vraiment désolée. Je m'excuse de ne pas avoir eu foi en toi, de m'être entêtée à croire que tu avais eu une liaison. Je m'excuse pour tout ce qui a pu se passer avant ta chute, pour les motifs qui t'ont empêché de me demander en mariage. Je crois que je comprends, et je sais qu'on aurait fini par surmonter nos problèmes.

La bague.

Oh, Bea.

Nous traversions des tensions, à l'époque, et j'avais paniqué à l'idée de demander en mariage la femme avec qui je me chamaillais tant. Pour autant, je ne savais pas très bien quelles en étaient la cause et la conséquence. Étaient-ce mes tergiversations qui avaient déclenché nos disputes ?

Si seulement je m'étais lancé.

— J'en suis sûre, grâce à la vie merveilleuse qu'on a eue tous les deux. Tu m'as rendue très heureuse, tu sais ? Merci pour toutes ces années.

Je t'en supplie. Ne fais pas ça. Ne dis pas ce que tu t'apprêtes à dire.

— Alors si tu m'entends, j'espère que tu me pardonneras.

Elle m'a repris la main.

— Quand je t'aurai lu ma lettre, j'irai parler à ton père. Tu devines ce que je vais lui dire.

Il ne me restait qu'une seule chance, a priori. Les

larmes me sont venues facilement, une fois que j'ai eu ouvert les vannes.

Regarde mon visage, Bea. Observe-moi. Ça n'a rien d'une coïncidence.

— Je… Je ne cesserai jamais de t'aimer. Je t'aimerai jusqu'à mon dernier souffle.

Ne t'en va pas.

— Au revoir, Alex.

Elle m'a chuchoté ces mots au-dessus du visage et m'a embrassé sur les lèvres. Un baiser au goût de pastille à la menthe masquant celui de la cigarette.

Puis elle a vu mes joues mouillées.

— Oh, Al.

D'un geste doux, elle a essuyé la peau juste sous mes yeux.

— Ne sois pas triste. Nous avons des tas de souvenirs géniaux à nous remémorer.

Même si je savais qu'elle croyait mes larmes involontaires, j'ai eu l'impression qu'en cet instant, d'une certaine manière, nous nous comprenions.

Elle m'a de nouveau embrassé, donné un baiser plus long, plus insistant. Mais elle s'est levée.

Ne pars pas.

Ses pas se sont éloignés. La porte s'est ouverte, puis refermée.

Il fallait que je mette le paquet. Auparavant, Bea était la seule qui voulait me maintenir en vie. Si elle cessait de s'opposer aux projets de papa et Philippa, qu'allait-il se produire ?

Qu'est-ce que je peux faire ?

J'ai dressé l'inventaire de tous les événements, essayé de me rappeler leur chronologie. Et j'ai commencé à me raconter toute l'histoire. J'ai entrepris d'excaver les jours défunts, de les ramener à la vie.

J'ai entendu Bill tonner :

— Plus de couleur, Alex ! Plus de détails, plus de couleur !

Je ne suis pas sûr que cette histoire-là supporterait beaucoup plus de couleur, Bill.

J'ai l'impression qu'il m'a fallu environ six jours pour tout explorer. Dans cet intervalle, il n'y a pas eu grand-chose à relever. J'ai reçu une visite de Tom et Rosie, et une de papa. Bea est venue deux ou trois fois ; elle est restée silencieuse ou a passé son temps à évoquer des souvenirs heureux que nous partagions. Elle paraissait soulagée.

Mais cette fois j'ai fait le tour. Je suis à court d'histoires de mon passé à raconter. J'ignore ce qui va advenir, désormais. Il n'y a plus que moi à l'instant présent, en train de vivre ce qui se produit maintenant.

Maintenant. Maintenant. Et maintenant.

J'ai menti.

Il s'est passé quelque chose au cours des six derniers jours. J'ai voulu faire mine que ça n'avait pas d'importance, en espérant que ça se réglerait tout seul. Mais ça empire.

J'ai mal à la tête. La douleur part de la base de mon crâne et l'enserre jusqu'à mon front. J'ai besoin d'antalgiques. J'ai la bouche sèche, les lèvres encore plus – à chaque souffle, je ressens une vive tension sur ma peau craquelée. J'ai la gorge endolorie, parcourue d'élancements.

Un peu plus tôt, Pauline a bloqué ma porte afin

qu'elle reste entrouverte, peut-être pour que l'air circule mieux. Il fait une chaleur particulièrement étouffante. Ça sent la nourriture – les restes du déjeuner ou le prochain repas qu'on prépare en cuisine. C'est toujours la même odeur. Légumes bouillis, viande à l'étouffée.

Mais aujourd'hui ça ne me donne pas faim. Je n'ai pas d'appétit. À cause de mon mal de crâne. De ma bouche, de ma gorge. Tous ces indices pointent vers la même conclusion. Je sais ce qui s'annonce.

Des bruits de pas dans le couloir. Qui approchent de ma chambre. *Tac, tac, tac.*

Philippa ?

— J'ai les pieds en compote.

C'est Philippa. Quelque chose claque par terre.

— Ah, c'est mieux. J'ai les orteils super gonflés.

Je sens une odeur de pieds en sueur.

— C'est le jour le plus chaud de l'année, il paraît.

Est-ce qu'elle me parle ? D'habitude, elle ne me dit pas un mot.

Une main chaude sur la mienne.

Philippa qui me touche ?

— Comment tu vas ?

Pourquoi tu me parles ? Ça fait des mois que tu ne m'adresses pas la parole.

Elle a un ton hésitant. Elle serre ma main plus fort. Mon corps roule un peu vers la droite lorsqu'un poids s'enfonce dans mon matelas.

— Tu te souviens de ce jour, quand on était petits ? Elle s'exprime d'une voix douce. Ça, c'est une première.

— Avec les vélos et les chiens ?

Vaguement. Quand nous vivions à Thornbury, dans la maison au papier peint vert.

— Il faisait très chaud. C'est peut-être pour ça que j'y ai repensé toute la semaine. On sentait l'herbe qui cuisait sous le soleil. Le goudron fondait.

Ces gamins plus loin dans la rue, qui construisaient une cabane dans un arbre. Nous voulions jouer avec eux, mais ils étaient plus âgés.

— Ce jour-là, on étrennait nos nouveaux vélos.

Elle me presse la main.

Qu'est-ce qui se passe ? Pourquoi tu te comportes comme ça ?

— Tu as dit à maman que tu veillerais sur moi.

J'essayais de jouer mon rôle de grand frère. C'était mon devoir, comme disait papa. Je n'avais pas le choix.

— On a descendu la ruelle très en pente. On ne portait pas nos casques… Tu les avais planqués dans des buissons.

Je venais d'avoir mon Raleigh Wildcat noir. Et toi un vélo rose, avec des rubans ridicules qui dépassaient du guidon. On est allés jusqu'à la maison avec les dalmatiens dans le jardin.

— Tu voulais aller voir la maison avec les chiens dans le jardin. Ceux qui aboyaient chaque fois qu'on passait devant. Ils ne pouvaient pas sortir, mais ça nous filait quand même la trouille, c'était palpitant.

Elle renifle.

Tu pleures ?

— Juste avant d'arriver en bas de la côte, tu as dérapé. J'étais derrière toi.

C'est un lapin qui a surgi devant moi, j'ai freiné.

— Je t'ai vu décoller, te cogner la tête contre le bord du trottoir. Tu es resté immobile au milieu de la route.

Les roues de ton vélo continuaient à tourner. J'ai crié pour que tu te relèves, mais tu ne bougeais pas.

Un nouveau reniflement.

Le choc à la tête, ça m'a assommé.

— Tu avais le visage en sang.

Du liquide s'écrase sur mon poignet ; elle l'essuie.

— J'ai cru que tu étais mort. Je me souviens d'avoir pensé : « Je ne veux pas qu'il soit mort. »

Elle sanglote, à présent, elle pleure et renifle pour de bon.

— On a toujours été tous les deux. On est frère et sœur. Je ne peux pas devenir fille unique.

Qu'est-ce que tu me joues ?

— Je sais… (Elle ne va pas au bout de sa phrase.) Après la mort de maman, ça a été compliqué.

Elle serre mes doigts plus fort.

— Mais ça n'empêchait pas que tu sois toujours mon grand frère.

Elle tousse. Le bruit me rappelle que j'ai la gorge en feu. Toute gonflée.

— Ce que je peux être en colère contre toi, n'empêche. Parfois, je ne me contrôle pas – j'en veux à la terre entière. Mais j'ai discuté avec papa, l'autre jour, et il a dit quelque chose qui m'a interpellée.

Tu n'aurais pas pu me parler comme ça davantage ?

— Je lui ai confié que je ne savais pas pourquoi j'étais si remontée. Et il m'a répondu : « Tu veux connaître mon avis ? Je crois que tu es furieuse contre toi-même, que tu t'en veux de ne jamais avoir accepté ses excuses pour la mort de maman. Tu ne t'es jamais réconciliée avec lui, et tout le monde en a fait les frais. » Il m'a dit que d'après lui j'avais fait la même chose avec maman, que je lui en voulais, mais que je m'en voulais de lui en vouloir, et que j'étais incapable de me sortir de ce cercle vicieux.

Elle continuait à pleurer sur ma main.

— Comment est-ce qu'il a compris ça, alors que moi je n'en ai jamais été fichue ? Il a raison. Comme toujours. Je suis désolée. Je pensais que j'aurais tout le temps de me rabibocher avec toi, quand je serais prête. Je ne pouvais pas savoir…

Elle soupire.

— … qu'il y aurait une date limite.

Je croyais que tu m'en voulais seulement d'avoir été casse-cou. De t'avoir laissée seule pour t'occuper des vieux jours de papa. Je croyais que tu me détestais encore parce que j'avais laissé mourir maman.

— En gros, ce que j'essaie de dire, c'est que… (Elle prend une profonde inspiration.) Malgré tous nos différends, tu vas me manquer.

J'attends qu'elle dise autre chose.

Elle pleure.

Elle continue à pleurer.

Des souffles saccadés.

D'autres larmes tombent sur ma main.

D'abord Bea, et maintenant Philippa. Le temps m'est compté.

40

Ma chambre a été vidée de tout son oxygène. Chaque fois que l'air est aspiré dans ma canule, il parvient à peine jusqu'à mes poumons. Je cuis de chaleur, je suis en nage. La tête me démange à cause de la sueur qui dégouline de mes cheveux de chaque côté du visage. Après une nuit de sommeil étouffant, j'empeste. De l'air frais – j'en rêve ! Une brise qui glisse sur ma peau. Mais ma fenêtre ne s'ouvre pas et on s'évertue à ne jamais m'emmener dehors. Un jour, on m'a promené dans le jardin – à moins que je l'aie rêvé – et les gouttelettes d'une fontaine m'ont éclaboussé. Un étau me serre la tête, la presse par-devant et par-derrière. Toujours plus fort. Mes poumons sont pesants, se remplissent, m'implorent de tousser. Je me noie dans les mucosités – bientôt, il n'y aura plus de place pour l'air.

Restez avec moi. Il faut que je continue à vous parler afin qu'on me trouve, qu'on envoie une équipe de secours qui m'extirpera des profondeurs de mon corps.

Continue à parler, Alex. Ne baisse pas les bras.

Je ne suis pas idiot. Je me suis déjà senti dans cet

état. C'est la pneumonie. Mon adversaire sur le ring, qui accroît sa noirceur dans mon corps pour m'attaquer de l'intérieur. C'est la septième ? huitième ? neuvième fois que nous nous affrontons, en deux ans.

D'abord les picotements dans la gorge, puis le nez bouché. Pendant des jours, j'ai fait comme si de rien n'était, en me persuadant que je me trompais.

Ce n'est qu'un rhume.

Pas un mal de gorge, peut-être une ulcération à la base de la langue ?

Tu te fais des idées.

Pourtant, ce n'est plus possible de nier l'évidence – trop de symptômes s'accumulent.

Je ne peux pas tomber malade. Ce n'est pas le moment.

J'ai peur qu'ils ne me soignent pas, cette fois.

41

— … ses constantes vitales sont bonnes. Un peu de fièvre, mais rien de trop…

C'est Pauline, qui entre dans la chambre. L'équipe médicale procède à sa grande tournée du service – de celles qui, d'après mes estimations, n'ont lieu qu'une fois par semaine, ou dans ces eaux-là. Quand le professeur Lomax contrôle comment je me porte.

— … zones de pression sont intactes.

Tout le monde est présent. Le professeur Lomax. Pauline. Je n'ai pas encore entendu d'autres voix, mais en général Sarah, la kiné, est là, probablement d'autres médecins, et une deuxième infirmière.

L'un d'entre eux est sans doute en train d'examiner mon bras, ma main. *Bouge, mon pouce. Bouge !*

— Merci, Pauline. (La voix retentissante du professeur Lomax.) Je ne vais pas m'étendre, bien que j'aie un peu plus à dire que d'habitude. Je veux vous donner les derniers éléments sur le cas qui nous intéresse.

Je concentre tous mes efforts sur mon bras droit. *Bouge. Bouge. Bouge. Si je pouvais seulement vous montrer que j'en suis capable.*

— Je me suis entretenu avec les proches du patient.

Il s'exprime lentement, d'un ton suffisant. Personne n'ose l'interrompre.

— Ils conviennent à présent qu'il n'y a aucun signe d'amélioration, malgré les tests auxquels nous avons procédé et le traitement en cours.

La pièce regorge de nouvelles odeurs. Haleine de café, un parfum floral. Aisselles. J'essaie de les ignorer et de me focaliser sur mon bras.

Rien qu'un tressaillement. Une convulsion. Allez. Bouge, maintenant !

— J'ai donc eu un échange avec la famille, nous avons passé en revue les possibilités et les issues. Nous avons discuté de ce qui serait le mieux pour le patient.

Mon rythme cardiaque s'accélère de façon régulière. Ma bouche est sèche – j'ai l'impression qu'elle est pleine de poussière. J'ai tellement soif que je sens l'eau dans l'air qui m'entoure, l'humidité sur la peau du groupe réuni dans ma chambre. Je suis certain de sentir une bouteille d'eau ouverte dans la main de quelqu'un.

Ça ne peut pas continuer comme ça. Il faut que je leur montre.

Bouge. Bouge. Bouge.

— Nous avons tenté de déterminer ce que le patient aurait préféré. Nous avons parlé des vœux qu'il a pu émettre par le passé, des sentiments qu'il aurait exprimés. Malheureusement, ils n'avaient pas abordé ensemble l'éventualité d'une situation de ce type avant qu'il se blesse – mais ils sont convaincus qu'il n'aurait pas voulu qu'on le laisse plus longtemps dans cet état.

J'avais donc vu juste. Quand Philippa avait déclaré que j'allais lui manquer. Quand Bea m'a dit au revoir.

— En revanche, ils ne veulent pas recourir à l'interruption du soutien nutritionnel artificiel…

Ah bon ? Ils ne vont pas… quoi donc ? Ils vont me maintenir en vie ?

— … parce que, à l'évidence, ça peut être une façon cruelle de mettre un terme à la vie du patient. Par contre…

Il reprend son souffle.

Pas de « par contre ». Pitié. Regardez-moi. Observez mon bras.

— La prochaine fois qu'il tombera malade… Le plus probable en ce qui nous concerne, c'est un retour de la pneumonie.

Il tousse. Se racle la gorge.

— Je vous prie de m'excuser.

Il est pris d'une nouvelle quinte de toux sèche. Près de mon oreille, quelqu'un émet un petit bruit pour lui témoigner son soutien.

— Où en étais-je ?

— La prochaine fois qu'il tombera malade.

Je reconnais la voix de Connie.

— Ah, voilà. La prochaine fois, nous ne le soignerons pas. Maintenant, voyons ensemble les…

Non. Il me faut plus de temps. IL ME FAUT PLUS DE TEMPS !

— … ça ne signifie pas que nous ne lui donnerons pas d'antalgiques. Si vous détectez le moindre signe de souffrance, appliquez le protocole habituel. Mais on ne lui administrera pas d'antibiotiques. Tous les choix concernant le traitement devront être soumis au docteur Sharma ou à moi-même. Il ne faut sous aucun prétexte que les événements fâcheux de la semaine passée puissent influer sur notre décision de ce qui est le mieux pour le patient.

Il tousse encore.

— C'est clair pour tout le monde ?

Murmures de « oui » et de « d'accord ».

— Parfait. Notre tournée est terminée, alors. Merci à tous.

Le compte à rebours est lancé.

Ma poitrine se comprime. Des élancements me transpercent la tête.

Je ne sais pas si je suis prêt. Je ne sais pas si je suis prêt.

Du calme, Alex. Tu es toujours en vie. Ce n'est pas encore fini. Pense à des choses agréables. Rappelle-toi… quand tu avais seize ans ? Tu as passé l'été à grimper sur le mur du garage, où tu avais cloué quatre blocs en bois, tu te souviens ? Détends-toi. Tu montais un peu, puis tu parcourais le mur en travers à l'aide des blocs et des petites prises que t'offraient les briques. Du calme. Tu te balançais, tu t'accrochais avec deux doigts, tes baskets laissaient des traînées sur la paroi…

Je lève le bras vers la droite. J'attrape le haut de la brique au coin ébréché. Je m'agrippe. Je garde les bras bien tendus. Je déplace mon pied droit, le coince en douceur contre le mur. Je passe le pied gauche entre ma jambe droite et la paroi, en suivant le mouvement avec les mains…

Ma respiration a ralenti. Ma poitrine est toujours crispée et j'ai mal à la tête, mais la panique a reflué.

Et maintenant ?

Le moment est peut-être venu.

Qui est là ?

Oui, j'écoute ?

Des bruits de pas. Irréguliers – boitillants.

Papa ?

Cliquetis de la porte.

Papa, c'est toi ?

Un ronron de fermeture à glissière qui s'ouvre.

Le son suave de cordes de guitare.

Mon matelas s'enfonce sous le poids d'une main qui sert d'appui, et un corps s'assied lourdement sur le siège à ma droite.

Quelques accords, plaqués lentement.

Papa ?

Le battement de ses doigts sur la caisse de sa guitare, puis de nouveaux accords grattés. Vers le haut, vers le bas. Le haut, le bas. Le pied de mon père qui bat la mesure.

— Tu sais, on aurait préféré ne pas devoir en arriver là, me confie papa.

Son pied s'immobilise.

— J'espère seulement que les choses vont s'arranger, pour Philippa, pour… pour moi. C'est comme si on nous avait ôté un poids, maintenant qu'on a pris la décision.

Il s'éclaircit la voix.

— Ce n'est pas que par rapport à toi. Il est aussi beaucoup question de ta mère. J'ai besoin de… Enfin, tu vois.

Je vois quoi ?

— Il y a une chanson qui me fait…

Qui te fait quoi ?

— Je… Bref, je te la joue.

Il se racle de nouveau la gorge. Il recommence à taper du pied et entame une mélodie à la guitare.

Je la connais, celle-là.

Il chante *Blackbird* en douceur.

Je ne comprends pas.

Des coups à la porte viennent interrompre ma perplexité.

— Entrez, dit-il. (La porte gémit.) Oh… Pauline, rebonjour.

Des pieds de chaise qui traînent par terre, l'écho de la guitare qui heurte un objet dur lorsque papa s'empresse de se lever. Je sens sa main sur le matelas.

— Oh là, restez assis. Ce n'est pas la peine de vous lever pour moi, Graham.

— C'est la moindre des politesses.

Il respire bruyamment et semble épuisé par ce maigre effort.

— Je vous écoutais jouer, dans le couloir. Vous avez arrêté ?

— Je suis désolé, je ne voulais pas vous déranger.

— Mais non, pas du tout. Je trouve ça chouette.

Papa rit.

— Vous êtes bien la seule, à part lui, répond-il, et je sens qu'il me désigne d'un signe de tête. Sa sœur déteste ça, elle a honte de moi. Alors je ne lui inflige plus ce calvaire.

— C'est pas facile de chercher à contenter tout le monde, tout le temps, hein ? commente-t-elle d'une voix douce. Ce n'est pas de la tarte.

Ils restent silencieux quelques instants, puis Pauline poursuit :

— Dehors, quand on s'est croisés, avant qu'on soit interrompus, vous me disiez…

— Ah, oui, je me demandais si ça vous dirait de, eh bien…

— Oui. Ça me ferait plaisir. Je repasse vous voir avant que vous partiez, pour qu'on organise un rendez-vous… Il faut que j'y retourne, là.

— D'accord. Oui, ça marche. Génial. Je vous… Oui. On se voit tout à l'heure.

La porte se ferme. Papa ne bouge pas.

Qu'est-ce qui vient de se passer, là ?

— Ben ça, pour une surprise, marmonne-t-il avant de soulever sa guitare et de se rasseoir.

Il recommence à gratter ses cordes.

Tu viens de filer un rencard à Pauline ?

Aidez-moi. Faites que la douleur cesse.

J'ai l'impression d'avoir la bouche pleine d'ulcérations – elle est enflée et me brûle. Je ne peux prendre que de petites inspirations, comme si je n'avais plus de poitrine et que mon souffle ne dépassait pas ma gorge.

J'ai arrêté d'essayer de bouger. Je vous en supplie, aidez-moi.

Des douleurs me martèlent le nez, sous les yeux, dans les nerfs oculaires. Je ressens comme des rages de dents à des endroits improbables.

Les médecins n'ont encore rien remarqué. Normalement, ils auraient dû déceler l'augmentation de mon rythme cardiaque. Ils auraient dû constater que je transpirais, que l'aspiration des mucosités n'avait eu aucun effet.

À l'aide. Mettez-moi sous morphine.

Je pense que je suis prêt.

42

La mort. Je veux la revendiquer, me l'approprier. Elle peut être – elle sera – ce que je veux qu'elle soit. Je m'envolerai si j'en ai la volonté. Je vivrai mes dernières heures tel le merle de la chanson des Beatles, fusant dans le ciel, d'où je contemplerai le monde. Depuis toujours, je rêve de voler. Je plongerai en piqué, remonterai, m'émerveillerai de ma vitesse et de mon agilité. Puis je fermerai les yeux et m'élancerai à tire-d'aile dans l'éternité.

Si je décide de mourir avec Bea dans mes bras, c'est ce que je ferai. Dans le canapé où nous serons étendus tous les deux, je sentirai contre moi sa chaleur, sa douceur. Je humerai son cou soyeux, j'embrasserai la peau rosée de son oreille. Je poserai la main sur sa hanche. Puis je fermerai les yeux et garderai contre moi la sensation de sa présence.

Si je veux m'en aller en contemplant l'eau bleu-vert des lacs Grassi, rien ne m'en empêchera. Je gravirai la montagne à l'aube, m'assiérai parmi les fleurs sauvages et j'imaginerai que je plonge. Mieux : je plongerai pour de bon dans l'eau glaciale, parce que le froid ne représentera aucun danger pour moi. Tout en m'enfonçant, je basculerai sur le dos et j'admirerai le ciel immaculé à travers la surface striée d'ondulations. Puis je fermerai les yeux et laisserai mon corps remonter, avant d'être emporté au loin.

Je peux faire ce que bon me semble, être où je le souhaite.

Dans la chambre, il fait de plus en plus chaud, c'est une véritable étuve. J'ai l'impression d'être dans un sauna, où, chaque fois qu'une infirmière passe me voir, elle verse une louche d'eau bouillante sur un tas de pierres brûlantes au bout de mon lit.

Plus chaud, toujours plus chaud.

La chaleur sévit aussi en moi, elle monte.

La voilà. Elle m'appelle, m'invite à monter sur le ring.

Dans le coin BLEU, la PNEUMOOOOOOONIE.

La porte gémit et – *clac* – se referme.

Qui est là?

Une odeur de pâte d'amandes aussitôt reconnaissable me parvient avant que Pauline se mette à chantonner une mélodie qui m'est inconnue.

Elle s'interrompt et pose la main sur mon front, si humide qu'il en est glissant.

— Tu n'as pas l'air en grande forme. Voyons voir.

Elle serre mon poignet entre ses doigts.

— Hmm.

Elle touche de nouveau mon front.

— Tu es brûlant.

Jamais elle n'avait fait ça avant, elle... Elle me caresse les cheveux.

— Pauvre chou. Je crains que ce soit la dernière fois que tu tombes malade, mon grand.

Elle me donne des tapes affectueuses sur l'épaule.

— Je vais voir ce que je peux faire pour que tu sois plus à l'aise.

Ses pas s'éloignent.

Pauline… Eh oh, Pauline ?

Pauline.

Elle est partie.

Accueillons-le sur le RIIIIING. Dans le coin ROUGE, Alex Jackson…

Je me faufile sous les cordes. Si Pauline me trouve brûlant, c'est que j'entre sur le ring, non ? Ça y est ? Mon heure est venue ?

T'es content, maintenant, Cameron ?

Où est-il, lui ? Dans une cellule ?

Tu crois vraiment que c'est ce qu'Abigail aurait voulu ?

Je vais mourir dans ce lit, mais ce n'est pas grave.

Tu ne m'as pas brisé.

J'ai eu une vie bien remplie. J'ai été heureux. J'ai connu le grand amour. Le grand amour avec une femme magnifique, drôle et intelligente. Ma Bea adorée. Ma moitié.

Ça, tu ne me l'as pas confisqué. Personne ne pourra me retirer ce que j'avais avant de me retrouver dans ce lit. Ce n'est pas à ta portée.

… des voix ? Des chuchotis.

Parlez plus fort. Comment voulez-vous que je vous entende, sinon ?

Psssppsspssstpst. Murmures. *Psssppsspssstpst. Chhpssssspch.* Noix de coco. Odeur citronnée sucrée. Qui sent comme ça ?

Mais oui, je sais qui vous êtes. Vous êtes les marchands d'art, hein ? Ceux que j'ai appelés tout à l'heure.

Tenez, vous savez quoi? J'ai quelque chose qui peut vous intéresser. Sous mon lit. Regardez donc. Il y a des peintures rupestres, là-dessous. Des sorciers avec des tambours. Boum-badoum! *Ça vaut son pesant d'or, je vous le garantis. Je peux vous les fournir, si vous voulez, vous les céder au juste prix.*

Psssspsspssstpst. «… c'est incroyable qu'ils aient pris cette décision… »

Tom? Vise un peu ces peintures pariétales, mon pote. Des hommes-tambours avec de la sorcellerie, des ours et des serpents. Tu peux les admirer gratis. Pour toi c'est cadeau.

— … tu veux lui parler?

— Je ne sais pas trop, Rose. Qu'est-ce que tu veux que je lui dise?

— Ce que tu veux. Tu as peut-être des trucs à partager avec lui. Des souvenirs?

Une odeur de magnésie. Des doigts qui craquent. *Crrrr-ac. Crrrr-ac.*

Elles ont des milliers d'années. Elles sont intactes. C'est moi qui les ai trouvées. Personne n'a jamais pensé à regarder sous mon lit, mais elles sont là depuis toujours.

— … je repensais au jour où nous étions allés faire du psicobloc à Berry Head…

Ah oui! Berry Head. Quel endroit génial! Descente par le haut de la falaise, jusqu'à la mer, puis une traversée vers la gauche avant de remonter – sans corde –, si tu tombes tu dégringoles dans la mer mais on n'a pas chuté on a grimpé jusqu'au sommet sans être assurés – une petite ascension en solo bien sympa.

— … t'en souviens? Rainbow Bridge. L'eau était tellement limpide qu'on se serait crus en Méditerranée.

Et super profonde, en plus. Le plus grand kif de ma vie…

On n'a qu'à y retourner demain. Faut qu'on prenne ta voiture, par contre, la mienne est au garage.

— … je n'ai jamais ressenti une jubilation pareille, en sachant que je pouvais tomber à tout moment mais que je plongerais juste dans cette eau magnifique. Et cette roche, tu t'en souviens ? Orange, gris, noir et blanc – en Technicolor. Et puis la saillie de la fin, avec les énormes piles d'assiettes. Cette sensation quand on est arrivés en haut, qu'on a grimpé la dernière longueur… Je suis vraiment content qu'on ait fait cette voie ensemble…

Il faudra peut-être que je t'emprunte du matos, aussi, je sais plus où est le mien ; j'ai dû le ranger, mais je me rappelle plus où.

— … je te promets que je vais profiter de la vie à fond. Je vais tout faire pour ne pas la gâcher.

— Viens, Tom. Allez, allez.

Tu passes me prendre à sept heures, d'accord ?

… une araignée qui me marche sur le visage. Je sens ses huit pattes, pareilles à de petites épingles qui piétinent ma peau. Elle se faufile dans mon nez, ressort par mon oreille.

À moins que ce soit un oiseau ? Je sens des plumes, maintenant, toutes douces. Un bec, qui donne de petits coups sur mes lèvres. *Tac. Tac.* L'oiseau a-t-il avalé l'araignée ?

Je sens tout, les craquements du bec de l'oiseau qui broie les huit petites pattes. Sans même l'avoir vu, je sais que c'est un merle. Je le sais aux gargouillis de son ventre lorsqu'il s'installe sur mon front pour digérer.

Quel goût ça a, une araignée ? C'est amer. Non, sucré – comme le miel. Des rayons de miel. Qui croquent dans ma bouche, fondent sur ma langue…

… tu as fait tout ce chemin pour me voir.

— Tu as l'air surpris.

Comme ça me fait plaisir d'entendre ta voix. Et tu as bonne mine. Tu as l'air en pleine forme – tu as repris du poids.

Je respire à fond une odeur de laque et un parfum aux roses rouges. Maman.

— Eh oui, je vais bien. Mais tu me manques.

Tu nous as manqué, à nous aussi.

— Tu peux arrêter de lutter, maintenant, mon chéri.

Tu crois ?

— Tu peux lâcher prise.

Je vais y réfléchir.

— Fais plus qu'y réfléchir.

J'aime bien ta coiffure. Ça te plaît que je te fasse des compliments, hein ? Tu les attachais comme ça quand on était petits.

— Viens me rejoindre, mon chéri.

Comment saurai-je où te chercher…

— … j'ai l'impression que tu as raison.

— Ça a un peu baissé, non ?

Une main contre mon front. Odeur de pâte d'amandes.

De l'air frais sur mon torse – le drap qu'on tire vers le bas et mon haut de pyjama qu'on relève.

— Je le trouve quand même toujours chaud.

C'est mieux. Merci, Pauline.

Un bruit de plastique et de métal. Elle tire sur le tube qui s'enfonce dans mon estomac.

Une sensation de froid en moi.

— Ça va te soulager un peu, mon grand.

Elle me caresse le front. Je sens des plumes sur ses doigts…

… le merle sur mon visage. Qui me donne des coups de bec à la gorge. *Pic. Pic. Pic.*

Il descend vers mon cou. *Pic. Pic.*

Il est en train de creuser un trou en moi, dans ma poitrine, avec son petit bec pointu. Je le sens, ce trou.

Il perce un tunnel. Pour aller où ?

Je comprends ! Je comprends, petit oiseau. Tu essaies de me libérer. Je peux m'extraire de ce trou en l'escaladant, c'est ça ?

Ce sont eux qui t'envoient, enfin. Continue, continue à me picoter, je peux supporter la douleur.

Continue jusqu'à ce que tu sois arrivé jusqu'à moi – je suis encore un peu plus loin, vers la droite et plus profond.

Creuse encore, petit merle.

Bea est sur le lit, blottie contre moi, une jambe repliée par-dessus la mienne.

Ma merveille. Ma petite abeille. Je t'aime, tu sais ?

— Doucement, ça va. C'est bientôt fini.

Je me disais qu'on devrait partir en week-end. On devrait louer un cottage au pays de Galles. On ferait du feu. Rien que toi et moi. Il y aurait des tapis en peau de mouton. Des couvertures et des canapés dans lesquels on s'enfonce. Quelques bouteilles de vin. Des fish & chips.

Elle ne répond pas.

Tu n'as pas envie de venir ?

— Doucement, doucement. Chhhh.

Elle me caresse le bras sans discontinuer.

— Ça va bien se passer, tu vas voir. Je t'aime…

… Tac tac tac. Pic pic pic.

Tu y es presque, bonhomme. Tu touches au but. Continue à creuser.

Je vais allumer un signal de détresse pour que tu me voies – prêt ? Tu le guettes ? Cinq, quatre, trois, deux, un.

Tu l'as vu ?

Oui, c'est ça, par ici. Je suis juste là.

Je vois son bec jaune, je vois la lumière qui brille derrière lui, son ombre d'un noir bleuté.

Tu as réussi ! Bravo ! Ne t'en va pas, ne t'envole pas.

Il est parti. Mais il a laissé son tunnel, qui traverse ma poitrine, mon cœur et mes poumons. Tout en haut, j'aperçois la lumière.

Si je parviens à grimper et à sortir, je suis libre.

43

Bientôt, j'aurai atteint le sommet. L'acide lactique inonde mes bras, mais il me reste des ressources, je le sens.

J'y suis presque.

Personne n'a encore gravi cette longueur. Il n'y a pas la moindre trace de magnésie sur la roche, c'est un territoire vierge. J'ai toujours rêvé d'être le premier à gravir une voie et à la nommer.

Tout près de la roche, on en voit tous les détails. Les lichens et la mousse. Les petites fissures et les éclats qui s'étendent telle une carte – une énigme qu'il me faut résoudre. C'est extraordinaire. Ce calcaire gris s'est formé il y a des centaines de millions d'années. J'ai sous les yeux des organismes microscopiques, des insectes, entassés les uns sur les autres. De la poussière et des feuilles mortes. Tout un tas. Des strates entières. C'est l'histoire. Des millions d'années d'histoire.

Il n'y a que la roche et moi. Je suis en solo intégral : pas besoin de cordes, aujourd'hui. Je suis au top. Je passe la main à plat sur la surface de la roche chauffée par le soleil et cherche ma prochaine prise.

Je monte. Je monte.

Les prises étroites et irrégulières mettent mes doigts à rude épreuve. Je change régulièrement de main, secoue les bras l'un après l'autre pour délayer.

Je monte. À gauche.

Je traverse à l'horizontale à gauche pour contourner un éperon trop lisse. Mouvements techniques. Mouvements de force. Hanches proches de la paroi. Épaules grandes ouvertes. Trouver le point d'équilibre à chaque geste.

Je monte. Je monte.

Je m'attaque à une petite longueur en arête. J'agrippe des deux mains la crête de la protubérance verticale, qui dépasse du reste de la paroi, parallèle à mon corps. Les pieds bien à plat de mon côté de la saillie, j'utilise la tension de mon corps pour éviter un mouvement de balancier qui me serait fatal. Je n'ai jamais aussi bien grimpé.

Je monte. Je monte.

Je suis vraiment très haut, maintenant. Un faucon pèlerin perché sur les falaises à ma gauche scrute les oiseaux qui volent et chantent derrière moi. Ses serres acérées jaune doré s'accrochent à une corniche sur laquelle poussent des boules de fleurs qui ressemblent à des sucettes.

Je monte. Je monte.

Je suis impatient d'arriver au bout. Personne n'y est encore parvenu. Cette fois, ça va être très différent. Qu'y a-t-il, là-haut ?

Je monte. Je monte.

Je touche au but. Une, deux, quatre prises maximum. Je les ai toutes repérées. Haut, droite. Je coince mon pied gauche dans une fissure. Haut, droite. Ma main gauche atteint le bord du sommet, se referme sur un bac. Plus qu'une traction et je peux me hisser tout en haut, puis émerger. Je tire sur mon bras.

En haut. Par-dessus.

Regarde-moi ça.

Ce que c'est beau. C'est magnifique, là-haut.

REMERCIEMENTS

À toute l'équipe de Harvill Secker – en particulier à Liz et Jade –, merci d'avoir cru en ce livre et de vous être tant démenés pour m'aider à le perfectionner.

Ma profonde reconnaissance à Peter (et à ce siège vide à côté de moi). Merci pour ta conviction et ton enthousiasme, et de m'avoir présentée à ton équipe de choc chez RCW.

Je n'aurais jamais pu me lancer dans la description du *locked-in syndrome* sans les témoignages de Kevin Weller, David et Sandra Nette, Kate Allatt, Julia Tavalaro, Richard Marsh, Martin Pistorius, Philippe et Stéphane Vigand, et Jean-Dominique Bauby. Merci à tous de vous être donné autant de mal pour mettre des mots sur vos combats respectifs.

Pour les conseils d'ordre médical, merci à Rory, Sarah, Mat, Vicki, Mel, Gareth, Geraint, Dawn et Damian. Toute inexactitude ou invraisemblance dans ce domaine est de mon seul fait.

Merci à Dave, de l'association TYF, et à Emily, du club Bloc, pour m'avoir enseigné l'escalade. J'ai une immense dette envers Greg et Gary, qui ont répondu à mon flot ininterrompu de questions techniques, et je dois beaucoup à l'autobiographie de Jerry Moffatt, qui m'a permis de me mettre dans la tête d'un grimpeur.

Un grand merci à Liz pour ses informations sur les procédures des enquêtes de police, et à Richard, de la Bristol Naturalists' Society, pour son aide concernant la géologie. À Lindy : merci de m'avoir imprimé tous ces documents !

Gavin, je n'aurais tout bonnement pas pu mener ce projet à terme sans les heures que tu as consacrées à me lire et à discuter avec moi dans les débuts. À tous ceux qui m'ont éclairée de leurs remarques au master d'écriture créative de Bath Spa (en particulier Celia et Sam) ou qui ont participé à des ateliers avec moi, merci pour vos encouragements et votre soutien intransigeant.

À mes premiers lecteurs – Erin, Clare, John et Sophie : Merci d'avoir été si peu avares de votre temps, de vos suggestions et retours.

Alison, merci d'avoir été le Scarb de ma June. J'aimerais beaucoup en révéler davantage, mais ce qui se passe au WriteClub reste au WriteClub.

À mes amis et proches, notamment le Gang, mes Belles Dames, le Cercle de confiance, et à James, mon grand frère. Merci à tous.

Maman et papa : j'aurais beau vous remercier un million de fois, ça entamerait à peine ma dette envers vous.

Et, pour terminer, à Matt : pour la confiance inébranlable que tu m'accordes, sans jamais avoir lu un seul mot de mon texte. Pour notre longue promenade dans les gorges de Cheddar. Pour tous les autres kilomètres que nous avons parcourus ensemble, que tu as passés à m'écouter. Merci. Et à Gwen, qui est arrivée au beau milieu de cette aventure – tu as chamboulé ma vie de la plus belle des façons. Je vous aime tous les deux.

DE LA MÊME AUTRICE

Aux Éditions Calmann-Lévy

IL ÉTAIT UNE FOIS MON MEURTRE, 2019, Folio Policier n° 927.

COLLECTION FOLIO POLICIER

Dernières parutions

678. Marcus Malte	*Les harmoniques*
679. Georges Simenon	*Les nouvelles enquêtes de Maigret*
680. Dashiell Hammett	*La clé de verre*
681. Caryl Férey – Sophie Couronne	*D'amour et dope fraîche*
682. Marin Ledun	*La guerre des vanités*
683. Nick Stone	*Voodoo Land*
684. Frederick Busch	*Filles*
685. Paul Colize	*Back up*
686. Saskia Noort	*Retour vers la côte*
687. Attica Locke	*Marée noire*
688. Manotti – DOA	*L'honorable société*
689. Carlene Thompson	*Les ombres qui attendent*
690. Claude d'Abzac	*Opération Cyclope*
691. Joe R. Lansdale	*Tsunami mexicain*
692. F. G. Haghenbeck	*Martini Shoot*
693. ***	*Rome Noir*
694. ***	*Mexico Noir*
695. James Preston Girard	*Le Veilleur*
696. James Sallis	*Bête à bon dieu*
697. Georges Flipo	*Le commissaire n'a point l'esprit club*
698. Stephen Hunter	*Le 47e samouraï*
699. Kent Anderson	*Sympathy for the Devil*
700. Heinrich Steinfest	*Le grand nez de Lilli Steinbeck*
701. Serge Quadruppani	*La disparition soudaine des ouvrières*
702. Anthony Bourdain	*Pizza créole*
703. Frederick Busch	*Nord*
704. Gunnar Staalesen	*Comme dans un miroir*

705. Jack Ketchum *Une fille comme les autres*
706. John le Carré *Chandelles noires*
707. Jérôme Leroy *Le Bloc*
708. Julius Horwitz *Natural Enemies*
709. Carlene Thompson *Ceux qui se cachent*
710. Fredrik Ekelund *Le garçon dans le chêne*
711. James Sallis *Salt River*
712. Georges Simenon *Cour d'assises*
713. Antoine Chainas *Une histoire d'amour radioactive*
714. Matthew Stokoe *La belle vie*
715. Frederick Forsyth *Le dossier Odessa*
716. Caryl Férey *Mapuche*
717. Franck Bill *Chiennes de vies*
718. Kjell Ola Dahl *Faux-semblants*
719. Thierry Bourcy *Célestin Louise, flic et soldat dans la guerre de 14-18*
720. Doug Allyn *Cœur de glace*
721. Kent Anderson *Chiens de la nuit*
722. Raphaël Confiant *Citoyens au-dessus de tout soupçon…*
723. Serge Quadruppani *Madame Courage*
724. Boileau-Narcejac *Les magiciennes*
725. Boileau-Narcejac *L'ingénieur aimait trop les chiffres*
726. Inger Wolf *Nid de guêpes*
727. Seishi Yokomizo *Le village aux Huit Tombes*
728. Paul Colize *Un long moment de silence*
729. F. G. Haghenbeck *L'Affaire tequila*
730. Pekka Hiltunen *Sans visage*
731. Graham Hurley *Une si jolie mort*
732. Georges Simenon *Le bilan Malétras*
733. Peter Duncan *Je suis un sournois*
734. Stephen Hunter *Le sniper*
735. James Sallis *La mort aura tes yeux*
736. Elsa Marpeau *L'expatriée*
737. Jô Soares *Les yeux plus grands que le ventre*

738. Thierry Bourcy — *Le crime de l'Albatros*
739. Raymond Chandler — *The Long Goodbye*
740. Matthew F. Jones — *Une semaine en enfer*
741. Jo Nesbø — *Fantôme*
742. Alix Deniger — *I cursini*
743. Anders Bodelsen — *Septembre rouge (Rouge encore)*
744. Patrick Pécherot — *La saga des brouillards*
745. Thomas H. Cook — *Secrets de famille*
746. Ken Bruen — *Chemins de croix*
747. David Ellis — *La comédie des menteurs*
748. Boileau-Narcejac — *À cœur perdu (Meurtre en 45 tours)*
749. Boileau-Narcejac — *Le mauvais œil* suivi d'*Au bois dormant*
750. Ingrid Astier — *Angle mort*
751. Carlene Thompson — *Jusqu'à la fin*
752. Dolores Redondo — *Le gardien invisible*
753. Dashiell Hammett — *Le sac de Couffignal* suivi d'*Âmes malhonnêtes* et de *Tulip*
754. Mario Falcone — *L'aube noire*
755. François Boulay — *Cette nuit…*
756. Didier Daeninckx — *Têtes de Maures*
757. Gunnar Staalesen — *Face à face*
758. Dominique Manotti — *L'évasion*
759. Laurent Guillaume — *Black cocaïne*
760. Jô Soares — *Meurtres à l'Académie*
761. Inger Wolf — *Mauvaises eaux*
762. Jo Nesbø — *Police*
763. Jonathan Ames — *Tu n'as jamais été vraiment là*
764. Jack Vance — *Méchant garçon*
765. John le Carré — *L'appel du mort*
766. Bill Pronzini — *Mademoiselle Solitude*
767. Franz Bartelt — *Chaos de famille*
768. Thierry Bourcy — *Les ombres du Rochambeau*
769. Georges Simenon — *Nouvelles exotiques*

770. Jo Nesbø — *L'inspecteur Harry Hole. L'intégrale, I*
771. Lorenzo Lunar — *La vie est un tango*
772. Nick Stone — *Cuba Libre*
773. Jean-Claude Izzo — *Fabio Montale*
774. Boileau-Narcejac — *Les intouchables*
775. Boileau-Narcejac — *Les visages de l'ombre*
776. Joe R. Lansdale — *Diable rouge*
777. Fredrik Ekelund — *Blueberry Hill*
778. Heinrich Steinfest — *Le poil de la bête*
779. Batya Gour — *Meurtre en direct*
780. Laurent Whale — *Les Rats de poussière I Goodbye Billy*
781. Joe R. Lansdale — *Le sang du bayou*
782. Boileau-Narcejac — *Le contrat*
783. Boileau-Narcejac — *Les nocturnes*
784. Georges Simenon — *Le bateau d'Émile*
785. Dolores Redondo — *De chair et d'os*
786. Max Bentow — *L'Oiseleur*
787. James M. Cain — *Bloody cocktail*
788. Marcus Sakey — *Les Brillants*
789. Joe R. Lansdale — *Les Mécanos de Vénus*
790. Jérôme Leroy — *L'ange gardien*
791. Sébastien Raizer — *L'alignement des équinoxes*
792. Antonio Manzini — *Piste noire*
793. Jo Nesbø — *Du sang sur la glace*
794. Joy Castro — *Après le déluge*
795. Stuart Prebble — *Le Maître des insectes*
796. Sonja Delzongle — *Dust*
797. Luís Miguel Rocha — *Complots au Vatican I Le dernier pape*
798. Caryl Férey — *Saga maorie*
799. Thierry Bourcy — *Célestin Louise, flic et soldat dans la guerre de 14-18*
800. Barry Gornell — *La résurrection de Luther Grove*
801. Antoine Chainas — *Pur*
802. Attica Locke — *Dernière récolte*

803. Maurice G. Dantec — *Liber mundi I Villa Vortex*
804. Howard Gordon — *La Cible*
805. Alain Gardinier — *DPRK*
806. Georges Simenon — *Le Petit Docteur*
807. Georges Simenon — *Les dossiers de l'Agence O*
808. Michel Lambesc — *La « horse »*
809. Frederick Forsyth — *Chacal*
810. Gunnar Staalesen — *L'enfant qui criait au loup*
811. Laurent Guillaume — *Delta Charlie Delta*
812. Laurent Whale — *Les Rats de poussière II Le manuscrit Robinson*
813. J. J. Murphy — *Le cercle des plumes assassines*
814. Éric Maravélias — *La faux soyeuse*
815. DOA — *Le cycle clandestin, tome I*
816. Luke McCallin — *L'homme de Berlin*
817. Lars Pettersson — *La loi des Sames*
818. Boileau-Narcejac — *Schuss*
819. Dominique Manotti — *Or noir*
820. Alberto Garlini — *Les noirs et les rouges*
821. Marcus Sakey — *Les Brillants II Un monde meilleur*
822. Thomas Bronnec — *Les initiés*
823. Kate O'Riordan — *La fin d'une imposture*
824. Mons Kallentoft, Markus Lutteman — *Zack*
825. Robert Karjel — *Mon nom est N.*
826. Dolores Redondo — *Une offrande à la tempête*
827. Benoît Minville — *Rural noir*
828. Sonja Delzongle — *Quand la neige danse*
829. Germán Maggiori — *Entre hommes*
830. Shannon Kirk — *Méthode 15-33*
831. Elsa Marpeau — *Et ils oublieront la colère*
832. Antonio Manzini — *Froid comme la mort*
833. Luís Miguel Rocha — *Complots au Vatican II La balle sainte*
834. Patrick Pécherot — *Une plaie ouverte*
835. Harry Crews — *Le faucon va mourir*

836. DOA	*Pukhtu. Primo*
837. DOA	*Pukhtu. Secundo*
838. Joe R. Lansdale	*Les enfants de l'eau noire*
839. Gunnar Staalesen	*Cœurs glacés*
840. Jo Nesbø	*Le fils*
841. Luke McCallin	*La maison pâle*
842. Caryl Férey	*Les nuits de San Francisco*
843. Graham Hurley	*Le paradis n'est pas pour nous*
844. Boileau-Narcejac	*Champ clos*
845. Lawrence Block	*Balade entre les tombes*
846. Sandrine Roy	*Lynwood Miller*
847. Massimo Carlotto	*La vérité de l'Alligator*
848. Benoît Philippon	*Cabossé*
849. Grégoire Courtois	*Les lois du ciel*
850. Caryl Férey	*Condor*
851. Antonio Manzini	*Maudit printemps*
852. Jørn Lier Horst	*Fermé pour l'hiver*
853. Sonja Delzongle	*Récidive*
854. Noah Hawley	*Le bon père*
855. Akimitsu Takagi	*Irezumi*
856. Pierric Guittaut	*La fille de la Pluie*
857. Marcus Sakey	*Les Brillants III En lettres de feu*
858. Matilde Asensi	*Le retour du Caton*
859. Chan Ho-kei	*Hong Kong Noir*
860. Harry Crews	*Des savons pour la vie*
861. Mons Kallentoft, Markus Lutteman	*Zack II Leon*
862. Elsa Marpeau	*Black Blocs*
863. Jo Nesbø	*Du sang sur la glace II Soleil de nuit*
864. Brigitte Gauthier	*Personne ne le saura*
865. Ingrid Astier	*Haute Voltige*
866. Luca D'Andrea	*L'essence du mal*
867. DOA	*Le cycle clandestin, tome II*
868. Gunnar Staalesen	*Le vent l'emportera*
869. Rebecca Lighieri	*Husbands*

870. Patrick Delperdange	*Si tous les dieux nous abandonnent*
871. Neely Tucker	*La voie des morts*
872. Nan Aurousseau	*Des coccinelles dans des noyaux de cerise*
873. Thomas Bronnec	*En pays conquis*
874. Lawrence Block	*Le voleur qui comptait les cuillères*
875. Steven Price	*L'homme aux deux ombres*
876. Jean-Bernard Pouy	*Ma ZAD*
877. Antonio Manzini	*Un homme seul*
878. Jørn Lier Horst	*Les chiens de chasse*
879. Jérôme Leroy	*La Petite Gauloise*
880. Elsa Marpeau	*Les corps brisés*
881. Sonja Delzongle	*Boréal*
882. Patrick Pécherot	*Hével*
883. Attica Locke	*Pleasantville*
884. Harry Crews	*Car*
885. Caryl Férey	*Plus jamais seul*
886. Guy-Philippe Goldstein	*Sept jours avant la nuit*
887. Tonino Benacquista	*Quatre romans noirs*
888. Melba Escobar	*Le salon de beauté*
889. Noah Hawley	*Avant la chute*
890. Tom Piccirilli	*Les derniers mots*
891. Jo Nesbø	*La soif*
892. Dominique Manotti	*Racket*
893. Joe R. Lansdale	*Honky Tonk Samouraï*
894. Antoine Chainas	*Empire des chimères*
895. Jean-François Paillard	*Le Parisien*
896. Luca d'Andrea	*Au cœur de la folie*
897. Sonja Delzongle	*Le hameau des Purs*
898. Gunnar Staalesen	*Où les roses ne meurent jamais*
899. Mons Kallentoft, Markus Lutteman	*Bambi*
900. Kent Anderson	*Un soleil sans espoir*
901. Nick Stone	*Le verdict*
902. Lawrence Block	*Tue-moi*

Composition APS-ie
Impression Maury Imprimeur
45330 Malesherbes
le 14 octobre 2021
Dépôt légal : octobre 2021
1er dépôt légal dans la collection : février 2021
Numéro d'imprimeur : 257804

ISBN 978-2-07-289633-0 / Imprimé en France.

432621